KB114310

특허받은
무당왕

특허받은 무당왕

가프 장편소설

6

前生房

도서출판 청어람

목차

이 소설은 작가의 상상력에 의한 창작물이며 특정 인물, 종교, 집단과는 관계 없음을 명시합니다.

관운점이 궁금하더냐?

"실은 제가 간밤에 길몽을 꾸었거든요."

뒷정리가 끝난 후에 이손하가 입을 열었다. 이제 그녀 곁에 남은 모델은 두엇에 지나지 않았다.

"별말씀을……."

미류는 공손히 말을 받았다.

"아니에요. 사실 현장에 가면 모델 애들보다 내 피가 더 끓어요. 그래서 솔직히 말하면 이번 작품… 내가 한번 도전해 봤으면 하는 언감생심도 있었답니다."

그녀는 자신의 감정을 숨기지 않았다.

"게다가… 제가 또 돼지고기 마니아거든요. 이상하게 고기는 별로인데 돼지고기는 좋아해요. 족발부터 보쌈까지……."

"연분이네요. 저는 그것도 모르고……."

박혜선이 어깨를 으쓱해 보였다.

"제가 의견은 드렸지만 성공이 보장되는 것은 아닙니다. 단지 인연의 끈을 이어준 것뿐이죠."

미류는 지나친 기대감을 경계했다.

"법사님도 그때 시간을 좀 내주세요."

"제가요?"

"아르노의 부탁이에요. 가능하면 법사님을 동행해 달라고……."

"제 몫은 여기까지로 족한 거 같은데……."

"부탁드립니다. 법사님이 계시면 큰 힘이 될 거예요."

"으음……."

"법사님……."

"알겠습니다. 스케줄이 나오면 말씀하세요. 가능하면 한번 조율해 보죠."

"와앗, 고맙습니다."

박혜선은 아이처럼 좋아했다.

"그나저나 우리 애들에게 미안하네. 자리 주려고 데리고 나왔는데 늙은이가 자리를 차지하고 말았으니……."

이손하가 얼굴을 붉혔다.

"걱정 마세요. 선생님 모델들은 제가 자주 불러서 부려먹을게요."

"정말이죠?"

"그럼요. 이번 일, 다들 고생했다는 거 제가 알아요. 그러니까 앞으로도 계속 같이 가요."

"어휴, 그리고 보니 어젯밤 꿈이 정말 길몽이었네."

"대체 무슨 꿈을 꾸었는데요?"

박혜선이 이손하를 바라보았다.

"똥… 내가 똥 속에 빠져서 허우적거렸거든요. 그래서 처음에는 찜 찜했는데……."

"하핫, 길몽 맞습니다."

미류가 매듭을 지었다. 똥은 황금을 상징하니 그녀에게 좋은 일이 생긴 건 당연했다.

행사가 끝나고 미류는 화요와 만났다. 유세경도 함께였다.

"오늘은 제가 쏴요"

유세경이 카드를 흔들었다.

"어유, 어차피 세금 낼 돈으로 쏘면서 생색은……"

선수를 당한 화요가 볼멘소리를 냈다.

"피잇, 그러는 언니는? 올해도 세금 억대 낼 거 아냐? 그러면서도 맨날 짠순이……"

"얘, 나만큼만 사라고 해라."

"아무튼 오늘 나 좀 밀어줘. 그런다고 했잖아."

"알았어. 쏘는 거 봐서."

"최고급 와인에 새끼 양고기면 되겠어? 아예 송로 버섯하고 철갑상어 알도 시킬까?"

"죽을래?"

화요가 주먹을 겨누었다. 어차피 그런 요리를 파는 집이 아니었다.

"법사님, 건배해요!"

와인이 나오자 유세경이 잔을 들었다. 세 잔은 공중에서 청량하게 부딪쳤다.

"그런데 법사님."

유세경이 턱을 괴며 미류를 바라보았다.

"어쭈, 너 그 섹시한 포즈 뭐야? 꼬리 안 말아 넣어?"

"언니!"

"알았으니까 점사만 부탁해. 괜히 섹스어필한 표정으로 법사님 눈 버리게 하지 말고."

"쳇, 무슨 눈을 버려? 수영복을 입어도 내가 언니보다 낫지."

"야!"

"알았어, 알았다고."

"그만하시고 무슨 일인지나 말씀하시죠."

둘의 아웅다웅을 지켜보던 미류가 입을 열었다.

"실은 선이 들어와서요."

유세경이 가방을 열었다. 그녀는 기다리고 있었다는 듯 사진 세 장을 꺼내놓았다.

"선이라고요?"

"우리 엄마 보셨잖아요? 아무래도 그때 일로 마음이 안 놓이는지 선을 보라네요. 셋 중에서 하나 찜 안 할 거면 아예 따로 살자고⋯⋯."

"⋯⋯."

"한 사람은 아시죠? 유명한 야구 선수예요. 메이저리그에 가 있는데 연봉이 뭐 한 몇백 억 된다나⋯⋯."

'몇백 억⋯⋯.'

"그리고 또 한 사람은 삼성병원 성형외과 전공의고 마지막은 아웃도어회사 사장님 아들이라네요."

"유세경 씨는 어떤 사람이 끌리는데요?"

"저는 뭐 솔직히 그닥⋯⋯."

"셋 다요?"

"예."

"이게 배불렀네. 미스코리아가 평생 가는 줄 알아? 보아 하니 다들 쨍쨍한 사람들 같은데 잘나갈 때 골라잡으셔."

유세경의 심드렁을 지켜보던 화요가 끼어들었다.

"언니, 나도 그냥 법사님 좋아하면 안 될까?"

"너 진짜 죽을래!"

이번에는 화요의 주먹이 유세경의 이마에 닿고 말았다.

"아무튼 저 어떡해요? 셋 중 한 사람하고 최소한 선이라도 봐야 할 판인데……."

"유세경 씨는 재물운과 건강운이 좋은 편이니 그 두 가지를 살리는 결혼이면 화목하게 살 수 있을 겁니다. 그런 면에서 보면 이 사람이나 이 사람……."

미류가 고른 건 성형외과 전공의와 아웃도어회사 사장 아들이었다.

"전생 인연도 한번 봐주시면 안 돼요? 전생연이 있으면 그나마 좀 마음이 움직일 거 같은데……."

"그렇다면 이 사람입니다."

미류의 최종 선택은 사장 아들이었다.

"이 사람은 셋 중에서 조건이 제일 안 좋은 사람인데… 엄마가 아는 사람이라 사람이 진국이라고 끼워 넣은 거거든요."

"두 분이 전생 인연이 있어요. 전생에 같은 고산(高山) 부족이었는데 결혼하지는 못했지만 마음은 있었던 사이입니다."

"정말이죠?"

유세경이 눈을 할긋 뜨며 물었다.

"눈 감으세요. 역시 직접 감응을 해야……."

지난번에 어머니의 손을 들어주느라 전생 감응을 대충 넘겼던 미류. 미안한 마음도 있고 해서 이번에는 처음부터 끝까지 다 보여주었다.

유세경의 또 다른 전생인 고산 부족.

옛 옛날의 일이라 같은 부족 내에서 결혼 상대를 찾지 않았다. 그래서 둘은 좋아하는 마음은 있으면서도 내색하지 못하고 서로 다른 부족을 만나 살았다. 그래도 이따금 만날 때마다 좋은 감정을 잊지 않은 사이.

설산에 묻힌 사랑만큼은 아니지만 좋은 인연인 것은 분명했다.

"와우!"

감응을 한 유세경이 환성을 질렀다. 자기에게도 전생 인연이 있다는 사실에 고무된 것이다.

"알았어요. 저 일단 이 사람 한번 만나볼게요."

유세경은 바로 마음을 정했다.

"얘, 그럼 복채 내야지."

화요가 미류 대신 손을 내밀었다.

"언니!"

"공짜 점은 효과가 없어요. 좋은 사람 만나려면 그만한 투자를 해야지."

"알았어!"

유세경의 가방에서 봉투가 나왔다. 화요는 냉큼 가로채 미류 주머니에 찔러주었다.

"그리고 너 아무한테나 법사님 홍보하지 마. 법사님은 바빠서 아무나 점사 내릴 시간 없거든."

"네에, 언제든 언니의 허락을 맡고 접근하겠나이다."

유세경은 드라마 속의 시녀처럼 고개를 조아렸다. 이손하라는 반전을 만들어낸 미류. 그 밤은 그렇게 깊어갔다.

다음 날 오전, 미류는 궁천도인이 굿을 한다는 굿당에 들렀다. 그가 큰굿을 맡은 것이다. 그런데 굿당이 한가했다. 지금쯤 온갖 상차

림과 신의 하강로를 세우느라 시끌벅적해야 할 상황. 미류는 굿당의 주인을 찾아갔다.

"취소됐어."

70줄의 주인이 심드렁하게 말했다. 그녀 역시 한때는 무속밥을 먹던 무속인이었다.

"취소되었다고요?"

"그래. 배가 불렀지."

말투에서 냉소가 잔뜩 배어나왔다.

"무슨 일인지 혹시 아시나요?"

"방금 말했잖아? 배가 불렀다고. 거금 준다는데 왜 마다하는 거야?"

"궁천도인이 파토를 낸 겁니까?"

"아유, 말하기도 싫으니까 직접 물어보든지."

주인은 손사래를 치며 굿당으로 들어갔다.

그 길로 궁천의 신당을 향해 달렸다. 무슨 일일까? 궁천은 명예를 아는 무속인이었다. 게다가 그 어려움을 헤치고 나온 사람이 아닌가?

'사연이 있겠지.'

미류는 당연히, 그렇게 생각했다.

"어머, 미류 법사님!"

신당에 도착하자 집 앞을 쓸던 현서가 미류를 맞았다.

"도인님 계신가요?"

미류가 물었다.

"그게……."

현서가 말끝을 흐렸다. 안에 없다는 걸 직감적으로 알 수 있었다.

"오늘 큰굿을 하기로 했잖아요? 왜 취소된 거죠?"

"그것도……."

"혹시 술집 갔나요?"

"……."

"어디 잘 가요?"

"나 여기 있네."

궁천의 목소리는 미류 뒤에서 들려왔다. 돌아보니 궁천이 저만치서 걸어오고 있었다.

"형님!"

"어허, 형님은 무슨… 내 신아버지뻘께서……."

술 냄새는 났지만 심하지는 않았다. 다행이었다.

"날도 덥고 목도 칼칼해서 생맥주 한 잔 꺾었어. 그 정도는 몸주께서 이해한다고 했었지?"

궁천이 앞서 신당으로 들어섰다. 미류는 그 뒤를 따랐다.

"굿당에 다녀오는 길입니다."

"어이쿠, 내가 깜빡했군. 취소되었다고 알려준다는 게……."

"굿당 주인이 펄펄 뛰던데요?"

"그렇겠지. 한판 땡길 참이었는데 겨우 계약금만 먹은 꼴이니……."

"그럼 계약금도 형님이 낸 겁니까?"

"그게 뭐 대순가?"

"자초지종을 좀 알려주세요. 앞뒤를 맞춰보면 형님이 취소한 거 같은데……."

"내가 취소한 거 맞아."

"이유가 있군요?"

"내가 비록 이 모양 이 꼴이지만 미류 법사와 신몽대감님을 신아버지로 둔 사람이오, 몸주로는 삼태육성제대신장을 받은 몸인데 부정 타는 굿판이야 벌일 수 있나? 그래서 걷어찼지."

"부정 타는 굿판이라고요?"

"말은 멸액굿이라는데 수작을 보아하니 뱅이굿 아니겠어? 그래서 다리 놔준 브로커 놈 배때지를 걷어차고 계약금이며 뭐며 나 돌려주었지."

"……."

"곧 선거판이잖아? 아마 상대방에게 횡액을 내려달라는 눈치더라고. 잘했지?"

"그러네요."

"아무튼 미안해. 내가 열 받는 통에 연락하는 걸 깜박했어."

"별말씀을……."

"미류 법사는 나보다 유명하니까 조심해. 정치인들은 와도 걱정, 안 와도 걱정이라……."

"예……."

"그 브로커 놈, 알고 보니 순전히 그런 짓으로 먹고 사는 모양이더라고. 큰손 정치인들하고 가까운 만신들 이름 팔아가면서 말이야."

궁천을 보며 미류를 고개를 끄덕였다. 역시 궁천도인이었다. 사이비 무당 같으면 그러거나 말거나 얼씨구나 달려들어 돈을 챙겼을 큰굿. 하지만 진짜 무속인이라면 남을 해치는 뱅이굿은 하지 않는 게 원칙이었다.

"법사님 또 오세요."

현서의 인사를 받으며 신당을 나왔다. 걱정스러운 마음은 사라지고 없었다. 오늘 궁천의 굿판은 성공이었다. 부정한 돈을 받아먹은 굿판보다야 걷어찬 게 더 시원하기 때문이었다.

그나저나 정치…….

그 말이 눈에 밟혔다. 박순길 덕분에 한바탕 지나간 사이비 무속

광풍. 그러나 미류가 아는 한 그녀는 무속인이 아니었다. 그럼에도 불구하고 많은 사람들은 그녀를 무속인으로 인식하고 있다. 그러나 그녀는 이미 고인. 무덤에서 나와 '나는 무속인이 아니오' 하고 외쳐 주기라고 하면 고마우련만 제 욕심만 차리다 죽은 여자가 사후 공덕을 베풀 리도 만무했다.

'브로커라……'

괜히 부정적인 생각이 드는 단어와 함께 박순길의 석연찮은 자살이 스쳐 갔다. 죽기 전 그녀는 누군가의 전화를 받았다고 했다. 물론, 무슨 전화인지는 모른다. 핸드폰 자체가 함께 사라졌기 때문이다.

'혹시 그녀의 뒤에 무속인이 있었던 걸까?'

곰곰이 생각하며 시동을 걸 때 전화가 들어왔다. 선일주 장관이었다.

—법사님, 저녁 시간 어떠신가?

"오시게요?"

—아니, 점사는 아니고 식사나 한 끼 대접할까 해서… 내가 국무회의 들어갔더니 남부 지방 기우제 일이 화제가 되었지 않겠나? 미류 법사 덕분에 우리 장관들도 여럿 고민을 덜었거든. 그 자리에서 훈장 얘기도 나왔다니까.

"훈장이라면 마삼바바 님에게 주셔야죠."

—뭐 그건 그렇지만 그 양반의 도력을 발현시킨 게 법사 아니었나? 그러니 법사가 받아도 모자랄 것 없네.

"훈장은 거두시고 밥은 얻어먹겠습니다."

—그러시게. 나도 곧 우리 부처 인사철이라 머리가 지근거린다네. 모처럼 미류 법사 만나서 법담도 좀 듣고… 내가 이따 가까운 곳에 예약하고 기사를 보냄세. 아니면 지나는 길에 들러도 되고…….

"그러시죠."

미류는 통화를 끝냈다. 궁천의 집 앞에서 받은 정치인의 전화. 기분이 묘했다.

'앗!'

무심코 시계를 본 미류가 화들짝 놀랐다. 예약 시간이 지나고 있었다.

"이모, 저 지금 가는 중입니다. 손님 계시면 조금만 더 기다려 달라고 해주세요!"

미류는 서둘러 시동을 걸었다.

늦었다.

미류는 뒷문을 통해 신당에 들어섰다. 기척을 느낀 봉평댁이 신당을 향해 나지막한 멘트를 날려 왔다.

"손님 들일까요?"

"그러시죠."

미류가 답했다. 서둘러 무복을 갈아입은 미류였다. 그래도 합장 기도는 잊지 않았다. 점빨은 기도빨이기 때문이었다.

거푸 세 명을 보고 좀 쉬었다. 그래도 시간은 당겨지지 않았다. 문득 종합병원이 떠올랐다. 한두 환자의 진료가 늦어지면 주르륵 시간이 밀린다. 그런 날일수록 환자들은 시간이 더 걸린다. 미류가 딱 그 짝이었다. 앞선 두 손님도 기구한 팔자를 쏟아내느라 시간이 지체되었다. 울고불고 하는 마당에 그만하라고 할 수도 없었다. 기구한 팔자를 가진 사람들은 신당에 왜 오는가? 바로 속 시원히 말이라도 하려는 것이다.

"크흠!"

네 번째 예약자가 들어왔다. 헛기침 소리가 유난한 것은 심기가 불편하다는 뜻이었다. 예약 시간에서 한 시간 이상 오버된 까닭이었다.

"오래 기다리시게 해서 죄송합니다."

미류는 사과의 말을 전했다. 신의 공수라고 해도 미안한 건 미안한 거였다. 이 또한 손님 입장에서는 서비스업의 하나일 수 있기 때문이었다.

"아닙니다. 사실 짜증이 좀 나긴 했는데 어쩌겠습니까? 워낙 유명하신 분이니⋯⋯."

"⋯⋯."

"저는 조그만 기업체를 하는 사람입니다. 혹시 기억나시는지요?"

사업가가 고개를 들었다. 그러자 미류의 기억이 반짝 빛을 깜박거렸다.

"제 후원회에 오셨던?"

"맞습니다. 그때 박 회장님 초대로 구석에서 법사님을 뵈었죠. 기억해 주시는군요."

"그럼요. 다 고마우신 분들이었는데⋯⋯."

"뭐 그거 생색내려는 건 아니고⋯ 그날 감명받은 것도 있고 해서 저희 직원들 인사이동에 대해 조언 좀 얻을까 하고요."

"말씀하시죠."

"여기 네 사람⋯ 사진을 가져왔는데 보여 드릴까요?"

"그러시죠."

미류가 말하자 사업가는 네 장의 사진을 꺼내놓았다. 다들 중년의 간부들이었다.

"실은 저희 회사가 이번에 몸집을 키우다 보니 상무이사를 한 명 두기로 했습니다. 그런데 막상 사람을 뽑으려니 고민이 이만저만이 아니라⋯⋯."

"예……"

승진!

말하자면 관운점이다. 관운점은 보통 승진과 영전, 당선과 합격 여부 등을 뭉뚱그려 칭한다.

"원래는 이 부장 승진을 고려 중이었는데 높은 데서 전화가 왔습니다."

'높은 데?'

"이 사람이 조 부장이라고 높은 데 지인이 많은데 이 사람을 승진시켜 주면 대기업 일감 수주에 다리를 놔주겠다고……."

사업가가 사진 한 장을 앞으로 내밀었다.

"……"

"대기업의 일감이라니 솔깃하기도 하고… 이 부장은 워낙 성실한 데다 사람이 좋아 막상 승진을 안 시켜도 큰 후환이 없을 사람인데 그래도 사람 양심이라는 게……."

"……"

"해서 결정이 어렵다 보니 법사님 공수를 좀 빌릴까 해서요."

"마음에 두신 분은 이 두 분입니까?"

"아닙니다. 사진 가져온 친구들은 다 승진할 자격이 있는 사람들입니다. 자리가 하나뿐이다 보니 그럴 뿐이죠."

"곤란에 처하셨군요. 높은 곳까지 관련이 되니……."

"세상일이라는 게 그렇잖습니까? 회사도 결국 성장이 목적인데 어떻게 보면 좋은 기회이기도 하고……."

"높은 곳은 확실한 겁니까?"

"그럴 겁니다. 조 부장, 전에도 그곳의 힘을 빌려 신문사와의 문제를 해결한 적이 있거든요. 사람은 별로지만 어쨌든 권력과의 친분도 능력은 능력이니……."

"이분은 성실맨이시라고요?"

미류는 이 부장의 사진을 들었다.

"말없이 자기 일 하나는 똑소리 나게 하는 친구죠. 원래는 다 차치하고 그 친구 올려야 하는데 워낙 또 성실하다 보니 불이익을 받아도 뒷말을 안 합니다. 반면 조 부장 이 친구는 이번 승진에 밀리면 아마 회사에 분란 좀 일으킬 겁니다. 성격이 괄괄해서 따르는 사람도 많거든요."

"사장님 편하시려면 조 부장을 승진시켜야겠군요."

"법사님……."

"알겠습니다. 제가 전생을 한번 검토해 보도록 하죠."

미류의 시선이 사업가를 겨누었다. 권력이 대기업 일감 수주를 내세워 밀고 있는 조 부장. 그저 묵묵히 자기 일을 해내며 설사 승진에서 탈락하더라도 군말이 없을 이 부장.

이런 경우 상당수의 경영자는 전자를 택한다. 후자는 언제나 승진에서 밀리는 인생. 묵묵히 일만 하는 사람들은 언제나 찬밥상을 받는 게 냉혹한 현실이다.

한마디로 더러운 세상. 왜 늘 착한 사람이 피해를 보는 걸까?

그렇다면 미류의 공수도 조 부장 편일까?

일단은 그랬다.

사업가의 전생에 조 부장과의 인연이 있었다. 전생에서 그는 조 부장과 경쟁 관계에 있으면서도 필요할 때는 연합을 하는 방식으로 도움을 받았다. 그 인과를 가지고 나는 바람에 조 부장을 무시할 수 없는 사업가였다.

"조 부장이 좋겠군요."

미류는 입술까지 밀려 나온 그 말을 안으로 삼켰다.

전생연!

중요하다. 하지만 이런 경우라면 끊고 갈 수도 있었다. 미류의 주 특기가 있지 않은가?

전생 삭제!

아니, 삭제가 아니라 편집이었다. 미류는 조 부장과의 전생 중에서 의견이 대립되는 구간을 눈여겨보았다. 천생연분 부부도 더러 부부 싸움을 하기 때문이다. 그 부분만 본다면 천생연분이 무색해지는 것이다.

"잠시 눈을……."

미류는 그 구간을 중심으로 감응을 해주었다. 바로 조 부장이 살짝 뒤통수를 치는 상황이었다.

"……!"

현실로 돌아온 사업가의 미간이 확 구겨졌다. 전생의 위력이었다.

나의 전생!

이 생이 아니기에 어쩐지 특별한 느낌이 드는 삶. 그 생에서 나에게 해코지를 한 사람… 그게 비록 작은 일이더라도 기억에 남을 수밖에 없는 것이다.

"사장님 재물운에는 아직 불이 제대로 들어오지 않았습니다. 그러니 지금 재벌 기업과 연관이 되면 무리수가 되어 오히려 재앙이 될 확률이 높습니다."

미류의 결론은 살짝 돌아서 나왔다.

〈조 부장이 아니고 이 부장!〉

그 말을 에둘러 던진 것이다.

"하긴… 얼마 전에도 청와대 인맥 끼고 대기업과 거래한 기업이 언론에 걸려서 부도덕한 기업으로 지탄받아 문을 닫았지요."

"……."

"역시 아무래도 묵묵히 일한 이 부장이 좋겠군요."

"잘 생각하셨습니다."

미류가 웃었다. 사업가는 고개를 끄덕였다. 바로 그때였다. 거실에서 느닷없는 고함이 터져 나왔다.

"아니, 이거 지금 장난을 하는 거야 뭐야?"

다음 손님 목소리였다. 기다리는 시간이 길어지자 결국 폭발한 모양이었다.

"어이쿠, 제가 얼른 나가야겠군요."

사업가는 사진을 쓸어 담은 후에 신당을 나갔다.

"저기요!"

덜컥!

봉평댁의 목소리보다 문이 먼저 열렸다. 흥분한 남자를 말리려는 봉평댁. 그걸 무시하고 신당 문을 열어 제친 손님이었다.

"들어가도 되오?"

손님이 물었다. 나름 높임말을 썼지만 위협에 다름 아니었다. 명예창을 보니 벼슬 관(官) 자가 보였다. 글자체도 두툼했다. 정부밥을 먹는 고위급 공무원이신 것이다.

"법사께서 잘나가신다기에 왔는데 손님 대접이 왜 이 모양이오?"

그는 짜증부터 작렬시켰다.

"죄송합니다. 점사라는 게 딱딱 정해진 시간으로 보는 게 아니다 보니……."

"내가 뭐 하는 사람 같소?"

손님이 미류를 간보기 시작했다. 이런 사람들이 있었다. 한마디로 네 능력을 보여달라는 것이다.

"고위급 공무원으로 보입니다만……."

"가정은?"

손님의 질문이 이어졌다. 슬쩍 부아가 치밀었지만 오래 기다리게 한 것도 사실인지라 공손하게 궁금증을 풀어주었다. 그 답은 손님의 운명창에 있었다.

[婦] [子] [女]

가정은 넷으로 이루어져 있었다. 하지만 아내를 가리키는 부(婦) 자의 중심이 좋지 않은 걸로 보아 아내가 폐병을 앓는 것 같았다.

"부인과 아들 하나, 딸 하나를 두셨군요. 부인께서는 폐에 질환이 있으시고……."

"흐음, 소문이 맞긴 하군."

"어떤 일로 저를 찾아오셨는지요."

미류가 물었다.

"그것도 법사께서 맞춰야 하는 것 아닌가?"

"기주님!"

미류가 손님을 바라보았다. 이쯤 되면 진상이 되는 것이다. 물론 공수는 미류가 내린다. 하지만 똥배를 내밀며 '네가 얼마나 영험한지 한번 보자'로 나올 거라면 굳이 신당을 찾을 이유가 없었다. 미류는 시계를 보았다. 선일주와 약속한 시간이 다가와 있었다.

"점사는 서로 영적 파장이 일치할 때 가장 좋은 효과를 보게 됩니다. 아마 기다리시면서 기분이 언짢아지신 것 같은데 다음에 날을 받아드릴 테니 마음이 풀리시거든 다시 오시죠."

"뭐야?"

미류의 말에 손님이 폭발했다.

"신당입니다. 소리를 낮춰주시죠."

"뭐? 아니, 그런데 이자가 보자보자 하니까… 너 내가 누군 줄 알아?"

홍분한 손님이 문을 후려쳤다.

"신당입니다."

"신당이면 뭐? 그래봤자 무당 주제에 어디서 깝죽이야? 잔소리 말고 내가 이번 승진 먹을지 말지나 좀 알아봐. 맞으면 복채는 더 생각해 줄 테니까!"

"기주님!"

"내 말 안 들려? 나 법무부 국장이야, 국장. 알았어? 몰랐어?"

"죄송합니다. 접수한 복채는 돌려 드릴 테니 나가주시죠. 제 몸주께서는 이런 상황에서 억만금을 줘도 공수를 내리지 않습니다."

"뭐야?"

홍분한 손님이 미류의 멱살을 잡아 벽으로 밀었다.

우당탕!

미류가 처박히자 봉평댁이 뛰어들었다.

"아이고, 손님, 왜 이러신대요?"

봉평댁이 손님을 막아섰다.

"왜 이래? 이것들이 보자보자 하니까 무당이 무슨 벼슬인 줄 아나? 일어나!"

손님이 다시 미류의 멱살을 거머쥐었다.

"기주님!"

"닥쳐. 바쁜 시간 내서 왔더니 니가 그렇게 잘나가? 어디 내가 검사들 시켜서 뒤 좀 털어줄까? 세금은 제대로 내시나? 무당들은 예쁜 여자가 오면 합궁해야 횡액을 막는다고 꼬드겨서 육보시도 받는다지?"

"말조심하세요. 이디서 주워들은 말로 무속을 욕보이는 겁니까?"

"뭐라?"

미류가 반발하자 손님이 다시 미류 멱살을 잡아챘다. 그 순간, 다른 손이 끼어들어 손님의 행패를 막았다.

"뭐야? 비……?"

팔을 뿌리치려던 손님, 팔의 주인을 확인하고는 그 자리에서 얼어붙어 버렸다.

"장… 장관님!"

장관?

그 말에 미류도 고개를 들었다.

"……!"

순간 미류 눈도 불이 번쩍 들어왔다. 선일주였다. 법무부 장관 선일주가 등장한 것이다.

"송 국장 아니신가?"

"여, 여길 어떻게……?"

"내 운전기사가 집안에 우환이 있다고 점을 잠깐 보면 안 되겠냐기에 밖의 차에서 기다리고 있었네. 그런데 안에서 소동이 벌어졌는데 기사가 말릴 수 있는 사람이 아니라기에……."

"……!"

"그 손은 놓는 게 좋지 않을까? 공무원의 품위도 생각해야지?"

선일주의 시선이 송 국장의 손을 쪼았다. 그의 손은 아직도 미류 멱살을 잡고 있었다.

"죄… 죄송……."

"듣자니 관운점을 보러 왔다고?"

"장관님!"

"관운점이라면 이번 승진 때문인가?"

"죄송합니다."

송 국장은 그 자리에서 무릎을 꿇었다.

"송 국장이 무릎을 꿇어야 할 사람은 내가 아니라 법사님 같은데?"

선일주의 손이 미류를 가리켰다. 한 치의 흔들림도 없는 완고한 손길이었다.

"이거 미류 법사 볼 면목이 없군."

한정식 집으로 자리를 옮긴 선일주가 혀를 찼다.

"아닙니다. 더러 있는 일이니 신경 쓰지 마십시오."

앞자리의 미류가 대답했다.

"무슨 소리인가? 다른 사람도 아니고 우리 부처의 고위 간부일세. 그것도 교정본부장 물망에 오른……."

"……"

"내 앞에서는 오직 국민만 생각하는 공직자처럼 굴더니 밖에서는 이 모양이라니……."

"장관님!"

"정말 화가 나네. 대한민국이 왜 이 모양인지……."

"그렇다면 장관님에게는 오늘이 길일입니다."

"길일?"

"물망에 올랐다니 자칫 아까 그분이 승진할 수도 있었지 않습니까?"

"……!"

"그분은 반대로 부승치구(負乘致寇)입니다."

"부승치구?"

"높은 지위에 있으면서 천한 행동을 하는 사람은 결국 재앙에 이르는 법이죠."

"아하, 그 부승치구!"

"장관님도 아시는군요?"

"교양 강좌에서 주역 특강을 들을 때 주워들은 말이네."

"깜냥이 못 되는 사람이 높은 자리를 치지하면 언젠가는 그 본성이 나오는 법이죠. 그분에게는 그게 하필 오늘이었으니 일진이 사나웠던 거죠."

"부승치구… 그러고 보니 인사에서 꼭 고려할 말이군."

"숨겨진 본성이었으니 언젠가는 드러나겠지만 오늘 제 신당에서 좀 오래 기다렸거든요. 그 조바심이 교만을 깨워 재앙을 불러온 겁니다."

"으음……."

"아무튼 장관님 입장에서는 일부 고민을 덜게 되었으니 다행입니다."

"그렇군. 일단 송 국장은 열외가 되었으니……."

"그리고 저를 곤란에게 구해주셨으니 오늘 식사는 제가 내야 할 것 같습니다."

"무슨 말씀? 죽을 때까지 법사에게 밥을 사도 모자랄 판에……."

"저야 소소한 도움이지만 오늘 장관님의 도움은 속 시원한 사이다였거든요. 조금 기다렸기로 검사 운운하며 무속을 모욕하니 신제자의 본분조차 잊고 화가 났습니다."

"그 일은 내가 송 국장의 상관으로서 한 번 더 사과하겠네."

"자꾸 그러시면……."

"으음… 좋아. 그럼 오늘 밥값은 법사께서 내시게나. 최근에 광고도 찍고 하셨으니 그만한 여유는 있으실 테고……."

"고맙습니다."

"아니, 나는 옵션이 있어서 그러네."

"옵션이라고요?"

"이번 우리 부처 인사 말일세. 한번 걸러주시겠나?"

"제가요?"

"사실 자리라는 게 우리나라에서는 좀 왜곡이 되어 있지. 능력 있는 사람보다 내 편을 선호하거든. 능력은 다 거기서 거기라고 치부하면서 말이야."

선일주가 핸드폰을 꺼내 문자를 찍었다. 그사이에 미류는 자리를 생각했다.

자리!

선 장관 말은 절반 이상 맞았다. 정치적 혼란을 자주 겪은 우리나라는 능력보다 내 사람을 선호한다. 그러나 공직 같은 경우에는 능력과 도덕성이 우선시되는 게 옳았다.

잠시 후 운전기사가 내실에 들어섰다. 그는 노트북 가방을 건네주고 나갔다.

"어차피 송 국장 일로 미류 법사도 이번 인사에 관여가 된 셈이니 한번 보시게나."

선일주가 노트북을 테이블에 올려놓았다. 화면에는 송 국장까지 도합 네 명의 사진이 올라와 있었다.

"1급 승진 자리 후보들일세. 송 국장은 탈락이니 나머지 셋은 어떠신가? 솔직히 미류 법사가 하라는 대로 할 수는 없겠지만 중대한 하자가 있다면 고려하겠네."

"그러니까 이걸 안 봐드리면 오늘 밥값은 제가 못 낸다 이거로군요?"

미류가 웃었다.

"말하자면 그러네. 이러나저러나 나는 손해가 아니로군."

선일주도 웃었다.

"장관님, 곧 사표 내실 생각이죠?"

"응?"

놀란 선일주, 입가의 미소가 확 끊겨 나갔다.

"내 얼굴에 그리 쓰여 있는가?"

"영시를 해보니 장관님 명에운에 다른 빛이 드리워지고 있습니다."

"다른 빛이라니?"

"일인지하만인지상(一人之下萬人之上)!"

"……!"

미류가 의미하는 건 국무총리였다. 선일주는 아마 정 시장이 대권을 잡으면 그 정부에서 초대 총리를 할 것 같았다.

"머잖은 시간에 사표를 내실 거라면 이분이 좋겠고, 사표 안 내시고 법무부를 제대로 이끌고 싶으시면 이분이 좋겠습니다."

미류의 손이 두 사람의 사진을 짚었다.

"미류 법사……."

"우선 이 사람은… 장관님과 전생 인과가 대립되어 있습니다. 승진을 시키면 사사건건 마찰이 있을 겁니다. 그러나 능력은 최상이니 장관님이 법무부를 떠나도 부처의 중심을 제대로 잡을 사람입니다."

"……."

"그러나 이 사람은 장관님의 성향과 맞아 이견 없이 무난하게 보필할 겁니다. 제 생각은 그렇습니다."

미류, 화두를 던져놓고 선일주의 선택을 기다렸다.

'능력자와 내 사람!'

'선일주는 어떤 사람에 속할까?'

'하핫, 역시 법사께 보여 드리길 잘했군. 사실 내 마음은 후자의 친구에게 있었는데 바꾸기로 했네. 이거 법사 앞에서 밑천이 다 드러난 기분이야."

"그렇게 말씀해 주시니 밥값 내는 기분이 더 좋아집니다."

"그런가?"

"후자를 택하셨다면 조금 실망했을 겁니다. 장관님은 큰 그림을 그리는 분이 아니십니까? 그런데 능력자를 등용하지 않는 인사를 하신다면 더 높은 자리로 가셔도……"

—기대할 게 없지.

—그 밥에 그 나물이야.

미류가 말줄임표에 숨긴 말은 그것이었다.

"과연……"

선일주는 몇 번이고 고개를 끄덕였다. 자신의 헐렁한 곳을 단숨에 조인 것이다.

"미류 법사!"

"예."

"지금 정 시장님께서 중대한 구상을 하고 계시네."

"……"

"머잖은 날 법사를 초대해서 의견을 물으실 거네."

"예……"

"그때도 오늘처럼 혜안을 설파해 주시기 바라네. 부승치구 말일세."

"기회가 된다면……"

"그리고 그 자리에 나보다 더 능력 있고 이 나라를 견실하게 끌고 갈 총리감이 있다면 꼭 말씀을 드려주시게."

"……"

"애당초 나는 한 번 마음을 비웠었지 않나? 그런데 다시 입각을 하면서 마음에 때가 묻었네. 그걸 오늘 법사께서 또 닦아주신 걸세."

"별말씀을……"

"송 국장 때문에 잡친 기분이 말끔하게 씻겨 나갔어. 그럼 드실까?"

"그보다……."

"왜?"

"운전기사분 말입니다. 혹시 지금 식사 중이신지요?"

"아니, 차에서 대기 중일 거네만."

"장관님이 계시니 합석은 어려우실 테고… 옆방이나 테이블에다 같은 식사를 차려 들게 하면 안 될까요? 오늘 제 횡액을 막아주신 분은 장관님이지만 기사님이 장관님을 불렀을 테니 그분께도 식사를 사고 싶습니다."

"어이쿠, 이거 한 방 더 얻어맞는군. 그럼세. 그 친구 털털하니까 법사가 괜찮다면 합석도 괜찮네. 먹는 일에 위아래가 따로 있겠나?"

선일주는 미류의 요청을 받아주었다.

결국 식사는 세 사람이 한자리에서 하게 되었다. 운전기사의 얼굴에 고마움과 뿌듯함이 엿보였다. 혼자보다 둘, 둘보다 셋이 좋다. 밥맛도 세 배로 좋아졌다.

복점 축제

카운트다운!

신당으로 돌아온 미류는 달력의 스케줄 표를 보고서야 알았다.

내일!

하라의 정식 앨범이 선을 보이는 날이었다. 덕분에 하라는 지금 미국으로 건너가 있다. 한국과 미국에서 동시에 발매되는 까닭이었다.

"오빠, 나 1등 먹고 올게."

떠나는 순간 하라는 씩씩했다. 너무너무 씩씩해 봉평댁이 대신 울었다. 열 시간도 넘는 비행기를 타야 하는 하라. 그것만 해도 힘들 지경이지만 하라에게 있는 건 자신감뿐이었다.

1등!

하라는 알고 있을까? 한국인이 넘보기 힘든 빌보드 차트. 거기서 1등을 한다는 건 미류가 전생신의 특허를 얻는 것만큼이나 쉽지 않은 일이라는 걸.

첫 앨범은 에릭과의 합작. 그러나 노래는 어디까지나 하라 혼자였다. 에릭은 기타 연주로 뒤를 받쳤을 뿐이다. 그렇기에 하라는 신인 중의 신인. 그 신인 중에서도 어리디어린 꼬마. 동시에 변방 코리아 국적. 빌보드 100등 안에만 들어도 환호할 판에 1등을 외친 것이다.

그래, 그 정도 꿈은 꾸어야지.

미류는 하라가 대견스러웠다. 어쩌면 무모하지만 꿈이란 것에는 무모함이 조금 포함되어도 좋았다.

하라의 일상은 걱정하지 않았다. 배은균이 완벽한 매니지먼트를 가동하고 있기 때문이었다. 학교 출석부터 시작해서 의상과 식생활, 영어 회화까지 체계적으로 관리하는 그였기에 미류가 할 수 있는 건 응원뿐이었다.

마침내 내일로 다가온 하라의 데뷔곡 카운트다운!

카운트다운은 무속에도 있었다. 바로 손님과 영적 파장을 맞추는 일이 그랬다. 손님이 신당에 들어서면 무당은 그와 영적 파장을 맞춘다. 이때 무당의 머리는 한없이 맑아진다. 그리하여 영적 파장이 들어맞기 시작하면 손님의 고달픈 삶이 하나둘 보이기 시작한다.

굿을 할 때도 마찬가지다. 진오귀굿에서 무당은 사자(死者)의 혼과 영적 파장을 맞춘다. 이것이 일치하면 무당은 사자가 된다. 그가 살았을 때의 목소리와 몸짓을 내는 것이다.

미류는 빌었다. 하라와 배은균이 꿈꾸는 빌보드 정벌. 그 카운트다운이 영무(靈巫)의 그것처럼 파장이 일치하기를. 그리하여 그들이 원하는 결과를 얻기를……

"옴소마니 소마니 훔……"

"천지정명 예기분산 동중현호……"

잠결에 미류의 귀에 주문 소리가 들려왔다. 항마진언과 옥추경 등이었다.

옴소마니 소나미 홈 하리한다 하리한다 아라…….

미류는 잠결에도 무의식적으로 주문을 따라했다.

"……!"

그러다 번쩍 눈을 떴다. 꿈이 아니었다. 귀를 쫑긋 세우자 신당 쪽에서 소리가 들려왔다. 미류는 소리 없이 신당 문을 열었다.

"……?"

미류의 동작이 멈췄다. 신당 안에 사람이 있었다. 봉평댁이었다. 어젯밤에 보았던 옷 그대로인 것을 보니 밤을 새운 모양이었다.

"옴소마니 소마니 홈… 바라건대 우리 하라 꿈을 이루게 하소서. 천지정명 예기분산… 미국 땅에서 기죽지 않게 하소서. 옴 데세 데야 도미니… 그저 건강하게 하소서……."

부정을 쫓는 주문과 함께 봉평댁의 기도는 끝도 없이 이어졌다. 미류는 가만히 문을 닫는 수밖에 없었다.

봉평댁…….

사실 하라는 봉평댁의 친딸이 아니었다. 하지만 그녀의 딸 사랑은 친딸 이상이었다. 겉으로는 투박하지만 하라를 위하는 일이라면 자신의 심장도 내어놓을 사람이었다. 모진 팔자의 굴레를 지나면서도 하라를 위안으로 삼았던 봉평댁. 그런 그녀였으니 밤을 새우는 기도는 당연한 것으로 느껴졌다.

사락!

다시 미류가 문을 열었다. 무복을 갖춘 것이다, 미류는 소리 없이 봉평댁 옆에 앉았다.

"법사님!"

놀란 그녀가 고개를 들었다.

"이제 그만 쉬어요. 내가 이어받을 테니까."

"법사님……."

"어서요. 니도 하라에게 뭔가 보탬이 되어야 하잖아요?"

"법사님은 이미… 하라가 여기까지 온 게 누구 덕분인데……."

"하라 덕분이죠."

미류는 울먹이는 봉평댁의 말을 담담하게 받아쳤다.

"예?"

"하라 덕분이고 이모 덕분이에요. 모진 세월 잘 넘어오셨고 허드렛 일 마다않으며 공덕 쌓으셨잖아요."

"그까짓 뒷일이 무슨 대수라고……."

"내가 볼 때는 대수입니다. 그러니 이제 그만 나가서 쉬세요."

"법사님!"

"제 몸주께서 나가라고 하십니다."

"예……."

봉평댁은 그제야 비틀 일어섰다.

'미련하신 분……'

제 몸 돌보지 않고 밤을 건너온 봉평댁이었다. 미류는 알큰해지는 콧날을 문지른 후에 신단을 향해 두 손을 모았다. 미류 법사, 하루의 시작이었다.

기도를 끝내고 아침 식사를 했다. 봉평댁은 식사를 하면서도 뉴스 에 귀를 기울였다. 피식 웃음이 나왔다. 미국과 한국은 시차가 크다. 아니, 설령 시차가 없더라도 신곡 발매로 인한 반응이 한두 시간 안 에 나올 리 없었다.

"마음 비우시고 식사하세요."

미류가 슬쩍 조바심을 달랬다.

"응? 아니… 날씨 보려고……."

"날씨요?"

"오늘 점집 골목 축제 여는 날 아니야?"

"……!"

국을 뜨던 미류, 수저를 멈추고 말았다. 시선은 재빨리 달력으로 향했다. 맙소사, 진짜 그랬다. 오늘 날짜에 붉은 동그라미가 쳐져 있었다.

"몰랐어?"

봉평댁이 물끄러미 물었다.

"아뇨. 잠시 깜빡……."

"미안해. 우리 하라 때문에 신경 쓰느라……."

"아니에요. 진짜 잠시……."

미류는 서둘러 식사를 마쳤다. 어쩐지 식사 전에 내다본 점집 골목이 조용했다. 이제 보니 정중동이었다. 다들 준비를 하느라 바빴던 것이다.

아니나 다를까? 타로가 쫓아 들어왔다.

"미류 법사, 나 어때?"

타로가 팔을 벌려 보였다. 그의 의상은 중세풍 마법사처럼 보였다.

"코스프레 하기로 했나요?"

"어? 그 의견 낸 게 법사님 아니었어? 기왕이면 옷도 좀 갖춰 입고 축제 분위기로 가자고!"

"……!"

"하긴 미류 법사야 무복 입고 나가면 되지만 나니 원장님, 쌍골선 사님 같은 사람은 무복이 따로 없으니까."

"준비는요?"

"구청에서 와서 행사 천막 치고 현수막 걸어주기로 했으니까 우리는 몸과 마음만 가져가면 되지. 지금 하고 있디라고."

"알았어요. 저도 준비 끝낼게요."

"무복은 저기⋯⋯."

미류의 말에 봉평댁이 장단을 맞춰왔다. 준비성 좋은 그녀답게 오늘 행사에 맞는 무복을 골라둔 모양이었다. 회색과 흰색이 잘 대비된 무복이었다.

"스승님!"

잠시 후에 연주가 들어왔다. 그녀 역시 눈에 띄는 노랑 무복이었다. 그러나 젊은 무속인답게 품을 줄여 아주 단정해 보였다.

"저 괜찮아요?"

연주가 물었다.

"대박!"

미류가 엄지를 세웠다.

"저 오늘 스승님 보조할게요. 꽃신선녀님께 허락받았어요."

"안 돼!"

미류는 일언지하에 거절했다.

"왜요?"

"오늘은 연주도 한 사람의 무속인이야. 부적 많이 써뒀지?"

"그거야⋯⋯."

"그거 다 가지고 나와. 대신 책상은 내 옆에다 붙여도 오케이!"

"으악, 2인 1조라서 미류 법사 옆자리는 내가 찜했는데?"

듣고 있던 타로가 펄쩍 뛰었다.

"형님은 내 제자 아니잖아요? 개성으로 밀고 나가세요."

"아, 진짜… 미류 법사 인기에 좀 묻어갈까 했더니……."

타로는 아쉬운 듯 입맛을 다셔댔다.

"스승님!"

타로가 나가자 연주가 여린 표정을 지었다.

"신당 자리는 구했어?"

"몇 군데 봐뒀어요. 곧 계약하려고요."

"돈은 안 모자라고?"

"꽃신선녀님께서도 도와주신다고 하셔서 걱정 없어요. 다만 제 실력이 걱정이죠."

"연주는 잘할 수 있을 거야."

"실은 스승님이 뒤에 버티고 계시니까 저질러도 겁은 안 나요."

"오늘 기회를 잘 활용해. 어쩌면 좋은 기회가 될 거야."

"알겠습니다. 그럼 준비하시고 나오세요. 전 부적 챙겨 올게요."

연주는 환한 얼굴로 신당을 나갔다.

미류는 무복을 갈아입었다. 무복은 전생신을 대리하는 상징의 하나. 숭고한 마음으로 걸치고 잠그니 마음이 뿌듯해졌다.

'다녀오겠습니다!'

가까운 곳이지만 전생신에게 남기는 인사는 잊지 않았다.

〈복점 축제〉

점집 골목 행사의 공식 이름은 그랬다. 타로가 점집 골목 멤버들의 뜻을 모아 구청과 협의해 결정한 것이었다. 현수막이 걸리고 홍보지까지 배치되니 그럴듯해 보였다.

구청에서 제공한 건 대형 천막 여섯 동이었다. 첫 동에는 구청의 아르바이트 요원들이 행사 안내와 홍보물 배포 등을 맡았고 두 번째

동부터가 복점의 시작이었다. 그 스타트는 쌍골선사와 꽃신선녀가 책상을 나란히 선점하는 것으로 결정했다. 그들이 이 골목의 터줏대 감이자 나이도 많았으므로 대우를 한 것이다.

두 번째 천막에 미류가 포진했다. 미류는 연주와 함께였다. 그 뒤로 타로와 대운사주, 옥수부인과 멍석철학원장 등이 차지했다. 각각의 점 천막에는 아르바이트생들이 두 명씩 배치되었는데, 구청의 지원이었다.

어린이 농악대의 작은 개막식과 함께 복점 축제가 시작되었다. 사실 처음에는 사람들이 그렇게 많이 오지 않았다. 실직자가 넘치고 백수가 태반이지만 점집 골목은 시내의 중심이 아니었던 것이다. 이때만 해도 10여 년 전, 스마트폰이 나오기 전이니 SNS도 위력을 떨칠 때가 아니었다.

그래도 소문은 바람보다 빠른 것. 미류의 얼굴을 알아본 사람들이 핸드폰을 걸기 시작하면서 온갖 사람들이 몰리기 시작했다.

줄도 그랬다. 다른 천막에 비해 미류의 천막은 인산인해를 이루었다. 별수 없이 미류가 마이크를 잡고 나서는 수밖에 없었다.

"여러분, 잠깐만 주목해 주세요!"

미류가 인파를 향해 외쳤다.

"죄송하지만 저희 2번 임시 신당에서는 둘이 합심해도 최대 50명 이상 봐드리기 어렵습니다. 그러니 점사를 받아야 하는 분들은 다른 천막으로 고루 이동해 주시기 바랍니다. 다른 분들도 다 신통력이 막강하시니 그렇게 하셔야 점사를 원활하게 받아볼 수 있습니다."

첫 마이크 작렬은 별 소용이 없었다. 서로 그 50명 안에 들려고 꿈쩍도 않았던 것. 하는 수 없이 연주가 30명을 뽑았다. 30명은 미류가 감당할 숫자. 나머지 20명은 연주가 볼 숫자였다.

―번호가 있는 걸 뽑으면 당첨!

―없는 걸 뽑으면 꽝!

그때까지 모인 사람을 대상으로 신기점을 응용한 번호표를 돌렸다.

"아싸라비아, 당첨이닷!"

"빙고, 당첨 먹었어!"

"쟈갸, 나 당첨, 나 약 먹었나 봐. 뭐에 뽑혀본 적 한 번도 없는데……."

당첨된 사람들의 환호와 함께 꽝을 뽑은 사람 중년 아줌마 하나가 미류 쪽으로 움직였다.

"죄송하지만 꽝이시면 다른 천막으로……."

미류가 공손히 말했다.

"갈게요. 대신 악수나 해주세요!"

"저는 사인 좀……."

꽝들의 반란이 시작되었다. 결국 그들과 악수 내지는 사인을 해주고서야 미류는 인파를 정리할 수 있었다.

첫 주자!

여자였다. 어깨가 좋았다.

'수영 선수인가?'

…싫었지만 역도 선수란다.

여자 역도 선수.

유명한 장미란이 있지만 사실 주변에서 직접 보기는 쉽지 않은 편이었다.

"뭘 도와드릴까요?"

미류가 물었다.

"실은 저도 이제 백수예요."

그녀가 선머슴처럼 뒷덜미를 벅벅 긁었다. 알고 보니 국가 대표까지 지낸 선수. 초등학교 5학년 때부터 운동만 하다 보니 가꾸는 법도 몰라 화장기조차 없었다.

"운동 계속 안 하시고요?"

"그만두려고요."

대답하는 그녀의 눈동자에 시름이 깊었다. 보아하니 사교성도 거의 없는 것 같아 이 자리에 온 것 자체가 용기로 보였다. 미류, 그녀의 말수를 덜어주기 위해 운명창을 다 열어버렸다.

[가정운 中上 58%]

[건강운 上中 77%]

[재물운 中上 55%]

[학벌운 中上 56%]

[애정운 中上 55%]

[명예운 上中 78%]

나쁘지 않았다. 더구나 그녀의 운명창 안에는 특별한 문제도 없었다. 허리와 어깨에 약간의 흠이 보이지만 그건 운동선수로서 있을 수 있는 정도…….

"왜 그만두시려는지 물어도 될까요? 제가 보기엔 꾸준히 하면 좋은 결과가 있을 거 같은데……."

"저도 할 줄 아는 게 이것뿐이라 그렇게 생각했는데 지난 올림픽에서 사실 메달 유망주였는데도 다른 나라 선수들 기록에 밀려 메달도 못 땄고… 제 경기력은 늘 그 자리인지라 다음 올림픽에도 확신이 안서다 보니 부모님이 공부해서 교수 자리나 노려보라고……."

"지치셨군요?"

"조금은요."

"지난 올림픽 기록이 안 좋았나요?"

"아뇨. 저도 제 최고 기록이었는데……."

"저런!"

"제가 원래 상 복이 좀 없는 편이래요."

그녀가 헐렁한 미소를 지었다.

"그렇지는 않습니다. 전체적인 운은 나쁘지 않아요. 특히 명예운은 다른 사람에 비해 썩 좋은 편이고… 이걸 봐서는 올림픽 메달도 땄을 거 같은데……."

"그럼 그게 교수가 되라는 거 아닐까요? 교수는 제법 명예로운 자리잖아요."

"뭐 그렇기도 하지만 교수보다는 운동 쪽이 더 유망해요."

"그건 올림픽 메달 땄을 때의 얘기죠."

"……."

"그래서 갈등하다가 잠깐 나온 길인데 광고에서 본 분이 계시길래……."

그녀는 순진한 소녀처럼 붉은 볼을 한 채 담담하게 대답했다.

"미안하지만 그때 몇 등 하셨어요?"

"5등요."

5등!

좋은 성적이었다. 동네 대회도 아니고 올림픽 5등이 아닌가? 그렇다면 세계에서 5등인데 그 5등이 너무 기죽어 있었다. 1등이 아니면 안 되는 한국. 하다못해 동메달이라도 건지지 못하면 잊히는 존재가 되는 게 대한민국이었다.

'응?'

씁쓸한 순간 미류는 그녀의 운명창에 어리는 기운 하나를 발견했다.

'혹시 행운창?'

아까는 미처 확인하지 못했던 것. 운명창 다음에 보일 창은 행운 아니면 액운창이기에 다시 영시를 날렸다.

"……!"

맙소사!

뒤를 이은 창이 밝아지자 미류의 눈알에 힘이 들어갔다.

[행운기]

반짝거리는 것은 분명 행운창이었다. 그것도 새싹이 돋듯 파릇하게 반짝이는 행운창. 그렇다면 행운이 코앞에 다가왔다는 뜻.

미류는 마음을 가다듬고 다시 한 번 영시를 집중시켰다. 그리고 그녀의 재물창과 명예창을 샅샅이 뒤지기 시작했다.

'보이거라!'

내 몸주의 뜻이니.

[牌]

명예창 안에서 나온 건 한 글자였다.

'메달?'

미류는 고개를 갸웃거렸다. 패(牌)는 메달을 의미하는 한자였다. 그러나 이 선수는 지난 올림픽에서 헛물을 켠 사람. 그렇다면 지나간 다른 대회에서 딴 메달이 나온 것일까?

다시 영시를 집중시켰다. 변하지 않았다. 글자는 새싹처럼 파릇했으니 분명 메달을 땄어야 했을 일이었다.

"혹시 최근에 국제 대회 같은 곳에서 메달 따셨나요?"

"아뇨, 올림픽 이후로 슬럼프라서 참가하지 않았어요."

"그럼 정부나 체육 단체에서 훈장이나 수훈 메달이라도……."

"……."

"그것참 이상하네. 분명 올림픽이 열렸을 시기에 메달을 땄을 것 같은데……."

"법사님!"

그녀가 고개를 들었다. 표정이 좋지 않았다. 뭔가 엇박자라고 느낀 모양이었다.

"예?"

"그만 가볼게요. 점으로 해결될 일이 아닌 거 같네요."

"제 말은……."

"그래도 들어주셔서 고마워요. 광고도 찍으신 유명한 법사님이랑 얘기하니까 기분도 좋았고요."

여자는 착한 미소를 지으며 일어섰다.

"저기……."

미류가 손을 내밀었지만 그녀는 미련을 두지 않았다.

'뭐야?'

조금 황당했다. 분명 메달을 손에 넣은 것 같은데 아니라니. 그렇다고 거짓말을 할 사람도 아닌 것 같으니 할 말이 없는 미류였다. 조금 더 확인할 시간이 없었던 게 아쉬울 뿐.

'내 잘못이다.'

미류는 스스로를 자책했다. 지금 그녀는 의욕과 의지가 땅에 떨어진 상황. 조금 더 눈치 빠르게 배려해야 했는데 그걸 놓쳤다. 인파가 몰려들다 보니 마음이 헐렁해진 건가 싶었다.

"안녕하세요?"

두 번째 손님은 20대 후반의 아가씨였다. 단정하고 맵시 좋고, 얼굴도 호감이 가는 여자였다.

"실은 구직 중인데……."

아가씨는 어렵게 말문을 열었다.

"백수는 아닌 걸로 나오는데요?"

미류가 살짝 제동을 걸었다. 아가씨의 재물창에 직업이 있었던 것이다.

"어머!"

놀란 아가씨, 눈치를 보며 말을 이어갔다.

"그럼 혹시 최근에 제가 지은 대죄도 다 보이시나요?"

"대죄라고요?"

다시 운명창을 짚었다. 건강창에 원인이 있었다.

[酒]

술 주(酒)가 나왔다. 그런데 자세히 보니 글자가 깜빡이는 모습이었다. 보통은 쌩쌩하지만 더러는 위태롭게 깜빡거리는 글자의 암시. 그건 바로 아가씨가 술을 마시면 맛탱이가 간다는 의미였다.

"술 마시고 실수했어요?"

"어머!"

"좀 크게 하셨나?"

"어머머!"

"괜찮으니까 말씀해 보세요. 원하시면 술도 막아드리지요."

미류가 웃었다.

"그게… 법사님 말씀이 다 맞아요. 제가 사직서를 팩스로 보냈는데 회사에서는 괜찮으니까 계속 나오라고 하고 있거든요. 그런데……."

"……."

"저는 쪽팔려서 나갈 수가… 그래서 다른 데 알아보려고요."

"주사 부렸죠?"

"네……."

"그 회사 싫어요?"

"아뇨. 부서 분위기 좋고 연봉도 나쁘지 않고 다 좋아요. 다만…

어휴, 내가 미쳤지."

아가씨는 제 머리를 쥐어뜯었다.

사연을 들은 미류는 별수 없이 웃음을 터뜨리고 말았다. 영문 모르는 연주가 쳐다보지만 웃음은 그치지 않았다.

"죄송합니다."

미류는 겨우 웃음을 끊어내고 아가씨에게 사과를 전했다.

"괜찮아요. 제가 생각해도……."

아가씨는 울상을 지었다.

운명창에서 본 대로 술이 지은 죄었다. 평상시에는 술을 입에 대지 않는 이 아가씨. 실은 주량이 대단해서 먹었다 하면 끝장을 보는 스타일이었다. 끝장을 보다 보니 부작용도 컸다.

─절대 술 마시지 마라.

그녀의 개차반을 겪어본 친구들은 이구동성이었다. 직장에서 안 잘리려면 절대 금주. 아가씨는 신입 사원 환영회에서도 그걸 지켰다. 덕분에 부서에서는 인기 상종가를 달리고 있었다.

그런데 3년 만에 깨졌다. 대리 승진 내정이 확정된 날이었다. 쏟아지는 술잔을 다 거절할 수 없었다. 특히 이사의 술잔이 그랬다. 그 한 잔을 주기 위해 잠시 들렀다는 분. 그 말이 성은처럼 느껴져 별수 없이 한 잔을 먹었다. 발동의 시작이었다.

그날 술판은 아가씨가 다 휩쓸어 버렸다. 아홉 부서원이 마셔댄 소주만 30여 병. 그중 일곱 병은 아가씨가 빤 것이었다. 부서가 만들어진 이후로 최고로 불타는 밤이었다. 마침내 전 부서원들은 맛이 뿅 가버렸다. 그쯤 되니 당연히 2차 노래방이 옵션으로 붙었다.

"한 놈이라도 집에 가면 죽는다!"

아가씨, 선두에서 주먹까지 흔들며 으름장을 놓았단다. 거기까지는 그래도 괜찮았다. 노래방 안에서 벌어진 활극은 차마… 그야말로 '차마'였다.

홍이 난 아가씨, 하이힐 벗고 소파에 올라가 흔든 깃은 기본이었고, 부장과 과장을 더블로 끼고 노래하다 넥타이로 서로 묶어버렸단다. 그렇잖아도 취해 비실거리던 두 사람, 자칫하면 119 부를 뻔했단다.

활극은 거기서 끝나지 않았다. 고참 대리가 노래할 때 머리에 맥주를 붓는가 하면 늘어진 부장에게 고충 사항이 있다고 칭얼대다가 가슴팍에 오바이트 난사…….

소동은 다음 날로도 이어졌다. 아가씨가 무단결근을 한 채 그녀의 만행이 전화로 확인되었다. 처음은 과장의 아내였다. 양복을 세탁소에 보내려다 안주머니에 수북한 뭔가를 발견한 것이다. 아가씨의 스타킹이었다. 놀란 아내가 사무실로 달려왔다.

"너 어젯밤에 어디서 무슨 짓을 한 거야?"

사무실이 뒤집혔지만 그래도 수습은 되었다. 증인이 워낙 많은 덕분이었다.

그 모든 사실은 사무실 여직원이 메신저로 알려왔다. 아가씨가 전화도 받지 않은 까닭이었다. 첫날은 숙취 때문에 24시간을 잠으로 달렸던 아가씨. 뭔가 우려되던 일들을 문자와 메신저로 확인하고는 털썩 주저앉고 말았다.

'어떡해?'

울상을 지었지만 강물은 흘러 버렸다. 되돌릴 수 있는 사건이 아니었다. 회사의 연락은 2주가 지난 지금도 계속되고 있었다. 이해한다. 우리는 다 잊었다. 아니, 그 또한 부서 역사상 유례없는 추억이었다. 대리 승진 아직 유효하니 빨리 컴백해라. 부서장 이하 직원들의 마음은 그랬다.

"좋은 사람들이네요."

미류가 말했다.

"그건 맞아요. 하지만 워낙 대형 사고이다 보니……."

"부서원들 사진 있어요?"

"예… 저번에 공연 관람 갔을 때……."

아가씨가 단체 사진을 꺼내놓았다. 부장과 과장에 더해 맥주를 부었다는 대리와의 전생 인과를 감응해 보았다.

'오!'

미류의 눈이 휘둥그레졌다. 결과가 좋았다. 이들 부서원들은 전생에서 한 팀의 축구선수들이었다. 그들은 힘을 합쳐 많은 성과를 이루었다. 미류는 서둘러 그 전생을 감응해 주었다.

"어머!"

아가씨도 놀라긴 마찬가지였다.

"그분들 진심인 거 같네요. 그냥 시치미 뚝 떼고 출근하세요. 지금 당장!"

"지금 당장요?"

"뭐 어디 출장 다녀오는 것처럼 하면 되지 않겠어요? 테이크아웃 커피 머릿수대로 뽑아서……."

"진짜 그래도 될까요?"

"눈 딱 감고!"

"이렇게요?"

아가씨가 눈을 질끈 감아보였다.

"제가 보기엔 거기가 천생연분 직장 같습니다. 한 번 실수는 병가 지상사라니 다음부터 조심하면 되잖아요. 주사방지부적은 좋은 걸로 하나 내드릴게요."

"알았어요. 법사님 말씀 들으니 용기가 나네요."

"연주 씨, 주사방지부적 하나 부탁해."

미류는 연주의 부적을 얻어주었다. 연주는 고개를 갸웃거렸다. 미류가 부적을 준비하지 않은 것이다. 어째서일까?

"반갑습니다."

세 번째 손님은 중년의 여자였다. 개를 안고 있었다. 중년을 여자라고 한 건 그녀가 노처녀이기 때문이었다. 가정창이 시원하게 비어 있는 것이다.

"죄송하지만 개는……."

"어머, 저도 죄송하지만 실은 이 개 때문에 왔어요."

'개 때문에?'

"사람들 보아하니 취업이나 궁합 같은 거 보려는 거 같은데 그 못지않게 궁금해서요."

여자는 개를 가슴팍에서 놓지 않았다.

"알겠습니다. 그럼 무슨 일인지 먼저 들어보죠."

첫 빠따에 헛발질을 한 미류, 미안한 마음도 있고 해서 귀를 기울였다.

"이 개… 저희 엄마가 맞는지 확인을 좀……."

"……?"

신중하던 미류가 고개를 발딱 들었다. 개가 엄마라고?

─우리 애기예요!

─아롱아, 엄마한테 와야지.

반려견의 의인화. 심심찮게 듣던 얘기였다. 그에 대한 논란도 많지만 미류 개인적으로는 반려동물에 대해 특별한 생각이 없는 상태. 아무튼, 애기도 아니고 엄마라니?

"실은 저희 어머니가 4년 전에 돌아가셨어요. 제가 회사에서 외국 파견을 나가느라 두 달 정도 못 찾아뵈었는데 귀국해 보니 아파트 목욕탕에서 혼자 돌아가신 거예요. 그때 마음이 어찌나 아프던지……."

"저런……."

"그 후로 꿈자리 뒤숭숭하고 일도 잘 안 되어서 무당을 찾아갔더니 어머니가 원혼이 되었다며 굿을 하래요. 지노귀굿인지 뭔지……."

"……."

지노귀!

그건 오구굿, 씻김굿 등과 함께 원령의 원한을 풀어주는 굿이었다.

"돈도 8천만 원이나 들었어요. 제 불효에 어머니가 노했다면서 정성을 보이라는데 정성은 제물과 비례한다고……."

그 설명은 귀엣말로 해왔다.

'허얼!'

미류 입에서 소리 없는 탄식이 나왔다. 지노귀 사령제에 8천만 원. 사연 자체가 딱한 경우이니 그것만 봐도 무당이 양무(良巫)가 아닌 건 분명했다.

"그래서 돈을 바쳤더니 어머니가 환생을 했다고 만나게 해준다는 거예요."

"그러니까 그 개가 어머니의 환생이시다?"

"네에, 시루 안에 새발심지를 넣고 불을 붙이더니 흰 종이로 덮었어요. 그런 다음에 흰 종이에 난 그을음 자국을 보더니 제 곁에 있고 싶어서 개로 태어났다며 언제 어느 애견 센터에 가면 흰 종이에 새겨진 그을음 자국과 비슷한 개가 있을 테니 사라고……."

허얼!

"그랬는데 진짜 이 털색이 그 자국과 비슷하더라고요. 보실래요?"

그녀는 가방에서 시루를 덮었던 종이를 펼쳐보았다.

허어얼!

다시 한숨이 이어졌다. 느슨하지만 집요함이 느껴지는 여자. 그린 여자의 성격을 이용해 거액을 후려 먹은 무당.

"우리 엄마 맞죠? 법사님은 전생점의 대가시라니 확인 좀 해주세요. 제가 정성을 더 보이면 이 개가 말도 할 수 있을 거라던데……."

정성은 물론 돈을 바치라는 얘기였다. 여자는 혼자 진지했다. 개가 어머니라는 사실을 철썩같이 믿는 표정이었다.

"그 무당, 어디 사는 누구죠?"

미류가 물었다.

"숭초보살이라고 도봉동에 살아요. 원혼 달래는 데는 자기가 대한민국 최고 만신이라고 했어요."

미류는 호흡을 가다듬었다. 이름을 알았으니 되었다. 무당이나 점집은 그리 흔한 게 아니니 그 정도면 수배가 될 일이었다.

"우리 어머니 맞죠?"

여전히 개를 쓸어안은 채 순박한 눈망울을 굴리는 여자의 눈. 참 어디 가서 사기당하기 딱 좋은 사람이었다. 그러나 그 개는 여자의 어머니가 환생한 게 아니었다. 환생한 '게' 아니라 그냥 '개'였다. 지노귀의 그을음은 검었으니 어머니에게 죄책감을 가지고 있는 여자가 무당의 말을 믿고 검은 털을 가진 개를 사버린 것이다.

어쩐다?

총체적 난국을 만났다. 무속의 이름을 팔아 거액을 편취한 무당. 여자는 그로 인해 마음의 안정을 얻었다. 그러나 개는 명백히 어머니의 환생이 아니었다. 어려운 정리를 해야 할 판이었다.

"개가 어머니와 사연이 있는 건 맞습니다. 조금 더 자세한 건 점사를 내려준 무당을 만나봐야 알 거 같은데 오늘 행사 끝날 때쯤 다시 한 번 와주실래요?"

"어머, 그렇죠? 우리 어머니 환생이죠?"

"아니… 자세한 건 이따가……."

"알았어요. 이따 저녁 때 끝나죠? 제가 딱 맞춰서 올게요."

여자는 환한 표정을 하고 일어섰다.

"좀 심했네요. 1% 정도 마음이 빈 분 같은데 8천만 원은……."

옆에서 점사를 끝낸 연주도 쓴 입맛을 다셨다.

바로 그때, 커다란 확성기 소리가 축제 현장에 기습 공격을 날려왔다.

"사탄은 물러가라. 물러가라아!"

삐이이!

볼륨을 어찌나 키웠던지 삑사리 나는 소리까지 겹쳤다. 놀란 미류네 일행이 밖을 내다보았다. 그분의 강림이었다. 초울트라수퍼 광신도. 박스에 빼곡하게 특정 종교의 신념을 적어 앞뒤로 둘러찬 그분은 물을 만난 듯 천막 사이를 뛰어다니며 열변을 토해냈다.

"사탄은 물러가라, 예수 천국, 불신 지옥!"

"아 진짜……."

화가 난 타로가 천막에서 뛰어나왔다. 아르바이트생들도 총동원되어 그분을 말리느라 바빴다.

"그분을 믿읍시다. 이런 미신에 빠지면 안 됩니다. 죽어서 천당에 가려면 그분을 믿어야 합니다. 그분만이 여러분에게 구원을 줄 수 있습니다. 삐이이!"

그분은 더욱더 공세적으로 나왔다. 결국 구청 직원들이 나와서 그분을 모셔갔다. 그러면서도 그분은 구호를 멈추지 않았다.

"예수 천국, 불신 지옥!"

"진짜 너무하네. 남의 잔치에 재를 뿌려도 유분수지……."

타로는 분을 삭이지 못했다.

"참자고. 사람들이 보잖아?"

관록의 쌍골이 타로를 달랬다. 어디나 광신도는 있었다. 게다가 처음 보는 광경도 아니었다. 무속이나 관상 등이 미신으로 내몰린 게 어디 어제 오늘의 일이랴? 이미 육체 면역을 넘어 혼까지 면역이 되었건만 그래도 현실이 될 때마다 씁쓸한 건 어쩔 수가 없었다.

"죄송합니다. 정리가 되었으니 계속……."

구청 직원들이 다가와 사과의 말을 전해왔다. 그때 저만치서 한 여자의 외침이 들려왔다.

"미류 법사님!"

아까 그 역도 선수였다. 그녀는 한달음에 달려와 미류 천막 앞에서 거친 숨을 골라댔다. 그분 덕분에 어수선해진 복점 축제장. 인파를 헤치고 달려온 역도 선수에게 사람들의 시선이 집중되었다.

"아까… 하아하아, 법사님이 내린 공수가… 하아, 딱 맞았어요!"

채 호흡을 다 고르지 못한 여자가 거친 말을 토해냈다.

"예?"

"아까… 하아하아, 그러셨잖아요? 메달 안 땄냐고?"

"그랬죠."

"저 메달 땄어요. 그것도 올림픽 은메달요!"

"……?"

"진짜예요. 저 법사님 말대로 메달 땄다고요. IOC에서 협회로 연락이 왔는데 지난번 올림픽 말이에요. 금은동 메달 땄던 메달리스트들이 도핑테스트에서 전부 금지 약물 복용으로 확인이 되었대요. 그래서 4등이었던 선수가 금메달을 받고 5등이던 제가 은메달을 받게 되었대요."

"……!"

"세상에, 어떻게 이렇게 귀신처럼 맞추세요. 고맙습니다. 너무너무 고맙습니다!"

여자는 눈물을 뿌리며 고마움을 전해왔다.

짝짝짝!

박수는 구청 직원들의 손에서 먼저 나왔다. 그리고 인파들에게로 건너갔다.

짝짝짝짝!

그 소리 또한 점점 커지고 있었다. 미류가 본 영시. 틀리지 않았던 것이다.

"자자자, 새로운 올림픽 은메달리스트에게 박수!"

타로가 뛰어나와 바람을 잡았다.

짝짝!

인파들이 박수로 호응해 주었다.

"신점 공수를 내린 우리 미류 법사님에게도 박수!"

짝짝짝!

이번에는 여자도 눈물로 범벅이 된 얼굴로 박수 대열에 참가했다.

"축하해요!"

미류가 그녀를 향해 손을 내밀었다. 그녀는 그 손을 잡지 못하고 차마 고개를 떨구었다.

"운동 계속하세요. 그럼 큰 명예를 떨칠 수 있을 겁니다."

"그럴게요. 죽도록 열심히 해서 다음번 올림픽에서는 꼭 금메달 따서 법사님께 보여 드릴게요."

미류의 격려에 여자는 결의로 화답했다.

"에이, 이럴 때는 이렇게 하는 게 원칙이지."

타로가 다가와 두 사람의 손을 잡더니 허공에 번쩍 치켜들었다.

짝짝짝!

다시 따스한 박수가 쏟아졌다. 박수 소리에 그분의 어수선함이 묻혀갔다. 아니, 오히려 인파가 늘기 시작했다. 신들린 미류의 공수. 은메달 공수가 소문을 불린 것이다.

미류는 차분한 마음으로 한 사람 한 사람에게 최선을 다했다. 연주도 그랬다. 그녀는 미류를 의식하지 않고 자신에게 충실했다. 정성껏 부적을 내주고 점사를 내주었다. 보기가 좋았다.

'파이팅!'

이따금 눈빛이 마주칠 때마다 미류는 주먹을 쥐어 보이며 그녀의 힘을 돋워주었다.

복점 축제에서 미류는 도합 36명의 고민 상담을 해주었다. 전생점과 운명창을 적절히 섞은 점사는 모두에게 만족을 주었다. 연주 역시 30여 명에 가까운 상담을 했다. 그녀의 부적은 대인기를 끌었다. 연주를 위해 미류는 오늘, 단 한 장의 부적도 사용하지 않았다. 그녀가 부각될 기회를 준 것이다.

복점 축제는 마감 무렵이 되자 더욱 성황을 이루었다. 이 즈음에서 방송국도 출동을 했다. 그러자 구청장과 부구청장, 구의회 의원과 의장단도 달려 나왔다.

마지막 손님!

구직을 원하는 백수 청년이 미류 앞에 앉았을 때, 미류의 천막을 지켜보는 사람은 천여 명이 넘고 있었다. 시간은 오버되어 어느새 어스름이 내렸다. 날이 어둑해지자 구청 측이 곤란해졌다. 원래는 일몰

전에 끝나기로 한 행사. 그렇기에 전등을 준비하지 않은 그들이었다.

그들이 고민할 때 연주가 촛불을 켰다. 스승의 테이블을 두 개의 촛불로 밝힌 것이다. 그러자 행사장 전체가 이내 촛불로 변해 버렸다. 사람들이 죄다 초를 사들고 와 켜 들었다. 그 또한 장관이었다.

"공무원은 아니네요. 창업 쪽이 어울립니다. 벤처 같은 거 하면 잘 될 것 같아요."

청년에게 감응을 끝낸 미류가 말했다. 청년은 백번 공감했다. 4년째 공무원 시험에서 미역국을 먹은 청년. 그 길이 아닌 줄 알면서도 시류를 따라 허덕이던 판이었다. 창의성이 좋아 남과 다른 생각을 잘하지만 벤처는 너무 막막해 꿈도 꾸지 못하던 차였다. 하지만 미류가 보여준 전생을 보니 달랐다. 그는 그 자리에서 자신의 꿈을 수정했다.

"고맙습니다!"

청년은 몇 번이고 고개를 숙였다.

짝짝짝!

박수는 오롯이 미류를 위한 것이었다. 미류는 타로에게 눈짓을 보냈다. 사람들이 기억하는 건 미류지만 오늘 이 자리를 빛낸 건 미류만이 아니었다. 천만에 점집 골목 멤버들이 모였다. 꽃신과 쌍골을 좌우에 세운 미류, 모두 손을 잡게 한 후에 공손히 군중들에게 허리를 숙였다.

짝짝짝!

박수가 다시 파도를 이루었다.

"고생 많았습니다."

구청장의 치사가 이어졌다. 그는 몇 가지 약속도 해주었다. 점집 골목에 공식 안내판을 달아주겠다는 것, 그리고 점집 골목의 활성화를 위해 주변 정차를 1시간 인정해 주겠다는 것 등이었다.

"으아, 사는 보람이 팍팍 솟는구나!"

기쁨에 겨운 타로가 몸부림을 쳤다.

"나도 그러네. 솔직히 이렇게 성횡일 줄은 몰랐어."

쌍골도 한마디 거들었다.

"제 말이 그렇습니다. 썰렁할 줄 알았는데……."

"어허, 미류 법사가 있잖습니까? 비를 내리는 티베트 도사와 어깨를 나란히 하는 도사인데 안 될 게 뭡니까?"

타로는 다시 한 번 기세를 올렸다.

"그럼 우리도 모처럼 단체로 공덕 쌓았으니까 뭐 맛난 것 좀 먹으러 가야지? 오늘은 내가 쏜다."

꽃신도 기염을 토했다.

"어, 그건 현찰로 주시죠. 저녁은 구청장님이 쏜다는 귀띔이 들어왔거든요."

타로의 너스레가 이어졌다.

"연주 씨!"

미류는 자리를 정리하는 연주를 돌아보았다.

"네, 스승님!"

"어때?"

미류가 물었다. 오늘 하루 제법 선방한 연주. 그 소감이 궁금했다.

"좋았어요. 신당 차려도 잘할 것도 같고요."

연주의 볼이 붉어졌다.

"그렇지?"

"하지만 스승님이 옆에 계셨으니까……."

"난 언제나 연주 곁이야. 내 신아버지 표승 만신께서 그렇듯이……."

"고마워요. 저를 거기 끼워주셔서……."

연주 얼굴에 눈물이 성글었다.

"닦아. 누가 보면 부적 제자라고 무지막지 다그치는 줄 알겠네."

"어머!"

눈물을 닦던 연주가 고개를 들었다. 낯익은 얼굴이 다가온 것이다. 그녀였다. 개를 엄마의 환생으로 알고 있는 여자. 그녀는 여전히 개를, 보물처럼 가슴에 안고 있었다.

"어쩌죠?"

"어쩌긴? 밥보다야 사람이 먼저지. 점사 마무리 못한 게 있어서 잠깐 마무리하러 갔다고 전해줘."

미류는 여자에게 향했다. 밥보다는 사람이 우선이었다. 암. 더구나 이 일은 반드시 짚고 넘어갈 필요가 있었다.

끼익!

미류의 랜드로버가 도봉산 아래에서 멈췄다.

"여기예요!"

여자가 가리킨 곳은 골목 끝의 작은 주택이었다. 대문 앞에 신간대도 보였다.

'허얼!'

신간대부터 한숨이 나왔다. 대나무나 나무가 아니라 아예 국기처럼 철봉을 세운 것이다.

"그런데 뭘 어떻게 하시려는 건지?"

그녀의 얼굴에 시름이 서렸다. 혹시라도 불상사가 날까 걱정이 되는 모양이었다.

"걱정 말고 들어가세요. 제가 만사형통하도록 할 테니까요."

미류가 여자의 등을 밀었다.

컹컹!

마당에 들어서자 개가 짖었다. 그러자 주름 하나 없는 50대 아줌마가 입술을 닦으며 나왔다.

"박 보살이 웬일⋯⋯."

돈주의 내방을 반기던 아줌마, 미류를 보고는 인상이 굳었다.

"저 사람⋯⋯."

"처음 뵙겠습니다. 무속을 하는 미류라고 합니다."

미류가 먼저 통성명을 전했다.

"미류 법사?"

아줌마의 얼굴이 하얗게 질리는 게 보였다. 그녀는 미류를 알고 있는 눈치였다.

"당신이 여긴 웬일로? 박 보살이 데려온 거야?"

아줌마의 시선은 복잡하게 움직였다.

"아니, 그게 아니라⋯⋯."

여자가 고개를 저었다.

"들어가서 잠깐 말씀 나누어도 될까요?"

"그⋯⋯."

아줌마가 주저하자 미류가 거실로 다가섰다. 안으로 신당이 보였다. 미류는 그대로 들어서 버렸다.

"저, 저기⋯⋯."

아줌마의 목소리가 갈라졌지만 개의치 않았다. 떳떳한 무속인이라면 다른 무속인의 방문을 꺼릴 필요가 없었다.

"⋯⋯!"

신당 앞에 선 미류는 참담했다.

'이건 뭐⋯⋯.'

그 조악함에 말이 나오지 않았다. 신당은 조잡함의 극치를 이루고 있었다. 산신도와 관운장의 그림을 시작으로 십장생도 있고 도깨비 그림도 있었다. 그 중심에는 무시무시한 염라대왕의 그림도 있었다. 갈래도 없고 중심도 없는 무신도… 그건 무속이 아니라 그냥 잡그림처바른 것으로 보는 게 옳았다.

그래도 신단은 있었다. 촛불도 두 개가 타고 있었다. 미류는 신단으로 다가가 음식을 바라보았다.

푸허얼!

이제는 숨이 넘어갈 지경이었다. 지화 대신 조악한 색종이를 주렁주렁 매단 음식들은 전부 미니어처들, 즉 진짜가 아니고 모형이었다.

"이봐요!"

뒤따라 들어온 아줌마가 소리를 높였다.

"당신 뭐야? 유명하면 유명했지 왜 마음대로 남의 신당에 들어오는 거야? 부정 타게시리!"

"부정이라고요?"

미류가 돌아보았다.

"그래, 부정. 유명하면 눈에 보이는 거 없어? 우리 염라대왕님과 옥황상제님이 노하기 전에 어서 썩 물러가!"

염라대왕과 옥황상제?

"그분들이 당신 몸주십니까?"

"그래. 내가 도봉산 토굴에서 1,000일 기도 끝에 받은 신들이시다. 대한민국에 그렇게 높은 신을 모신 무당 있으면 나와보라 그래!"

"신어머니도 없이 무불통신(無不通神) 하셨다?"

"그깟 신어머니 따위가 다 무엇이야? 나는 그런 거 필요 없어."

아줌마는 계속 기염을 토했다.

무불통신!

이는 신부모에게 내림굿을 받지 않고 신과 통한 사람을 일컫는다. 가능한 일이다. 무속에도 독학이라는 게 존재하기 때문이다.

하품이 나오는 걸 겨우 참았다. 다 좋았다. 하지만 무속인으로 살면서 염라대왕과 옥황상제를 몸주로 섬긴다는 말은 난생 처음이었다.

아니지!

미류는 잠깐 고개를 저었다. 혹시 이 여자도 자신처럼 특별한 인연으로 몸주를 모시고 있을 수 있다고 일단 인정해 버렸다. 다음 수를 위한 전략이었다.

"그럼 내가 모시는 전생신 정도는 당신의 하수겠군요?"

"그야 당연하지. 어디서 감히 깝쳐?"

"그런데 그렇게 격이 높으신 신들이 왜 사기를 칠까요?"

"사기라니? 사기라니?"

"저 개 말입니다."

미류는 여자가 안고 있는 개를 가리켰다. 그녀는 작은 거실에서 몸 둘 바를 모르고 둘의 언쟁을 지켜보고 있었다.

"개? 저게 당신 눈에는 개로 보여? 저건 박 보살의 어머니야, 어머니!"

"그걸 어떻게 아시죠?"

"우리 염라대왕께서 내게 공수를 내리셨거든. 그분이 직접 말이야. 박 보살 어머니를 개로 환생시켰다고!"

덜컥!

미류는 신당 입구로 걸어가 문을 닫아버렸다. 추한 꼴을 여자에게 보여주지 않을 생각이었다.

"당신!"

쩔겅!

돌아선 미류가 신방울을 흔들었다. 굵고 짧은 외침도 그렇지만 신방울 소리도 절도 있게 끊어졌다.

"……!"

뭔가 이상한 느낌을 받은 아줌마가 한 발 물러섰다.

쩔렁!

방울은 그녀의 코앞에서 한 번 더 흔들렸다.

"……!"

"당신, 정말 무속인 맞아?"

미류의 얼굴도 그만큼 가까워졌다.

"왜, 왜 이래? 경찰 부를 거야!"

"염라대왕을 몸주로 둔 분이 뭐가 무서워서?"

"……?"

"안 그래? 내 몸주는 염라대왕에 비하면 격이 한참이나 낮은 분이신데……."

"……."

"어디 기왕 염라대왕에 옥황상제를 모시는 분이니 내 몸주와 함께 알현이라도 드려볼까?"

한 발 물러선 미류가 영기를 모았다.

'몸주시여!'

미류는 발원하기 시작했다. 이건 신당을 엎어서 해결될 일이 아니었다. 경찰을 불러서 될 일도 아니었다. 굿으로 인한 좋고 나쁜 효과. 그건 법으로 다툴 수 없다는 것이 법의 기준이었다.

상대는 척 봐도 짝퉁. 진짜 무당은 아니지만 주워들은 풍월로 손님들을 현혹하고 있는 것이다. 그렇다면 진짜 무속인이 무엇인지 보여주는 게 옳았다. 그리하여 미류는 지금 전생신의 강신을 원했다.

그것도 바로 이 자리에!

절경절경쩔경경!

미류 손의 방울이 요란하게 흔들리기 시작했다. 그걸 보던 아줌마의 눈자위가 조금씩 떨었다. 미류 손은 흔들리지 않았다. 방울이 저절로 울리는 것이다.

"우업!"

이어 미류의 목소리가 해일처럼 목청을 박차고 나왔다. 그건 이미 사람의 소리가 아니었다.

"아이고머니나!"

벽에 의지하던 아줌마의 몸이 맥없이 무너졌다. 미류 때문이었다. 아니, 그 뒤에 활활 타오르는 전생신의 강신 때문이었다. 미류가 일어서자 전생신의 몸짓은 장벽처럼 웅혼해졌다.

─네가 염라대왕을 모신다고?

"······."

─그렇다면 네 몸주를 보자꾸나. 인사를 드려야 도리일 것이니······.

"······."

─어서!

미류의 입에서 튀어나온 건 벽력보다 큰 공수였다. 신단의 미니어처들이 그 진동에 놀라 우르르 무너졌다.

"아이고, 잘못했습니다."

그제야 아줌마가 납작 엎드려 손바닥을 둥글게 비비며 빌었다. 그녀의 다리 쪽에 홍건한 물기가 보였다. 진짜 공수에 놀라 오줌까지 지린 것이다.

─네 죄를 네가 알렸다?

전생신의 신차가 미류 입으로 옮겨 왔다.

"아이고, 예, 예… 그저 죽여주십시오."

─네 어느 굿당에서 심부름이나 하던 찬모렸다?

"예… 저희 고향의 굿당에서……."

─그런데 어찌하여 감히 신당을 차리고 무속인을 사칭하고 있는 것이냐?

"아이고… 그것이 저는 가만히 있었는데 동네 사람들에게 허튼 점 몇 번 봐줬더니 신통하다고 그 길로 나서라는 통에 그만……."

─네 저 밖에 있는 여자에게 얼마를 뜯었느냐?

"그저 한 이삼천?"

─네 이년!

"한 오천?"

─이년이 그래도!

"아이고, 한 1억 가까이 됩니다."

아줌마는 또 한 번 오줌을 지렸다.

─그밖에도 여러 사람의 등을 쳤으렸다?

"그게… 그 사람들이 알아서 바치는 통에……."

─긴말 않을 테니 밖에 있는 여자의 돈부터 돌려주고 나머지도 그리하도록 하거라.

"아이고, 그 많은 돈을 어찌… 어흑!"

고개를 들던 아줌마, 사색이 되어 아랫배를 움켜쥐었다. 그 자리에 뭉쳐 있는 사기(邪氣). 미류의 영시가 그걸 자극한 것이다.

"알겠습니다. 가능한 한 돌려 드릴 테니 제발……."

─실천이 우선이다. 먼저 밖의 박 보살 돈!

미류가 추상처럼 외쳤다.

"예, 예……."

아줌마는 기어서 신당 문을 열었다. 그리고 자기 방으로 들어가 장롱 서랍을 들어냈다. 돈은 그 아래의 빈 공간에 있었다. 만 원 신권을 차곡차곡 쌓은 일종의 금고였다. 만 원권으로 8천만 원을 담으니 큰 쇼핑백으로 두 개나 되었다.

"이거……."

아줌마가 돈을 여자에게 내밀었다.

"법사님!"

영문을 모르는 여자가 미류를 바라보았다.

"받으시죠. 설명은 제가 따로 해드리겠습니다."

"아이고, 제발 좀 받아요. 이거 안 받으면 나 죽는다고요. 나 무당 아니에요. 당신을 속였다고요."

아줌마는 여전히 배를 움켜쥐고 절규를 해댔다.

"다시 한 번 무속인을 사칭한다면 그때는 그 창자가 끊어질 줄 아세요!"

미류는 엄포로 징치를 마무리했다. 미류가 대문을 나서자 숭초보살이라던 아줌마는 거실에서 스스르 무너졌다. 힘이 하나도 없었다. 하지만 배는 이제 아프지 않았다.

"어휴!"

아줌마는 방바닥이 꺼져라 한숨을 쉬었다.

"법사님!"

차에 앉은 여자가 미류를 보았다.

"저 사람은 무속인이 아닙니다. 무속을 빙자한 사기꾼에 불과하지요."

"그럼 이 개는?"

"개는 당신 어머니의 환생이 아닙니다."

"예?"

"하지만 관련은 있습니다."

"……?"

"어머니는 전생에 개 사육사였던 적이 있습니다. 그때 가장 아끼던 개가 있었으니 바로 이 개의 선조입니다."

"예?"

"사소한 인연이지만 의미가 닿으면 크게 와 닿을 수 있습니다. 그래서 당신은 이 개가 마음에 들었고, 이 개도 당신을 잘 따르고 있는 겁니다."

"개가… 엄마의 환생이 아니고 엄마의 전생에 아끼던 개의 후손이라고요?"

"예. 그 또한 귀하디귀한 인연입니다. 억겁의 인연에 의하면 같은 나라에 태어나는 인연만 해도 천겁이 필요하다 했는데 지금은 가장 소중한 존재로 만났지 않습니까?"

"그렇기는……."

"잘 보살펴 주시면 서로 위로가 될 것으로 봅니다."

"……."

"마음이 허전해서서 무속인을 찾는 건 문제가 없지만 대뜸 거액의 돈부터 요구하면 멀리하십시오. 신실한 무속인은 박 보살님의 안녕이 우선이지 돈부터 밝히지 않습니다."

"저도 처음에는 좀 의심스러웠지만 그 새발심지인가 뭔가를 본 후부터……."

"그건 단지 흉내에 지나지 않은 것이니 잊어버리세요."

"아무튼 돈까지 찾아주시고… 이 은혜를 어떻게?"

"어머니는 좋은 곳으로 가셨으니 천천히 잊으시고 다시 삶에 열중하세요. 그거면 충분합니다."

"그럼 이거라도……."

여자는 만 원권 뭉치를 되는 대로 잡아 미류에게 안겨주었다.

"복채로 생각하시고……."

"정 그러시면 하나만 받겠습니다."

미류는 여러 다발 중에서 하나만을 손에 쥐었다.

"법사님… 복받으실 거예요."

여자의 눈에서 눈물이 그렁거렸다. 미류는 시동을 걸었다. 거액의 현찰을 지녔으니 집까지 데려다주는 게 도리 같았다.

네거리를 지날 때 핸드폰이 울었다. 타로였다.

―아이고, 우리 법사님, 대체 언제 오는 거야? 구청장님하고 의장님 눈 빠져요.

"그분들 아직 계신가요?"

―아직이 뭐야? 밤이라도 새우신다네.

"알겠습니다. 끝났으니까 돌아갈게요. 한 20분 걸릴 겁니다."

―오케이! 내가 귀염 떨면서 시간 좀 끌어볼게. 타로점도 좀 봐 드리고 말이야.

타로가 전화를 끊었다.

'형님도 참…….'

피식 웃은 미류가 가속 페달을 밟았다. 차가 제트기처럼 날기 시작했다.

천조자조(天助自助)

"잘 들어가시게!"

뒤풀이를 마친 점집 골목 사람들, 골목 앞에서 각기 손을 흔들었다. 타로와 몇몇은 의기투합하여 2차로 옮겨 간 후였다.

"애썼네."

쌍골은 미류의 수고를 잊지 않았다.

"법사님!"

신당으로 향할 때 연주가 팔을 잡았다.

"왜?"

"신어머니께서 차 한잔하고 가시라고……."

연주가 꽃신의 신당을 가리켰다. 집 앞에서 거절하는 것도 예의가 아닌 것 같아 꽃신선녀의 신당으로 들어섰다.

"고마워."

꽃신은 손수 차를 타주었다. 연주의 몫도 있었다.

"제가 해도 될 일을……."

연주가 쩔쩔맸다.

"어허, 언제는 깐깐하다고 뒤 담화더니 이젠 잘해줘도 탈이냐?"

우스갯소리로 분위기를 띄우는 꽃신. 두 사람의 분위기도 진과는 아주 달라 보였다.

"차 맛 어때?"

꽃신이 미류를 바라보았다.

"좋은데요? 향이 요란하지도 않으면서 그윽하고……."

"내가 산제 지내러 간 곳에서 발견한 야생 차야. 거기 민가에 부탁해서 구했지."

"어쩐지……."

"그나저나 오늘 정말 애썼어. 아까 뒤풀이 때 보니까 우리 모습이 방송에도 나오던걸? 구청장님이 어찌나 좋아하던지……."

"그랬군요."

미류가 웃었다. 짝퉁 무속인에게 치도곤을 놓는 사이에 뉴스에 뜬 모양이었다.

"미류 법사 덕분에 구청장에게 대우도 받아보고… 저기 쌍골선사도 말을 안 해서 그렇지, 고무된 것 같더라고. 솔직히 구청 양반들 우리 골목 보기를 허접 쓰레기쯤으로 알았지 않겠어?"

"우리 탓도 있습니다. 너무 신비주의를 앞세우다 보니 사람들과의 친화력이 좀 헐거웠지 않습니까?"

"오늘 보니까 알겠더라고. 우리도 얼마든지 대중 속으로 나갈 수 있다는 거……."

"만신님이 계셔서 든든했습니다."

"무슨 말이야? 솔직히 미류 법사가 있으니까 성황리에 끝난 거지. 하지만 우리도 열심히 노력해서 다음번에는 묻어가는 형편이 안 되도록 애쓸게."

"별말씀을……."

"그나저나 하라가 신곡을 정식 발표한다며?"

꽃신이 고개를 들었다.

"예… 이미 했을 겁니다."

"미국에 있다고?"

"예……."

"허어… 미류 법사하고 어울리면 팍팍 나가는구먼. 하라는 국제적
이고 우리 연주도 초땡이 애동에서 이렇게 폭풍 성장, 나 같은 주제
도 방송에 다 나가보고……."

"과찬이십니다."

"아니야. 우리 골목에 복덩이가 들어왔지. 아니지, 골목이 아니라
우리 무속계에!"

"……."

"앞으로도 우리 연주 잘 부탁하고 나도 잘 부탁하네. 뭔가 삐딱하
게 나가면 팍팍 들이대라고."

"알겠습니다."

"연주 너도 네 스승님 배웅하고 그만 가보거라. 새 신당 꾸밀 일에
정신이 없을 텐데……."

꽃신은 연주까지 배려해 주었다.

"잠깐 따라와."

밖으로 나온 미류가 연주를 불렀다. 연주는 말없이 미류를 따랐
다. 봉평댁은 전화기를 옆에 둔 채 방송 화면에서 눈을 떼지 못하고
있었다. 보아하니 아직 하라에게 연락이 없는 모양이었다.

"왔어?"

"그냥 보세요. 밥도 먹고 차도 먹었으니까요."

봉평댁의 마음을 알기에 방해하고 싶지 않은 미류였다. 연주를 신당에 두고 석채도를 집어 들었다.

"받아!"

미류가 연주에게 석채도를 건넸다.

"이거?"

종이… 눈치로 정체를 때려잡은 연주가 발딱 고개를 들었다.

"업왕대감 무신도야. 분위기를 달리 해서 세 장을 그렸고… 칠성신하고 신장신도 몇 장 있어. 신당에 무신도 걸어야 할 테니까 괜히 전문상 가서 사지 말고… 나머지는 알아서 걸도록 해."

"스승님……."

"아까 주사 아가씨 주려고 부적 빌린 값이야. 괜한 생각 말고 늦었으니까 어서 가봐."

"저는……."

"에이, 참… 어서 가래도……."

"고맙습니다."

연주는 벅참을 감추고 신당을 나갔다.

미류는 전생신을 향해 두 손을 모았다. 오늘도 매사가 고마울 뿐이었다. 순간, 미류의 핸드폰이 요란스레 울었다.

딩도로당당!

"……!"

배은균 번호였다. 미류는 서둘러 전화를 받았다.

─법사님!

배은균의 목소리가 높았다. 좋은 소식이라는 감이 확 건너왔다.

─하라 신곡 출시 대박입니다. 첫날 신곡 중에서 미국 음원 차트 2등까지 올라갔어요. 내일은 1등도 가능할 것 같습니다!

"……."

─이거 꿈 아닙니다. 농담도 아니고요. 하라 바꿔줄게요.

"……."

─오빠!

핸드폰에서 하라 목소리가 흘러나왔다. 미류는 요란할 정도로 신당 문을 박차고 나가 봉평댁의 귀에 핸드폰을 안거주었다.

"으아악, 칠성님 맙소사!"

하라 목소리를 들은 봉평댁이 자지러졌다.

미류는 냉장고에서 생수병을 꺼냈다. 오늘 밤 봉평댁은 몇 번 까무러칠지도 몰랐다. 하지만 119는 필요 없다. 미류는 거실에 앉아 숨이 넘어가는 봉평댁을 지켜보고 있었다.

'축하한다. 하라야!'

미류가 중얼거렸다. 창밖의 하늘에서는 하라를 축하라도 하듯 별 똥별들이 축포처럼 스러지고 있었다.

축포!

다음 날 아침부터 현실이 되었다.

"미류 법사!"

첫 주자는 타로였다.

"인터넷 봤어? 하라 뉴스가 떴더라고."

"그래요?"

기도를 마친 미류가 대답했다.

"그래요 정도가 아니야. 아주 대박이 나는 모양이라니까!"

타로에 이어 연주도 달려왔다. 옥수부인도 뛰어왔다. 전화기에도 불이 붙었다. 장두리를 비롯하여 화요와 수나 등의 연예가도 하라 때문에 앗 뜨거가 되고 있었다.

하라는 '포에버 베이비'와 '스쿠르드 업'을 선봉에 세우고 전 세계 팬들의 마음을 사로잡았다. 동양적 판타지를 품은 '포에버 베이비'와 꿈을 잃은 청춘들의 속내를 담은 '스쿠르드 업'은 유튜브를 통해 지구 구석구석까지 강타하고 나갔다.

두 노래는 한국 가요의 거의 모든 기록을 갈아치웠다. 유튜브 조회 수는 말할 것도 없고 빌보드 차트에서도 주간 1위를 차지하며 세상을 놀라게 했다. 특히 노래 뒤에 나오는 하라의 모습이 인기의 압권이었다. 어린이답게 지쳐 잠든 모습, 힘들어 우는 모습, 침을 흘리며 자는 모습 등, 성인 가수라면 감추고 싶은 장면들을 꾸밈없이 공개함으로써 전 세계 팬들을 사로잡아 버린 것이다.

봉평댁은 그날 하루 종일 울었다. 예약 전화를 받으면서도 울고, 손님 안내를 하면서도 울고, 식사를 하면서도, 심지어는 화장실에서도 울었다. 여자의 눈에는 바다가 있다더니… 봉평댁도 여자는 여자인 모양이었다.

끼익!

두 대의 차량이 요양원 공사 현장 앞에 멈췄다. 차에서 내린 사람은 미류와 정 시장이었다.

"법사님!"

기도환이 달려와 미류를 맞았다. 정 시장을 아는 그는 시장을 향해서도 넙죽 고개를 숙였다.

"잘되고 있나요?"

미류가 물었다.

"그럼요. 날씨도 좋고… 착착 진행되고 있습니다."

기도환이 현장을 가리켰다. 정말 그랬다. 기초공사가 끝난 건물은 조금씩 형체를 드러내고 있었다. 동시에 정원을 조성하기 위한 공사도 동시에 진행 중이었다.

"멋지군."

조감도 앞에 선 정 시장이 고개를 끄덕거렸다. 따로 부탁할 게 있다고 미류를 불러낸 정 시장, 돌연 공사 현장을 보자며 함께 달려온 것이다.

"미류 법사!"

"예!"

"내가 왜 여길 오자고 한 줄 아시나?"

"궁금해서 그러시는 거 아닙니까? 서울시 땅도 깔고 앉은 판이니……."

"그렇지. 서울시의 땅을 제대로 쓰는지 확인하는 것도 시장의 일에 속한다네."

"직접 보시니 어떻습니까? 다시 환수하지는 않으시겠지요?"

"솔직히 궁금했네. 공인의 몸이라 다녀가는 게 쉽지 않지만 시장도 사람 아닌가? 게다가 나이는 점점 더해지고 있고……."

"……."

"이제 우리나라도 고도 노령 국가지. 시나 정부가 느끼는 온도와 민간의 온도를 확인하는 것도 공부가 아닌가 해서."

"예……."

"며칠 전에는 일본과 유럽을 둘러보고 왔다네. 그쪽 노인복지를 보며 구상도 할 겸……."

대권 후보 정대협!

배주하의 대권 후보 불출마 선언 후로 더 바쁜 행보를 보내고 있었다. 이제 그에게는 정책 공약이 필요한 시기였다.

―내가 대통령이 되면!

그중에서 빼놓을 수 없는 것이 복지다. 그러니 노인복지를 챙기지 않을 수 없는 것이다.

"미류 법사 덕분에 좋은 구상을 하게 되었다네. 복지 말일세. 노인과 아이들… 노인은 숫자가 많아서 그렇고 아이들은 출산율이 낮아져서 그렇고… 그 둘을 잘 맞추는 게 미래 대통령의 역할이 아닐까 하네만……"

"다른 건 몰라도 미래는 그럴 겁니다."

미류는 공감을 표했다. 이미 11년 후의 미래를 살아본 미류였다. 한마디로 얽히고설킨 복지 혼란. 그 혼란을 최소화하려면 정대협 대부터 가닥을 잡아가는 게 옳았다.

"역시 법사는 나하고 마인드가 통한단 말이지. 자, 이제 현장을 봤으니 식사나 함께하실까? 공식적인 만남을 자제해 달라하셔서 조심하고 있지만 기왕 만난 날 아닌가?"

"그러시죠."

미류도 거절하지 않았다. 정 시장과 맺은 인연, 너무 소원해지는 것도 좋지 않았다.

"드시게!"

그가 예약한 곳은 소담한 해물찜 가게였다. 안쪽에 내실이 두 개 있었는데 정 시장과 미류는 그곳에 자리를 잡았다.

"기우제 말일세, 지금 생각해도 굉장했네."

"예……."

"욕심 같아서는 그 티베트 스님하고 법사가 연합해서 내 대선 당선도 좀 축원해 달라고 하고 싶었네만……."

"마음을 곧게 가지고 나가시면 당선되실 겁니다."

"뒷말보다 앞말을 새겨두겠네."

"그러셔야죠."

"아!"

말을 하던 정 시장이 갑자기 이마를 짚었다.

"어디 불편하십니까?"

"아니… 요즘 들어 종종… 병원에서는 별문제가 없다고 하던데……."

"어떻게 아프십니까?"

미류가 물었다. 마음에 걸리는 게 있었다.

"그게 뭐랄까… 머리와 가슴이 조인다고 할까? 어떤 무형의 것이 콱?"

"……."

"괜찮을 걸세. 의사들이 말하길 내 나이가 되면 면역력이 떨어지면서 여기저기 신호가 온다고 하더군."

"예……."

미류는 정 시장에게 영시를 했다. 미세한 사기(邪氣)가 느껴졌다. 시장이자 대권 후보기에 수많은 사람을 만나고 다닐 위치. 그중에는 상가(喪家)도 있었을 테니 그럴 수도 있을 정도였다.

"혹시라도 조금 더 이상이 오면 제게 말씀하십시오."

"그러지. 그나저나 오늘은 법사께서 수고를 좀 해주고 가셔야겠네. 자주 찾지도 말라니 떡 본 김에 제사를 지내야 할 것 아닌가?"

"뭘 도와드릴까요?"

"인선일세. 곧 대선 시즌이 오지 않나? 시장 자리에 사표를 내고 선거에 뛰어들자면 참모를 시작으로 선대 본부장, 당직 인사 등 한둘이 아니라네.”

“예······.”

“급한 김에 선대 본부장과 딩 사무국장 등 핵심 요식 정도만 추려 왔다네. 어쩌면 선거를 좌우할 수도 있는 일이니 아무래도 법사께서 횡액은 방지해 주셔야 할 것 같아서······.”

시장이 사진을 꺼내놓았다.

선대 본부장에는 선일주와 염길태 의원도 끼어 있었다. 다 무난했다. 정 시장이 심사숙고 끝에 골랐을 인물들. 다만 비상대책위원장 쪽에서 문제가 보였다.

정병하 의원!

비상대책위원장 물망에 올려둔 인물 중의 하나였다. 그는 바로 정 시장의 사촌 동생이었다. 그러나 무려 4선 의원으로 정치판에서는 정 시장보다 거물로 꼽히는 사람. 인물만으로 보면 비상대책위원장 이 되지 못할 이유가 없었다.

미류는 사진과 함께 미래안을 보았다.

'보여다오!'

정 시장의 미래······.

미류의 부름을 받고 희미하게 영상이 형성되기 시작했다. 정 시장 이 나왔다. 그 주변으로 핵심 참모들이 보였다. 다만 정병하는 보이 지 않았다.

'다시······.'

운명창도 체크했다.

[從兄]

종형. 사촌 형이 보였다. 때가 끼기 시작했다. 미래안에서 본 우려 가 맞다는 점지였다.

"시장님!"

마음을 굳힌 미류가 고개를 들었다.

"말씀하시게."

"더할 사람은 많을 테니 저는 이 자리에서 빼기만 하겠습니다."

"그러시게."

시장의 답이 있자 미류는 두 장의 사진을 골라냈다. 그중 하나가 정병하였다.

"……!"

지켜보던 시장의 미간이 살짝 구겨지는 게 보였다.

"이분들은 좋지 않습니다. 백의종군시키십시오."

"법사……."

"결정은 물론 시장님이 하실 일입니다."

"이 사람은 몰라도 정병하는 내 사촌 동생일세. 더구나 관리하는 계파도 똘똘하고 의욕에 넘쳐 나를 돕고 있는데 제외하란 말인가?"

"……."

"솔직히 말하면 정병하가 내부 관리를 장악해야 한다네. 이 친구보다 더 믿을 수 있는 사람은 없어."

"……."

"내 사촌과 내가 전생 악연이라도 있는 건가?"

"……."

"말해주시게. 지금까지 이 친구와 나는 무난하게 지내왔네. 더구나 서울시장이 될 때도 그렇고 내가 정계에 진출할 때도 밑그림을 그려준 사람이라네."

"……."

"법사!"

정 시장의 간곡함에도 미류는 침묵했다. 상대는 동생이었다. 사촌이라지만 친동생에 못지않았다. 더구나 방금 한 말들 속에는 그에 대한 신뢰도 담겨 있었다.

'할 수 없지.'

그냥은 넘어갈 수 없는 일. 미류는 결단을 내리게 되었다.

"두 분은 전생연이 없습니다."

"……?"

미류의 답을 들은 정 시장이 고개를 들었다. 전생연이 없어?

"그럼 뭔가? 지금까지로 보아 사주가 안 맞을 리도 없고……."

"영시로 시장님의 미래를 봤습니다."

"영시?"

"저를 믿으신다면 제 의견을 받아주시고, 그렇지 않으면 그분을 불러주십시오. 그분의 전생을 체크하면 원하는 것을 볼 수 있을 겁니다. 하지만, 제 생각에는 그걸 보시면 안 됩니다. 보지 않고 요직을 주지 않으면 아쉬움으로 넘어갈 수 있지만 그걸 보시면 시장님과 동생 분은 영영 소원해질지 모릅니다."

"……!"

"그래도 부르신다면……."

미류가 말끝을 흐렸다.

인간!

늘 확인을 원한다. 경험을 따르기 때문이었다. 남들의 치부… 그것에 대해서는 보는 것과 듣는 것이 명백하게 다르다. 특히 배신과 원한, 나쁜 인간성 같은 것을 직접 보면 평생 각인으로 남는다. 미래안으로 보아 정병하는 국정 농단을 할 가능성이 높은 사람. 그의 전생이 앞서 나온 부승치구(負乘致寇), 즉 자기 능력 이상의 지위를 누리면 액운을 자초하는 사람이라는 걸 알게 된다면 만정이 떨어질 일. 그리하여 그를 멀리한다면 오히려 최고의 적을 만드는 셈이었다.

'어쩌면 이 일······.'

정 시장의 대권 행보에 첫 시험대가 될 수도······.

미류는 정 시장의 결정에 촉각을 곤두세웠다.

"내 동생이 안 된다?"

정 시장은 믿기지 않는 듯 몇 번이고 중얼거렸다. 간간이 술도 한 모금씩 들이켰다.

"하긴 측근 때문에 망가진 대통령이 한둘이 아니지. 어차피 내가 큰 꿈을 꾼다면······."

정 시장이 정병하의 사진을 집었다.

찌익!

미류 귀에 찢는 소리가 들려왔다. 그 소리가 미류 머리를 맑게 만들었다. 이 사람··· 과연 대통령이 될 그릇이었다. 당장은 도움이지만 장래에는 암초가 된 바위를 걷어낸 것이다.

"제가 한잔 올리겠습니다."

미류는 기꺼이 술병을 집어 들었다.

"덕분에 오늘 또 한 수를 배웠네."

정 시장이 웃었다.

"별말씀을······."

"아닐세. 실은 나도 잊고 있었어. 봉황은 저 홀로 나는 새라는 걸."

"그 안에 오롯이 국민들만 품어야 합니다."

"명심하겠네. 드시게!"

정 시장 얼굴에 뭉쳤던 근육이 풀려 나갔다. 온화해진 얼굴에 봉황이 서렸다.

휠휠 나래를 펴기 위해 날갯짓하는 소리가 들렸다.

좋았다.

다 좋았다.

하라는 미국에서 펄펄 날았고, 유튜브를 휩쓸고 다녔다. 어린 하라의 흰 몸짓은 강철 나비의 날갯짓이었다. 태평양 건너에서 멜로디의 물결을 일으켜 전 세계 음악 팬들의 가슴을 적신 것이다.

한동안 CF촬영으로 시끌벅적했던 미류의 신당. 이제는 하라 덕분에 더 분주해졌다. 사람들은 기억하고 있었다. 하라의 시작이 언제인지. 그게 바로 미류의 방송이었다. 거기 출연해 당돌하게 신점을 치던 하라. 그 신묘한 소녀가 세계적인 가수로 발돋움한 것이다.

봉평댁이 바빠졌다. 미류는 모든 관심과 공을 그녀에게 돌렸다. 당연한 일이었다. 봉평댁은 하라의 엄마. 질곡의 세월 동안에도 하라를 놓지 않았으니 스포트라이트를 받을 자격이 충분하고도 남았다.

그렇다고 그들의 관심이 미류를 비껴가지는 않았다. 누군가 주목을 받으면 비하인드 스토리를 찾는 게 방송의 본성. 더구나 이제 연예계에 지인이 꽤 많은 미류였으니 온갖 줄을 타고 인터뷰 요청이 들어왔다. 신당에 불이 났다.

Stop!

별수 없이 신당 휴업을 결정하게 되었다. 모든 예약은 뒤로 미루었고 새 예약은 받지 않았다. 아무리 좋은 일이라지만 이렇게 어수선하고서야 점사가 나올 일이 아니었다. 그렇다고 나쁜 일은 아니었다. 이번 기회를 이용해 산제를 다녀올 생각이었다. 그렇잖아도 벼르던 일, 가려운 차에 뺨을 쳐준 일로 생각했다. 나아가 봉평댁은 미국으로 가게 되었다. 하라의 미국 체류가 길어지면서 배은균이 배려를 했다. 어린 하라를 위해서도 필요한 일이었다. 미류 역시 대환영을 했다.

"미안해서 어떡해?"

비행기 표를 받아 든 봉평댁이 울상을 지었다.

"뭐가 미안해요?"

"신당도 못 열고… 산제 가는데 수발도 못하고……."

"어허, 이모는 이제 대가수의 어머니예요. 슬슬 조무도 그만둘 생각하세요."

"무슨 소리야? 내가 뭐 잘못했어?"

미류의 말에 봉평댁이 정색을 했다.

"예?"

"아니면 다시는 그런 소리 마. 나 신당 떠나면 온몸에 신열이 내려서 못 사는 거 알잖아?"

'아차!'

봉평댁을 배려한다는 게 조금 많이 나갔다. 봉평댁은 억만금을 준대도 신당이 필요한 팔자였던 것.

"알았으니까 잘 다녀오기나 하세요. 제가 산제 혼자 가는 거 한두 번인가요?"

"그때야 애동이니까 그랬지. 하지만 지금은 대한민국에서 제일 잘나가는 법사님인데……."

"잘나가긴요. 저 아직 멀었거든요."

"알았어……."

"여권하고 비자는 나왔어요?"

"기획사에서 오후에 찾아놓았다고……."

"미용실 가서서 머리도 좀 하시고 옷도 사 입으세요. 공항에 내리면 미국 기자들이 몰려올지도 모르거든요."

"어머, 나 영어 한마디도 못 하는데……."

"……."

"어휴, 내가 이런 날이 올 줄 알았나? 나 진짜 오케이, 노 땡큐밖에 몰라."

"그런 건 걱정 마세요. 기획사에서 홍 팀장이 붙는다니까 다 통역해 줄 거예요."

"그럴까?"

"그런데 어디 가려고요?"

미류, 그녀의 손에 들린 바구니를 보며 물었다.

"하라 그년이 갈비찜하고 오이소박이 좋아하잖아? 미국에는 그런 거 없을 테니 LA 갈비 좀 사서 재 가려고……."

"이모, LA 갈비가 뭐예요? 기왕 할 거면 한우로 해 가세요."

"한우는 비싸서……."

"돈은 제가 낼게요. 하라 축하용으로……."

"법사님!"

"다녀오세요. 저도 산제 준비 좀 하게요."

"알았어. 후딱 다녀올게."

봉평댁은 한달음에 마당에 내려섰다. 그때 화요에게 전화가 들어왔다. 봉평댁을 위한 좋은 제의를 해왔다. 미류는 그 제안을 받아들였다. 통화가 끝날 무렵 봉평댁은 대문을 빠져나갔다. 그런데…….

"악!"

그녀의 치마 끝이 다 나가기도 전에 비명이 들려왔다.

'뭐야?'

놀란 미류가 대문으로 뛰었다. 점집 골목… 복점 축제 이후 손님이 더 많아졌다. 그건 곧 차량이 많아졌다는 말과도 같았다. 들뜬 봉평댁, 서두르다 차에 치인 건 아닌가 걱정이 되었다.

"⋯⋯!"

대문을 나선 미류는 검은 그림자에 놀랐다. 그보다 더 놀라는 건 봉평댁이었다.

"이모."

미류가 불렀지만 봉평댁은 사시나무처럼 떨 뿐이었다. 손에 든 바구니까지 떨어뜨린 채.

"쌍년!"

검은 그림자가 기습적인 쌍욕을 뱉어냈다. 그는 추레한 눈빛을 출렁이며 봉평댁의 팔목을 우악스레 거머쥐었다.

"이거 봐요."

봉평댁은 그 팔을 뿌리치고 대문 안으로 뛰었다.

"거기 못 서!"

남자가 따라 들어갔다. 순식간에 일어난 일이었다. 안으로 들어선 봉평댁은 화분에 걸려 쓰러졌다. 남자가 그 뒷덜미를 잡아 일으켰다. 난폭한 몸짓이었다.

"쌍년… 니가 이런 데 처박혀 있으면 내가 못 찾을 줄 알았냐?"

남자가 얼굴을 디밀었다. 봉평댁은 몸서리를 치며 몸을 사렸다.

"이봐요!"

미류가 남자를 불렀다.

"뭐?"

돌아보는 남자에게서 술 냄새가 진동을 했다. 게슴츠레 뜬 눈과 너저분한 얼굴, 척 봐도 알코올 중독에다 노숙자 5분 전의 몰골이었다.

"무슨 일인지 모르지만 그 손 놓으시죠."

"넌 뭐야?"

"그분은 내 이모거든요."

"오호라, 기둥서방은 아니고?"

남자는 누런 이를 드러내며 이죽거렸다.

"아이고, 법사님은 관여치 마세요. 이 인간 질 나쁜 인간이에요."

봉평댁이 끼어들어 몸서리를 쳤다.

"뭐 질 나빠? 이런 개쌍년을 봤나?"

남자의 손이 허공을 가르는 순간, 미류가 그 팔을 낚아챘다.

"당신 뭐야? 남의 신당에 들어와서 무슨 행패냐고?"

"나 이 여자 남편이다, 왜?"

남자가 눈알을 뒤룩거리며 받아쳤다.

'남편?'

미류의 시선이 봉평댁에게 건너갔다. 봉평댁은 아이고, 통곡을 터
뜨리며 자리에 주저앉았다.

"남편은 무슨 남편? 헤어졌으면 그만이지."

"헤어져? 누구 마음대로?"

"내 앞에서 딴 여자랑 살림 차려서 나갔으면 헤어진 거지. 뭐가 누
구 마음대로야? 이혼 도장도 찍었잖아?"

봉평댁이 악다구니를 썼다.

보아하니 전 남편 중의 하나인 모양이었다. 봉평댁이 두 번 실패를
한 건 미류도 아는 일이었다. 하지만 오래전의 일이었다. 그런데, 왜
찾아온 걸까? 그 이유는 남자의 입에서 튀어나왔다.

"됐고, 하라 어디 있어? 내 딸."

내 딸?

"하라가 어째서 네 딸이야? 네 자식 아니야!"

"놀고 있네. 그게 네년 마음이냐? 내 마음이지."

"아니야. 절대 당신 딸 아니야!"

"까지 말고 빨리 데리고 나와. 다른 데 있으면 연락처 내놓고."

"됐어. 당신은 하라하고 아무 상관없어."

"이게 정말 뒈지려고 환장을 했나?"

남자가 다시 손찌검을 하려 할 때 미류가 나섰다.

"그러니까 당신이 하라 아버지다?"

"오냐, 삼자는 빠지거라."

"우리 이모는 아니라는데?"

"개수작 말고 하라 내놔. 내 딸이니까 내가 기를 거라고."

"미친놈. 하라 이름 그 더러운 입에 올리지도 마!"

봉평댁은 발작에 가까운 절규를 토해냈다. 생각만 해도 몸서리쳐지는 두 전 남편. 그중 하나의 등장이었다. 목적은 하라였다. 하라가 세계적인 히트 곡을 내자 '돈' 생각이 난 모양이었다.

미류는 봉평댁을 바라보았다. 그녀는 애달프게 고개를 저었다. 이 남자의 딸이 아니라는 뜻이었다. 이런 일은 누가 알아서 좋을 게 없을 일. 미류는 남자를 차분하게 구슬렸다.

"보아하니 한두 마디 말로 될 일은 아닌 거 같은데 들어갑시다. 안에 가서 차분하게 얘기하자고요."

"뭐야?"

"하라는 지금 여기 없어요. 그러니 두 분이 타협점을 찾으려면……."

"오냐, 하라가 없으면 하라 짐이라도 싸가지고 가야지. 암!"

남자는 멋대로 거실에 난입했다.

덜컥!

신당도 멋대로 열었다.

"그만두지 못해? 그 더러운 손으로 어딜 감히 법사님 신당을……."

봉평댁이 남자를 당겼지만 오히려 튕겨나고 말았다.

"어이구, 우중충하긴… 이년은 오나가나 이런 데라니까."

신당을 둘러본 남자가 혀를 찼다. 그리고 그가 돌아서는 순간, 미류가 그 앞을 막았다.

"뭐야?"

"기왕 들어왔으니 앉으세요!"

"됐거든. 난 무당 따위하고는 안 놀아. 더구나 조옷 달린 무당하고는." 남자는 들으란 듯이 'ㅈ'을 강조했다.

"앉으면 하라, 바로 데려다줄 수도 있지."

미류는 떡밥을 날리고 신단에 좌정했다.

"뭐야?"

"하라 때문에 왔다며? 아버지의 도리를 다하기 위해?"

"오냐, 너 만약 약속 안 지키면 이 집 다 꼬슬러 버린다."

남자는 으름장을 놓으며 미류 앞에 앉았다.

"아이고!"

봉평댁은 애가 탔다. 양아치 중에서도 상양아치에 속하는 인간이었다. 집 안에 들이는 것도 마땅치 않은데 미류의 신당이라니…….

"이모는 문 닫고 거실에 계세요."

"법사님……."

"잠깐이면 됩니다."

"그럴 필요 없어. 그 인간은 진짜 하라 아빠 아니거든."

"어쨌든 잠깐만요."

미류가 봉평댁의 말을 끊었다. 봉평댁은 하는 수 없이 문을 닫고 말았다.

"너 얌전히 서방님 기다려라. 튀면 뒈진다!"

남자는 그 사이에도 협박질을 잊지 않았다.

"자, 뭐 어쩌자는 건지 한번 들어볼까?"

남자가 추레한 웃음을 띠며 미류를 재촉했다. 그사이에 미류는 이미 남자의 운명창을 난폭하게 열어젖히고 있었다.

[가정운 下下 02%]

[건강운 上中 78%]

[재물운 下下 08%]

[학벌운 下上 22%]

[애정운 中下 35%]

[명예운 下下 04%]

[총운명지수 下下 05%]

下下!

하하, 헛웃음처럼 참 가관인 운명이었다. 그런데 이런 인간들이 또 건강은 큰 문제가 없다. 여섯 운명창 중에서 가장 빛나는 건강창이 그걸 대변하고 있었다. 말하자면 인간 진상들은 일찍 죽지도 않는다는 것.

미류는 영시로 운명창을 더듬었다. 꼴에 여자는 알아서 애정창 안에 계집녀 자가 두 개나 아른거렸다. 지금 현재 여자 둘을 만나고 있다는 뜻이었다.

'어디를 쪼샤드릴까?'

미류는 건강창을 제대로 겨누었다. 제아무리 강철의 몸이라고 해도 어딘가 한두 군데 신통치 않은 곳이 있게 마련. 몸주께서 무심치 않다면 뜻이 통할 일이었다.

'후웁!'

영시로 남자의 몸을 훑었다.

[齒] [肝] [性器]

세 곳에 검은 기운이 엿보였다.

'빙고!'

미류는 남자 모르게 무릎을 쳤다. 과연 전생신은 미류의 뜻을 저버리지 않은 것이다. 다음으로 전생륜을 불러냈다. 이 인간의 전생역시 목불인견이라, 차마 눈뜨고는 보지 못할 인간 군상이었다. 다섯번의 전생 동안 인간쓰레기의 삶을 산 것이다. 그러나 한 번도 반성하지 않았다. 그러니 이 인간, 인간쓰레기의 삶의 굴레를 다시 쓰고태어난 모양이었다.

하라와의 인과는 없었다. 이 생에서 아버지로 처음 인연을 맺었을수도 있지만 전생으로 보아 하라 같은 아이를 가질 요소가 없었다.봉평댁도 마찬가지였다.

"당신!"

탐색을 끝낸 미류, 비스듬히 앉아 무릎에 한 손을 올리고 또 다른손으로는 팔선채를 가볍게 두드렸다.

"어쭈?"

남자가 코웃음을 쳤다.

"저분이 내 몸주신데 이렇게 말씀하시는군. 당신은 하라의 아버지가 아니니 상대하지 말라고."

"뭐야?"

"당신은 하라 아버지가 아니야!"

"아니, 그런데 이 쌍놈의 박수무당 새끼가 누굴 데리고 노나? 억!"

흥분하는 남자를 쌀알 뭉치가 후려쳤다.

"보라구. 하라가 잘 치는 쌀점에도 그렇게 나오잖아?"

"……!"

남자의 눈이 휘둥그레졌다. 얼굴을 맞고 떨어진 쌀알들이 그려낸 글자 때문이었다.

〈사기꾼〉

〈인간말종〉

"야!"

"됐으니까 내 말 잘 들어. 지금부터 당신이 그 진상 꼬라지 끝내고 참회할 때까지 세 번 기절할 거야. 그전에 참회하면 한 번으로 끝날 테고."

"이런 미친!"

흥분한 남자가 일어섰다. 순간, 미류의 눈 속에 아찔함이 출렁거렸다.

'저것?'

미류가 속절없는 사이에 남자는 기어이 테이블을 엎어버리고 말았다.

"아이고, 이놈이 천벌을 받으려고!"

놀란 봉평댁이 뛰어 들어와 남자 다리를 잡고 늘어졌다.

"뇌, 이런 개자식을 봤나? 나 이춘식이야. 이춘식은 무당 같은 거 안 믿는다고!"

남자가 봉평댁을 내질렀다. 그래도 미류는 움직이지 않았다. 그의 시선은 그저 남자의 운명창 끝에 꽂혀 있을 뿐이었다.

"알았어. 알았으니까 일단 나가. 하라 지금 미국에 있으니까 귀국하면 만나게 해주든지 할 테니까!"

봉평댁은 필사적으로 남자를 끌었다.

"너 우리 하라 어디로 빼돌리기만 해봐. 내가 그냥 모가지를 콱 비틀어 버릴 테니까."

남자는 펄펄 뛰며 미류를 노려보았다. 그래도, 미류는 마찬가지였다. 원래는 영시로 본 세 곳의 검은 기운을 자극해 고통을 주려던 미류. 대체 뭘 보았기에 망부석이 되어 움직이지 않은 걸까?

"하라 귀국하면 바로 전화해라. 아니면 너도 뒈져!"

남자는 협박을 남기고 대문을 나갔다. 그때까지도 미류는 움직이지 않았다.

"법사님……."

봉평댁이 미류에게 다가왔다. 신당 안은 엉망이었다.

"죄송합니다, 죄송합니다."

"아니, 괜찮습니다."

"괜찮긴요. 저 패악무도한 인간이 신성한 신당에서 감히… 법사님 볼 면목이 없으니 제가 신당을 떠나겠습니다."

"이모가 왜요?"

"왜라뇨? 내가 있으면 저 인간이 계속 찾아와 행패를 부릴 텐데요."

"이제 안 올 겁니다."

"예?"

"천조자조(天助自助)가 일어날 겁니다."

"……?"

"하늘은 스스로 돕는 자를 돕는다고요. 이모 같은 분과 하라처럼 영특한 아이의 미래. 저런 사람이 망치게 두지 않을 겁니다. 그러니 마음 가라앉히고 가서 장보시고 미국 갈 준비나 하세요."

"법사님!"

"제가 방금 몸주께 공수를 받았습니다."

"……?"

"저 못 믿어요?"

"믿지. 내가 이 세상에서 제일로 믿는 법사님인데……."

"그럼 얼른 가요. 여긴 제가 정리할 테니……."

"하지만 그게 대체 무슨… 저 인간은 돈 냄새 맡으면 염라대왕이 와도 눈도 깜짝 안 할 인간인데……."

염라대왕?

과연 그럴까? 다들 흰소리를 하지만 염라대왕 앞에 초연할 인간은 지상에 없었다.

봉평댁이 어쩔 줄 모를 때 타로가 뛰어 들어왔다.

"미류 법사, 미류 법사 안에 있어?"

"들어오세요."

미류가 대답했다.

"응?"

안에 들어서던 타로가 걸음을 멈췄다. 신당이 엉망이기 때문이었다.

"방금 그 인간이 그랬지? 점사 시비 걸러 온 거야?"

"아닙니다. 가끔 이런 인간도 있지요."

"그건 그렇고… 그 인간 죽었어."

"예?"

"죽었다고. 지금 저 싸이렌 소리 안 들려?"

타로가 허공을 가리켰다. 그러고 보니 앰뷸런스와 사이렌 소리가 들렸다. 미류는 봉평댁과 함께 도로로 나갔다. 사람들이 많았다. 119 구조대와 경찰들이 한 시신을 수습하고 있었다.

"무단 횡단을 하다가 트럭에 치였대. 아주 즉사라네."

몰려든 사람들이 중얼거렸다. 즉사한 사람은 이춘식, 그자였다.

"법사님!"

봉평댁은 몸서리를 치며 미류를 바라보았다.

"말했잖아요. 다신 안 올 거라고."

"맙소사!"

"시장 가세요."

미류는 봉평댁의 등을 밀었다. 지켜볼 가치도 없는 인간의 말로였다. 다섯 생을 쓰레기로 산 삶. 이번 생마저도 막판에 쓰레기질로 활활 타올랐으니 다시 태어난다고 해도 비슷한 굴레를 걸어갈 게 뻔했다.

미류는 가만히 돌아섰다.

세 가지 징치!

그걸 벼르다 내려둔 건 운명창 때문이었다. 그가 테이블을 엎어버리는 순간 때늦게 창 하나가 열린 것이다.

'설마 행운창?'

잠시 황당한 미류에게 보인 건 액운창이었다. 그나마 희미한 액운창, 보이기 무섭게 꺼져 버렸다. 희미하던 빛의 사멸. 그게 뜻하는 건 분명 죽음이었다. 그렇기에 행패를 보면서도 손을 대지 않은 미류였다. 이미 하늘의 징치가 대기 중인 상황. 거기에 끼어드는 건 신제자의 도리가 아니었다.

Now are you happy I belong to you forever.

신당으로 향할 때 한 자가용 안에서 하라의 노래가 흘러나왔다. 세계를 흔들고 있는 포에버 베이비였다.

그래. 행복해야지.

저런 인간 따위가 우리 하라를 막아서면 안 되지.

미류는 가만히 대문을 열었다.

다음 날, 뉴스가 나왔다. 이춘식의 사망 사고 소식이었다. 경찰에 의하면 사고는 정해져 있었다. 마치 누군가 눈을 가린 듯 이춘식은 주저 없이 도로에 들어섰다고 했다.

"건너편에 화물차가 달려오는데도……."

"누군가 소리를 쳤는데도 흥얼거리며 그냥 건넜어요."

목격자들의 증언이 이어졌다.

그리 좁지 않은 도로. 더구나 가로등도 밝았다. 시각장애인이 아니고서야 반대편을 질주해 오는 화물차를 못 볼 리 없었던 것. 그러나 그는 그냥 건넜다. 횡액을 따라간 것이다. 어쩌면 기분 때문이었는지도 모른다. 귀찮은 존재였던 하라. 그 하라가 세계적인 가수가 되었다. 하라는 미성년자. 그 돈이 죄다 자기 것이라고 생각했을 것이다. 그러니 눈에 보이는 것이 무엇이랴?

신분은 너저분하게 나왔다. 이미 강간과 강간 미수로 지명수배가 된 몸이었다. 전과도 화려하게 달고 있었다. 전화위복이라더니 하라에게는 차라리 잘된 일이었다. 나중을 위해서라도 일찌감치 정리되어야 할 인간말종이었다.

"법사님……."

밤새 밑반찬을 마련한 봉평댁, 뉴스가 나오자 미류 곁에 다가앉았다.

"말하지 않아도 돼요."

그 속내를 아는 미류가 선수를 쳤다. 그녀가 지나온 지난한 질곡의 시간들. 그 실타래를 다시 풀어 고통을 음미할 필요는 없었다.

"하지만……."

"나는 무조건 이모 편. 어제 하라가 그 사람 딸 아니라고 했잖아요? 그 말 믿어요."

하라의 출생. 궁금하지 않았다. 미류가 아는 하라는 봉평댁의 딸. 그 외에 다른 사실 따위는 끼워 넣고 싶지 않았다.

"법사님……."

"그러니 이제 단장하러 가실 준비나 하시죠."

"머리야 요 앞 미장원에 가면……."

"화요 씨가 올 거예요. 그러니까 대충 외출복 챙겨 입으세요."

"송화요요?"

봉평댁이 입을 쩌억 벌렸다. 어제 화요가 제의한 게 그거였다.

"대스타 강하라 어머니잖아요? 진짜 미국 공항에 기자들이 몰려나
올 거라니까요. 동네 미장원 스타일도 좋지만 더 예쁘게 하고 가면
하라가 신나지 않을까요?"

"그럼 5만 원짜리 하면 돼요. 왜 화요 씨를……."

"화요 씨 전속 미용실에 예약해 두었대요. 그동안 종종 신세졌다
고 보답하겠다는 걸 어쩝니까? 저 곤란하게 만드실 거 아니면 준비
하세요."

"법사님!"

"시간 없어요. 공항에는 비행기 3시간 전에 가야 하는 거 모르세
요? 적어도 2시간 전에는 가야 한다고요."

"아이고, 뭘 그렇게 일찍… 한 30분 전에만 가도 되지 않을까요?"

"허얼! 촌티 내시기는……."

미류가 웃었다. 해외(?)라고는 난생처음인 사람. 그러니 웃음이 절
로 나오는 것이다.

빵빵!

그때, 밖에서 경적이 울렸다.

"왔나 보네요. 빨리 준비하세요."

"아, 내가 주제에 무슨 송화요 씨 같은 유명인이 가는 미용실을…
그런 데는 머리 한 번에 수십만 원이라던데……."

봉평댁이 울상을 지을 때 화요의 매니저가 들어왔다.

"법사님, 차 대기시켰습니다."

"화요 씨는요?"

"촬영이 있어서요. 제가 알아서 모셔갔다가 다시 모셔오겠습니다."

"고맙습니다."

미류가 인사까지 날리자 봉평댁은 더 주저하지 못했다. 그녀는 결국 매니저의 차를 타고 미용실로 향했다.

'흐음, 나도 이제 슬슬 산제 준비를 해야 하나?'

일어서는 미류의 눈에 TV화면이 들어왔다. 처음에는 마삼바바가 보였다. 그가 이적을 일으킨 남부의 저수지였다. 언제 그랬냐는 듯이 바닥이 잠기고 절반가량 물이 찬 모습이었다. 바닥은 다음 화면에서 나왔다. 특정 종교의 그분이었다. 그분께서 인성의 바닥을 드러내며 마삼바바를 맹렬하게 비난하고 있었다.

"우연의 일치에 불과한 일입니다."

보아하니 마삼바바의 이적에 대해 재조명하는 프로그램. 시청률이 높으니 우후죽순처럼 튀어나오는 기획물들이었다.

"우리나라 방송, 문제 있습니다. 방송이 나서서 미신을 조장하다니요!"

그의 목젖은 쉴 새 없이 흔들렸다. 덩달아 미류의 마음도 흔들렸다. 그 자신도 현장에 있었던 사람. 자신의 종교를 사랑하는 거야 뭐랄 사람 없지만 졸렬한 행실이 도를 넘고 있었다.

헌법 제9조…….

그곳에는 이런 말이 적시되어 있다.

〈국가는 전통문화의 계승·발전과 민족문화의 창달에 노력하여야 한다〉

종교로 인정하지 않는다 해도, 무속은 최소한 전통문화에는 속했다. 그렇다면 대놓고 폄훼하는 건 종교 지도자의 자질이 아니었다.

'산제에 들어가기 전에 배배 꼬인 장 좀 풀어드려야겠군.'

미류는 양 피디의 전화번호를 눌렀다.

인천공항은 여전히 붐볐다. 미류는 먼저 내려 랜드로버의 문을 열었다. 봉평댁이 내렸다.

"어휴, 여기가 공항이야?"

봉평댁이 고개를 빼들었다. 배은균이 차를 보내겠다고 했지만 미류가 막았다. 먼 미국으로 날아갈 봉평댁. 그동안 미류를 위해 고생했으니 배웅 정도는 하고 싶었던 것이다. 미류는 선글라스를 꺼내썼다. 이제 미류를 알아보는 사람들이 꽤 있는 까닭이었다.

"어머!"

봉평댁에게도 하나를 씌워주자 그녀가 자지러졌다.

"생각보다 편해요. 잘 어울리는데요?"

그녀를 위해 준비한 미류가 웃었다.

"아유, 나 같은 촌닭이 무슨……."

"그건 어제까지 말이고요."

미류가 그녀의 등을 밀었다. 때 빼고 광낸 봉평댁은 이제 더 이상 촌닭이 아니었다. 머리는 세련되었고 의상도 나쁘지 않았다. 신발에도 약간의 굽이 들어갔다. 그러고 보니 연예인이 따로 있는 게 아니었다.

"법사님!"

항공사 카운터 앞에서 홍 팀장이 손을 흔들었다. 미리 와서 줄을 서 있었던 모양이었다.

"짐이 좀 되네요?"

홍 팀장이 봉평댁의 가방을 바라보았다. 줄여도 줄여도 오히려 늘어나는 여자들의 짐. 그건 나이 지긋한 봉평댁도 예외가 아니었다.

더구나 하라에게 줄 반찬까지 마련한 그녀가 아닌가?

"가방이 너무 커요?"

봉평댁 목소리가 기어들어 갔다.

"저런 거에 비하면 아무것도 아니죠."

홍 팀장이 학생 둘을 가리켰다. 유학을 가는 건지 짐이 한 차는 되어 보이는 학생들이었다. 홍 팀장은 이내 카운터에 항공권을 받았다. 프레스티지 좌석 줄이라 사람이 많지 않았다.

"잘 다녀오세요."

미류는 인사와 함께 슬쩍 봉투를 건넸다.

"아유, 왜 이런 걸……."

"얼마 안 돼요. 가서 하라에게 뭐 사주든지 아니면 가이드들 밥이라도 한 끼 먹이세요."

미류가 준비한 건 3,000불이었다.

"아유, 내가 뭐 영어를 알아야……."

"보디랭귀지 있잖아요. 가면 다 통해요. 그러니까 걱정 마시고 가셔서 제 안부 전해주세요."

"그거야……."

"제가 무지무지 사랑한다는 말도요. 그럼 다녀오세요!"

미류는 입국장 앞에서 안부 인사를 남기고 돌아섰다. 봉평댁이 날아가는 동안 할 일이 있었다. 미류는 양 피디가 알려준 주소와 지도를 핸들 앞의 공간에 찔렀다. 그런 다음 힘차게 시동을 걸었다.

차는 한강을 지나 용강동에서 멈췄다. 목적하는 신당(?)이 나왔다. 종교마다 신성한 기도처를 부르는 이름은 다르지만 미류는 자기 방식대로 불러 버렸다. 이 자리, 미류의 방식을 설파하기 위해 왔기 때문이다.

―우연의 일치를 가지고 국민을 우롱한다!

바로 그 특정 종교자의 베이스였다.

―만나보시게요?

양 피디의 목소리가 떠올랐다. 미류와 통화할 때 건너온 말이었다.

―그 양반, 그쪽 교단에서도 내놓은 사람입니다. 사사건건 타 종교와 마찰을 빚고 있어서 말이죠.

그 말은 우려가 아니라 미류의 오기에 불을 질렀다. 그렇다면 더욱 간을 봐드려야지!

끼이!

천천히 문을 열었다. 넓은 기도실에는 몇몇 사람들이 기도에 열중하고 있었다. 소리를 죽여 복도를 지났다. 그의 방은 어렵지 않게 찾았다. 안내판이 많았던 것이다.

"이봐요!"

방을 두드릴 때 뒤에서 소리가 들려왔다. 돌아보니 80줄의 할머니였다.

"곽진구 씨 좀 뵈러 왔는데요?"

미류가 대답했다.

"지금 사택에 계신데?"

"사택이오?"

"쭉 나가서 오른쪽 카브로 돌아요. 그럼 보일 거예요."

할머니는 재미난 발음으로 그의 소재를 알려주었다. 인사를 하고 복도를 걸었다. 반대편 문으로 나와 '카브'를 돌자 사택이 눈에 들어왔다. 아담한 벽돌 주택이었다.

문 앞에 서니 피아노 소리가 들려왔다. 바흐의 곡이었다. 그런데 멜로디가 서툴렀다. 마치 손가락이라도 마비된 피아니스트처럼……

똑똑!

문을 두드렸다.

"들어와요!"

밝은 대답이 나왔다. 곽진구의 목소리였다.

"……?"

미류가 들어서자 그의 눈이 휘둥그레졌다. 자신의 신도로 알고 맞이하려다 한 대 후려 맞은 표정이었다.

"당신?"

"들어가도 될까요?"

미류가 물었다.

"안 돼!"

금세 뒤틀린 소리로 미류를 막아서는 곽진구.

"그럼 밖에서 잠시 이야기를 나눴으면 합니다."

"용건이 뭐요?"

"인터넷 기사하고 인터뷰를 보았습니다. 무속에 대한 이해를 청하고자 왔습니다만."

"할 말 없소."

그가 잘라 말했다. 얼굴에는 비하와 멸시의 빛이 가득했다.

"그렇다면 제가 한마디만 하고 가겠습니다."

"듣고 싶지 않소."

"당신도 무속에 대해 멋대로 말했으니 나도 말해야겠습니다."

"뭐라고?"

"누가 오셨어요?"

낮지만 치열한 신경전이 펼쳐질 때 꼬마 아이가 다가왔다.

"할아버지, 손님 오셨어요?"

아이가 걸어온 길에 피아노가 보였다. 피아노는 아이가 쳤던 모양이었다. 그래서 곡이 느렸던 걸까? 어린 나이에 바흐… 곡이 능숙하지 않았으니 천재까지는 아니겠지만 그래도 재능이 있는 아이였다. 미류 눈에 아이의 손이 빨려 들어왔다.

"……!"

미류는 잠시 호흡을 멈췄다. 아이 몸 뒤로 영가가 보였다. 젊은 여자였다. 애절한 표정으로 아이에게 붙었다 떨어졌다를 반복하고 있었다.

"너는 들어가 있거라."

곽진구가 아이 등을 밀었다. 아이는 미류를 힐금 보며 발길을 돌렸다. 곽진구는 아이가 방으로 들어갈 때까지 말을 하지 않았다. 아이 앞에서 감정을 드러내고 싶지 않은 모양이었다.

탁!

방문 소리가 들리고서야 다시 그의 공세가 시작되었다.

"마귀들의 소리는 듣고 싶지 않으니 돌아가요. 내 신도들이 오면 당신 맞아 죽을지도 몰라."

"그래도 상관없습니다."

"이봐요!"

"저 아이… 당신 손자입니까?"

"그런 건 당신이 알아서 뭐하게?"

"손자가 아니고 아들이니 하는 말입니다."

"……!"

돌연한 미류의 발언. 그 한마디에 쩽 금이 간 듯한 눈알이 보였다.

그랬다. 딱 한마디지만 곽진구는 치명타를 맞은 듯 얼어붙어 버렸다.

"지금 무슨 헛소리를 하는 거야?"

"손자가 아니고 아들이라고 말했습니다."

"이자가……."

"당신 부인은 죽었군요."

"그래서?"

"원래 부인 말고, 저 아이를 낳은 젊은 여자 말입니다."

"……!"

곽진구가 한 번 더 흔들렸다. 운명창 때문이었다. 목사의 애정창 안에 여자가 둘 있었다. 하나는 부인이었으되 또 하나는 부인이 아니었다. 물론, 둘 다 고인이었다.

"조금 더 디테일하게 들어가 드릴까요?"

"……."

"……!"

두 개의 눈빛이 침묵을 동반한 채 허공에서 충돌했다. 곽진구는 거친 숨을 몰아쉬더니 소파를 가리켰다.

"일단 들어오시오!"

"고맙습니다."

깍듯이 인사를 하고 그가 지정한 자리에 앉았다.

"할 말이 뭐요? 시간 없으니 간단하게 해보시오. 다만 내 발언에 대해 사과 같은 걸 요구한다면 어림없는 일이오. 나는 영생불변의 진리를 말한 것뿐이니."

"이적에 대한 폄하와 모욕이 어째서 진리란 말입니까?"

"이적이 아니라 우연이었소."

"우연?"

"당신네 무속이 일상으로 행하는 무지요. 모든 우연을 귀신을 소행으로 몰아붙여 혹세무민하는……."

"그래서 기우제도 우연이었다?"

"우연히 내리는 소나기는 인생에 있어 셀 수도 없이 경험할 수 있소."

"환생이고 무속이고 죄다 헛소리라는 거군요?"

"그건 당신네가 더 잘 알 일이오. 가슴에 손을 얹고 생각해 보시오."

"손을 얹을 사람은 내가 아닌 것 같습니다만."

미류의 눈이 곽진구의 검은 눈동자를 정면으로 겨누었다.

"무슨 억지를 부리려는 것이오?"

"억지가 아니라 보여주려는 것입니다. 당신이 부정하는 환생… 당신이 부정하는 무속의 가치를 당신 자신에게!"

"보고 싶지 않소."

"당신의 감추고 싶은 사생활이 드러날까 봐서요?"

"……?"

"방금 그 아이… 왜 당신을 할아버지라고 부를까요? 내가 볼 때는 분명 아들인데……."

"말조심하시오. 저 아이는 내 손자야. 호적에도 그렇게 올라가 있고."

"그거야 당신이 그렇게 신고했을 테니까. 하지만, 당신의 신께서도 모르고 있을까요?"

"……!"

"저 아이의 손가락… 마비 같은 게 보이더군요. 당신의 부도덕이 마디에 맺혔기 때문입니다."

"뭐라고?"

"아이 엄마……."

미류는 한쪽 벽을 향해 걸었다. 거기 곽진구의 아내 사진 액자가 있었다.

"이분이 아까 그 아이의 엄마?"

혼잣말을 하고 지나쳐 버렸다. 걸음은 옆벽에서 멈췄다. 거기 무수한 신도들의 사진이 붙어 있었다. 전부 여자 신도들이었다. 수백 장으로 도배가 된 한쪽 벽. 그 앞에 서서 곽진구를 바라보았다.

"그 아이의 엄마는 이 안에 있습니다."

"……."

"바로 이 여자로군요!"

미류는 사진의 중심에 자리 잡은 수첩만 한 얼굴을 짚었다. 해사한 얼굴의 20대 여성이었다. 곽진구의 얼굴이 똥색으로 변하는 게 보였다.

"아닙니까?"

"……."

"사진에 원한이 서려 있군요. 당신을 원망하면서 죽었습니다."

"헛소리!"

흥분한 곽진구가 자리를 박차고 일어섰다.

"유품을 내주시면 혼을 불러 그녀의 마음을 들려줄 수 있습니다만."

"제정신이 아니군. 여기가 어딘 줄 알고 감히!"

"제정신 맞습니다. 여긴 당신의 신당이죠. 당신이 모시는 신이 계시고, 당신을 따르는 신도들이 있습니다."

"……."

"하지만, 미안하게도 나는 이미 무속을 펼치고 있습니다만… 아직 실감이 안 나십니까? 아까 그 아이와 이 사진……."

"……!"

곽진구의 눈빛이 격하게 출렁거렸다.

"좋아. 유품을 내드리지. 하지만 당신은 아무것도 하지 못할 거요. 무속 따위는 그저 혹세무민하는 미신에 불과하니까."

"그 말씀은 유품을 주신 후에 하셔도 좋을 것 같습니다."

"기다리시오."

곽진구가 일어섰다. 그는 거실장을 뒤적이더니 작은 실반지를 꺼내 왔다. 금반지도 아니고 진주반지도 아닌, 길바닥에서 흔하게 파는 실은반지였다.

"맑은 하늘에 비를 내리고 광고까지 나오시는 무속이니 5분이면 되겠소?"

곽진구가 비꼬았다.

"충분합니다."

미류는 실반지를 바라보았다. 동시에 모든 영기를 쏟아부었다. 영가가 보였다. 슬픈 느낌도 전해왔다.

'당신……'

—할 말이 많군.

—한을 남기고 갔어.

—그 말을 해봐.

—내가 다 들어줄 테니.

미류는 실반지를 꼭 움켜쥔 채 전생신의 신차를 발동시켰다.

'욱!'

뭔가 폭발하듯 확 치받는 순간, 미류의 눈알이 미친 듯이 뒤룩거렸다. 목에 걸린 여자의 말이 나오지 않았다. 머릿속이 바글거리지만 공수를 내뱉지 못하는 것이다.

'뭐야?'

눈알에 지진이 일었다.

―권능 높은 특정 종교의 성전이라서?

―아니면 곽진구의 신앙심과 능력 때문에?

흔히 들은 말들이 별 떼처럼 스쳐 갔다.

―신앙심이 깊은 기독교인은 무속이 안 통한대.

―독실한 천주교 신자도 안 통한대.

―기가 센 사람도 무속신이 감당할 수 없어서 점사를 못 내린대.

―무당의 기와 그 기들이 충돌하기 때문에 그렇대.

아니, 그렇지 않았다. 그건 그 무속인의 능력 문제였다. 없는 것이라면 모르되 있는 사실이라면 못 할 리도, 안 될 리도 없는 것이다.

그런데! 이 여자는 왜?

허덕이는 미류의 시선에 곽진구의 표정이 들어왔다. 그는 비웃고 있었다. 한없는 비웃음이었다. 애당초 그럴 줄 알았다는 듯…….

"……!"

그 표정에서 힌트를 얻었다. 곽진구는 어떻게, 왜 미류가 못 할 거라고 단정하고 있었을까? 추론하면 한 가지가 나온다. 애당초 이 여자가 말을 하지 못하는 것이다.

'농아?'

미류의 시선이 사진으로 옮아갔다. 그랬다. 그래서 공수가 나오지 않는 것이다. 목만 갑갑한 것이다.

'그렇다면!'

미류는 재빨리 곽진구를 돌아보았다.

"미안하지만 잠깐만 실례하겠습니다. 내 손으로 하면 조작이라고 할 테니……."

그 말과 동시에 전생신의 공수를 곽진구에게 씌워버렸다.

"억!"

곽진구가 움찔 흔들렸다. 그는 벼락처럼 몸서리를 치더니 온몸을 꼬며 떨었다. 그리고… 자기 손으로 펜을 잡더니 미친 듯이 휘갈리기 시작했다.

'후우!'

미류는 그제야 겨우 숨을 돌렸다.

"……!"

필담 공수를 마친 곽진구, 자기가 쓴 글자를 보더니 그대로 얼어붙어 버렸다. 그는 종이를 집어 들더니 미친 듯이 찢어버렸다. 하지만 이미 늦었다. 미류가 카메라로 찍고 머리에 담아버린 후였다.

"아니야, 이건 아니야!"

미류가 다가서자 곽진구는 필사적으로 부인했다.

"상관없습니다."

"……?"

"나는 당신의 사생활을 들추려고 온 게 아니니까요."

"……."

"솔직히 관심도 없습니다."

종교인의 두 얼굴. 그런 보도가 한둘이었던가? 악의 유혹에서는 목사도 신부도 무속인도 자유롭지 않았고 믿음이 약한 자들은 늘 자기 종교에 먹칠을 하게 마련이었다. 아마, 지금 이 순간에도…….

"당신의 아들… 손자로 믿어드리죠."

"……."

"당신이 쓴 필담 공수도 잊어버리겠습니다."

"……."

"그러나 환생과 전생은 우연도, 조작도, 미신도 아니니 잠시 증명해 드릴 기회를 주시기 바랍니다."

"……."

"그걸로 충분합니다."

"뭘 어떻게 하겠다는 거요?"

"당신은 그저 눈만 감으면 됩니다."

"눈?"

"기도하실 때처럼!"

"최면을 걸어 사술을 쓰려고?"

"사술이라고 했습니까?"

"죽기 직전에 본다는 임사 체험 같은 것 말이오. 영혼이 몸에서 빠져나가 자기 시신을 돌아보고 온통 눈 시린 천국의 꽃밭에서 그리운 얼굴이나 초월자를 만나는 것……."

"임사 체험이 아니라 전생 체험입니다."

"어리석은… 그건 그저 뇌의 변연계가 수명을 다해 무너짐으로써 기억의 실타래가 뒤엉기는 허상에 불과한 거요."

"미안하지만 내가 보여 드리고자 하는 건 과학적 설명이 아니라 무속입니다."

"……."

"시작하죠?"

미류가 담담하게 닦아세웠다. 이미 기선을 제압당한 곽진구였다. 그는 별수 없이 눈을 감고 말았다. 박박 찢은 종이를 손에 꼭 움켜쥔 채.

─어디 한번 봅시다.

─자부심이 하늘을 찔러 온갖 종교를 비하하는 당신… 과연 얼마나 짱짱한 자아를 위해 걸어가고 있는지!

'웃!'

전생류을 불러낸 미류가 눈살을 찡그렸다. 신성한 초감각 때문이었다. 그러나 꼬였다. 전생룐에 숭고함이 서린 건 분명하지만 군데군데 잘리고 끊겨 불규칙하게 보였다. 어쨌든, 예상대로 그의 전생령들은 대다수가 수도자의 모습이었다.

첫 번째 삶은 제사장의 심부름꾼이었다. 그 생에서 곽진구는 제사장보다 더 신실하고 돈독한 마음으로 신을 모셨다. 일단 출발이 좋았다.

덕분에 다음 생에서 조금 높은 자아를 가지고 태어났다. 신관이 된 것이다. 다만 그 직분이 가장 낮은 것이 흠일 뿐이었다. 그 생에서는 자아의 발전을 이루지 못했다. 최고의 신관이 동시대에 있어 그에게 눌린 까닭이었다.

곽진구는 다시 선교사로 태어났다. 평생을 선교에 몸 바쳤지만 역시 자아의 진전은 없었다. 그다음 생이 바로 직전의 생. 뒤틀린 인과의 시작이었다. 다시 종교인으로 태어난 그. 더딘 자아의 발전을 의식한 건지 다른 생보다 공격적으로 살았다. 자신의 종교에 대한 무한한 자긍심으로 여타 모든 종교를 무시한 것이다.

그는 종교전쟁의 한가운데 섰다. 그러나 위기의 순간을 맞았으니 적에게 사로잡혀 심장이 나무창에 꿰뚫리고 말았다.

"이 비루한 것들이!"

그는 죽어가면서도 상대방 종교를 저주했다.

그리고 이어진 것이 오늘이었다. 이번 생, 그는 다시 수도자의 자아를 완성시키기 위해 태어났다. 출발은 아름다웠다. 독실하게 자란 그는 이 종교의 지도자가 되었다. 그를 따르는 사람도 많았다.

그러나 현대는 다양화의 시대. 스님이 목사를 만나고, 신부가 스님을 만나고, 목사가 신부를 만나 손을 잡는 시대였다. 어느 날, 유력한 두 종교 지도자가 한자리에 모였다. 그들은 허심탄회하게 상대방 종교를 인정했고 화합과 공생, 조화를 선언했다. 그걸 본 곽진구, 의식 저 안에 잠자던 직전 생의 인과가 녹아나왔다.

―말도 안 돼!

―다른 종교 따위!

그날부터 그는 투사가 되었다. 오직 자신의 종교가 아니면 안 되었다. 그러나 이미 그는 이 종교에서 공고한 지도자 반열에 오른 몸. 같은 길을 가는 지도자들도 그저 혀를 찰 뿐 어쩌지를 못했다. 결국 그 전투력이 마삼바바에게까지 이어진 것이었다.

"시작합니다."

쩔렁!

미류가 신방울을 흔들었다. 그와 동시에 곽진구에게 첫 전생이 감응되기 시작했다. 그는 보았다. 제사장을 따라다니는 비루한 신분의 소년. 그러나 무엇과도 바꿀 수 없는 독실한 신앙심… 거기서 이어지는 신관과 선교사의 빈 마음……

그게 곽진구의 마음을 자극했다. 바로 그가 소년 시절에 가졌던 순수였다. 자신의 신을 위해 영혼이라도 내주려던 마음. 순백 앞에서도 부끄럼이 없던 신앙심. 그건 현재의 그가 가장 아쉽게 돌아보는 순수의 절정. 그 보석 같은 마음을 다시 만난 것이다.

"……?"

막 몰입하던 곽진구가 눈을 번쩍 떴다. 별안간 감응이 사라진 까닭이었다. 미류는, 당연하다는 듯이 곽진구를 바라보고 있었다.

"왜 끊어졌냐고요?"

"……."

"계속할까요?"

"……."

"지금 나는 당신의 의향을 묻고 있습니다."

미류의 시선은 곽진구의 눈을 관통하고 있었다. 단순한 질문 같지만 그렇지 않았다.

―인정하느냐?

그런 윽박지름이었다.

곽진구의 입술이 파르르 떨렸다. 그는 알고 있었다. 무속을 인정하지 않을 바에야 여기서 스톱을 외치는 게 옳았다. 하지만 그의 입은 반대로 열리고 말았다. 자신의 의식 안에 들어 있던 아스라하고 아련한 편린들. 그 편린을 보았다. 한 종교의 지도자지만 그 역시 인간이었던 것이다.

"계속하시오."

이번에는, 곽진구가 자청해 눈을 감았다. 미류는 꼭 감긴 그의 눈자위를 본 다음에야 전체 감응에 돌입했다. 푸근하던 그의 인상은 종교전쟁에서 왕창 구겨졌다. 그리고 마치 지금 창을 맞은 듯 가슴을 움켜쥐었다.

툭!

그의 심장에서 나온 피가 창대를 타고 흘러내렸다. 아직 숨이 덜 끊어진 그는 그걸 보고 있었다. 그 퀭한 눈에 서린 저주가 보였다.

쩔렁!

곽진구의 귀에 신방울 소리가 들렸다. 그와 함께 전생의 그림은 신기루처럼 사라졌다. 곽진구는 마치 가슴을 뚫은 창을 부여잡은 듯한 자세로 미류를 바라보았다.

"거기까지입니다."

"그게 내 전생……?"

"예."

"내 전생……."

곽진구가 중얼거렸다.

"당신의 길은 수도자의 길입니다. 출발도 좋았고 과정도 좋았습니다. 하지만 지난 생에서 신의 시험에 들었죠. 당신은 그 시험에서 빠져나오지 못하고 몰락했습니다."

"……."

"어쩌면 이 생에서도 그걸 반복할지 모르겠군요."

"반복……."

"제 몸주께서 보여 드린 당신의 전생… 임사 체험 같은 것으로 보입니까?"

"……."

"어떻게 말하든 상관없습니다. 나는 당신의 종교를 잘 알지 못하니 해석은 당신의 자유입니다."

"……."

"하지만 한 가지만은 말씀드리고 싶습니다. 당신의 종교는 소중하겠지만 마삼바바나 나 같은 무속인들… 당신이 생각하는 것처럼 사기꾼에 협잡꾼이 아니라는 것."

"……."

"당신의 종교가 나기 그 이전에는 무속이 이 땅의 중심이었다는 것."

"……."

"당신 것이 소중하고 아름다우면 남의 것도 그럴 수 있다는 것."

"……."

"청하건대 도를 넘은 당신의 발언에 대해 공식 사과를 바랍니다."

"공식 사과?"

"만일 그게 어렵다면, 나도, 오늘 내가 인지한 사실을 참기 어려울

수 있다는 것을 밝혀둡니다."

미류가 핸드폰을 들어보였다. 그 안에는 사진이 있었다. 곽진구가 신들린 듯 적어낸 필담 공수. 그 말을 끝으로 미류는 곽진구를 지나쳤다.

"법사!"

두어 걸음을 떼기도 전에 그가 미류를 불렀다. 미류는 걸음을 멈추었다. 돌아보지는 않았다.

"한 가지만 물어보겠소."

"얼마든지!"

"아까 당신이 불러낸 그 아이의 혼… 혼이겠지?"

"……."

"알고 있었소?"

"저분이 농아라는 것 말이군요."

미류는 곽진구 대신 사진의 여자를 바라보았다.

"혹시 다른 것도 있었소? 당신에게 전한?"

"……."

"괜찮으니 말해주시오."

"그녀… 잘 웃었죠?"

"그, 그렇소."

"그녀가 당신을 볼 때 웃었던 건……."

그제야 곽진구를 돌아본 미류, 잠시 호흡을 끊었다가 말을 이었다.

"좋아서가 아니라 저절로였답니다. 일종의 근육병 같은……."

"……."

곽진구의 침묵을 뒤로한 채 미류는 사택을 나왔다. 문이 닫히기 전, 미류는 곽진구의 한숨 소리를 들었다. 미류는 폴더를 열었다. 방금 찍은 사진이 나왔다. 사진에 찍힌 글자가 보였다.

─나는 당신을 좋아하지 않아요.

─처음에도 지금도…….

사진과 함께 하나의 그림이 맞춰졌다.

곽진구!

그가 손자라고 한 아이는 한 젊은 여자 신도가 낳은 아이였다. 아내를 잃고 홀몸으로 살던 곽진구. 어느 날 찾아온 한 여자를 만났다. 여리고 몸이 느려 오갈 데 없는 농아 아가씨였다. 곽진구는 그녀를 자기 집에 들어앉히고 잔심부름과 청소를 시켰다. 아가씨는 다행히 잘 웃었다. 곽진구는 착각에 빠지고 말았다. 그녀가 자신을 사랑하는 것으로 착각한 것이다.

소나기 내리는 날, 곽진구는 그녀를 가졌다. 근육병까지 있던 그녀는 반항하지 못했다. 강제로 당하면서도 웃음이 나왔다. 얼굴 근육 때문이었다. 몸이 약한 그녀는 병원에 입원을 했다. 아이를 낳으면서 죽었다. 곽진구는 조용히 아이를 받아 손자로 알리고 키웠다. 그때까지도 곽진구는, 그녀가 자신을 좋아했다고 착각하고 있었던 것이다. 그야말로 동상이몽을 꾼 것이다.

종교 지도자로서의 부도덕한 관계. 당장 그를 파멸의 길로 이끌 수도 있었다. 하지만 아이를 위해 그러지 않았다. 아이에게는 곽진구가 필요했으니 그 때문에 아이 엄마의 영가도 해코지를 하지 않고 그저 아이 곁을 맴돌고만 있었던 것이다.

내부 순환 도로를 타지 않고 올림픽 도로를 달렸다. 창문은 활짝 열었다. 물비늘을 안고 날아오는 바람이 좋았다. 그 바람이 찝찝한 모든 것을 씻어가길 바랬다.

끼익!

신당 앞에 멈춘 미류가 대문을 열었다. 거실에 앉아 TV를 틀었다.

'이모는 미국에 도착했을까?'

문득 그런 생각이 들 때 전화가 들어왔다. 양 피디였다.

—법사님!

"웬일이세요?"

—웬일은요, 혹시 곽진구 씨 찾아가셨습니까?

"어, 어떻게 아셨죠?"

—어이쿠, 역시 그렇군요. 저번에 곽진구 씨 인터뷰한 피디 친구에게 연락이 왔는데 그쪽에서 인터뷰 요청이 들어왔답니다. 그래서 용건을 물었더니 지난번 마삼바바의 이적과 무속을 비하한 것에 대해 사과 인터뷰를 할 생각이라고…….

"……!"

—과연 법사님이십니다. 그 양반이 다른 어떤 종교하고 붙어도 사과 같은 건 없었다는데 너무 전격적이라 그 피디가 지금 출동하고 있답니다. 뉴스감이라네요.

"예."

—그럼 쉬세요!

전화가 끊겼다. 폴더를 닫기 전 곽진구의 필담 공수 사진을 시원하게 지웠다. 보험용으로도 필요가 없을 것 같았다.

'개운하게 산제를 떠나게 되었군.'

미류는 기지개를 켜며 일어섰다.

뱅이굿판을 찾아라

미류는 계룡산으로 향했다. 내심 한 달 정도 생각하고 타로에게 언질을 남겼다. 봉평댁 역시 3, 4주 정도 유람하다 오라고 했으니 문제될 게 없었다. 도중에 꽃집에 들렀다. 수많은 꽃 중에 델피늄을 골랐다. 꽃말 때문이었다. 두 다발을 정해 배달을 부탁했다. 오늘로 두 번째였다. 돈을 지불할 때 마음이 두근거렸다. 미류에게는 중요한 일이기 때문이었다.

계룡!

이제는 달리는 일만 남았다. 계룡은 무속인에게 있어 하나의 성지와도 같은 곳이었다.

"네 무속에 눈을 뜨면 이 산이 왜 계룡인 줄 알 수 있으리라."

언젠가 들었던 신아버지 표승의 말이 스쳐 갔다.

─왜 계룡일까?

─기도빨이 잘 먹히게 하니까 계룡이지.

미류의 생각은 그랬었다. 계룡산은 끝없는 포용력을 가지고 있었다. 진중한 마음으로 그 산에 들면 용은 아낌없이 품어주었다.

"계룡산은 회룡의 형세니라!"

다시 표승의 말이다.

인간에게 숨구멍이 있듯이 땅도 다르지 않았다. 나아가 용은 신비한 동물이라 변화무쌍하니 용의 움직임을 본떠 비유하자면 계룡산은 용이 방향을 바꾸어 날아오른 기세라고 했다.

'역방향으로 날아오른다?'

그 말은 미류의 사정에 딱 들어맞았다. 미류야말로 살아서 무속의 일가를 이루지 못하고 죽어서야 무속에 눈을 뜨는 계기가 되었다. 그러니 그것이 바로 역방향의 개안(開眼)이 아니면 무엇일까?

그런 생각이 드는 순간, 미류 앞에서 산봉우리가 흔들렸다.

"……!"

미류는 보았다. 그 산이 산이 아닌 것을. 산이 아니라 한 마리의 용이 웅크린 것을. 용은 이제 막 몸을 뒤틀어 역방향으로 날아오를 형상이었다.

아아!

미류는 숨조차 쉬지 못했다.

―이 산이 왜 계룡인 줄 알 수 있으리라.

오래전에 표승이 한 말. 그 말을 이제야 깨달은 미류였다.

'선생님…….'

미류는 합장한 채 표승에게 고마움을 전했다.

당궁당궁다당궁!

산으로 들어서자 장구 소리가 고개를 들었다. 굿당이 보였다. 옹기종기 모여 앉은 사람들은 각자의 바람을 쉴 새 없이 빌고 있었다.

그들 앞에 차려진 전물상이 반가이 인사를 해왔다. 열두 폭 칠성도 병풍은 꽃단장을 한 전물상을 뒤에서 떠받치고 있었다. 잡귀는 범접치 마라. 칠성도는 그런 위용으로 이쪽과 저쪽을 단단하게 갈라 놓고 있었다. 서로 어깨를 겨루며 쌓여 있는 수십 가지의 제물들은 때때옷 입은 소녀를 떠올리게 만들었다. 그 첫머리에 자리 잡은 돼지 머리는 오늘도 스마일이다.

촛불과 장대향이 타들어가는 전물상 앞에 삼색 지화로 꾸민 고깔을 쓴 무당이 나왔다.

"비나이다, 비나이다!"

무당의 목청이 하늘을 찔렀다. 그녀는 부채와 방울을 흔들며 전물상 위로 신들을 청해 내렸다. 청배를 끝낸 무당이 신장기를 뽑아 들 때 미류는 가던 길을 재촉했다. 굿은 이제 시작이니 언제 끝날지 몰랐다.

산으로 가는 길 곳곳에 아기자기한 돌탑이 보였다. 어떤 것은 세 개의 높이였고 또 어떤 것은 십여 개가 올라간 것도 있었다. 누구의 소원이 차곡차곡 쌓인 걸까? 궁금할 것도 없었다. 딱히 무속을 믿는 사람이 아니더라도 생활 속에는 많은 민간 신앙이 숨 쉬고 있었다.

그렇기에 누구는 자식을 못 낳으면 석불의 코를 갈아 먹었고, 소원 성취를 위해 정월 대보름달에게 비는 풍경은 아직도 사라지지 않았다.

미류는 돌탑 옆의 소나무에서 쉬었다. 등을 기대고 소나무와 교감 했다. 산에 들어온 이상 모든 것은 공부였고 기도였다. 미류는 나무 와 하나가 되었다. 소나무의 푸른 힘이 미류 안으로 들어왔다. 이 또 한 영적 파장을 맞추는 일과 같았다.

소나무와 인간!

그 영적 호흡이 일치하면 가능해지는 일이다.

한참 후에야 원하던 바위를 찾았다. 작은 샘이 딸린 동굴도 있었다. 이곳은 처음이 아니었다. 표승과 함께 온 적이 있었다. 그러니까 미류의 진짜 애동제자 시절, 표승은 미류를 배려해 이곳을 찾았다. 이곳은 마고 할망이 3년에 한 번씩 다녀가던 명당. 그곳에서 미류의 막힌 신통을 뚫어주려 했던 것이다.

"무엇을 느꼈느냐?"

보름 기도가 끝난 후에 표승이 물었었다.

"몸이 가벼워진 거 같습니다."

"다른 건?"

"……!"

그 말에 대답을 못 했었다. 몸주의 말씀이 있었다든지, 영기가 세졌다든지 하는 변화는 없었던 것이다.

동굴에 짐을 풀고 기도 바위 사방에 부적을 붙여 액막이를 해두었다. 더불어 미류가 축원하는 사람들의 이름을 새긴 콩을 샘물에 담가 두었다. 이건 신당에서 준비해 온 것이었다. 기왕이면 다홍치마라고, 기도하는 동안에 함께 축원하면 좋을 일이었다.

간단한 준비가 끝나자 바위에 올랐다. 샘물과 바위, 그리고 장대처럼 솟은 소나무. 기도 터로 맞춤한 곳에서, 미류는 신제자로서의 갈증을 채우기 시작했다.

충전!

그것의 시작이었다.

항마진언과 옥추경 등으로 주변 잡귀를 몰아낸 미류. 맑은 마음으로 부정경을 이어갔다.

"천상부정, 지하부정, 원가부정, 근가부정, 대문부정……."

그리하여 찌든 머리를 씻어내고 육계주를 산천에 풀어놓았다.

"정심신주왈 태상태성 응변무정 구사박매 보명호신 지혜명정 심신

안녕······."

미류의 육신과 심신은 조금씩 정화되어 갔다. 마침내 태을보신경까지 푼 미류는 오늘이 초하루임을 감안해 명당경을 붙였다. 이는 두고두고 독송하면 소원을 성취하는 안택경이었다.

"급급여율령 사바하!"

급급여율령은 번개처럼 빠른 귀신을 뜻하니, 주문을 번개처럼 빨리 하늘에 전하라는 의미였다. 마음이 시원하게 열리자 천수경을 시작으로 천지팔량신주경을 이었다.

기도는 열흘간 계속되었다. 미류가 쉬는 건 물과 소금을 먹을 때뿐이었다. 밥이나 죽을 먹을 수도 있지만 그러지 않았다. 이번 기도의 목적은 명백했다. 세상의 그릇은 비우고 영적 그릇은 채우는 것.

마음을 다해 하는 기도였기에 물 한 잔으로도 허기는 느껴지지 않았다. 바위 위에 올라앉고 물을 마시는 것으로 충분했다. 바위는 영기의 터전. 물 또한 영매의 근원. 그 둘 다 무속인에게는 양식이 될 수 있는 것들이었다.

날마다 하늘에서 별이 쏟아졌다. 미류는 그 별을 경전에 녹여 들였다. 하늘이 내리는 축복을 경전으로 받아 든 것이다.

산신기도!

용신기도!

토신기도!

무속인은 기도를 한다. 미류도 기도를 했다. 무당이 산으로 물로 가는 건 하나의 충전이었다. 영적 배터리가 방전되면 영빨은 사라지고 눈치빨이 대신한다. 그 길의 종착역은 '사이비'였다.

열흘… 원래는 한 달 정도를 생각했던 미류. 영적 에너지가 충전되자 마무리를 하기로 했다. 시간을 낭비하는 것도 좋지 않기 때문이었다.

기도의 마지막 날, 미류는 자신을 이루고 도와준 모든 사람들을 위해 기도했다.

"재수발원, 소원성취, 무사태평, 가내평안, 사고무탈……"

미류는 빌었다.

그들이 다 건강한 현생을 누리며 만배공덕을 쌓기를. 그리하여 누구는 이 생에서 자아를 이루고, 혹 그릇이 덜 찬 사람들은 다음 생에서라도 자아를 이루기를…….

열흘이 지난 아침, 첫 햇살로 불리는 햇귀가 미류의 눈에 닿았다. 세상이 달라보였다. 저 심연까지 꽉 차오른 듯한 영기의 탱탱함이 느껴진 것이다. 미류는 북쪽 하늘을 향해 숭고한 합장을 하고 일어섰다.

충전은 끝났다.

짐을 꾸린 미류는 샘물로 가서 콩을 꺼내 들었다. 하나하나 확인하던 미류, 한 콩에서 시선이 멈추고 말았다.

"……!"

정 시장의 콩이었다. 그 콩에 나쁜 기운이 서렸다. 콩으로 점을 치는 건 주로 풍년과 흉년점이 많았다. 정월 보름 전날 밤, 콩 열두 개에 월 표시를 하고 다른 큰 콩의 껍질로 싸서 샘물 속에 넣는다. 다음 날 새벽에 콩을 건져 불어난 크기에 따라 가뭄과 홍수를 예측할 수 있었으니 그걸 응용한 미류였다.

다른 콩은 다 괜찮은데 정 시장의 콩은 한쪽이 썩어버린 상황. 건강이 좋지 않다는 의미로 보였다. 아니나 다를까? 전원을 꺼두었던 핸드폰을 켜니 정 시장 사모님의 문자가 여러 통 들어와 있었다.

—연락을 부탁합니다!

몇 번이나 반복된 문자는 사태가 녹록하지 않다는 걸 보여주고 있었다.

"법사님!"

신당에 도착하자 사모님이 보였다. 차 안에 있던 그녀, 미류의 차를 확인하고 뛸 듯이 내린 것이다.

"오래 기다리셨습니까?"

미류가 물었다.

"아까 통화하고 바로 달려왔어요."

통화…….

그때는 고속도로 위였다. 하지만 이렇게 빨리 와 있을 줄은 몰랐던 미류였다.

"마침 우리 이모께서 미국에 가는 통에 신당이 지저분할 텐데……."

하는 수 없이 함께 마당에 들어섰다. 그런데 이게 웬일? 마당에는 낙엽 하나 없었다. 신문도 마구 던져진 게 아니라 거실 입구에 차곡차곡 쌓였다.

'이모가?'

돌아온 건가?

미류는 현관문을 열었다. 거실 역시 먼지 한 점 없이 닦여 있고 신당에는 촛불까지 켜져 있다. 봉평댁이 돌아온 모양이었다.

"이모!"

미류가 방문을 열었다. 없었다. 화장실도 마찬가지였다.

'잠깐 나갔나?'

미류가 고개를 갸웃거릴 때 연주가 들어섰다.

"스승님, 잘 다녀오셨어요?"

그녀가 단정히 인사를 해왔다.

"아, 연주 씨… 혹시 우리 이모 돌아오셨어?"

"아뇨!"

"그래? 그럼 누가 신당을… 혹시 연주 씨?"

"네!"

연주는 한마디로 대답했다.

"연주 씨가 매일 와서 청소하고 촛불 켜고 한 거야?"

"이모님 부탁이었어요. 저도 하고 싶었고요."

"……."

"미리 허락을 안 받아서 죄송해요."

"아니, 내 말은 그게 아니라……."

"손님이 오신 거 같으니 어서 들어가세요."

연주가 고개를 숙였다. 그러고 보니 사모님을 마당에 세워두었다. 미류는 황급히 그녀를 청해 들였다. 연주는 자연스럽게 따라 들어와 차를 내왔다.

"죄송합니다. 제가 잠시……."

"괜찮아요. 그나저나 정진 기도 가신 일에 방해나 되지 않았나 모르겠네요."

"핸드폰은 꺼두었었기 때문에… 오늘에야 문자를 보았습니다."

"다행이네요."

"시장님 때문이시죠?"

"어머, 아세요?"

"건강, 아닌가요?"

"맞아요!"

사모님은 들었던 잔을 내려놓았다.

"설마 큰 건 아니겠죠?"

"뭐 입원하거나 그런 건 아닌데… 좀 이상해요. 이이가 아주 맥을 못 추거든요. 가끔 머리에 뭔가 박힌 것 같다는 말도 하시고……."

"병원에는요?"

"당연히 주치의도 만났죠. 검사에 특별한 이상은 없다네요. 그래서 법사님께 연락을 드린 거예요. 혹시 부적 같은 걸 지니면 좀 나아질까 하고……."

"잠깐만요."

미류는 그대로 신당에 들어섰다. 전생신께 합장을 하고 그 앞에 앉았다. 미류는 한층 빵빵해진 영시를 통해 정 시장을 겨누었다. 시장의 이미지가 떠올랐다. 검은 연기가 아른거리는 곳은 머리와 심장이었다. 확실히 좋지 않았다.

"시장님은 지금 시청에 계신가요?"

"아뇨, 나흘 전에 시장직을 내놓으셨어요. 지금은 당사에……."

"아!"

그 또한 깜빡했다. 이제 대선이 코앞에 닥친 상황. 시장직을 내놓아야만 출마가 가능했던 것이다.

"제가 가서 슬쩍 시장님을 뵙겠습니다."

이제는 시장이 아닌 상황. 그래도 입에 붙은 바람에 호칭이 바뀌지 않았다.

"같이 가요. 필요하면 제가 잠깐 불러낼게요."

"그래주시면 더 좋죠."

정대협은 이제 공당의 대선 후보자 신분. 하늘 아래 부끄러움은 없지만 무속인을 수시로 만나는 건 곤란한 일이었다. 그건 물론 다른 종교인도 예외는 아니었다.

당사 인근에 도착한 미류는 일식집 내실에서 정 시장을 기다렸다.

연락은 사모님이 대신하기로 했다.

"도착하셨어요."

잠시 후에 사모님이 문을 열었다. 그 뒤로 정 시장의 모습이 보였다.

'아뿔싸!'

그 모습을 본 미류의 이마에 한기가 스쳐 갔다. 미류는 왜 이토록 사색이 된 것일까?

"미류 법사!"

정 시장은 미류를 반겼다. 하지만 목소리에도 전과는 달리 헐렁한 틈이 있었다.

"사모님께 이야기 듣고 달려왔습니다."

미류가 말했다.

"당신이?"

정 시장이 사모님을 돌아보았다. 약간의 질책이 섞인 눈길이었다.

"어떡해요? 병원에서는 괜찮다지만 내가 보기에는 영 아닌데……."

"그래도 그렇지. 바쁜 법사님을……."

"마침 산제도 끝나서 괜찮습니다. 좀 어떠십니까?"

"글쎄… 그게 뭐라고 해야 하나? 그냥 가끔씩 맥이 털리고 몽환스럽다고 해야 하나? 의사들은 스트레스가 쌓여서 그렇다던데……."

"스트레스가 아닙니다!"

미류가 잘라 말했다.

"그럼?"

"말씀드리기 곤란하지만 두 분께서는 무속을 믿어주시니 가감 없이 말하겠습니다. 시장님은 지금 사술에 걸려 있습니다."

"사술?"

"누군가 시장님을 해코지하기 위해 뱅이굿을 하는 모양입니다."

"뱅이굿?"

"굿이라는 게 본래 무당이 음식을 차려 놓고 신에게 인간의 길흉화복을 조절해 달라고 비는 의식인데 자칫 남을 해치는 저주로도 쓰이는 경우가 있지요. 영화나 드라마에도 더러 나오지 않습니까?"

"그 왜, 그림이나 인형을 놓고 바늘로 쑤시거나 활로 맞히는?"

"그렇습니다."

"그, 그런?"

정 시장이 주춤거렸다. 그 역시 무속에 관한 걸 믿지만 무속의 끝은 알지 못하는 사람. 영화 속의 일이 자신에게 일어나고 있다니 믿기지 않는 모양이었다.

"아픈 부위가 머리와 가슴이라고요?"

"그렇네만……."

"아침이 오면 조금 덜해졌다가 어둠이 내리면 다시 시작하죠? 아마 자시, 즉 밤 열한 시 이후로 가장 심할 겁니다."

"그건 맞네. 최근에는 너무 심해져 진통제를 먹기도 하네만."

"쪼는 듯, 꿰뚫리는 듯, 찍히는 듯한 고통……."

"그렇지. 바로 그런 통증일세."

"뱅이굿이 확실합니다."

"……."

"그럼 어떻게 해야 하나요?"

듣고 있던 사모님이 끼어들었다.

"찾아야죠."

"누굴 말인가?"

"뱅이굿을 하고 있는 사람 말입니다."

"그걸 어떻게?"

그 말은 시장과 사모님이 동시에 말했다.

"일이 언제 끝나십니까?"

"선대위 구성과 고문단 인선 중이라네. 마무리 단계니 두어 시간이면 될 걸세."

"제가 사모님과 먼저 댁에 가 있겠습니다. 일 끝나면 다른 약속 잡지 마시고 집으로 돌아오십시오."

"알겠네."

정 시장이 대답했다.

"법사님……."

정 시장이 먼저 나가자 사모님이 조바심을 냈다.

"혹시 최근에 시장님 쓰던 물건 같은 게 없어지지 않았나요?"

"그건 잘 모르겠지만 도둑 같은 건 들지 않았어요."

"아니면 집에 CCTV 같은 건?"

"근처에는 있어요."

"그럼 집으로 가시죠."

미류가 일어섰다. 서둘러야 할 일이었다.

미류는 동사무소 직원의 도움을 받아 CCTV 화면을 체크했다. CCTV는 쓰레기 무단 투기를 감시하기 위한 것이었다. 다행히 정대협 자택이 보이는 각도였다. 체크는 정대협의 '이상'이 감지된 날 이전으로 잡았다.

"어!"

이삼일 뒤로 돌리던 직원이 화면을 짚었다.

"여기요!"

그가 화면을 세웠다. 그러더니 다시 되감아 돌렸다. 젊은 아가씨가 보였다. 어둠이 내린 시간, 그녀는 담장으로 다가와 주변을 살폈다. 그런 다음 쓰레기를 뒤지기 시작했다. 그녀가 손에 쥔 건 정대협의 낡은 구두였다.

"어머, 저 구두!"

사모님이 소리쳤다.

"시장님 것 맞나요?"

"네, 뒷굽이 다 닳은 걸 신고 다니길래 마침 내다버렸었어요."

여자는 다른 것도 가져가고 있었다. 이번에는 정대협의 러닝셔츠였다.

"저것도 등이 해어졌길래 내다버린 건데……."

여자는 두 아이템을 보물처럼 안고 반대편으로 사라졌다.

"고맙습니다."

직원에게 인사를 하고 밖으로 나왔다. 사모님 역시 바로 따라 나왔다.

"그럼… 우리 그이 물건을 주워다가 주술을?"

자택으로 돌아온 사모님이 물었다.

"그런 것 같습니다."

"아직도 그런 일이 가능한가요?"

"제가 사모님께 보여 드린 신통력은요?"

미류가 되묻자 사모님은 말문이 막혔다. 사람이란 이렇게 단순한 면이 있는 것이다.

"아까 그 사람, 아는 분은 아니죠?"

"전혀요."

"그 사람을 찾는 게 관건입니다."

"어떻게 찾죠? 이 넓은 서울에서?"

"그 사람… 이 집 가까이 있습니다."

"……?"

"뱅이굿은 가까이서 하면 할수록 더 효과가 있거든요."

"어머!"

사모님은 몸서리를 쳤다. 시장이 돌아온 것은 그때였다.

"여보!"

사모님이 CCTV를 본 일을 털어놓았다. 정대협의 얼굴도 살포시 굳어버렸다. 그러더니 손으로 이마를 짚었다. 입에서는 짧은 신음도 튀어나왔다.

"으음……."

"통증 시작입니까?"

"그런 것 같소만……."

정대협이 대답했다.

"굿판을 시작한 모양입니다."

"허어!"

미류는 서둘러 부적을 꺼냈다.

"잠깐만 실례하겠습니다."

부적을 시장의 머리와 가슴에 붙였다.

"어떻습니까?"

"으음… 조금 괜찮아졌습니다."

"떼지 말고 그대로 계십시오. 제가 다시 돌아올 때까지요."

"법사님!"

사모님이 불렀지만 미류는 밖으로 향했다.

정대협의 자택은 고급 주택가에 속했다. 그런 까닭에 오히려 오가는 사람이 많지 않았다. 어쩌다 지나는 사람은 배달원 등이었고 오가느니 고급 차량들뿐이었다.

미류는 멀찌감치 세워둔 랜드로버 안에 있었다. 두 눈은 골목에 고정되었다. 얼마나 지났을까? 아가씨 하나가 나타났다. CCTV에서 보았던 그 여자였다.

'왔군!'

미류는 척추를 바로 세웠다. 옷차림만 봐도 신당 냄새가 난 것이다.

아가씨는 정대협의 집 앞에 섰다. 거기서 주변을 돌아보더니 대문 안을 기웃거렸다. 그런 다음 뭔가를 꺼내 정대협의 차 밑에 집어넣었다. 그 손을 미류가 잡아챘다.

"……?"

질겁을 한 아가씨가 고개를 들었다. 차 밑에 뭔가를 넣기 위해 살짝 엎드렸던 아가씨. 내려다보는 미류가 저승사자처럼 보인 모양이었다.

미류는 아가씨의 손에 들린 것을 가로챘다. 정대협의 형상을 한 헝겊 인형이었다. 인형의 머리와 가슴팍에는 각기 10여 개의 침이 꽂혀 있었다. 한참 기세를 올리던 뱅이굿. 그게 미류의 부적 덕분에 막히자 보조 비방이 나온 것이다. 미류가 노리던 일이었다.

"미류 법사님?"

아가씨는 미류를 알아보았다. 완전히 겁에 질린 표정이었다.

"나를 알고 있으니 긴 설명은 하지 않아도 되겠군."

"……."

"아가씨가 주범은 아닐 거 같고… 신어머니?"

"……."

"이 근처 어디에 있겠지? 앞장 서. 아니면 경찰을 부르는 수밖에."

미류가 아가씨 등을 밀었다. 아가씨는 울먹이며 앞서 걸었다. 골목을 돌았다. 아가씨의 걸음이 멈춘 곳은 뒷골목이었다. 그러니까 정대협의 자택 뒤쪽 집이었다.

'기가 막히는군.'

언제나 이렇다. 일을 당하고 보면 등잔 밑이 어두운 것이다. 거리상으로 보면 거의 10여 미터도 되지 않을 지척의 거리……

골목 하나지만 이쪽 집들은 저쪽 집들과 좀 달랐다. 아직 옛날 주택들이 남아 낡은 느낌이었다. 그래서 오히려 뱅이굿을 하기에는 최적의 장소로 보였다.

"들어가!"

머뭇거리는 아가씨를 미류가 재촉했다. 아가씨는 자포자기한 듯 대문을 열었다. 작은 정원을 지난 아가씨가 지하로 통하는 계단 앞에서 멈췄다. 미류는 아가씨를 밀어내고 먼저 계단을 밟았다.

"유란이냐?"

안에서 갈라지는 소리가 나왔다. 방울 소리도 들렸다.

쩔겅절겅!

미류는 대답대신 신방울을 울렸다. 그러자 지하실의 문이 열렸다.

"……!"

문을 연 사람은 중년의 무당이었다. 무복을 입고 덩실거리던 그녀는 미류를 보자 놀라 뒷걸음질을 쳤다.

"미류 법사?"

그녀 또한 미류를 아는 눈치였다. 미류는 그대로 들어섰다. 벽을 본 미류 입에서 한숨이 새어나왔다. 짐작대로였다. 벽에는 정대협의 사진과 인형이 걸려 있었다. 저주상에도 정대협의 인형이 보였다. 어떤 것은 머리가 태워져 있고 또 어떤 것은 침이 박혔다.

"당신……"

미류가 무당을 노려보았다.

"어… 어떻게?"

무당은 식은땀을 흘리며 고개를 저었다.

"어이가 없군. 당신 무속인 맞아?"

미류가 벽력같은 호통을 날렸다.

"뭔, 뭔가 오해를 한 모양인데……"

"무슨 오해? 이거 명백한 뱅이굿이잖아?"

"천만에. 이건 질병 퇴치를 위한 굿이야. 암!"

무당은 딱 잡아떼고 나왔다.

"질병 퇴치?"

"그, 그래. 이 집 주인이 원귀가 쓰여서 말이야. 그런데 당신이 무슨 참견? 좀 잘나가면 다야?"

"뭐라고?"

"두통! 그래, 두통! 그리고 자꾸 가슴이 벌렁거린다고 해서 말이지……"

"그래서 질병을 막기 위해 벌인 굿판이다?"

"그래. 당신이 참견할 일이 아니라고."

"그럼 이건 뭐지?"

미류가 저주상 아래에서 정대협의 구두를 꺼내 들었다.

"그리고 이건?"

거기에 더해 침이 고슴도치처럼 꽂힌 러닝셔츠를 흔들었다.

"그, 그건……"

"정대협 씨 거잖아? 그래도 시치미야?"

미류, 러닝셔츠를 무당 코앞에 들이댔다. 순간, 무당의 눈이 미류 등 뒤를 향했다. 어쩐지 안도하는 눈빛이었다. 뭔가 이상을 감지한 미류가 재빨리 몸을 틀었다. 순간…….

훙!

몽둥이가 바람을 갈랐다.

퍼억!

소리는 미류 등짝이나 머리기 아니라 무덩의 머리에서 작렬했다.

"아이코!"

무당이 비명을 지르며 주저앉았다. 돌아보니 중년의 남자가 보였다. 다리를 절룩이는 그가 다시 몽둥이를 치켜들었다. 미류는 재빨리 그의 팔목을 잡고 밀어붙였다. 다리 때문인지 남자는 벽까지 밀려갔다. 미류가 그의 배를 걷어찼다.

"어이쿠!"

남자는 배를 안고 굴렀다. 다행히 전문 싸움꾼이 아니라 무당의 심부름이나 하는 사람으로 보였다. 미류가 몽둥이를 집어 들자 남자는 그대로 줄행랑을 쳤다. 그러고 보니 아가씨도 보이지 않았다. 뱅이굿판이나 벌이는 찌질한 무당. 그러니 패거리의 단합력도 이 모양이었다.

"누구야?"

미류가 무당에게 물었다.

"뭐… 뭐가?"

무당은 벽 쪽으로 물러섰다.

"굿판 벌이라고 사주한 사람이 누구냐고?"

"그, 그런 거 없어."

"없어?"

"그래. 내가 정대협에게 맺힌 게 많아서 그랬을 뿐이야."

"뭐가 그렇게 맺히셨길래……."

"민원… 내가 민원 하나 냈는데 안 들어줬거든."

"당신… 몸주가 누구셔?"

"그야 한둘이 아니지. 그거 알면 당신이라고 해도 오금이 저릴걸?"

"말씀해 보셔."

"내 조상신은 친정 쪽 2대 할아버지가 선관도사로 오셨어. 할머니는 대신할머니로 오셨고 아버지는 장군, 남동생은 산신동자, 시아버지는 문간대감이셔. 거기다 천신 쪽으로는 오방장군에 칠성님, 수구신장님, 별상님……."

"지금 몸주 말이야."

"지금은… 선관도사님… 억……."

대답하던 무당, 눈알이 뒤틀리더니 목소리가 변하기 시작했다. 미류에게 강신한 전생신을 느낀 것이다.

"나를 주관하는 분은 오직 하나!"

미류 입에서 공수가 튀어나오기 시작했다.

"전생신!"

"……."

무당은 보았다. 천국과 지옥이 공존하는 듯한 느낌. 불과 얼음이 동시에 들어오는 듯한 감각. 그건 소리 없는 고통이었다.

"마, 말할게. 말할 테니까 제발!"

영기에 눌린 무당이 발악처럼 소리쳤다.

"누구?"

"만파 만신이 시켰어. 3천만 원 줄 테니까 한판만 벌여달라고."

"만파 만신? 무속인인가?"

"그런 건 잘 몰라. 실은 나도 잘 모르는 사람이야. 어느 날 찾아와서 그렇게 말했어."

"연락처는?"

"없어. 돈만 주고 갔어."

"그게 말이 돼?"

"진짜야. 더 알면 서로 골치 아프니까 일만 잘해달라면서……"

"……!"

미류가 고개를 갸웃거렸다. 눈치로 보아 거짓말은 아닌 것 같았다. 게다가 뒤가 구린 일이니 서로 친할 이유도 없었다. 하지만 만파 만신이라는 이름은 처음 듣는 이름이었다.

"어떻게 생긴 사람이야?"

"나이는 나보다 조금 더 먹었어. 한 60줄 되려나? 훤칠한 키에 얼굴이 도토리처럼 길고 눈매가 사나운……"

"어이가 없군. 당신은 돈만 주면 남의 목숨줄도 끊나?"

"미안… 요즘 하도 손님이 없다 보니 나름 거액이라……"

"이 집은 어떻게 사용하게 된 거야? 그 사람이 내준 건가?"

"내가 알아보고는 지하만 한 달 빌렸어."

"한 달?"

"그쪽에서 한 달 안에 끝내달라고 했거든. 죽거나 최소한 일어서지 못할 정도……"

"그게 언제야?"

"보름쯤 지났어."

"그럼 아직 보름 남았군?"

미류의 영시가 무당의 몸을 겨누었다. 보였다. 무당의 건강창. 그녀의 신열은 목이었다. 내림굿을 받기 전 그녀는 목이 아팠을 것이다. 그러나 그녀는 줄을 잘못 섰다. 무속인이라면 뱅이굿 같은 것은 쳐다보지도 말아야 할 일. 돈에 눈이 멀어 허튼 눈을 팔았으니 대가를 치르는 게 맞았다.

"굿판 접으세요!"

미류 입에서 전생신의 공수가 터져 나갔다.

"알, 알았어."

무당은 그 말을 알아듣지 못했다. 미류의 의미는 원초적이었지만 그녀는 지금 눈앞에 벌인 굿판을 접으라는 것으로 이해한 것이다. 주섬주섬 뱅이굿판을 치우던 무당, 돌연 목을 잡고 나뒹굴었다.

"캑캑!"

그녀의 목으로 검은 핏덩이가 넘어왔다. 그러고도 모자라 배를 잡고 굴렀다. 내림굿을 받기 전, 그녀는 목에 불이 들어온 것 같은 삶을 살았다. 그 자리로, 조금 더 치열하게 돌아간 것이다.

"내 몸주의 뜻은 이 굿이 아니라 당신의 굿판 인생을 접으란 겁니다."

천둥 같은 공수를 남긴 미류가 돌아섰다. 무당은 또 한 번 검은 핏덩이를 쏟아내더니 기절하고 말았다. 무속을 사술로 쓴 자의 최후였다.

미류는 밖으로 나왔다. 가로등 아래에서 전화를 뽑아 들었다.

만파 만신!

나이는 60대에 훤칠한 키, 도토리 같은 얼굴에 사나운 눈매.

무당이 말한 정보를 가지고 표승에게 전화를 걸었다. 여유를 부릴 일이 아니었다.

괴뢰사(傀儡師)

표승은 몰랐다. 숭덕 스님 역시 아는 게 없었다. 우담할망과 숭례 보살에게서도 정보는 없었다. 칠갑보살에 이르러서도 나오지 않았다. 부산부터 서울 지역의 웬만한 무속인들과 연결해도 결과는 같았다. 만파 만신을 아는 무속인은 어디에도 없었다.

'뭐야?'

미류가 고개를 갸웃거렸다. 그렇다면 사이비나 무속인을 사칭하는 사기꾼일 수 있었다.

'몇 통 더……'

미류는 가지고 있는 전화번호를 다 눌렀다. 혹시라도 아는 사람이 있을 수 있기 때문이었다. 결국에는 신몽대감에게까지 이르게 되었다.

—어이쿠, 우리 대법사님께서 웬일이신가?

신몽은 미류를 반가이 맞았다.

"무탈하시죠?"

—나야 뭐… 최근에 모처럼 굿판 한 번 벌이고 몸살이 나서 쉬고

있던 참이라네.

"그렇게까지 공을 들이셨습니까?"

─그 집 귀신을 대신 받았더니 말이야. 나이 먹으니 어제 오늘이 다르네.

"별말씀을 다 하십니다."

─그나저나 웬일이야? 설마 우리 집 근처는 아니겠지?

"그건 아니고요, 여쭤볼 말이 있어서요."

─뭔데? 말해보시게나.

"혹시 만파 만신이라고 들어보셨습니까?"

─만파 만신?

"예. 여기저기 알아보는데 알고 계신 분이 없네요."

─좋은 일이야, 나쁜 일이야?

"좋지 않은 일입니다. 제가 모시는 기주님을 해코지하는 뱅이굿의 배후라서……."

─어허, 아직도 그런 일을 하는 작자들이 있나?

"만신님도 모르시는군요?"

─글쎄… 만파 만신이라… 창파 만신은 아는데…….

"나이는 60대에 키가 훤칠하고 얼굴은 도토리처럼 길다고 합니다."

─응? 도토리?

"예. 분명 그렇게 들었습니다."

─그럼 혹시 계웅철이 아닐까?

"계웅철요?"

─혹시 그 기주분이 정치하는 사람 아니야?

"맞습니다만……."

─그럼 계웅철일 가능성이 높네. 나이하고… 키하고 맞춰보니까 얼

추 견적이 나오는데?

"어떤 사람인데요?"

―예전에 신내림을 받긴 했는데 신빨이 안 나서 무속계를 떠난 사람이지. 하지만 스스로 만신이라 칭하며 정치인들에게 빌붙어 산다고 들었거든.

"혹시 배주하 아닙니까?"

―글쎄… 나도 주워들은 말이라서… 그 친구가 아마 최면하고 해몽을 좀 할 걸세. 그걸로 떡밥을 깔아서 허튼 수작을 부리는 걸로 아네만…….

"죄송하지만 어떻게 좀 수배가 안 될까요?"

―으흠… 법사께서 이러는 걸 보면 정말 중대한 일인 모양이군. 그럼 조금 기다려 보시게. 내가 한번 여기저기 쑤셔볼 테니…….

"고맙습니다. 잘 부탁드립니다."

―부탁은 무슨…….

신몽은 웃으며 전화를 끊었다.

'계웅철이라…….'

미류는 정대협의 자택을 향해 걸었다. 그나마 정통 무속인이 아니라는 게 위로가 되었다.

"법사님!"

미류가 들어서자 사모님이 반색을 했다.

"좀 괜찮아지셨지요?"

"네. 법사님 나가고 얼마 뒤부터 짜릿한 고통이 사라졌다고……."

"이것 때문이었습니다."

미류는 무당의 뱅이굿판에서 집어 온 인형 하나를 내밀었다.

"어머!"

"……!"

정대협과 사모님이 몸서리를 쳤다. 정대협 형상의 인형에 박힌 철침 때문이었다.

"멀지 않은 곳에서 뱅이굿판이 벌어졌더군요. 이것 때문에 시장님이 곤란에 처했던 것입니다."

"대체 누가 이런 몹쓸 짓을?"

"무당은 제가 정리했습니다만, 배후는 아직 알아내지 못했습니다."

"배후?"

정대협이 고개를 들었다.

"아마 다른 사람이 있는 것 같습니다. 지금 찾아보고 있는 중입니다."

"허어, 이거야 원."

정대협은 인형을 보며 치를 떨었다. 순간, 미류의 핸드폰이 요란하게 울렸다.

"실례합니다."

미류는 창 쪽으로 걸어가 전화를 받았다. 신몽이었다.

─어렵게 연결되는 사람을 찾았네만…….

"그래요?"

─정치판에 어슬렁거리다 대어를 낚았는데 최근에 사달이 났다는군. 그래서 누구 하나 알아보고 있다던데?

"혹시 그 대어가 배주하 아닙니까?"

─여자라고 하는 걸 보니 그럴 수도…….

"연락처 가능합니까?"

─번호는 문자로 보내줄 테니 내가 뒤를 캤다는 건 비밀로 해주시게나. 여러 사람을 통한 일이라서 말이야.

"그건 염려 마십시오."

인사를 마치고 전화번호를 받았다.

"배주하?"

통화를 들은 정대협이 미류를 바라보았다.

"그분이 미련이 남은 모양입니다."

"하긴… 대권이 눈앞이었으니 그럴 만도 하지. 그러니까 배주하가 내게 저주를 내렸다?"

"뒤에 사술을 부리는 자가 있습니다. 제가 정리하겠습니다."

"허어, 그 양반 참… 아무리 대권에 눈이 멀었기로 지난번 박순길 건도 그렇고……."

정대협은 인형을 보며 혀를 찼다.

"박순길도 그 배후의 꼭두각시였을 수 있습니다. 어쩌면… 배주하 씨도……."

"꼭두각시?"

"이 사술사가 최면에 일가견이 있는 모양입니다. 박순길의 최후도 의문투성이 아니었습니까? 누군가와 통화를 한 후에 돌연 투신을 한 것이니……."

"그 또한 그 사술사의 조종이다?"

"배주하 씨는 아니길 바라야죠. 사술에 눈먼 정치인이 대권을 꿈꿨다면 대한민국의 비극이니까요."

"……."

"아무튼 일단 만나보면 알게 될 겁니다. 진실 말입니다."

"어이가 없군. 사실이라면 같은 정치인으로서 고개를 못 들 일이야."

"……."

"면목이 없군. 사안이 사안이다 보니 공식 수사를 하기도 뭣하고……."

정대협이 한숨을 쉬었다. 이제 바야흐로 대선의 시절. 그렇잖아도 상대 당 후보들이 눈을 시퍼렇게 뜨고 있는 판에 배주하의 허물을 공식으로 까는 건 위험한 일이었다. 정대협과 배주하는 같은 당이니 자칫 도매금으로 넘어갈 가능성이 높았다. 하지만 정대협은 미류를 말리지 않았다. 털 게 있으면 후련하게 터는 게 좋다고 판단한 것이다.

"전에 정치를 혐오하는 사람이 그런 말을 했었네. 대한민국 정치는 쪽팔리지만 국민은 자랑스럽다고… 법사께서 그걸 또 한 번 깨우쳐 주시는군."

"심려 마시고 잘 쉬고 계십시오. 결과가 나오면 알려드리겠습니다."

"미류 법사."

"예!"

"고맙소. 이 사람이 대통령이 된다면 그 절반 이상은 미류 법사의 몫이라오."

"인사는 대권을 잡으신 후에 하는 게 순서입니다."

미류는 겸허한 인사를 남기고 정대협의 자택을 나왔다. 밤은 겹겹이 깊어가고 있었다. 마음이 착잡하지만 집으로 향하는 수밖에 없었다. 약간의 전략이 필요했던 것이다.

미류의 전략은 두 방향이었다. 하나는 물주 감시였고 또 하나는 미인계였다. 물주 감시의 대상은 두말할 것 없이 배주하였다.

맥락에 의하면 배주하는 계웅철의 돈줄. 박순길의 예로 보아 배주하는 중대사를 계웅철과 상의하는 게 분명했다. 그렇다면 자주는 아니라고 해도, 만나야 할 사람들이었다.

미인계는 심부름을 다녀온 연주에게 부탁을 했다. 미류가 대뜸 전화를 건다면 번호를 바꿀 수도 있는 일. 연주를 내세워 해몽을 부탁했다. 돈은 넉넉히 드리지만 그보다는 명성이 높아 더 뵙고 싶다는 아부성 멘트도 덧붙였다. 본래 남을 등치는 인간들은 칭찬에 솔깃한 법. 더구나 그 칭찬이 젊은 아가씨로부터 나온다면 호감을 가질 일이었다.

"네, 고맙습니다."

미류 거실에서 통화를 하던 연주가 얌전하게 전화를 끊었다.

"뭐래?"

지켜보던 미류가 물었다.

"만나주겠다는데요?"

"언제?"

"내일요, 저녁 아홉 시에 시간이 난다고 역삼동으로 오라네요."

"아홉 시 역삼동? 혹시 술집 같은 데서 보자는 거야?"

"거기 자기 암자가 있대요. 만파암이라고⋯⋯."

"만파암?"

"만파식적에서 따온 거래요."

"허얼!"

한숨이 나왔다. 만파식적은 신라의 보물. 그 기적의 피리를 그런 불손한 데다 들이대다니⋯⋯.

"여기도 제가 같이 가드려요?"

"신당개업에 차질이 없다면⋯⋯."

"개업이야 뭐 별거 있나요? 스승님만 와주시면 되죠."

"꽃신 님은 오신대?"

"고맙게도 만사 제치고 오신다고 그날 예약도 안 받고 있어요."

"진짜 고맙네."

"와주실 거죠?"

"당연히⋯⋯."

"그럼 내일은 저랑 같이 가죠. 저야 얼굴만 비치고 빠져도 되는 일이잖아요?"

"아마!"

"그럼 저는 이만 가요. 신어머니 손님이 제법 많거든요."

"수고했어."

미류는 연주를 보냈다. 배주하를 체크하는 사람 쪽에서는 연락이 없었다. 하지만 계웅철의 소재가 파악되었으니 이제는 중요하지 않았다.

미류는 연주가 두고 간 최면술 책을 집었다. 계웅철을 파악하기 위해 사들인 책이었다. 어릴 때는 미류도 최면에 관심이 많았다. 다른 사람을 흘려 내 마음대로 조종하는 최면. 얼마나 신기한가?

─예쁜 여자애가 나를 좋아해라.

─이 애는 내 편이 되어라, 얍!

그때 생각은 그렇게 유치했다. 하지만 최면은 그런 것만이 아니었다. 현대에서는 무의식을 깨워 기억을 찾아내거나 치료, 범죄 수사의 증거 확보로 쓰는 경우도 많았다.

최면의 세계도 넓고 깊었다. 미류는 몇 가지 특징을 머리에 넣었다. 바로 그때, 끼이 문이 열리더니 낯익은 사람이 들어섰다. 놀랍게도 봉평댁이었다.

"이모!"

놀란 미류가 벌떡 일어섰다. 아직 귀국할 날이 아니기 때문이었다.

"법사님, 그간 평안하셨지?"

봉평댁이 반가이 말했다.

"어떻게 된 일이에요? 아직 돌아올 날이 아니잖아요?"

"아유, 그런 말 마. 법사님 모셔야 하는데 그 정도면 충분해. 게다가 하라 그년은 내가 챙겨줄 것도 없고……."

"식사라도 챙기면 되잖아요?"

"식사? 그년 아주 물 만났어. 날마다 그 뭐야 햄버거하고 피자… 피시 앤 칩스인가 뭔가 그런 거만 처먹어도 하나도 안 질린대. 내가 가져간 밑반찬들은 보지도 않는 거 있지?"

"……"

"게다가 그년은 매일 바빠서 나 혼자 우두커니 집만 지켰어. 배 사장님이 하우스 키퍼인가 뭔가 보내서 나는 손도 까닥 못 하게 하니 몸이 근질거려서 견딜 수가 있어야지. 나가자니 영어 한마디 못 하지, 집에만 있자니 몸살 나지. 그래서 배 사장님 졸라서 일찍 돌아왔어."

"허얼!"

"법사님은? 산제 안 갔어?"

"돌아온 지 얼마 안 돼요."

"아무튼 반가워. 어휴, 나는 역시 신당 체질이지 거기 있으려니 신열이 도지는 것 같아서 말이야."

"허얼!"

"그건 그렇고 속이 니글거려 죽겠네. 비행기에서 오바이트 좀 했거든. 나 김치찌개 좀 해먹어야겠는데 법사님 식사는?"

"저도 아직 식전이에요."

"그럼 조금만 기다려. 내가 신 김치 팍팍 지져서 얼큰 칼칼하게 대령할 테니까. 아 참……"

뛰어가던 봉평댁이 주방 앞에서 브레이크를 잡았다.

"이거 하라가 선물이라고 가져다주래. 이건 배 사장님이……."

봉평댁이 작은 캐릭터 인형과 아이스 와인을 내밀었다. 캐릭터 인형은 바로 하라의 모습이었다.

"우와, 하라가 이런 것도 만들었어요?"

"그게 대인기래. 오천 개 만들었는데 다 팔려서 이번에는 오만 개인가 십만 개인가 주문했다니? 하여간 하라 그년, 이제 어제의 하라가 아니야."

"좋았죠?"

"그야 뭐……."

착한 봉평댁은 차마 딸 자랑을 더 하지 못하고 얼굴을 붉혔다.

"에이, 이모가 올 줄 알았으면 내가 김치찌개 준비하는 건데……."

"무슨 소리야? 유명하신 법사님이 찌개나 끓이면 내가 벌받지. 암!"

봉평댁은 물을 만난 듯 활개를 치며 도마를 꺼내놓았다.

'하라…….'

미류는 캐릭터 인형을 바라보았다. 앙증맞고 귀여운 모습이었다. 이런 모습으로 미국 무대에서 방방 뛰고 있을 생각을 하니 저절로 배가 불렀다.

'자식!'

흐뭇한 미류는 인형의 볼에 대고 입을 맞춰주었다.

쪽!

소리도 큼지막했다.

강남의 밤은 화려했다. 영동교를 건너자 다른 세상이 펼쳐졌다. 십년 후에도 불패의 아성을 이루고 있을 강남. 동시에 강남은 차량의 지옥이었다. 똥차도, 수억 외제 차도 길바닥에서 버벅거리기는 마찬가지였다. 만파암이 가까운 곳에서 내렸다. 연주가 전화를 했다.

"오라는데요?"

연주가 미류를 돌아보았다.

"오라면 가야지."

미류가 웃었다.

차에서 내린 연주의 스타일은 완전히 달랐다. 누가 이 여자를 신당의 무속인으로 볼 것인가? 무릎이 드러난 원피스 아래로 시원하게 뻗어 내린 다리는 각선미의 진수를 보여주고 있었다. 옷 또한 밀착형으로 차려입은 연주. 미류가 시킨 것은 아니었지만 고맙게도 미인계에 알맞은 차림이었다.

"좀 야하죠?"

연주가 얼굴을 붉히며 물었다.

"응? 응⋯⋯."

미류는 딴전을 부렸다. 솔직히 연예인을 부지기수로 만난 미류였다. 그들의 코디는 수준이 다르다. 더구나 행사 같은 곳에 참석할 때면 노출의 절정을 보여준다. 보기만 해도 까무러칠 정도의 섹시미를 지척에서 보았던 미류. 덕분에 약간의 면역이 생겨 있었다.

"원래 사이비 땡중이나 짝퉁 무속인들이 여자 밝히잖아요? 이렇게 차려입으면 경계심 같은 안 가지고 껄떡거릴 거 같아서⋯⋯."

"⋯⋯."

"선발대 출발해요?"

"오케이!"

미류가 사인을 주었다. 일단은 연주가 먼저 들어간다. 다음 차례가 미류였다. 둘이 같이 가거나 혹은, 미류가 먼저 들어가면 계웅철이 될 수도 있기 때문이었다.

연주가 앞서 걸었다. 탄력 있는 엉덩이가 시선을 끌었다. 여자는 왜 옷 입었을 때와 벗었을 때가 다를까. 미류는 눈을 질끈 감아버렸다.

'십오 분⋯⋯!'

연주가 들어가고 15분이 지났다.

─스승님, 서두르셔야 할 것 같은데요? 느낌 안 좋아요.

연주로부터 문자가 들어왔다. 뭔가 불안하다는 암시. 미류는 연화등 두 개가 달린 만파암의 문을 열어젖혔다.

'응?'

그런데… 암자인지 신당인지… 그 안은 텅 비어 있었다.

'뭐야?'

미류가 고개를 돌렸다. 암자는 그냥 작은 사무실이었다. 문을 열면 집기와 소파가 보이는 곳. 안쪽으로 보이는 또 하나의 방. 작은 과학 서재처럼 보이지만 거기도 사람의 모습은 없었다.

'대체?'

뒷문이 있는 걸까? 미류는 다시 사무실로 나왔다. 차양 뒤로 공간이 보였다. 거기 지하로 내려가는 계단이 있었다.

'여기였군.'

미류는 서둘러 계단을 밟았다.

"……!"

계단참에 선 미류가 미간을 찡그렸다. 살짝 열린 문틈으로 안의 풍경이 엿보였다. 소파와 침대가 놓인 간이 휴게실이었다. 연주는 거기 있었다. 계웅철도 있었다. 연주는 소파에 앉아 얌전하고, 계웅철이 그녀 뒤에 서서 어깨에 손을 올리고 있었다. 그 손은 가슴으로 내려가 볼륨을 더듬었다. 그런데도 거부하지 않는 연주…….

'최면술…….'

그 단어가 생각나자 미류는 거칠게 문을 두드렸다.

똑똑!

노크와 함께 조금 열린 문을 마저 밀었다. 주머니 안으로 들어가 있던 손은 비밀 병기 작동을 마치고 자연스레 밖으로 나왔다.

"……?"

계웅철이 놀라는 모습이 보였다. 그가 손을 떼자 연주의 초점이 천천히 돌아왔다. 최면술에 걸렸던 것이다. 미류는 거침없이 안으로 들어섰다.

"너?"

계웅철이 경계의 몸짓을 취했다. 그도 미류를 아는 게 분명했다.

"미류 법사라고 합니다."

남의 집에 들어왔으니 일단 예의는 갖춰주었다.

"그러고 보니?"

계웅철의 시선이 연주에게 넘어갔다. 연주는 아직도 자기 어깨를 짚은 계웅철의 손을 거칠게 밀어냈다.

"저는 위에 가 있을게요."

연주는 미류를 지나 계단을 밟았다.

"이놈이 이제 보니?"

계웅철이 미류를 향해 눈을 부라렸다. 미류와 연주가 작당한 것을 안 모양이었다.

"일단 앉으시죠."

미류가 소파를 선점했다.

"무슨 용건인가?"

"당신이 더 잘 알 용건입니다."

"내가?"

"뱅이굿!"

"……?"

"그래도 모른다면 박순길?"

"……!"

"다 당신 짓이죠?"

"무슨 헛소리야?"

계웅철이 다가섰다.

"배주하 전 대표와 박순길… 당신에게 빚이 많군요. 직전 전생에서 말입니다."

"전생?"

계웅철이 코웃음을 쳤다.

"앉으라니까요. 어차피 당신과 나, 만나야 할 사람 아니었습니까?"

"하긴, 한번 버릇을 고쳐주긴 해야 할 친구였지."

계웅철은 미류 앞의 소파에 자리를 잡았다. 등을 의자 깊이 붙이고 다리까지 꼰, 느긋한 자세였다.

"누가 누구 버릇을 고칠지는 두고 보면 알 일이고… 대체 당신 어디까지 가려는 겁니까?"

"무슨 뜻으로 묻는 거지?"

"박순길… 그 배후가 당신이었죠?"

"배후?"

"아닙니까?"

"미안하지만 나는 박순길이 누군지 몰라."

"뱅이굿도 모르고요?"

"당연히!"

"그럼 알게 해드리죠."

쩔겅!

미류가 신방울을 꺼내 들었다. 그런데, 방울 소리와 함께 미류는 의식이 스펀지처럼 물컹해지는 느낌이 들었다.

"한 번 더 울려보시지."

계웅철의 목소리가 메아리처럼 나른하게 늘어졌다.

쩔거어엉!

손을 흔들었지만 한없이 느렸다.

"방울 이리 내."

계웅철이 손을 내밀었다. 미류는 착한 아이처럼 그에게 신방울을
건네주었다.

"미류 법사… 전생점의 대가라고? 방송에 나가 신통력을 보여주고
티베트 중들을 불러 비를 내리는 이적까지……."

쩔컹!

신방울은 이제 계웅철의 손에 있었다. 자리에서 일어선 그는 미류
코앞까지 다가와 시선을 맞추었다.

"내가 누구냐?"

"……."

"천존님, 따라해 보거라. 천존님!"

"천존… 님!"

"옳거니. 이제야 말귀를 알아먹는구나. 너희 무속인들은 신통력의
대표로 영보독성을 꼽는데 내가 바로 그와 동격 내지는 상급이시다."

계웅철은 남은 손으로 미류의 볼을 톡톡 건드렸다.

"자, 착하지. 이제 이 천존님의 묻는 말에 남김없이 대답하도록 하
거라. 알겠느냐?"

"예……."

미류가 대답했다. 이미 초점이 무너진 미류의 시선은 몽환 속을 헤
매고 있었다.

"박순길에 대해 뭘 아나?"

"박순길……."

"아는 대로 말해봐."

"박순길… 당신이 죽였어. 박순길은 당신의 수하. 배주하의 뇌물 혐의와 비리가 드러나게 되자 연결선을 자른 거야."

"이놈 봐라. 계속!"

"당신이 외국으로 도피한 그녀에게 지시했어. 하늘의 뜻이니 죽으라고… 그때 당신은 그 아파트 아래 있었을 거야. 그녀가 뛰어내리자 핸드폰을 가지고 사라졌겠지."

"허어!"

"배주하를 꼭두각시로 조종한 건 박순길이 아니라 당신. 박순길이 착복한 것으로 드러난 돈도 실은 당신이 꿀꺽했을 거야."

"제법이구나. 아무도 모르는 사실인데……."

"나는 전생신의 신차를 받은 몸. 다 알 수 있어."

"또 뭘 알지?"

"정대협 시장 뱅이굿… 그것도 당신 짓이야."

"오케이, 계속……."

"3천만 원을 주고 무당에게 시켜 뱅이굿을 하도록 했지. 정대협이 대권에 나가지 못하도록 말이야."

"어떻게 알았나?"

"다 알 수 있어. 내 몸주는 격이 높은 신이니까."

"기가 막히는군. 그것까지 찾아내다니… 정대협도 그 사실을 아나?"

"아직은 몰라."

"그건 다행이군. 자, 또 뭘 알지?"

"당신… 재물운을 짚어보니 돈이 많아. 그 돈은 전부 배주하 이름 팔아서 챙긴 거야."

"계속……."

"농락한 여자도 많아. 셀 수도 없어. 여자란 여자는… 일단 자빠뜨리고 보니까."

"그건 이 천존님에게 바치는 여자들의 보시라는 기다. 알겠느냐?"

"……."

"좋아, 좋아……."

계웅철이 고개를 끄덕였다. 아주 만족스러운 표정이었다.

"박순길이 네가 마음에 걸린다더니 허튼 예감은 아니었군. 그녀 이야기로 조금 더 들어가 볼까? 그럼 그녀에게 의심을 품고 수사기관을 끌어들인 것도 너였나?"

"내가 그랬어. 박순길의 비리… 내 눈에 보였거든."

"정대협에게 말했나?"

"도움을 받았지."

"역시 그랬군."

계웅철의 입가에 음산한 미소가 스쳐 갔다.

"네 말대로 내가 박순길을 조종한 건 맞다. 원래 진짜는 앞에서 나대지 않는 법이거든. 말하자면 박순길은 내 그림자였지. 배주하도 마찬가지긴 하지만… 돈도 내가 챙긴 거 맞아. 기업의 협찬이 들어오면 박순길을 통해 세탁을 했지. 그녀와 그녀의 수하들에게 일부를 주고 나머지는 내가… 내가 기획자이고 그들의 주인이니 당연한 거 아닌가?"

"……."

"듣자니 요양원을 짓고 있다고… 나도 그런 공덕을 쌓고 있거든. 태국에 말이야. 남부 끄라비 쪽의 아름다운 섬을 통째로 사서 내 성전을 짓고 있지. 지상 최고의 낙원을 지을 생각이었는데 네 덕분에 규모가 조금 줄어들기는 했지만."

"……."

"나는 거기서 곤에서 붕으로 변할 것이다. 하늘까지 단숨에 품는 붕… 거긴 요양원처럼 냄새나는 늙은이들은 출입 금지야. 젊고 아리따운 아가씨들만 가능하지. 그들 역시 다 내가 주인이시고……."

"……."

"어쨌든 이렇게 제 발로 찾아와주어 고맙군. 뱅이굿을 찾아낸 건 뜻밖이었어. 하지만 이제 너를 확보했으니 서두를 거 없지. 정대협이 이번 대권을 먹으면 그 정권도 내 것이 되는 거야. 정대협은 너를 믿으니 나로서는 봉황 두 마리를 기르게 되는 셈이지. 5년의 꿈이 10년으로 늘어나는 거야."

"……."

"정대협이 임기를 마치면 그다음 판은 배주하가 대권을 잡을 거야. 정대협을 내세워 바닥을 다져두면 하나도 어렵지 않지."

"……."

"이걸 보거라."

계웅철이 핸드폰을 들어보였다. 귀퉁이가 조금 깨져 있었다.

"이게 바로 박순길이 쓰던 거다. 내가 준 것이니 투신한 자리에서 회수해 왔지. 하지만 핸드폰이 먼저였다. 이걸 화단에 던져준 후에 뒤따라 쿵!"

"……."

"무당 중에 더러 용한 사람이 있다는 건 알았지만 네 영험함은 나도 인정한다. 근래에 보기 드문 능력자군."

"……."

"자, 이제부터 그 신통력은 나를 위해 쓰는 거다. 너도 내 종이 되는 거야. 박순길을 잃어 아쉬웠는데 더 좋은 종을 얻게 되니 전화위복이로군. 이래서 인생은 즐거운 거라니까."

계웅철의 손이 미류 이마를 짚었다. 완벽하게 최면에 걸린 미류의 모습. 그걸 보는 계웅철은 의기양양의 절정에 달해 있었다.

"우선 그 기억을 지워주마. 박순길과 뱅이굿… 그리고 이 핸드폰."

계웅철이 박순길의 핸드폰을 미류의 눈앞에 대고 흔들었다.

"다 잊는 거다. 너는 박순길을 몰라. 뱅이굿도 몰라. 박순길 투신 현장에 내가 있었다는 것도, 이 핸드폰을 내가 집어왔다는 것도……."

"……."

"다만 이것만은 기억하거라. 네 새로운 주인은 나라는 것. 네 새 주인의 이름은 계웅철이라는 것!"

"……!"

"되었으니 이제 깨어나거라!"

계웅철의 말과 함께 미류가 고개를 들었다.

"내가 누구냐?"

계웅철이 물었다.

"……."

"누구냐니까?"

"개야웅치!"

느긋하던 계웅철, 미류의 불분명한 발음에 고개를 돌렸다. 계웅철이라는 이름의 꼬인 발음 같기도 하고 개양아치처럼 들리기도 했던 것.

"뭐라고?"

"개― 양― 아― 치!"

이어진 발음은 아주 또렷했다.

―개양아치!

그 말이었다.

"쿠업!"

당혹감이 스치던 계웅철, 숨을 돌리기도 전에 머리를 잡고 무너졌다. 그리고 조금 전의 풍경과는 반대로 미류가 일어섰다. 어느새 묵직한 시선으로 변한 미류는 장벽처럼 계웅철을 내려다보았다. 최면에 걸려 생겨난 헐거움은 어디에도 남아 있지 않았다.

"계웅철!"

미류는 그의 손에서 박순길의 핸드폰을 가로챘다.

"최면술은 멋졌다."

쩔겅!

"우억……."

미류가 신방울을 울리자 계웅철은 한 번 더 무너졌다.

"하지만 내 몸주께서 더 셌어. 네 최면술은 내게 통할 뻔했을 뿐이다."

"그, 그럴 리가?"

"너를 위한 예의였다. 혼자 잘도 놀더군. 다 술술 말해주고……."

"……?"

"네가 곤에서 붕이 되었다고? 아니, 피라미가 날치를 흉내 내다 파도에 처박힌 거지."

"……."

"곤과 붕 이야기를 하는 걸 보니 대몽(大夢) 대각(大覺)도 주워들었겠군. 큰 꿈을 가져야 크게 깨닫는다……."

"……."

"당신은 그 말을 잘못 배웠어. 당신의 대몽은 사이비에, 개인의 영달, 추악한 욕정일 뿐이니 대각이 아니라 파멸이 어울릴 뿐."

"……."

"아직도 모르겠나? 네가 나를 이용한 게 아니라 내가 너를 이용했다는 사실!"

"뭐라고?"

미간을 찡그리는 계웅철의 코앞에 녹음기가 디밀어졌다. 미류가 주머니에 넣고 있던 것이었다. 버튼은 계단을 내려오며 눌러두었다. 계웅철의 목소리가 생생하게 흘러나왔다..

〈이게 바로 박순길이 쓰던 거다. 내가 준 것이니 투신한 자리에서 회수해 왔지. 하지만 핸드폰이 먼저였다. 이걸 화단에 던져준 후에 뒤따라 쿵!〉

쿵!

힘이 들어간 단어에서 녹음기를 세웠다.

"이, 이 새끼, 커억!"

광분한 계웅철이 몸을 날렸지만 그는 바로 거꾸러졌다.

"크아악!"

그는 머리를 싸안고 굴렀다. 소파에 충돌하고 벽에도 부딪쳤지만 그래도 멈추지 않았다. 머리… 그건 그의 약점이었다. 그는 두 군데가 부실했다. 하나는 성기였고 또 하나는 뇌였다. 영가는 아니지만 짙은 회색의 사기가 뭉친 두 곳. 볼썽사납게 냄새나는 곳보다 나을 것 같아 뇌에 영(靈)빨을 집중한 미류였다.

"우억우억!"

계웅철은 엎드린 채 야수의 신음을 냈다. 신(神)처럼 굴던 위용은 간 곳이 없었다.

"당신……."

"우어억!"

"이제 끝난 거야."

"우어……."

"부탁인데 수사를 받더라도 무속 이야기는 하지 말아줬으면 좋겠어. 당신 같은 쓰레기들이 무속 운운하면 국민들 일부는 당신을 무속인으로 착각할지도 모르거든."

"……."

"나는 당신 같은 쓰레기들이 무속을 오염시키는 걸 원치 않아. 왜냐면 당신은 그저 단지 사악한 욕망에 사로잡힌 이능력자일 뿐이니까."

"우어어……."

말을 끝낸 미류가 핸드폰을 열었다.

"시장님!"

─미류 법사?

통화 연결의 상대는 정대협이었다.

"배주하의 진짜 배후를 찾았습니다. 증거도 일부 확보되었으니 선 장관님께 연락하셔서 믿을 만한 검사를 현장으로 보내주시기 바랍니다."

─그게 정말인가?

"서둘러 주십시오."

미류는 간단하게 통화를 끝냈다. 검찰은 바로 달려왔다. 정대협도 함께였다. 계웅철을 자극한 미류의 영시가 막 바닥을 드러낼 즈음이었다. 미류는 계웅철과 함께 핸드폰, 녹음기를 넘겨주었다.

"수고하셨습니다."

검사의 인사를 뒤로하고 밖으로 나왔다.

"스승님!"

차 앞에서 연주가 돌아보았다.

"수고했어."

"아뇨. 어디 편찮으신 데는?"

"괜찮아. 연주 씨는?"

"저도 스승님이 바로 구해주신 덕분에……."

"소감이 어때?"

"소감요?"

"계웅철 역시 보통 사람은 아니야. 그가 가진 최면 능력은 영매의 능력으로 봐도 틀리지 않고."

"……."

"하지만 그는 자신의 능력을 삐뚤어진 곳에 사용했어. 하늘이 내린 이능력이라는 건 한 번 휘면 색욕이나 재물 같은 욕망 쪽으로 향하거든."

"뛰어난 능력을 얻게 되면 경계하라는 말이로군요?"

"그렇지 않겠어? 만약 계웅철이 좋은 일로 술수를 발전시켰다면 어쩌면 우리 둘, 오늘 그의 설법을 듣고 감동하고 있을지도 모르지."

"그러네요."

"이제 신당을 가진 연주 씨니까 신통력이 발전할 때마다 마음에 새겼으면 해서……."

"그럴게요. 그러고 보니 제게 공부를 시킨 셈이시군요?"

"뭐 그런 것은 아니지만……."

미류가 웃자, 연주도 웃었다. 어느새 하나의 공감대를 형성한 두 사람, 마주보는 미소가 닮아보였다.

발칵!

온 나라가 다시 한 번 뒤집혔다. 계웅철 때문이었다. 아니, 배주하 때문이었다. 박순길의 자살로 어영부영 넘어간 배주하의 뇌물과 비리. 그 악몽의 블랙홀이 열린 것이다.

〈충격, 배주하의 혐의 전부 사실로 드러나〉

〈배주하의 배후는 박순길이 아니라 계웅철이었다〉

〈계웅철, 박순길을 시켜 배주하를 조종〉

〈배주하는 꼭두각시의 꼭두각시였다〉

인터넷과 방송에 자극적인 기사가 차고 넘쳤다. 그러나 배주하는
무조건 모르쇠로 일관했다.

─나는 선의로 한 일입니다. 그들이 나를 속인 것뿐입니다.

변명조차 치졸했다. 그렇다고 덮일 일이 아니었다. 계웅철의 출입
국 때문이었다. 박순길이 투신한 날, 계웅철은 확실히 그 장소에 있
었다. 유럽을 돌다 그 시간에 그 나라에 입국한 것이다.

거의 모든 방송사에서 보낸 특파원들이 현미경을 들이대고 나섰
다. 그러자 계웅철의 흔적이 속속 나타났다.

그건 국내 사정도 다르지 않았다. 방송사들은 경쟁적으로 행적을
찾아 나섰다. 그의 베일은 한 겹씩 풀려 나갔다.

─최면술의 달인.

─중학교 때 최면으로 담임 여선생을 성희롱.

─고등학교 때 여학생 20여 명을 최면으로 성추행하고 퇴학당함.

그의 기행은 끝도 없었다. 이후에는 사기에도 연루되었고, 큰 계약
에도 관여해 사술을 부렸다. 그러다 10여 년 전, 하필이면 조폭이 투
자한 자금주에게 최면을 걸어 재산 편취를 하다가 조폭의 칼침을 맞
은 후로 종적을 감추었다.

이후 변신에 변신을 거듭한 그는 마침내 배주하와 연결이 되었다.
당시 그녀는 재선의 국회의원. 3선 도전에서 거대한 산을 만났다. 바
로 경쟁 당의 전(前) 대표와 맞붙게 된 것.

그때 배주하를 찾아간 게 바로 계웅철이었다. 신의 계시를 받고 왔
다고 했다.

이기면 정치 가도가 공고해지지만 지면 정치 인생을 접을 판. 하지

만 주변 측근들과는 달리 계웅철은 정면 승부를 권유했다.

"나를 믿으면 무조건 당선입니다!"

그 또한 신의 계시라고 했다.

측근들은 모두 반대했지만 배주하는 어쩐지 그의 편을 들었다. 그리고 수세에 몰리던 배주하, 당시 실시하던 합동 연설회에서 상대 후보의 실언으로 인해 판세를 역전시켰다. 당시 상대 후보가 한 실언은 두고두고 정치판에 회자가 되었다. 차마 입에 담을 수 없는 저속한 표현이 나온 것인데, 계웅철의 최면술 수작이 의심되는 일이었다.

배주하의 3선 고지 등정!

그것은 곧 계웅철의 등장을 알리는 일이기도 했다. 그때부터 그는 박순길을 배주하 곁에 심었다. 주요 현안이나 스케줄도 모두 실질적으로 관리했다. 심지어는 당 의원들이나 지역 인사들의 독대도 계웅철이 길일을 받아주어야 가능했을 정도였다.

상대 당의 거물을 잡음으로써 단숨에 잠룡으로 떠오른 배주하. 그러나 그녀는 단순한 기질에 더해 죽은 아버지에 대한 그리움이 컸으므로 그걸 아킬레스건으로 잡아 고삐를 쥐었다 당겼다 하며 조종을 했다.

더욱 좋았던 건 배주하의 최면 감수성이 기가 막히게 잘 먹혔다는 것. 더러는 최면에 잘 걸리지 않는 사람도 있는 법이지만 그녀는 손가락만 들이대도 최면에 빨려들곤 하였다.

'이것 봐라?'

처음에는 지역 민원이나 소관 상임위 관련 기업을 쪼아 뒷돈 좀 챙기려던 계웅철. 전략을 수정했다. 그간의 생각을 다 지우고 그가 각인한 건 단 한 단어였다.

〈대권!〉

대한민국을 먹자.

마음을 결정하자 그동안 배주하를 이용해 걷어 들인 금고를 오히려 활짝 열어주었다. 그다음 총선, 배주하는 처음으로 돈 걱정 없는 선거전을 치렀다. 계웅철이 모든 실탄을 책임진 것이다. 물론 그 돈은 배주하를 팔아 마련한 거였지만 배주하는 알지 못했다.

'나의 구세주!'

배주하는 이미 계웅철에게 기울어 있었다. 그녀는 이제 박순길처럼, 계웅철에게 천존님이라는 호칭을 썼다. 이때부터 계웅철은 배주하의 주인이었다.

증거로 확보된 대포 폰이 분석되자 주요 내용들이 흘러나왔다. 국민들은 격앙되고 배주하는 수세에 몰렸다. 수치였다. 이런 인간을 유력 대통령 후보로 생각했다니.

그렇다면 같은 당인 정대협의 인기에도 영향이 있었을까?

있었다. 그러나 일반적인 우려와는 반대로 나왔다. 그건 발 빠른 정대협 진영의 대처 때문이었다. 검사가 미류를 만나기 전에 정대협은 유사한 내용을 검찰과 방송사에 보냈던 것이다. 그것은 물론, 제보라는 이름을 빌린 전략이었다.

정대협의 인지도는 오히려 상승했다. 배주하와의 완전 단절 전략이 먹힌 것이다. 결국 배주하의 일은 개인의 치부 쪽으로 가닥이 잡혔다. 정대협은 온갖 변명을 지어내는 배주하와 그 계파를 출당시켰다. 그녀의 정치 생명이 끝나는 순간이었다. 이로써 배주하는 완벽하게 몰락했고 정대협의 지지율이 소폭 상승되었다.

계웅철 역시 초기에는 오리발을 내밀었지만 속속 드러나는 증거 앞에서 무너졌다. 그의 별장을 수색한 검찰은 고개를 절레절레 저었다. 그곳은 역사에 유례가 없는 아방궁이었다. 욕실과 물침대가 그랬고, 수많은 성인 용품과 약들이 그랬다.

그의 별장에서 나온 정력제는 무려 100여 종에 달했다. 공식 판매하는 비아그… 어쩌고는 당연했고 중국에서 판을 치는 짝퉁 정력제에 더불어 지구상의 모든 정력제기 구비된 듯 보였다. 더욱 놀라운 것은 계웅철의 자백이었다.

"정력제를 왜 그렇게 많이 구입했는가?"

검사의 질문이었다.

"어느 것이 가장 좋은지 궁금했다."

"다 먹어봤나?"

"그렇다. 내가 볼 때는 000이 최고였다."

이 자백은 어이없게도 000의 인기로 이어졌다. 이후 한동안 병원에서의 정력제 처방은 000이 대세를 이룰 정도였다. 나아가 그의 해외 재산도 모두 압류가 되었다.

궁덩궁덩 덩궁덩궁!

장구 소리가 높았다. 쾌자를 입은 꽃신선녀는 장구를 안고 새처럼 날았다. 굿판이 벌어졌다. 연주의 새 신당이었다. 마침내 그녀의 신당이 문을 연 것이다.

연주는 거실에 정좌를 하고 앉았다. 그녀 역시 무복을 입은 채 단정한 모습이었다. 그녀의 무릎 앞에는 석채도가 놓여 있었다. 그녀가 모시는 업왕대감이었으니 연주는 한눈을 팔지 않았다.

지켜보는 사람들 중에 미류와 표승, 궁천과 봉천댁, 현서가 있었다. 표승과 궁천은 미류의 초대로 와주었다. 어찌 보면 연주와 궁천도 표승의 무가(巫家)에 속하는 일. 그러니 그들이 자리를 지켜주는 것만 해도 연주에게 힘이 될 일이었다.

"어이허!"

연주를 두고 맴돌이 장구를 쳐댄 꽃신이 궁글채를 흔들며 공수를 뽑었다.

"업왕대감 납셨으니 오가는 대주님 기주님 가사마다 재물줌치 가득하소서. 연주 이년에게도 복줌치 신통력줌치 가득 안겨주소서. 하늘 일마다 행운줌치 덩굴째 쏟아지게 하소서!"

덩궁덩궁!

공수를 쏟아낸 꽃신은 절도 있게 가락을 끊으며 간이 굿판을 끝냈다. 여기는 주택이 시작되는 곳. 마음 놓고 굿판을 벌이다가는 경찰이 출동할 일이라 격식만 갖춘 것이다.

연주는 꽃신과 미류에게 거푸 절을 올리고 신당 문을 열었다. 사뿐 걸어가 정면의 벽에 업왕대감 무신도를 걸었다. 그러자 신당에 불이 켜진 듯 환해지는 게 느껴졌다.

연주는 미리 준비한 신단의 한지를 당겼다. 정성껏 마련한 전물상이 고스란히 드러났다. 오색의 지화와 오색의 전물상은 신들의 잔칫상이자 중생들의 소망상이었다. 연주는 숭고한 마음으로 촛불을 당기고 무신도에 절을 올렸다.

"꽃신선녀님의 신딸이자 미류 법사님의 제자인 연주가 신당을 개업합니다. 모쪼록 신제자의 길을 충실하게 갈 수 있도록 광명을 내리옵소서!"

축원과 함께 개업 선언이 끝났다.

"자, 누가 첫 공수를 받으시려오?"

거실로 나온 꽃신이 손님 몇을 보며 물었다.

"나가 받을라요."

"나도 받겠소."

할머니 한 사람과 50줄 장년의 남자가 손을 들었다. 그 뒤를 이어

두 사람이 더 나섰다. 미류는 한쪽에 서서 가만히 지켜보았다.

감회가 새로웠다. 맨 처음 신당을 열던 날, 미류는 불안했었다. 솔직히 첫 공수를 받겠다는 사람이 없었으면 하는 마음뿐이었나. 그리고… 11년 전으로 환생하여 두 번째 신당을 열던 날. 그때도 마음은 같았다. 여전히 몸주를 확신하지 못했던 것.

하지만 연주는 달랐다. 비록 공수의 능력 자체는 미류에게 뒤지지만 그녀에게는 관록과 비장의 무기가 있었다. 바로 부적이었다.

할머에게 첫 공수를 내리는 순간, 그녀가 꺼내든 부적에 신묘한 서광이 서렸다. 미류는 알았다. 그녀가 얼마나 많은 기도와 공부로 오늘을 준비했는지. 그 부적, 비록 저승부를 담아내는 미류 것에는 뒤지지만 북두칠성의 성상과 원광부적의 힘을 담은 것이다.

'답강보두(踏罡步斗)……'

미류는 목을 넘어온 단어를 다시 삼켰다. 단어에 쓰인 강(罡)이나 두(斗)는 북두칠성을 뜻한다. 그러니 답강보두란 북두칠성을 바라보며 별의 형상대로 땅을 밟는다는 뜻. 이걸 할 때는 티끌만 한 잡념도 밀어내야 한다. 옮기는 발길마다 주문이나 경을 외며 흐트러짐 없이 걸어야 하는 것이다.

거기에 더한 원광부적… 이 부적은 천년 묵은 요괴까지도 막아내는 신묘함이 있었다. 둘을 가미한 연주의 부적은 차신(此神)과 피신(被神)의 합이 조화를 이루었다. 음양이 화합하고 신과 신이 접하니 신과 귀가 감응하지 않을 수 없는 것이다.

그래야지.

미류가 혼자 웃었다. 그녀의 절치부심은 길었다. 게다가 부적에 대한 이해가 빨랐고 명부의 기운을 녹여대는 영빨도 좋았다. 거기에 더해 미류가 윤활유 역할을 했다. 그 몇 박자가 일치하면서 연주는 어느새 부적의 대가 자리를 바라보고 있는 것이다.

"입 찢어지겠네. 입 좀 다물어. 거 신딸 없는 사람 서러워 살겠나?"

옆에 있던 궁천이 농담을 건네 왔다.

"형님이 왜요? 현서 씨 있잖아요?"

"내 꼴이 이러니 신딸도 막상막하야. 연주 정도 되려면 한 10년 걸리려나? 이제 연주 씨 졸업시켰으니 우리 현서도 좀 지도해 줘."

"어이쿠, 별말씀을……."

미류는 손사래를 치며 고개를 저었다. 전체적인 영빨을 따지면 궁천이 미류에게 상대가 되지 않지만 정통 무속으로 치자면 오히려 나을 그였다. 막강 제대신장을 몸주로 둔 사람이 아닌가?

"아이쿠야!"

"용하네, 용해!"

손님들의 탄성은 쉴 새 없이 터져 나왔다. 미류의 그날처럼 연주도 첫 공수에 신빨 좀 날렸다.

점사를 마친 연주가 미류에게 다가왔다.

"스승님! 저 어땠어요?"

"원광부적은 또 언제 배웠어?"

"도법회원서부필법 같은 고서를 뒤지다가 알게 되었어요. 괜찮았어요?"

"아주 좋았어."

"저는 부끄러워서 스승님께 말도 못 했는데……."

"답강보두와 원광부적을 재현하다니… 이러다 국가 대표 부적 무속인 되는 거 아닌가 모르겠는데?"

"어휴, 정말 별말씀을……."

연주는 볼을 붉히며 웃었다. 벼는 익을수록 고개를 숙이는 법. 그녀 역시 부적 대가의 길에 접어들었음에도 겸손한 모습이 보기 좋았다.

개업식이 끝난 후에 조촐한 뒤풀이가 이어졌다. 막걸리와 함께 전물상을 차리고 남은 나물 등이 올라왔다. 준비는 봉평댁이 했다. 언주가 황송해하며 말렸지만 듣지 않았다.

"우리 미류 법사님 제자면 나한테도 보살님이시지."

봉평댁은 현서를 데리고 자기 일처럼 움직였다.

"이렇게 모이니 마음이 넉넉해지는구려."

표승이 웃었다. 미류에 더해 궁천과 연주. 그가 그 둘에게 내림굿을 한 건 아니었지만 신줄을 타고 가면 신손자로 불러도 무리가 아니었다.

"우리 연주, 제 밑에서 몸주와 제대로 소통하지 못해 방황만 하던 아이입니다. 표승 만신님께서 많이 지도해 주세요."

꽃신이 깍듯하게 말했다.

"허어, 그런 말은 저기 미류 법사께 하시구려. 나는 이미 신밥을 먹지 않으니 그저 나이 먹은 죄로 불려왔을 뿐입니다."

"별말씀을… 만신께서 미류 법사를 만들었으니 오늘이 온 것 아닙니까? 저도 미류 법사로 인해 신안(神眼)을 떴으니 어찌 보면 제게도 스승인 셈입니다."

"만신님!"

듣고 있던 미류가 펄쩍 뛰었다.

"부정해도 소용없네. 내 삐뚤어지던 무속길에 이정표는 준 건 미류 법사가 확실하니까."

꽃신은 진심이었다. 오직 복채만 밝히던 그녀는 이제 무속인의 정도를 걷고 있었다. 아울러 그 길이 돈보다 더 보람된 일이라는 것도 알게 된 꽃신이었다.

"우리 연주 씨 신당은 부적방이라고?"

궁천이 연주에게 물었다.

"예⋯⋯."

"그럼 정식으로 요청하는데 부적보살님이 독립을 했으니 우리 현서도 부적 공부 좀 부탁하네. 내가 다른 것도 재주가 메주지만 부적은 영 신통력이 안 붙으니 가르칠 수가 있나?"

궁천이 미류를 바라보았다.

"그러죠."

미류가 답했다.

"그럼 저도⋯⋯."

숙정도 속내를 밝혔다. 연주의 개업을 지켜보면서 느낀 점이 많은 모양이었다.

"괜찮으면 우리 숙정이도 좀 거둬주시게. 수업료는 내가 대신 지불할 테니."

꽃신도 거들고 나섰다.

"그러죠."

미류는 쾌히 승낙을 했다. 무속의 발전을 위해서도 필요한 일. 더구나 한마음으로 신딸들을 챙기는 모습을 보니 더욱 기분이 나는 미류였다.

하나를 보내고 얻은 둘. 시원섭섭하던 자리가 두 배로 채워지는 미류였다.

티베트 환생 법주의 성혼(聖痕)

다음 날 아침, 기도를 마치기 무섭게 밖이 소란스러웠다.

"사고라도 났나?"

봉평댁이 목을 뺄 때 타로가 뛰어 들어왔다.

"미류 법사!"

"왜 그러시죠?"

미류가 신당에서 나왔다.

"기자들이야, 한두 명이 아닌데?"

타로의 말이 끝나기도 전에 기자들이 몰려들었다. 적어도 열 명은 넘는 것 같았다. 계응철 때문이었다. 검찰 조사 중에 미류의 이름이 나온 것이다. 미류의 신통력 때문에 모든 게 틀어졌다는 진술이었다.

"언제부터 알게 된 겁니까?"

"그 또한 몸주님의 계시였습니까?"

"법사님 무속의 한계는 어디까지입니까?"

질문이 속사포처럼 쏟아졌다. 이번에는 피하지 않고 답변을 해주었다. 이제 산제도 지내고 온 마당, 매번 기자들을 피해 달아날 수도 없는 일이었다. 대신 발언권은 1인 1회로 제한했다. 마지막 기자에게서 뜨거운 질문이 나왔다.

"그럼 이번 대선은 누가 당선될 거라고 생각합니까?"

질문이 끝나자 기자들의 시선이 미류에게 집중되었다.

"그건 국민들께서 현명하게 선택할 일이라고 생각합니다."

미류는 보편적인 방어로 몸을 낮췄다.

〈정대협!〉

명시적으로 공표한다면 대선 후에 미류의 인지도가 하늘까지 닿을 일. 하지만 그걸 알아줄 사람은 정대협 한 명이면 족했다.

"마지막으로 하나만 더 묻겠습니다. 취재에서 나온 사실인데 여기 점집 골목 멤버들이 대권 맞추기 내기를 했다고 하던데 그때 법사님은 정대협 당시 서울시장이 당선될 것으로 예언했다고 들었습니다. 그럼 결국 정대협 후보가 당선된다고 예언한 것 아닙니까?"

날카로운 질문이 나왔다. 과연 기자들이었다. 회식을 하면서 내기로 나온 말까지 찾아낸 것이다.

"답변해 주십시오."

기자가 재촉했다.

"그건 모임에서 농담 삼아 나온 말입니다."

"공중까지 섰다고 하던데요?"

"……."

"역시 정대협입니까?"

"즉흥적으로 했던 말보다는 여론조사 같은 게 합리적이라고 생각합니다만."

말을 마친 미류가 대문을 가리켰다. 기자들은 물러나는 수밖에 없었다. 다만 두 사람이 남았다. 양 피디와 방송 작가였다.

"거기 계셨어요?"

놀란 미류가 물었다. 기자들에게 정신을 파느라 얼굴을 보지 못한 까닭이었다.

"욕보시네요."

양 피디가 웃었다.

"예……"

"기자들 나무라지 마십시오. 법사님이 족집게로 콕콕 집어내는데 어떻게 이슈가 되지 않을 수 있겠습니까?"

"그럼 피디님도 그 질문 때문에?"

"아닙니다. 저는 마삼바바 님 부탁을 받고 왔습니다."

"마삼바바 님요?"

"미류 법사님께 사적으로 부탁할 게 있으시다고……"

"마삼바바 님이 제게?"

"결례가 되지 않는다면 티베트로 한번 와주십사 하더군요. 전생에 대해 긴히 부탁할 일이 있다고……"

'전생?'

"허락만 하시면 비행기 표와 비용은 전부 부담을 하겠답니다."

"밑도 끝도 없이 전생입니까?"

"아마 말 못 할 사정이 있는 것 같았습니다."

"……?"

"어떻게 답변할까요?"

"시기는요?"

"빠를수록 좋다고 합니다."

"피디님도 동행하는 겁니까?"

"아닙니다. 다만 저희 프로그램에 대박을 안겨주셨으니 저희가 통역자는 붙여드릴 수 있습니다."

"그럼 간다고 전해주십시오. 기우제로 많은 국민의 시름을 벗겨주신 분이니……."

"알겠습니다. 그렇게 전하겠습니다."

양 피디는 밝은 표정으로 대문을 나섰다.

마삼바바……. 그의 긴밀한 부탁? 더구나 전생에 관한 일? 뭘까?

궁금증에 급성 감염되고 말았다.

두 시간 후에 양 피디의 전갈이 왔다.

─괜찮으시면 이번 주에 방문을 부탁드린답니다.

나쁘지 않았다. 봉평댁이 일찍 돌아옴으로써 예약도 헐렁하게 비워놓았고 박혜선의 파리 패션쇼는 아직 시간이 있었다.

미류가 요청을 받았다. 비행기 표는 이틀 후 것으로 잡혔다. 기왕가는 거라면 시간을 끌 필요가 없었다. 이렇게 미류는, 티베트행 비행기 표 예약 명단에 이름을 실었다.

"법사님!"

양 피디가 다시 찾아왔다. 통역으로 붙여줄 대학생과 둘이었다. 미류는 통역과 인사를 나누었다.

"이 친구가 외대 재학 중인데 티베트에서 1년간 머문 적이 있어 통역은 물론 지리까지 알고 있기에 섭외했습니다."

양 피디가 말했다.

"고맙습니다."

"그런데 티베트에 대해서는 좀 아시는지요?"

"글쎄요, 방송하고 뉴스에서나 봤지 가본 적은 없어서……."

"거기가 고산지대입니다. 무려 3,600미터쯤 되는 모양인데 보통 사람들은 고산병 중세 때문에 애를 먹는다는군요."

"그래요?"

"물론 수분 섭취와 충분한 휴식을 취하면 문제는 없을 거라고 하는데……."

"……"

"그래도 모르니 고산병에 대비한 비상 약품을 준비하시는 게……."

양 피디가 약을 내놓았다.

"……?"

그걸 본 미류의 눈이 휘둥그레졌다. 다름 아닌 비아그라였기 때문이었다. 비아그라. 미류가 먹어본 적은 없었다. 하지만 부부점을 보러온 손님들의 것을 본 적은 있었다. 그 푸른 색감이 인상적이었기 때문이었다.

"이게 고산병 비상약이라고요?"

미류가 물었다.

"저도 잘 모르지만 산악인들 사이에서는 소문이 난 모양입니다. 먹으면 고산병에 도움이 된다는군요."

"……"

"말씀드리기 민망하지만 경험자들이 그렇다니……."

양 피디가 뒷목을 긁었다. 그 역시 이해가 되지 않기는 마찬가지인 모양이었다.

"발기부전제가 고산병에 효과가 있다?"

"성분 중에 그런 게 있답니다."

"그럼 고산병 치료제는 따로 없는 건가요?"

"아니, 따로 있습니다. 가격도 이것보다 아주 착하지요."

"그런데 왜?"

"그냥 티베트 다녀온 산악인께서 추천을 해주시길래… 가지고 계시다 별 증세 없으면 먹지 않으셔도 됩니다."

"그러니까 경험으로 약효를 알았다?"

"아마……."

"재미나군요. 그 최초의 사람은 왜 고산병에 이걸 먹었을까요?"

"……!"

양 피디의 말문이 막혔다. 정말, 그 최초의 사람은 왜 하필 비아그라를 먹었을까? 그리고 그는, 왜 비아그라를 고산에 가지고 있었을까? 티베트 등지의 산들은 성지에 속한다.

성산(聖山) VS 비아그라.

푸헐!

아무리 생각해도 난센스였다. 미류는 비아그라를 반려했다. 환생파의 거두 마삼바바의 본산을 찾아가는 길. 그 또한 신성한 법당인데 비아그라를 지니는 것은 어울리지 않아 보였다.

"죄송합니다. 제 딴에는 애로를 없애 드린다는 게……."

"괜찮습니다. 제가 산제도 많이 지내본 몸이니 별일 없을 걸로 생각합니다."

"그럼 이거……."

양 피디가 티켓을 내밀었다.

"마삼바바 측에서 보내온 겁니다. 방송 효과가 좋아서 저희 쪽 스폰서가 부담하겠다고 전했는데도 막무가내라서… 도착 시간에 맞춰서 공항에 차량을 보내시겠답니다."

"알겠습니다."

"이건 라마교의 역사와 특징 등에 대해 쓴 저술서입니다. 혹시 참

고가 될까 싶어서……."

양 피디가 책을 두 권 내놓았다.

"그럼 조심해서 디녀오시고, 재미난 비하인드 스토리가 생기면 제게 좀 들려주시기 바랍니다. 사실 생각 같아서는 저희도 따라가서 카규파의 본산을 취재하고 싶은데 긴밀한 일이라니 두 분께 방해가 될 것 같아서……."

양 피디와 통역 대학생은 인사를 남기고 신당을 나갔다.

"에그머니, 우리 법사님이 티베트에 가시는 거야?"

자리를 비켜있던 봉평댁이 다가왔다.

"그렇게 됐네요."

"그때 오셨던 그 티베트 스님 만나러?"

"예……."

"우리 법사님 이제 국제적 유명 인사네. 그런데 티베트도 엄청 멀지 않아?"

"스케줄 표 보니까 한 5, 6시간 정도 타는 거 같아요."

"그럼 새 발의 피네? 나 아주 비행기에서 몸살 나서 죽는 줄 알았어. 하라 년은 좋기만 했다고 하던데……."

봉평댁은 몸서리를 쳤다.

그녀의 몸서리를 뒤로하고 신당에 들어섰다.

—마삼바바를 만나러 티베트에 갑니다.

아련하게 흩어지는 향을 따라 합장을 했다.

—긴장이 되느냐?

전생신이 공수로 화답을 했다.

—그렇습니다.

—그렇다면 좋은 것이다. 긴장이란 네 의식을 깨우는 것이니.

―무엇을 경계하리까?

―발산섭수(跋山涉水)하거라.

발산섭수는 땅의 본 모습을 보려면 산을 넘고 물을 건너 오감으로 느끼라는 뜻.

―육안이 아니라 천안, 법안으로 보라는 말씀이군요.

고개를 들었지만 공수는 더 내려오지 않았다.

발산섭수!

미류는 그 단어를 안고 신당을 나왔다. 이제는 책을 볼 시간이었다. 티베트와 라마교, 나아가 마삼바바의 흑모파에 대해…….

밤 비행기였다. 저녁에 인천을 떠난 비행기는 자정이 다 되어서야 성도 쌍유국제공항에 닿았다. 거기서 1박을 했다. 문제는 없었다. 성도에도 마삼바바의 측근이 차를 가지고 와준 것이다. 호텔 방도 좋았다. 호화스럽지는 않지만 고풍스러운 분위기라 마음이 편안했다.

아침 식사를 하고 바로 호텔을 나섰다. 이제 국내선을 타고 티베트로 향하는 것이다.

"여기서는 두 시간도 걸리지 않습니다."

통역으로 따라온 윤혁이 말했다.

"반가운 소리군."

"그런데 법사님……."

통로 쪽의 윤혁이 조심스레 입을 열었다. 지난 밤 비행기에서는 별말을 하지 않았던 윤혁. 하룻밤을 함께 새고 나니 어려움이 가신 모양이었다.

"말해."

"법사님은 어떻게 무속인이 되셨나요?"

"그게 궁금해?"

"부모님이 반대 안 하셨나 궁금해서요."

"윤혁 씨 부모님은 반대하시지?"

"예?"

미류가 정곡을 찌르자 윤혁이 화들짝 놀랐다. 미류는 그가 무엇을 궁금해하는지 알고 있었다. 미래안 덕분이었다. 그의 미래는 스님이었다. 어린 나이에 티베트로 날아간 게 궁금했던 미류가 중국으로 날아오는 동안에 운명창을 열어본 것이다.

"우와, 벌써 다 알고 계시네요?"

"나는 어머니께서 내 손을 잡고 가 내림굿을 받게 하셨어. 스님이 되는 것과 무속인이 되는 건 다르거든. 무속인 팔자를 타고나면 현대 의학으로 못 고치는 신열이 뒤따르니까."

"예……."

"스님이 되고 싶어?"

"예……."

"그럼 돼."

"예?"

"실은 어제 내가 윤혁 씨 전생을 좀 봤어. 그랬더니 구도자의 삶이더라고. 딱히 스님이 아니더라도 신부님도 괜찮고……."

"제가 전생이 그래요?"

"티베트는 왜 갔어? 대학생들이 좋아하는 여행 코스는 아닌 거 같은데……."

"티베트 사람들의 오체투지 프로그램 보다가 그냥 꽂혔어요. 그래서 무작정 갔는데 거기 절들이 제 마음을 잡아요. 드레풍 사원부터 포탈라궁까지 전부……."

"그게 윤혁 씨 직전 생이라서 그럴 거야."

"직전 생이라고요?"

"도착하려면 아직 먼 것 같으니 전생 한번 보여줄까?"

"우와, 정말요?"

"눈 감아봐."

미류가 말하자 윤혁은 질끈 눈을 감았다. 미류는 그의 전생 하나를 보여주었다. 검은 모자를 쓴 스님이었다. 평범했다. 하지만 꾸준히 정진했다. 아쉽게도 도에 이르지는 못했다. 그 아쉬움이 남아 불교에 대한 호감을 자극한 모양이었다.

"우와!"

감응에서 깨어난 윤혁은 감탄을 금치 못했다.

"어쩐지 그곳 스님들이 굉장히 멋있었어요. 괜히 우리나라 스님들보다 친근하고……."

"일종의 데자뷔 같은 거야. 스님은 어디서 되어도 상관없어."

"네……."

대화를 나누는 사이에 비행기가 공항에 도착했다. 출입국 수속을 마치고 나갔다. 거기에도 마중 나온 차가 있었다. 그런데, 조수석에서 내린 사람이 미류의 시선을 강탈해 버렸다.

'마삼바바!'

그였다. 그가 친히 마중을 나온 것이다.

"미류 법사님!"

마삼바바가 손을 내밀었다. 뜻밖의 영접에 놀란 미류는 우두커니, 마삼바바를 바라볼 뿐이었다. 중국인들의 존경을 한 몸에 받고 있는 그가 몸소 나와주다니.

"마삼바바 님!"

"먼 길 오시느라 고생이 많으셨습니다."

"별말씀을… 수고스럽게 나오시기까지……."

"당연히 나와아지요. 제가 청한 방문이 아닙니까?"

"그렇다고 해도……."

"타시죠."

마삼바바가 탑승을 권했다. 미류는 마삼바바와 함께 뒷좌석에 앉고 윤혁은 조수석에 자리를 잡았다. 차가 출발했다. 티베트의 분위기는 차분했다.

"통역 선생, 일단 조캉사원 먼저 간다고 좀 전해주세요."

마삼바바가 윤혁을 보며 말했다. 윤혁의 통역이 미류에게 넘어왔다.

조캉사원. 양 피디가 준 책자에서 본 사원이었다. 티베트 불교의 총본산이다. 방송에서 더러 보았던 오체투지의 최종 목적지이기도 한 사원. 티베트 사람들에게 있어 오체투지는 몸과 마음을 다 바치는 숭고한 순례의 길이었다.

오체투지!

말은 쉽다. 하지만 이 절은 장난이 아니다. 합장한 채 두 무릎을 꿇고 합장을 푼 뒤 오른손으로 땅을 짚은 후 왼손과 이마를 땅에 댄다. 이어 두 손을 뒤집어 손바닥으로 공손히 부처를 받드는 자세를 취한다.

양 무릎과 팔꿈치, 이마 등 신체의 다섯 부분이 땅에 닿기 때문에 이 이름이 붙었다. 이때는 공손하고 경건하게 하여, 마치 복을 달라고 구걸하는 자세처럼 보이지 않도록 해야 한다. 오체투지는 중생이 빠지기 쉬운 교만을 떨쳐 버리고 어리석음을 참회하는 예법이다.

조캉사원 앞은 문전성시를 이루고 있었다. 각지에서 오체투지로 도착한 사람들 때문이었다. 더러는 사원 앞에서 울었고, 또 더러는 감격에 겨워 말을 잊었다.

숭고한 순례의 길.

신제자가 된 몸으로 어찌 그 마음을 모를까? 보름씩 한 달씩 산제를 지내는 것도 바로 그런 마음인 것이다. 미류는 저도 모르게 합장을 했다.

'저들의 꿈이 오롯이 이루어지게 하소서.'

마삼바바를 따라 사원을 한 바퀴 돌았다. 몇몇 고승과 인사도 나누게 되었다. 그들 모두는 마삼바바를 잘 알고 있었다. 한참을 걷다 보면 마삼바바 뒤에 사람들이 무리를 이루어 따르고 있었다. 어쩌면 마삼바바, 미류가 아는 것보다 훨씬 위대한 사람인지도 몰랐다. 마삼바바는 다음 향을 피운 다음에 사원을 나왔다.

"티베트에 와보신 적이 있나요?"

마삼바바가 물었다.

"처음입니다."

"소감이 어떠신가요?"

"순수가 밴 사람들의 모습이 인상적입니다. 고단함에 지쳤음에도 모든 시름을 비워낸 듯한 저 행복한 미소들……."

"바로 보셨군요. 원래 인간은 비울수록 행복해진답니다."

입구를 나서며 마삼바바가 웃었다.

다음 행선지는 산이었다. 차는 천국으로 올라가듯 산길을 올라갔다. 얼마나 갔을까? 저만치로 흰 쌀더미가 보였다.

'응?'

미류는 눈을 비볐다. 흰 쌀더미라면 이팝나무를 들 수 있다. 그 꽃을 바라보면 쌀알이 맺힌 것 같기 때문. 저 산중턱에 이팝나무 군락이 있는 걸까? 미류의 눈은 쌀더미 위에서 떨어지지 않았다.

"……!"

쌀더미 앞에 도착했을 때 미류는 또 한 번 놀라고 말았다. 그건 쌀더미가 아니라 사원이었다. 바로 티베트 최대의 사원으로 꼽히는 드레풍 사원이었다. 드레풍은 쌀더미라는 뜻. 이름답게 쌀더미처럼 보인 것이다.

"이 사원은 우리 티베트의 상징이자 달라이 라마의 겨울 궁전이기도 합니다."

사원 앞에서 마삼바바가 말했다.

'달라이 라마……'

마삼바바가 몇 소법주를 만나 이야기하는 동안 미류는 티베트 불교를 생각했다. 티베트 불교의 기원은 1,400여 년 전으로 거슬러 올라간다. 그때 이곳에는 뵌(Phon)이라는 토속 종교가 있었다. 여기에 인도의 고승 파드마가 초빙되어 기초를 세웠다.

티베트에는 생불로 불리는 3인이 있으니 '달라이 라마'와 '판첸 라마', '카르마파 라마'가 그들이다.

마삼바바가 속한 카규파, 그러니까 흑모파는 토속 종교인 Phon을 믿으며 다른 파들이 쓰는 판디드 모자와 달리 각이 잡힌 검은 모자를 주로 쓰고 다닌다. 기타 황모파는 노란 모자, 홍모파는 빨간 모자를 쓰고 있었다.

현재 티베트는 닝마파, 샤카파, 카규파, 겔룩파 등이 흥하고 있다.

흥미로운 건 라마가 전생설에 의해 계승된다는 사실이었다. 말하자면 미류, 전생의 나라로 들어온 것과도 같았다.

다음으로 멈춘 곳은 거대한 호수였다. 티베트처럼 고산지대에 호수가 있을 줄은 몰랐다. 더구나 그 호수는 숭고함이 가득 밴 풍경이었다.

"얌드록쵸 호수예요. 티베트인들이 4대 성호(聖湖)로 꼽고 있지요."

이번 설명은 윤혁이 먼저 해주었다. 해발이 무려 4,488미터였다. 얌드록쵸는 분노한 신들의 안식처라는 설명도 이어졌다. 설명을 듣고 나니 푸른빛이 더 신성하게 보였다.

"법사님!"

호수에 손을 담근 마삼바바가 미류를 바라보았다.

"예."

"이 호수는 신들의 안식처로 불립니다. 저도 이따금 여기 와서 마음을 비우곤 하지요."

"……."

"제가 왜 법사님을 모셨는지 궁금하시지요?"

"예……."

"혹시 우리 라마의 계승 관습을 아시는지요?"

"상식적인 선에서……."

"아시겠지만 라마는 구르(Guru), 즉 스승을 뜻합니다. 그중에서도 최고의 지도자를 달라이 라마라고 부르고 있지요. 앞에 붙은 달라이는 몽고어로 '바다'를 의미합니다. 이 호수도 바다 색깔을 닮지 않았습니까?"

마삼바바의 말은 훈풍처럼 고요했다. 덕분에 윤혁의 통역도 그와 보조를 맞춰 담담하게 나왔다.

"그렇군요."

"우리 라마는 전생설에 의해 계승이 됩니다. 활불, 또는 관음보살의 환생으로도 불리죠. 실은 제가 모시던 소법주께서 2년 전에 열반에 드셨습니다. 우리 흑모파에서는 세 손가락 안에 드는 법력 높은 분이십니다."

"아……."

"당연히 환생 예언을 하셨습니다. 그분은 평소 수양을 하던 숲에 사는 신실한 부부의 아들로, 모월 모일에 오겠다는 유언을 남겼습니다."

"……."

"그 표식으로 마포르산 언덕에 자리한 포탈라궁의 영탑전 표식을 성혼(聖痕)으로 가지고 나오겠다 하셨습니다. 그분 가슴 아래에 그런 흉터가 있었거든요."

"……."

"대개 그런 예언은 적중되고 있어 우리는 그들 부부가 아기를 갖기만을 기다리고 있었습니다."

마삼바바의 목소리는 물 내음처럼 애잔하게 이어졌다.

"그리고 마침내 소법주께서 예견한 대로 사내아이가 태어났습니다. 그런데……."

마삼바바의 시선이 허공을 향했다. 담담함의 끝은 무상일까? 그의 눈동자 안에는 든 것이 없었다. 이어진 목소리 또한 무상함에 다르지 않았다.

"영탑전 표식이 없습니다!"

"……?"

"저를 비롯하여 많은 원로 스님들이 찾아봤지만 그 어디에도……."

"혹시 머리카락 쪽도?"

"물론입니다. 눈썹 사이와 발가락 사이까지도 찾아봤습니다. 하지만……."

"그럼……."

"그래서 법사님을 모셨습니다. 생전의 법력으로 보아 환생 예언을 틀리게 하실 분이 아니십니다. 해서 혹여 미혹에 빠진 우리들이 그 숭고한 흔적을 보지 못하는 건 아닌가 싶어서……."

"……!"

"죄송하지만, 법사님께서 그걸 확인해 주시면 고맙겠습니다. 저희에게는 너무나 중요한 일이라……."

마삼바바가 돌아보자 미류의 호흡이 멈춰 버렸다. 법력 높은 흑모파의 거두. 말로만 듣던 환생 예언의 인증을 맡아달라는 얘기가 아닌가? 그러나 이미 마삼바바를 비롯하여 흑모파의 거두들이 확인을 한 상황. 예언한 모반의 흔적을 가지고 나오지 않은 아이…….

'전생령……'

미류는 자신의 방법을 떠올렸다. 어렵지 않은 일이었다. 그 아이가 거두의 현생이라면 당연히 전생령으로 보일 일. 그렇다면 마삼바바를 비롯하면 원하는 고승들에게 3자 감응을 하면 될 일이었다. 하지만 안도도 잠시, 마삼바바의 말 한마디가 미류 생각을 단칼에 베어 버렸다.

"우리가 원하는 건 성혼, 모반입니다. 모든 사람이 공감할 수 있는 환생의 증거니까요!"

퍼엉!

미류의 눈앞에서 호수가 출렁 일어섰다. 그 푸른 아우성은 미류의 의식을 단숨에 덮어버렸다.

마삼바바가 옳았다. 이들의 환생은 관습으로 이어진 일. 그렇기에 누구든 척 보면 공감할 수 있는 것이 필요했다. 미류가 티베트 사람 모두를 붙잡고 3자 감응을 할 수 있는 건 아니지 않는가?

전생령이 아니라 모반. 수많은 눈으로 찾아내지 못했다면 아예 가지고 나오지 않았다는 것. 그렇다면 미류라고 용쓰는 재주가 있을까?

'젠장!'

낭패감이 가슴을 베고 지나갔다.

미류의 거처는 마삼바바의 시원에 마련되었다. 향 좋은 차가 나왔다. 특별히 질 좋은 차라고 했다.

"제가 도와드릴 일은?"

윤혁이 물었다. 그의 숙소는 미류의 옆방이었다.

"너무 걱정 마."

"……."

"가서 쉬어. 내 걱정은 말고."

"예, 법사님!"

윤혁은 인사를 남기고 방을 나갔다.

후우!

심호흡을 했다. 소법주의 환생 체크는 내일로 잡혔다. 법력 높은 사람들이 참석할 거라고 했다. 미류에게 부담이 가겠지만 워낙 중대한 일이라 어쩔 수 없다는 마삼바바의 말이었다.

흑모파…….

아니 환생은 비단 흑모파만의 일이 아니었다. 라마도 환생을 한다. 그리고, 그 환생에는 대개 예언이 뒤따랐다.

—누구의 아들로 올 것이다.

—이런저런 성흔을 가지고 날 것이다.

이 증거는 새로 난 아이에게서 발견된다. 과연 그 누구의 아들로 났고, 과연 그 성흔을 지니고 있었다.

우연일까?

마삼바바와 무속을 평가절하한 곽진구라면 그렇게 치부할지도 모른다. 세상에 점을 가지고 태어나는 사람은 많다.

'그저 비슷한 점일 뿐!'

그라면 그렇게 말할 수도 있었다. 그런데 이들은 자라면서 '기억'으로도 증명을 한다. 자신이 살았을 때의 일 일부를 가지고 오는 것이다.

그래도 우연일까?

마음이 답답해 밖으로 나왔다. 뒤뜰의 경내에서 동자승들이 신체 단련을 하고 있었다. 아이들은 상체를 벗었다. 돌 의자에 걸터앉아 아이들을 바라보았다. 수련 시간이 끝나자 아이들의 표정이 변했다. 진지에서 순진무구로 돌아온 것이다.

아이들은 마당에 선을 긋고 놀이를 했다. 이 선에서 저 선으로 넘어가면 지는 것이다. 어떻게 보면 세상은 참 심오하기 그지없었다. 그저 땅인 곳에 선 하나를 그으면 개념이 달라진다.

―이 선을 넘으면 안 돼!

그런 일은 얼마나 많은가?

놀이가 끝날 즈음 동자승들을 가르치던 스님이 돌아왔다. 그의 품에는 뜻밖에도 도넛이 가득했다.

"이 꺼 니에치똥시!"

미류에게도 하나가 배당되었다. 인사를 하고 받아들었다. 중국의 도넛, 한국과 비슷했다. 한 입 베어 무니 맛이 좋았다. 그런데 도넛은 왜 가운데가 비어 있을까?

걸으며 생각했다. 날렵한 기와들은 어둠 속에 잠들었다. 하늘은 새파랗게 날이 서 있었다. 사원 뒤의 암흑 속에서 박쥐들이 날아올랐다.

박쥐는 새일까? 짐승일까?

어릴 때 많이 하던 논쟁이었다. 정말이지 세상은, 다 아는 것 같지만 따지고 들어가면 모르는 것투성이다. 밤도 그렇다. 어둠의 입은 세상을 다 집어삼켰지만 아침이 오면 그 큰 입은 흔적도 없이 사라진다.

'성흔이라……'

미류는 별을 보았다. 그 하늘에 북두칠성이 꼬마전구처럼 반짝거렸다. 별은 저 자리에 있다. 그러나 때로는 보이지 않는다. 하지만 보이지 않는다고 해서 없는 것은 아니었다.

미리 걱정하지 말자. 미류는 마음을 도닥거렸다.

나는 전생 특허권자. 내가 모르면 이 세상 그 누구도 알 수 없는 일. 그렇게 생각하며 방으로 돌아갔다.

딸깍!

소등을 했다.

이른 아침, 가벼운 기도를 끝낸 미류는 마당을 쓸기 시작했다. 넓은 마당을 보자니 문득 그런 생각이 든 것이다.

"아이고, 법사님!"

어젯밤 도넛을 주었던 스님이 달려왔다. 말은 잘 몰라도 무슨 뜻인지 알 수 있었다.

"괜찮습니다."

미류는 합장으로 스님을 밀어냈다. 쓸고 닦는 것 또한 신제자의 일이었다. 내 일을 할 때도 즐거운데 남을 위해 하는 일은 더 즐거운 법. 마당 청소가 끝날 무렵에 윤혁이 나왔다.

"어휴, 저 시키시지."

"이런 건 아무나 먼저 보는 사람이 하는 거야."

미류는 이마에 성근 땀을 닦아냈다.

아침 식사는 간단하게 나왔다. 그런데, 오직 두 그릇뿐이었다. 다른 스님들도 보이지 않았다.

"실은 티베트 스님들은 아침 식사를 잘 하시지 않습니다."

윤혁이 말했다. 이제 보니 미류와 윤혁을 위해 특별히 마련한 모양이었다.

"법사님!"

잠시 후에 마삼바바가 다가왔다. 미류는 자리에서 일어나 합장으로 그를 맞았다.

"식사가 변변찮습니다. 그래도 많이 드세요."

"고맙습니다."

구구한 말은 하지 않았다. 티베트에 왔으면 티베트 법에 따르는 게 왕도. 미류는 차려진 식사를 가볍게 비워냈다.

"몇 시가 좋을까요?"

차를 마시는 탁자에서 마삼바바가 물었다. 미류의 컨디션을 고려할 모양이었다.

"저는 상관없습니다."

미류가 대답했다. 어차피 무슨 대비를 할 수 있는 일도 아니었다.

"그럼 두 시간 후쯤에?"

"그러시죠."

"고맙습니다. 그때쯤이 스님들 불경 공부가 끝나는 시간이라……."

두 시간!

소법주의 환생 성혼 확인 스케줄은 그렇게 정해져 버렸다. 잠시간의 산책을 마치자 경내가 소란스러워지기 시작했다. 큰 법당에서 나이 지긋한 원로들이 나오는 게 보였다. 단정한 승복을 입고 각이 검은 모자를 쓴 그들을 보자 미류, 마침내 운명의 순간이 왔음을 알았다.

원로와 주요 스님들이 한 법당에 자리를 잡았다. 미류는 마삼바바를 따라 그 안으로 들어섰다. 소개에 이어 인사를 하고 미류도 앉았다.

그리고… 모든 사람들의 시선이 문으로 향했다.

데엥!

종소리가 들렸다. 그 소리를 따라 한 아낙이 스님과 함께 들어섰다. 그녀의 품에 안긴 아기가 보였다.

방긋!

아기는 울지 않았다. 아낙이 품었던 바구니를 테이블에 놓아도 마찬가지였다. 숭고한 기운마저 감돌았다. 과연 법력 높은 소법사의 환생 분위기에 걸맞은 자태였다.

"소승……."

마삼바바가 원로들 앞에 나섰다.

"일전에 한국에서 보았던 전생 무속의 대가 미류 법사를 청해 왔나이다."

마삼바바의 말과 함께 모든 시선이 미류에게 쏠려왔다.

"일찍이 제가 몸소 그의 이적을 느꼈기에 감히 소법주님의 환생 검증을 부탁드리려 합니다."

"……."

좌중은 침묵했다. 숨소리도 들리지 않았다.

"그를 위해 함께 갔던 증인들을 들이나니 그들의 선서를 먼저 듣겠습니다."

마삼바바가 다른 입구를 돌아보았다. 그러자 다섯 스님이 한 줄로 서서 입장을 했다.

"소승은 마삼바바 님의 말씀에 동의하며 미류 법사께서 전생의 높은 도력을 이루었음을 공감합니다."

다섯 스님은 이구동성으로 증인 선서를 했다.

"원로 스님들께서는 동의하십니까?"

마삼바바가 물었다.

"동의하네!"

"나도 동의하겠네."

원로 스님들은 대쪽 같은 목소리로 대답했다.

"그럼 부탁드립니다."

마삼바바, 미류를 향해 돌아서더니 정중하게 바구니를 가리켰다. 바구니는 아낙의 손에 의해 미류에게 가까워졌다. 그녀는 정성 어린 손길로 아기를 덮은 담요를 걷었다. 아기의 몸이 고스란히 드러났다. 조금은 까무잡잡한 피부였다. 그가 증거로 지니고 온다고 한 성혼은 포탈라궁의 영탑전을 닮은 모반이었다. 미류는 그 그림을 몇 번이고 머리에 새겨두었다.

'포탈라궁의 영탑전……'

원래는 소법주의 가슴 아래에 있었다. 수양 중에 생긴 흉터라고 했다. 그러나 그의 법력을 알아 흉터 또한 성혼으로 변한 것이다.

꿀꺽하고 침 넘어가는 소리는 윤혁의 것이었다. 통역을 위해 두 걸음 정도 떨어져 있는 그는 백짓장처럼 하얗게 질린 얼굴로 숨도 제대로 못 쉬고 있었다.

"최선을 다해주세요."

그는 양 피디의 말을 생각했다. 단순한 티베트 여행이 아니었다. 그 직전 마삼바바는 한국에서 강우를 부르는 이적을 일으켰다. 남부 지방의 시름을 일거에 씻어준 것이다.

양 피디의 마음에 자리한 미류의 영빨 또한 그 못지않은 신묘의 극치. 그렇기에 마삼바바가 어떤 요청을 하든 멋지게 성공하여 한국 무속의 위세를 떨쳐주길 바랐던 것이다.

미류는 동자승이 흰 수건으로 받쳐 준비한 정화수로 손을 씻었다. 다른 동자승 또한 흰 수건을 내밀었다. 백색은 티베트 사람들이 숭고하게 여기는 색깔. 물기가 마르자 미류의 손이 아기에게 다가갔다.

방긋!

미류 손이 닿자 아기가 활짝 웃었나.

"⋯⋯!"

그러고 보니 아기의 손은 미류 손에 닿아 있었다. 딴에는 악수라도 청한 걸까? 미류는 아기의 손을 가만히 잡아주었다. 그 작은 손짓에도 모든 시선을 쏠려 있었다.

미류는 아기의 외관을 살폈다. 이마부터 발끝까지. 아기는 점 하나 없이 매끈한 피부였다. 다음으로 귀를 젖혀보고 겨드랑이를 살폈다. 사타구니 사이도 체크했다. 뒤를 이어 손가락 사이와 발가락 사이도 보았다. 그곳에도 영탑에 유사한 성흔은 보이지 않았다.

"아기를 뒤집어달라고 전해줘."

미류가 윤혁에게 말했다. 전달은 받은 아낙이 아기의 등을 보여주었다. 아기의 등짝은 시리도록 시원해 보였다. 등줄기를 따라 뻗어나간 척추선을 보며 시선이 엉덩이까지 내려갔다. 살짝 접힌 엉덩짝에도 성흔은 없었다.

"됐습니다."

미류가 말하자 통역을 받은 아낙이 아기를 제자리에 누이고 물러섰다. 호흡을 고르다 마삼바바와 시선이 마주쳤다. 그의 미소는 조금 복잡해 보였다.

─실망은 이르죠. 세상일은 끝이 와야, 끝이 난 겁니다.

미류는 일단 전생륜을 불러냈다. 마삼바바가 원하는 방식은 아니지만 확인은 필요했다. 소법주의 전생은 숭고함 그 자체였다. 그는 성인의 길을 가는 자아였다. 게다가 거의 완성 직전이었다. 짐작컨대 그는, 아마 이번 생에서 그의 자아를 완성할 것으로 보였다.

흥미로운 것은 그는 오직 한길만을 걸어왔다는 것. 여타 종교를 두루 거친 게 아니었으니 첫 태생부터 티베트의 토속 종교인 '뵌'의 가난한 성자였었다.

그의 생은 이번 삶이 여덟 번째. 중국인들이 기본적으로 열광하는 숫자이기도 하니 이번 생이 기대되는 미류였다.

그런데 왜 성혼이 보이지 않는 걸까?

어쩌면 그, 소법주가 아니라 평범한 신자로 출발해 오체투지를 불사르며 낮은 곳으로 임하는 순수로 돌아가려는 것일까?

"실례하겠습니다."

미류, 마삼바바와 원로들에게 허락을 구하며 신방울을 꺼내놓았다. 떠나오기 전, 만일을 위해 가져온 부적도 바구니 옆에 두었다.

쩔렁!

테이블 위의 신방울이 저절로 울었다.

"……!"

몇몇 원로들이 신방울을 바라보았다. 그러거나 말거나 신방울은 더욱 기세를 올렸다.

절겅절겅절겅!

전생신, 어떤 공수를 주려는 걸까? 미류는 신방울을 들고 가만히 눈을 감았다.

—마음으로 보라!

마음…….

사실 그것처럼 억만 가지 표정을 가진 것도 드물었다. 희로애락에 따라 사물은 다르게 보이고 닫힌 마음과 열린 마음에 따라서도 달랐다.

아기는 분명 소법주의 환생. 그런데 성혼은 어디로 간 걸까? 그러나 성혼의 한 가지인 모반은 전생과 상관없는 사람들에게도 발견될 수 있었다. 책에서 본 일이기에 뭐라 말할 수 없지만 세상에는 인간의 의식으로 가늠할 수 없는 불가사의가 너무도 많았던 것이나.

혹자는 말한다. 성혼이든 모반이든, 죽어서 다시 태어난 사람이 어떻게 그런 표식을 가지고 오는가 하고. 그렇다면 환생은 혼이나 의식만 옮겨 가는 게 아니라 육체의 질량 일부도 옮겨 간다는 것인가? 그것도 생자가 생전에 지니고 있던 바로 그 부위에?

하지만 미류는 이미 확인을 마쳤다. 이 아기는 분명 소법주의 환생. 그가 약속한 포탈라궁의 영탑전 성혼이 없다고 해도 그건 불변이었다.

미류만 아는 현실이 티베트의 관습과 만났다.

아기의 몸에 성혼은 있는 것일까?

미류는 신명스레 울리던 신방울을 멈췄다. 그런 다음 부적을 아기의 가슴팍에 올려놓았다.

―나는 전생신의 특허를 가진 무속인.

―없다면 모를까 성혼을 가지고 나왔다면 찾을 수 있으리라.

미류는 스스로를 믿었다.

'후웁!'

두 팔을 벌려 전생신의 신차를 받았다. 영시에 뜨끈한 힘이 들어오는 게 느껴졌다. 눈은 뜨지 않았다. 미류는 눈을 감은 채 영시를 작렬시켰다.

후웅후웅!

영시로 인해 미류의 몸에 무지개가 서렸다. 마삼바바와 원로들은 숨이 막힐 지경이었다. 그들 역시 법력을 지닌 고명한 스님들. 그러나 지금 미류가 뿜어내는 아우라에는 명부의 권능이 탱탱하게 서렸으니 그들에게도 오싹한 영빨이었다.

　─아가야!

　─내 몸주의 뜻으로 너를 보나니

　─네 정녕 성혼을 가지고 있다면 내게 허락해다오.

　미류, 비원과 함께 온몸의 영기를 아기에게 투사했다. 마치 병원의 CT 촬영처럼.

　화아아!

　영기는 이내 아기의 온몸을 덮었다. 마삼바바는 보았다. 아기의 몸이 광채로 덮여 버리는 것을. 그리고… 그는 또 보았다. 그들이 그토록 원하던 소법주의 성혼…….

　"오오!"

　앞자리의 원로들이 먼저 일어섰다. 뒤를 이어 모든 원로들이 줄지어 일어섰다. 그들은 아기에게 다가가 합장한 채 축원을 내렸다. 광채로 빛나는 아기의 몸. 거기 성혼이 있었다. 아기의 가슴팍이었다. 그러나 겉이 아니고 안쪽이었으니 바로 심장근육이었다.

　미류는 또렷하게 주목하고 있었다. 포탈라궁의 영탑전. 그 형상을 닮은 흔적. 미류가 한 번 더 영기를 폭발시키자 이제 광채는 사라졌다. 아기도 보이지 않았다. 보이는 것은 그저 심장근육에 새겨져 기운차게 불뚝거리는 영탑전 성혼뿐이었다. 빛처럼 반짝이던 그 성혼은 몇 초가 흐르자 흘러가자 천천히 눈에서 사라져 버렸다. 그러나 이미 모두가 본 상황이었다. 소법주의 성혼은 가장 신성한 곳으로 불리는 심장 안에 새겨져 있었던 것이다.

　"소법주님이시여!"

　원로 한 사람이 감격의 목소리를 쏟아냈다.

　"소법주님이시여!"

뒤를 이어 모든 사람들이 무릎을 꿇었다.

'후우!'

미류는 호흡을 고르며 한 걸음 물러섰다. 잠시 아찔했지만 이내 괜찮아졌다. 윤혁의 부축 덕분이었다.

"법사님!"

"괜찮아. 잠깐 어지러워서……."

"정말 굉장하셨어요. 보고도 믿기지가 않습니다."

"그랬어?"

미류의 입가에도 작은 미소가 맺혀왔다. 한국 무속의 자부심과 특허권자의 명예를 걸고 시전한 영시의 폭발. 그게 아기의 숭고함과 매칭이 되면서 불가능을 넘은 것이다.

"법사님!"

마삼바바가 다가왔다.

"원하시던 걸 보신 겁니까?"

"그렇다마다요. 참으로 부끄럽습니다. 소법주님의 법력이 깊어 성혼이 심장으로 들어간 것을 우매한 눈으로 보고 있다 없다 논쟁을 벌였으니……."

"별말씀을……."

"아닙니다. 제게도 큰 깨우침이었습니다. 눈에 보이는 건 현생의 일부라는 걸 알면서도……."

"……."

"법사님의 신통력에 경의를 표합니다."

원로들도 다가와 미류에게 합장 목례를 올려왔다. 증인으로 나섰던 다섯 스님도 그랬고 벽 쪽에서 구경하던 동자승들도 그랬다.

"도움이 되어 다행으로 생각합니다."

"저는 미류 법사님을 만난 걸 천운으로 생각합니다."

"우리는 이미 만난 적이 있지 않습니까? 전생에 제 스승이셨으니 제자로서 한몫을 한 것으로 여겨주십시오."

"그렇군요. 그 생에서 당신의 스승이었던 것이 영광스럽습니다."

마삼바바는 기꺼운 마음을 숨기지 않았다.

환생을 증명한 미류는 마삼바바와 정자에 앉았다. 동자승이 차를 가져왔다. 빠박이 머리를 보니 문득 선강과 묘우 스님 생각이 났다.

"마삼바바 님!"

차를 마신 미류가 고개를 들었다.

"말씀하시죠."

그가 웃으며 답했다.

"한국 무속을 어떻게 생각하십니까?"

"한국 무속……."

마삼바바는 잠시 생각에 잠겼다. 그런 다음, 차를 한 모금 마시고서야 천천히 입을 열었다.

"사실 한국에서 돌아오기 무섭게 한국 무속 책을 찾아보았습니다."

"그건 저도 티베트 불교에 대해 그랬습니다만……."

"교외별전(敎外別傳)이군요."

마삼바바가 대답했다. 말없이 서로 통했다는 뜻이었다. 문자까지 나오자 윤혁의 통역이 바빠지기 시작했다.

"무속의 역사는 한국의 역사와 맥락을 같이하고 있더군요. 5천 년… 그러나 근자에 이르러 그 맥이 많이 끊겼다는 걸 보고 마음이 아팠습니다."

"저희들의 잘못이지요. 무속인들이 너무 소극적이었습니다."

"하지만 기록상에 보이는 힘은 주목할 만했습니다. 한국의 무속은 사후 세계와 현생을 연결하는 고리이자 해결책이기도 하더군요."

"예……."

"법사님은 무속의 부흥을 꿈꾸고 계십니까?"

"맞습니다. 한국의 무속은 일상의 안쪽에 있습니다. 조금 더 개방하고, 조금 더 중생들 가까이로 나와 다른 종교가 끌어안을 수 없는 위로를 준다면 무교로서의 자리매김이 가능해질 거라고 생각합니다."

"공감합니다. 수천 년 이어온 무속이라면 그만한 가치와 역할이 있기 때문일 테니까요."

"그리 말씀해 주시니 힘이 됩니다."

"아닙니다. 가치 있는 일들이 다른 것에 가려 압사되는 일은 없어야죠. 그게 우리들 인간이 동물과 다른 구분점이 아니겠습니까?"

"그렇지요."

"그런데 아까 쓰신 그 부적 말입니다."

"예……."

"혹시 저도 조금 얻을 수 있을까요? 아주 신묘한 힘을 가진 것 같던데……."

"어떤 부적을 원하십니까?"

"법사님께서 전생신을 모시고 계시니 그 부적이면 좋겠습니다. 가능할까요?"

"그러면 이게 맞춤하겠군요."

미류는 지난 경신일에 쓴 부적을 꺼내놓았다. 원광술을 이용해 전생신의 얼굴을 형상화한 부적이었다. 명부의 권능이 오롯이 담긴 것으로, 다른 사람이라면 내줄 수 없는 부적에 속했다. 이처럼 영기가 센 부적을 일반인이 품으면 오히려 흉살을 맞는다. 말하자면 힘없는 사람이 천근만근 금은보화를 등에 진 꼴이 되는 것이다.

"오!"

부적을 받아 든 마삼바바는 감탄을 금치 못했다.

"그렇잖아도 초대해 주신 것에 감사하기 위해 따로 준비한 것입니다. 마음에 들면 좋겠군요."

"드는 것뿐입니까? 이 사람이 죽는 날까지 보물로 삼고 간직하겠습니다."

마삼바바는 합장한 채 고개를 숙였다. 볼수록 겸허하고 소탈한 사람. 그는 과연 흑모파를 대표하는 한 사람임이 분명했다.

"이제 제 차례로군요. 저는 무엇으로 보답을 할까요? 법사님으로 말하자면 저희 사원뿐만 아니라 흑모파의 시름을 일거에 치워주신 분입니다. 자칫 논쟁으로 번질 수 있는 소법주님의 환생을 증명해 보이셨으니까요."

"다른 건 모르지만 마삼바바 님과 저를 연결해 주신 방송국의 양 피디께서 이곳을 한번 취재하기를 원하십니다."

"그거라면 제가 허락해 드리죠. 이런 고민을 풀어주셨으니 원로들께서도 딱히 반대하지 않으실 겁니다."

마삼바바는 흔쾌히 수락을 했다.

"그리고… 한 가지가 더 있습니다만……."

"말씀하시죠."

"여기 제 통역 학생… 죄송하지만 마삼바바 님 곁에 두고 법력을 지도해 주시면 안 될는지요."

"……!"

통역하던 윤혁이 놀라 고개를 들었다. 미류는 눈짓으로 윤혁을 눌러두고 말을 이어갔다.

"미력한 제가 동행하면서 살펴보니 불법으로 나갈 자아를 지녔습니다. 그런데 그 인연이 이 먼 곳 티베트에 닿아 있으니 저를 도와 수고한 보답으로 마삼바바 님께 부탁을 드립니다."

"청년……."

통역하는 윤혁에게 마삼바바의 시선이 옮겨 갔다.

"법사님의 말씀이 사실인가요?"

"그렇긴 합니다만 제 주제에 어찌……."

"아닙니다. 우리말도 잘하시니 원하신다면 제 곁에서 공부해도 좋습니다."

"……!"

"그렇게 한다고 해."

눈치로 때려잡은 미류가 끼어들었다.

"법사님, 돌아가실 길도 먼데……."

"나는 원래 혼자가 좋아서 말이지. 올 때는 둘이라서 귀찮았는데 갈 때라도 혼자면 좋지."

"법사님……."

"올 때는 갈 때의 역순이니 내 걱정 말고… 좋은 스승을 만나는 건 참 중요한 일이거든. 기회가 왔을 때 잡아야지."

"법사님… 이 은혜는……."

"하핫, 그럼 나는 슬슬 짐이나 싸볼까?"

미류가 웃으며 일어섰다. 마삼바바도 웃었다. 조용한 그 미소는 경내에서 날아온 향내를 닮아 있었다.

소신공양

마음이 후련했다. 혼자 돌아가는 부담 같은 것도 없었다. 마삼바바는 자신이 아끼던 묵주를 기념으로 내주었다.

그때 동자승 둘이 헐레벌떡 달려왔다.

"주석님께서 도착하셨어요."

주석?

느닷없는 단어에 미류가 고개를 들었다.

"일이 커진 모양이군."

마삼바바의 표정이 심각하게 변했다.

"함께 가시죠. 제게는 두 분 다 소중한 분들이고 이 또한 인연인 듯하니 인사라도 나누는 게 좋을 듯합니다."

"주석이라면 중국의 대표이신?"

"맞습니다. 남부 지방에 우려하던 일이 있었는데 그게 커진 모양입니다."

마삼바바가 길을 가리켰다. 미류는 얼떨결에 따라나서게 되었다.

중국의 주석!

행차는 요란하지 않았다. 수행원 몇을 거느리고 단출하게 등장한 것이다. 마삼바비는 예를 다해 주석을 맞았다. 원로 스님들도 모두 나와 인사에 동참했다. 그 끝에 미류가 있었다.

"이분은?"

주석이 고개를 들었다.

"한국에서 오신 미류 법사님이십니다. 저희 사원에 곤란한 일이 있어 부탁을 드렸는데 높은 도력으로 깔끔하게 매듭을 지어주셨습니다."

마삼바바가 소개를 겸해 말했다.

"오, 그 한국에서 함께 비를 내리게 했다는?"

"맞습니다."

"반갑습니다. 제가 존경하는 마삼바바 님께 도움을 주시다니……."

주석은 한결 푸근해진 인상으로 악수를 청했다.

주석의 방문은 산불 때문이었다. 복건성 일대에서 일어난 산불의 조짐이 예사롭지 않은 것. 더구나 머잖아 강풍 예보까지 있어 자칫하다간 광둥성을 비롯하여 남부 일대를 휩쓸 수도 있었다.

"법력으로 한번 도와주셔야겠습니다."

주석의 방문 목적이었다.

"소법주님 논란도 해결되었으니 기꺼이 가보겠습니다."

마삼바바는 주석의 요청을 받아들였다. 상황이 급박하므로 마삼바바는 바로 행장을 꾸렸다. 눈치를 보니 이미 공항에 전용기를 준비한 모양이었다.

"또 뵙지요."

주석은 미류에게도 작별 인사를 건넸다. 마삼바바 덕분에 분에 넘치는 대우를 받은 미류였다.

"다급한 일이라 배웅하지 못합니다. 다음에 다시 뵐 수 있기를 바랍니다."

마삼바바는 인사를 남기고 주석의 차량에 함께 동승했다.

"우와, 마삼바바 님도 굉장한 분이신가 보네요."

윤혁은 돌연한 상황에 몸서리를 쳤다.

"그만한 법력을 갖춘 분이니까."

"하긴 저분 소문은 한둘이 아니에요."

"어쩌면 소문이 아니고 진짜일 거야."

"그럴지도 모르겠네요."

"우리도 그만 가볼까?"

"예!"

윤혁이 앞장을 섰다. 공항까지는 윤혁이 배웅할 예정이었다.

"조심히 가세요."

공항 출국장에서 윤혁이 고개를 숙였다.

"잘해!"

미류는 격려로 대신했다. 공항은 올 때보다 번잡했다. 주석이 왔으니 그럴 만도 했다. 덕분에 예정보다 30분 정도 이륙이 늦었다.

"법사님, 정말 고맙습니다."

윤혁이 손을 흔들었다. 내심 마삼바바 같은 거두를 스승으로 모시고 싶었던 윤혁. 언감생심 말도 꺼내지 못하던 차에 꿈을 이룬 것이다. 인생은, 뜻이 있는 사람에게 길을 열어준다. 더러 돌아가는 사람이 있고, 또 더러는 이르지 못하는 사람이 있을 뿐.

그 길이 험하고 나쁘다고 탓할 필요는 없다. 신은 인간에게 자신의 길을 수정할 길을 한 번 더 열어놓았으니 그게 바로 공덕이었다. 다시 말해 선정을 베풀며 살면 또 기회가 오는 것.

그런 예는 셀 수도 없이 많았다.

옛날 조선 시대에 자린고비 부자가 있었다. 그는 그저 모으고 족칠 줄만 알았지 베풀고 살필 줄은 몰랐다. 그래도 제 새끼 귀한 줄은 알아 아들 둘, 딸 둘을 금이야 옥이야 길렀다. 어느 해 흉년이 들자 그는 소작농들을 더욱 닦아세웠다. 그 가을에 네 자식이 동시에 괴질에 걸렸다. 굿을 하고 무당을 불렀지만 차도가 생기지 않았다.

그때 수염이 눈처럼 흰 걸인 노인이 찾아왔다.

"재수 없게!"

자린고비는 그에게 똥바가지를 씌워주었다. 노인은 웃으며 한마디를 남겼다.

"족보의 끝을 보고 싶지 않거든 적선(積善)을 하거라!"

목소리가 쩌렁쩌렁 자린고비의 마음을 울렸다. 고개를 갸웃거리며 안방에 들어선 자린고비. 곰곰이 생각해 보니 어디선가 본 듯한 얼굴이었다.

"어이쿠나!"

선조들의 초상을 본 자린고비는 장탄식을 터뜨렸다. 그가 바로 고조할아버지였던 것이다. 버선발로 뛰어나갔지만 노인이 있던 자리에는 똥바가지와 흰 수염 한 줌뿐이었다.

깨달은 바 있어 그날부터 곳간을 열었다. 여름이면 물로 넘치는 다리도 튼튼하게 지었다. 그러자 자식들이 하나둘 병마에서 깨어나기 시작했다. 공덕의 좋은 예였다.

티베트에서는 그걸 만트라라고 했다. 티베트의 만트라는 일체의 불행을 해독하는 해독제였다. 그것으로 카르마를 벗어날 수 있는 것이다.

성도에서 하루를 자고 인천행 비행기에 올랐다. 떠나기 전 뉴스에 산불 현장이 나왔다. 화면에 마삼바바와 스님 몇 분이 보였다. 그다음 화면에 비가 보였다. 마삼바바가 비를 부른 모양이었다.

'굉장한 분…….'

미류는 진심으로 그를 인정했다.

안녕, 차이나!

이슬비가 내리는 비행기 안에서 속삭였다. 이 비는 마삼바바가 보낸 작별 인사일까? 창을 타고 내리는 빗줄기가 괜히 더 반갑게 느껴졌다.

한국으로 돌아온 미류는 두 여자와 마주했다.

꽃신의 신딸 숙정이와 궁천의 신딸 격인 현서였다. 둘은 공손한 자세로 미류를 바라보았다. 두 여자… 역시 미녀는 아니지만 몸매는 좋았다. 특히 현서는 바지를 입은 각선미가 거의 예술에 가까웠다.

현서는 고등학교 때까지 현대무용을 했다고 한다. 대회에서 상도 받아 대학도 괜찮은 곳으로 진학했다. 그러나 중요한 발표를 앞두고 사달이 났다. 신열이 벼락처럼 찾아든 것이다. 그녀는 자기 차례에서 거품을 물고 넘어갔다. 10분 정도 경기를 하고 일어났다. 깨어보니 구급차 안이었다. 발표회는 물 건너로 가버렸다. 불행한 것은 그게 마지막이 아니었다는 사실. 얼마 후에 이어진 과 발표회에서 같은 불행이 찾아왔다. 지도 교수의 권유로 정밀 진단을 받았다. 결과는 이상 무였다. 교수 중에 민속학을 전공한 사람이 있어 신열일 수도 있다는 의견을 받게 되었다. 그게 딱 들어맞았다. 결국 주기적으로 찾아오는 신열을 견디지 못해 대학을 그만두었다. 어쩌면 미류와 비슷한 길을 걸어온 현서였다.

그에 비해 숙정은 볼륨을 자랑했다. 특히 가슴과 히프가 예술이었다. 보조개도 있어 어찌 보면 아이처럼 귀여운 구석도 있었다.

"골라봐!"

미류는 바닥에 네 장의 부적을 펼쳐놓았다. 둘 다 이미 신밥을 먹는 처지. 영빨이 강한 부적을 골라내라는 뜻이었다. 일종의 시험이었다. 부적도 아무나 배우는 건 아니기 때문이었다.

현서는 맨 처음 것을 짚었다. 네 부적을 다 만져본 숙정 역시 그 부적을 찍었다. 나머지는 불교 용품점에서 장당 천 원에 사온 것들. 둘은 부적에 대한 소양이 있었다.

그 이면에는 꽃신과 궁천의 배려가 있었다. 아는 대로 부적에 대한 공부를 시킨 게 틀림없었다.

"좋아. 하지만 부적을 배우는 건 쉬운 일이 아니야. 숙정 씨는 연주 씨한테 대략 들었지?"

미류의 질문이 숙정을 겨누었다.

"네, 연주 언니… 경신일 다음 날이면 토끼 눈알이 되어 나오곤 했어요."

"또…….."

"부적 쓰다가 밤새운 적이 한두 번이 아니라고…….."

"또?"

"부적은 공부하면 할수록 어렵다고…….."

"또…….."

"육부적을 배울 때면 옷도 다 벗어야 한다고…….."

"그럴 수 있겠어?"

미류가 물었다. 두 여자는 주저 없이 일어섰다. 손이 빠른 현서는 말릴 사이도 없이 지퍼를 내리고 바지를 벗었다. 숙정의 원피스 역시 출렁 바닥에 떨어졌다.

"잠깐, 누가 지금 벗으래? 빨리 입어!"

미류, 시선을 외면하며 손사래를 쳤다. 두 여자는 벗었던 옷을 다시 걸쳤다.

"아, 진짜……."

미류가 볼멘소리를 토했다.

"죄송해요. 하지만 이보다 더한 각오도 되어 있어요."

"알았으니까 가봐. 공부는 일주일에 두 번 정도 할 거고 필요한 건 내가 준비해 줄 테니까 둘이 시간이나 맞춰서 오도록."

"고맙습니다."

두 여자는 환한 얼굴로 신당을 나갔다.

"킥킥!"

거실로 나오자 봉평댁이 허리를 잡은 채 웃음을 참는 게 보였다.

"다 보셨어요?"

"보지는 못하고 말만……."

"이모!"

"아, 알아요. 법사님 마음……."

"그런데 왜 웃으세요? 민망하게……."

"그게… 하라년 말이 생각나서……."

"하라요? 전화 왔어요?"

"전화도 전화지만 미국에서 나 떠나올 때 신신당부를 하는 거 있지. 법사님 옆에 여자 꼬이는지 잘 감시하라고."

"……!"

"뭐 장차 내 사윗감이 될 거나? 그걸 시어머니 잔소리처럼 말하는데 내가 어떻게 안 웃을 수가 있겠어."

"차나 달라니까요."

"알았어. 조금만 기다리세요, 법사님!"

봉평댁은 어전히 키득거리며 주방으로 사라졌다.

'젠장, 부적 교육방을 따로 만들든지 해야지.'

미류는 괜한 입맛을 다셨다.

대선!

바야흐로 선거전에 불이 붙었다. 정대협은 일찌감치 앞서 나갔다. 상대 당에서 배주하를 끌어들여 물귀신 작전으로 흠집을 내려했지만 먹히지 않았다. 정대협이 명쾌하게 선을 그은 덕분이었다.

아울러 그가 선점한 복지와 경제정책이 공감을 사기 시작했다. 고맙게도 전통문화와 우리 고유의 문화에 대한 의지도 섞여 나왔다.

비가 추적추적 내리던 저녁, 쌍골선사의 주선으로 골목 점집 회식이 열렸다. 타로를 시작으로 김대운 원장, 심지어는 연주까지 참석한 자리였다.

"이번 대선 어째 심상치 않아."

김대운 원장이 운을 떼었다.

"아무래도 정대협이 대세죠?"

타로가 화답했다.

"그 양반 배주하에게 눌려 당내에서도 3, 4등 하더니 언제 그렇게 부각되었나 몰라."

"그러게 대권은 하늘이 내린다고 하지 않았습니까?"

"젠장, 이렇게 되면 우리가 지는 거 아닙니까?"

김대운이 쌍골을 바라보았다. 예전에 한 내기 때문이었다. 그때 쌍골을 비롯해 상당수는 배주하의 당선을 예견했었다. 하지만 이제 배주하는 치졸한 정치인으로 추락한 상황. 신뢰받는 정치인에서 꼭두 각시이자 불명예의 상징이 되었으니 실낱같은 희망도 없는 판이었다.

"미류 법사!"

김대운이 미류를 바라보았다.

"예."

"솔직히 말해봐. 그때 이미 알고 있었지?"

"뭐가 말입니까?"

"내가 지금도 기억하는데 우리끼리 내기하자고 할 때 미류 법사 표정이 기묘했어. 마치 모든 것을 알고 있는 듯한……"

"그걸 제일 먼저 주창한 건 옥수부인님이신데요?"

미류는 옥수부인에게 공을 넘겼다.

"아니야. 옥수부인을 무시하는 건 아니지만 미류 법사는 이미 꿰뚫고 있었다고. 안 그렇습니까? 꽃신 누님."

김대운은 꽃신에게 공감을 구했다.

"이제 와서 보면 그러고도 남을 사람이었지. 그것도 모르고 우린 갈구나 했으니……"

"아, 진짜 왜들 이러십니까? 아직 선거가 끝난 것도 아닌데."

미류가 손사래를 쳤다.

"아아, 아무튼 다들 돈이나 준비하세요. 나도 미류 법사하고 옥수부인 덕분에 공짜 해외여행 좀 가보자고요. 약속은 다 기억하시죠?"

"큼큼, 그거야 뭐……"

타로의 말에 쌍골도 쓴 입맛을 다셨다. 사실 돈이 문제가 아니었다. 무속인이라면 누구든 관심을 가질 수밖에 없는 나라의 운명과 봉황의 자리. 그걸 틀렸기에 자존심에 금이 가는 것이다.

"이거 이렇게 되면 우리 미류 법사도 종교 하나 만들어야 하는 거 아니야? 미류교 말이야."

타로가 슬쩍 오버하기 시작했다.

"미류교가 뭐야? 미류 법사는 무속의 대표수자니 무교가 맞는 말이지. 그리고 미류 법사의 신빨과 행실로 봐서는 무교로 불려도 문제가 없어. 아, 천기를 꿰뚫고 있지, 버는 돈으로 가난한 사람을 위해 요양원 짓고 있지, 게다가 티베트 스님하고 함께 가뭄에 타들어가는 남부지방을 구해줬는데 뭐가 부족해. 요즘 어떤 종교인이 그렇게 사는데?"

꽃신이 목청을 높였다.

"하긴 미류 법사가 구한 사람이 한둘이 아니죠. 청년 백수부터 곤란에 처한 중생들까지."

타로와 옥수부인은 고개를 끄덕여 공감을 표했다.

"이제 시작이고요, 더 진중한 진정성으로 국민들에게 공감을 사야죠. 그럼 우리 무속이 다시 옛날처럼 국민 종교로 인정받을 날이 올 겁니다."

미류는 그들의 성원을 마음에 새겼다.

무당과 무속, 그리고 무교!

그건 차원이 다른 얘기였다.

현재 무속인들은 점술 관련 종사원으로 직업 코드 41,622번을 받고 있다. 이게 종교인으로만 바뀌어도 다르다. 직업의 호칭에 대한 표현은 다른 직업에서도 이슈가 된 적이 많았다. 대표적인 것이 간호원이다. 간호원들은 그 이름이 간호사로 바뀌었다. 주목할 것은 '사'가 스승 사(師)라는 것. 아무것도 아닌 것 같지만 자부심과 긍지를 가지는 계기가 되는 것이다.

"참, 미류 법사… 정 후보하고 안면 있잖아?"

꽃신이 물었다.

"예… 조금……."

"이번 기회에 잘 어필해 봐. 그리고 중구난방인 우리 무속인들도 체계 한번 갖춰보자고. 난 전부터 한 생각인데 무속도 면허 제도를 시행하거나 급수를 매기는 것도 좋을 것 같아."

"면허 제도요?"

옥수부인이 물었다.

"그래. 영험한 만신들이 심사 위원이 되어서 강신이든 세습이든 기본 심사를 해서 면허를 주는 거야. 주특기와 신빨에 따라서 말이야."

"이야, 그거 좋네요. 면허가 있으면 아무래도 신뢰도 생기고……."

타로가 나섰다.

"하지만 신빨이라는 게 객관적이고 보편적으로 측정할 수 있는 게 아닌데 어떻게 판단을 합니까?"

"그러니까 영험한 만신들이 모여 시범적으로 실시해 보고 보완점을 채워 나가는 거지. 목사로 말하자면 신학대학을 나와야 자격을 받는데 우리는 그 대개 신아버지와 신어머니 등의 개인적인 내림굿 등으로 이어지고 있으니……."

"미류 법사, 어떻게 생각해?"

타로가 미류를 바라보았다.

"모두의 생각이 하나로 합친다면 무속이 좋은 길로 나가는 계기가 되겠지요."

미류가 답했다.

"미류 법사가 언제 협회에 좀 나가봐. 거기 공재명 회장도 만나기를 원하더라고. 누군가 대중의 신망을 받고 있을 때 이슈로 만들어서 체계를 잡으면 좋지. 게다가 미류 법사는 무가(巫家)도 빵빵하잖아? 마고 만신에서 표승 만신으로 이어지는 쟁쟁한 라인이니……."

꽃신의 말을 끝으로 간이 모임을 끝냈다.

무교!

미류가 꿈꾸던 무속의 승화, 혹은 과거의 영화 재현. 그동안의 행적으로 국민들에 대한 이미지는 많이 개선되었다. 하지만 아직도 갈 길이 멀었다. 어떤 종교가 국민들에게 보편적인 사랑과 신뢰를 받으려면 그만한 시간이 필요한 것이다.

신당으로 돌아온 미류는 부적 공부를 했다. 전생신의 신차와 명부의 권능을 담은 부적을 그렸다. 붓을 놓고 부적을 보았다.

그런 게 있으면 얼마나 좋을까? 부적이 가진 신묘함을 측정할 수 있는 측정기. 그런 게 있어 부적의 신기($神氣$)를 수치화할 수 있다면…….

딩동다랑!

늦은 밤 전화가 들어왔다. 화요인가 했는데 표승이었다.

—늦은 밤에 미안하네.

"괜찮습니다. 잘 계시죠?"

—그런 편이었는데 사건이 하나 터졌네.

"사건요?"

—사실 며칠 됐는데 법사 신당에 전화했더니 중국에 갔다길래…….

"예, 일이 좀 있었습니다."

—간 일은 잘 됐고?

"예, 덕분에……."

—혹시 괜찮으면 용궁사에 좀 내려와 줄 수 있겠나?

"용궁사로요?"

—난해한 일이 일어나서 그러네. 자네라면 도움이 될까 싶어서…….

"숭덕 스님 문제입니까?"

—그분의 사숙뻘 되는 스님 일일세. 이쪽에서는 명망 있는 스님이

신데······.

표승이 말끝을 흐렸다. 뭔지 모르지만 심각한 일이 분명했다.

"내려가겠습니다."

─고맙네. 조심해서 오시게.

표승이 전화를 끊었다.

시계를 보았다. 시침이 자시에 닿고 있었다. 표승을 생각했다. 여간해서는 무리를 하지 않는 분이다. 게다가 미류를 아끼는 마음이 오죽한가? 그런 사람이 이 밤에 전화를 했다면······.

'가봐야겠군.'

미류는 자리를 털고 일어섰다. 세상에는 잠보다 중요한 일이 널리고 널렸으므로.

"미류 법사!"

미류가 도착하자 숭덕 스님은 놀라 어쩔 줄을 몰라 했다. 미류가 도착한 시간은 새벽 2시가 조금 넘은 때. 설마 심야에 달려올 줄은 몰랐던 모양이었다.

"여간 급하신 일이 아니면 제게 전화를 했겠습니까?"

미류는 당연한 듯 말했다.

"아무튼 고맙네. 왔으니 들어가게나."

표승이 미류를 안으로 끌었다.

미류와 숭덕, 표승은 대웅전에 자리를 잡았다. 불투명한 창호지 밖으로 소쩍새 소리가 들려왔다.

"큰스님이 말씀하시죠."

표승은 화두를 숭덕에게 밀었다.

"그래야 하겠지?"

숭덕은 무거운 표정으로 묵주를 만지작거렸다.

"실은 말일세……."

향 타는 냄새와 함께 숭덕의 입이 열렸다.

"지금 저쪽 방에 무암 스님께서 와 계신다네."

'무암?'

"미류 법사는 잘 모를 수도 있지만 우리 불교계에서는 큰 어른이라고 할 수 있지. 몇 년에 한 번씩 저 위 토굴에 오셔서 수행을 하시는데……."

"……."

"이번에도 한 달을 예정으로 수행에 들어가셨다가 들려 나오셨다네."

"……?"

"나이가 있으시지만 건강 때문은 아니라네. 올라가시기 전에는 짱짱하셨거든. 걱정할 거 없으니 중간에 사람을 보내지도 말라하셨고."

"그런데 왜?"

"그걸 모르겠단 말일세. 내가 묘우를 시켜 며칠에 한 번씩 안녕을 체크했는데 며칠 전부터 기척이 없다고 해서 올라가 봤더니……."

"……."

"좌선한 채 의식이 없으셨네. 그게… 의식이 없다고 하기도 뭣하지만 말이야."

"그 말씀은……."

"이걸 어떻게 말해야 할지 모르지만… 어떤 순간에는 움직이신다네."

"……?"

"그러니 어찌 보면 아직도 수행 중인 것 같고 또 어찌 보면 의식이 가라앉은 것도 같고……."

'잡귀의 소행?'

그 말이 떠올랐지만 얼른 삼켜 버렸다. 숭덕 스님이 인정하는 분이라면 상당한 법력을 갖춘 분일 터. 그런 사람의 기도처에 잡귀 따위가 범접할 리는 없었다.

"일단 방에 모시고 표승 만신과 내가 살펴보았는데 답이 안 나와서 말일세. 어쩌면 우리가 모르는 구천의 잡신 소행인가 싶기도 해서 말일세."

"……."

"한번 보시겠나?"

"제가 도움이 될 리 없겠지만 한번……."

"그럼세."

미류 말을 들은 숭덕이 자리를 털고 일어섰다.

"지금 말입니까?"

미류가 물었다.

"먼 길을 오신 법사가 아닌가? 게다가 잡귀 잡신이라면 지금 확인하기가 더 쉽지 않을까?"

그건 틀린 말이 아니었다. 야심한 밤, 잡귀 잡신이라면 지금이야말로 기세가 성성할 때였다.

"가세. 잠을 주무시는 것도 아니라네."

숭덕이 대웅전 문을 열었다. 미류는 뒤를 따르는 수밖에 없었다.

덜컥!

문이 열렸다.

"……!"

순간 숭덕과 표승의 얼굴에 놀라움이 스쳐 갔다.

"또 돌아앉으셨군."

숭덕이 한숨을 쉬었다. 이어진 설명에 의하면 하루에도 몇 차례 이렇게 돌아앉는다는 것이다. 말도 없고 숨소리도 위태로운 좌선의 노스님. 처음에는 누군가 다른 스님이 움직여 놓은 것으로 알았다. 하지만 그런 스님은 없었다. 믿기지 않지만 스스로 돌아앉는 것이다.

숭덕은 정성껏 무암의 몸을 움직여 벽 쪽으로 밀어놓았다.

"보시게."

숭덕이 미류를 바라보았다. 미류는 합장으로 인사를 올리고 무암을 바라보았다. 얼굴은 무표정했다. 하지만 좌선한 자세만은 꼿꼿하고 화평해 보였다. 어쩌면 하나의 생불을 보는 것도 같은 상황. 하지만 숭덕의 말대로 혼자 힘으로 돌아앉는 것만은 불가능해 보였다.

미류는 무암의 맞은편에 자리를 잡았다.

쩔겅!

신방울을 꺼내 한 번 흔들었다. 무암의 뜬 눈은 꿈쩍도 하지 않았다.

'실례하겠습니다.'

마음으로 인사를 전한 미류가 그의 운명창을 열었다.

"……!"

몇 개의 운명창을 본 미류의 눈이 휘둥그레졌다.

[건강운 上上 100%]

[명예운 上上 100%]

[재물운 下下 100%]

미류는 고개를 저었다. 있을 수 없는 일이 일어난 것이다. 미류는 운명창에 영시를 집중했다. 아무것도 보이지 않았다. 무암의 운명창 속은 그저 숭고한 흰 빛뿐이었다.

"좋지 않으신가?"

뒤에 있던 표승이 물었다.

"그게……."

미류는 대답하지 못했다. 100%의 운은 극상 중에서도 극상이었다. 예컨대 건강운이 100%라면 펄펄 날아야 했다. 명예운이 100%라면 노벨상이라도 받아야 했다. 그도 아니면 막사이사이상이라도…….

'한 번 더 실례합니다.'

차분하게 전생률을 펼쳐냈다.

무암의 전생은 두 번이 있었다. 한 번은 거지였다. 하지만 그는 빌어먹는 일만 하지 않았다. 다른 거지들을 도우며 거지 성자로 살았다. 가난하지만 빛나는 성자였다. 두 번째는 중국에서 큰 절의 지게꾼으로 살았다. 평소에는 나무를 하고, 혹은 늙은 고승들의 동굴 벽면 기도를 도왔다. 힘이 장사라 그들을 산꼭대기의 동굴까지 날랐던 것이다.

그는 고승들을 지고 나를 때가 가장 행복했다. 그들 중 세 고승이 소신공양을 했다. 소신공양은 등신불과 비슷한 측면이 있다. 다른 점은, 전자는 온몸을 태우는 것이고, 후자는 완전히 타는 것이 아니다. 소신공양을 하는 스님들은 해탈과 열반의 경지에 있었다. 그분들을 지면 무게감도 없었다. 지게꾼은 소신공양한 고승들을 볼 때마다 생각했다. 그 자신도 다음 생에 신실한 불심을 얻으면 소신공양을 하겠다고.

"다음 생에는 스님이 될 수 있게 부탁드립니다."

지게꾼이 죽을 때 주지 스님에게 남긴 마지막 유언이었다. 소원대로 그는 한국에서 태어나 신실한 스님이 되었다. 두 전생의 인과에 따라 겸손하고 말없는 수행으로 후배들의 존경을 받았다. 숭덕 또한 그를 존경하고 있었다.

'소신공양…….'

거기서 미류의 감응이 멈췄다.

무암 스님······.

돌아앉고 있었다. 누가 도와 준 것도 아니었다. 그런데 불가사의한 힘으로 돌아앉는 이유는 무엇인가? 미류는 문득 스님처럼 돌아앉아 보았다. 아까 들어올 때의 자세였다. 그 시선은 문을 향하고 있었다.

"큰스님!"

"말씀하시게."

"혹시 그 수련 동굴이 이 문밖 방향입니까?"

"그러네만······."

"혹시 무암 스님께서 찾아오셨을 때 다른 말씀은 없었습니까?"

"특별한 말씀은··· 늙어 마지막 정리를 하러 오셨다고만······."

마지막!

그 단어가 미류의 의식을 베고 지나갔다.

"큰스님, 죄송하지만 무암 스님의 전생을 한번 봐주시겠습니까?"

"스님의 전생을?"

"보셔야 할 것 같습니다."

"······."

"보시죠."

숭덕이 주저하자 표승이 미류를 거들었다. 결국 미류는 무암과 숭덕을 두고 3자 감응을 시도하게 되었다.

—거지 성자.

—신실한 지게꾼.

—그리고 그가 꿈꾼 열반······.

"······!"

감응이 끝나자 숭덕의 눈이 벼락처럼 떠졌다.

"미류 법사?"

미류는 바라보는 그의 목소리가 떨렸다.

"제 생각에는……."

미류는 말끝을 흐렸다.

무암이 갈 길은 소신공양!

막아서는 안 될 길. 그러나 입 밖으로 내기 조심스러운 일. 미류는 그저 이심전심으로 통하기만을 바랄 뿐이었다.

"오오……."

숭덕은 무암을 바라보았다. 착각인지, 무암의 입가에 맺힌 미소가 조금 더 커진 것 같았다.

"거기 태초 있는가?"

마당에 내려선 숭덕이 다른 스님을 불렀다. 스님이 나오자 숭덕은 은밀한 지시를 내렸다. 덩치가 우람한 스님은 무암을 그대로 안아들었다.

소쩍!

소쩍새 소리가 먼 곳에서 들려왔다. 하지만 미류 귀에는 '북쪽'으로 들렸다. 무암 스님이 갈 길을 노래하는 것처럼.

스님은 산 중턱의 동굴에 무암을 내려놓았다. 원래 수행하던 그 자리였다.

"스님……."

합장하는 숭덕의 눈은 축축하게 젖었다. 무암을 들고 온 스님도 그랬다.

다음 날 아침, 숭덕은 스님들과 함께 동굴을 찾았다. 미류와 표승, 묘우 스님도 함께였다. 동굴이 가까워지자 냄새가 끼쳐왔다. 약간 탑

탑하지만 향내를 닮은 냄새였다.

"오, 나무아무타불 관세음보살!"

숭덕은 그 자리에서 무릎을 꿇었다. 다른 스님들도 그랬다. 동굴 안에 있는 무암 스님 때문이었다. 스님은 그 자리에 있었으나 지난밤의 모습이 아니었다. 그저 뼈와 재로 남은 것이다.

혼자서는 잘 움직이지도 못할 모습의 무암 스님. 어떻게 소신공양을 한 걸까? 부처께서 도운 걸까? 그건 풀지 못할 의문이었지만 누구도 입 밖에 내지 않았다. 중요한 것은 스님이 저 홀로 소신공양을 했다는 사실이었다.

후욱!

무암 스님은 그렇게 열반에 들었다. 열반은 불어서 끄는 것, 혹은 불어서 꺼진 상태를 이르는 말. 일체의 번뇌와 고뇌가 제로가 된 것이니 보통 사람들의 말로 치면 완전한 평화라고 볼 수 있었다.

[건강운 上上 100%]

[명예운 上上 100%]

[재물운 下下 100%]

미류는 그제야 운명창의 지수를 이해하게 되었다. 완전한 평화를 얻었으니 육체적 건강의 극치에 이르는 100%였다. 스스로 소신공양을 이루었으니 명예 또한 극상에 도달. 마지막으로 재물 역시 다 비웠으니 下下, 그러나 마음을 가득 채운 채 떠나갔으니 재물창이 100%가 된 것이다.

똑똑똑!

숭덕 스님이 목탁을 울릴 때 미류는 보았다. 타버린 뼈와 가루 위로 아른거리는 무암 스님의 혼. 스님은 숭덕 스님 앞에 잠시 서는 듯하더니 미류에게로 다가왔다.

'고맙네.'

바람 소리였을까? 무암의 인사말이 들리는 듯했다.

'편히 가세요.'

미류도 바람 소리처럼 답례를 했다.

소신공양!

소문은 노도처럼 퍼져 나갔다. 전국 각지에서 고승들의 방문이 잇따랐다. 방송 또한 그냥 넘어가지 않았다. 무암은 성불로 각인되었다.

장례식은 조촐하게 치러졌다. 그건 평소 그의 뜻이었다.

'번거롭지 않게 하라.'

그의 제자들의 확인도 이어졌다.

"미류 법사님!"

몇몇 아는 기자들이 다가왔다. 성불의 현장, 미류가 있는 것이 예사롭지 않은 모양이었다.

"혹시 무암 스님의 소신공양과 관련이 있으신지요?"

질문 공세가 쏟아졌다. 미류는 당연히 입을 닫았다. 소신공양은 무암의 신념이자 불성의 결과였다. 미류가 조금 도왔기로 표시 낼 자리가 아니었다. 하지만 결국 그 말이 새고 말았다. 숭덕 스님께서 미류의 공을 만천하에 밝힌 것이다. 불교 관계자들 중에 무암과 각별한 고승들이 감사를 전해왔다.

"저는 단지 그분의 전생과 연계하여 약간의 도움을 준 것뿐입니다."

겸손하게 때웠지만 방송은 미류를 부각시켰다. 덕분에 또 다른 종교 지도자들과 자리를 함께하는 영광을 누렸다. 무암 스님은 종교의 벽을 깬 사람. 타 종교에 관계가 돈독한 지도자들이 많았으니 그들이 장례식에 참석을 한 것이다.

"법사님!"

장례가 끝난 다음 날, 묘우가 뭔가를 들고 달려왔다. 그게 뭔지 미류는 단숨에 알았다. 자장면이었다.

"이거 주방장 스님이 드리래요. 이번에는 자장면을 못 만들어 드렸다고 특별히 따로 만들었대요."

묘우가 덮개를 열자 푸짐한 자장면이 모습을 드러냈다.

"우와, 완전 맛있겠는데?"

미류가 군침을 넘겼다.

"그렇죠? 주방장 스님이 산에서 따온 귀한 버섯을 많이 넣었대요. 무암 스님 도와주셔서 고맙다고……."

"주방장 스님도 그분 밑에서 배우셨니?"

"2년 정도 공부했대요. 무지무지 존경한대요."

"그랬구나."

"그럼 맛나게 드세요."

"아니, 잠깐!"

돌아서는 묘우를 미류가 잡았다.

"자장면 말이야, 원래 혼자 먹으면 맛없거든. 같이 먹지 않을래?"

"정말요?"

"그럼. 이거 양이 너무 많잖아? 나 요즘 다이어트 중이거든."

"주방장 스님에게 혼날 텐데……."

"괜찮아. 나 혼자 먹었다고 말해줄게."

"그럼 먹을게요. 실은 냄새가 좋아서 침이 막 넘어갔거든요."

묘우가 바짝 다가앉았다.

후루룩! 호륵!

자장면은 잘도 넘어갔다.

"그런데 법사님."

"응?"

"하라는 언제 돌아와요?"

"글쎄, 그쪽 스케줄이 자꾸 생기는 거 같던데… 왜? 하라 보고 싶어?"

"쳇, 보고 싶으면 뭐해요."

갑자기 묘우의 목소리가 낮아졌다.

"왜?"

"하라는 이제 유명 가수잖아요? 나 같은 건 잊어버렸을 거예요."

"묘우 스님이 어때서?"

"나는 머리카락도 빡빡이고… 엄마 아빠도 없고……."

대답하는 묘우의 눈에 눈물이 서렸다.

"흐음, 그건 하라 말하고 반대인데? 엊그제도 통화하니까 묘우 오빠 너무너무 보고 싶다고 하던데?"

"정말요?"

"어디 보자. 하라가 전화를 받으려나?"

미류는 미국 번호를 눌렀다. 다행히 하라가 받았다. 미류는 핸드폰을 묘우에게 넘겨주었다.

"하라야, 나 묘우야, 묘우!"

묘우의 표정은 돌연 밝아졌다. 미류는 남은 자장면을 비워냈다. 그때까지도 묘우는 전화를 끊을 생각이 없어 보였다.

'국제전화비 좀 나오겠는걸.'

미류가 혼자 웃었다. 묘우의 자장면은 퉁퉁 불어가고 있었다.

목숨이 꺼지는 이유

―오빠!

하라가 프랑스에서 전화를 걸었다. 에펠탑 앞이라고 했다.

"이야, 우리 하라 이제 세계적인 가수네."

미류는 마음껏 축하를 해주었다.

―용궁사는 잘 다녀왔어?

"그럼!"

―묘우 오빠도 내 노래 들었대.

"당연하지. 넌 이제 인기 가수라니까."

―나 갈 때까지 언니들 많이 만나지 마. 알았지?

"예, 명령을 받들겠나이다. 하오니 공주님은 건강하게 순회공연 마치고 돌아오시옵소서."

―알았어, 오빠, 잘 있어. 쪽!

마지막 소리는 키스 소리였다. 미류는 웃으며 전화를 접었다.

"이모, 점사 시작합니다!"

쩔겅!

방울을 흔들며 하루 일과를 알렸다.

문이 열리자 눈에 익은 귀부인이 들어왔다. 송송탁구방의 탁정자였다. 그녀는 또 다른 사모님을 동반하고 있었다.

"사모님!"

미류가 반가이 그녀를 맞았다.

"놀랐죠? 오랜만이에요."

"네… 오시면 오신다고 말씀이라도 하시지."

"아유, 우리 법사님이 동에 번쩍 서에 번쩍 하는데 어떻게 민폐를 끼쳐요. 티베트에도 다녀오시고 용궁사에서 유명한 스님 소신공양도 도왔다면서요?"

그녀는 미류의 모든 것을 기억하고 있었다.

"아무튼 막 자랑스럽기도 하고 섭섭하기도 하고 그래요."

"섭섭하신 건 왜?"

"우리가 후원회 해드린다고 그랬잖아요? 그런데 영 날짜를 안 받아주시니… 요양 병원 준공식 때는 불러주시려나 몰라."

"아, 그거요."

"하실 거예요, 마실 거예요? 사실 제가 오늘 대표로 담판 지으러 왔어요."

"사모님들께 폐가 될까 싶어서 그냥 넘겼는데… 원하시면 날을 받아주세요. 제가 시간을 비우겠습니다."

"정말이죠?"

"그럼요. 제 몸주를 두고 약속합니다."

미류는 등 뒤의 무신도를 보며 말했다.

"그럼 됐어요. 저는 그 일 때문에 왔으니 퇴장하고요, 여기 우리 손 여사님 좀 잘 부탁드려요. 저랑 친구뻘이거든요."

탁정자가 사모님을 가리켰다. 아마 그녀의 추천으로 온 모양이었다. 탁정자는 사모님과 미류를 번갈아 보고는 신당을 나갔다.

"고명은 익히 들었습니다."

사모님이 입을 열었다. 기품이 서리지만 깊지는 않았다. 탁정자가 데려올 정도면 일반 가정주부는 아닐 것. 왕림에 보답하기 위해 운명 창을 살펴보았다.

[父]

명예창 안에 남편이 보였다. 조금 더 깊이 보니 [政治]라는 단어가 있었다. 사모님의 남편은 정치가. 그 문제로 미류를 찾아온 것이다.

정치. 현재는 대선 정국이었다. 그렇다면 이 여자는?

'성병재의 아내?'

미류의 미간이 살짝 구겨졌다. 성병재라면 현재 집권 여당의 간판 스타. 정대협과 양강을 이루는 대선 후보의 하나인 것이다.

"부군 때문에 오셨군요?"

미류가 담담하게 물었다. 신당에 들어온 이상, 그녀도 한 사람의 손님이었다.

"예, 이게 제 남편의 사주입니다."

사모님이 사주 봉투를 내놓았다.

"이번에 빛을 보시려는지… 남편의 일이지만 내조를 해야겠기에 불안한 마음에 도움을 얻으려 왔습니다. 탁 여사 말이 법사님께서 용하시고 또 용하다기에……."

사모님의 말을 들으며 다른 창을 엿보았다.

[錢] [子]

영시를 쏘이자 재물창과 가정창 안에서 글자나 나왔다. 돈 전(錢) 자에는 불손한 원성이 덕지덕지 붙었다. 여기저기서 긁어모은 돈으로 치부한 재산이었다. 아들 역시 맑지 않았다. 그 시기를 짚어보니 병역 문제일 확률이 높았다.

"부군께서 높은 꿈을 꾸고 계시는군요?"

"예… 맞습니다."

"잠시만요."

쩔겅!

미류는 신방울을 흔들며 무신도를 향해 돌아앉았다. 주문을 외우며 방울을 흔들었다.

절겅쩔겅쩔겅겅!

그러다 문득 방울이 멈추었다. 미류는 굳은 표정으로 돌아앉아 결과를 알려주었다.

"죄송하지만 이 점사는 제가 보기 어렵습니다."

"예?"

"부군의 기가 높고 창창해 제 몸주의 힘으로는 차마 가늠하기가 벅찹니다."

물론 거짓말이었다. 미류는 아무것도 하지 않았다. 그저 시늉을 한 것뿐이다. 그는 어차피 낙선할 사람. 예전 같으면 교언영색으로 부적도 팔고 굿도 권해 한 밑천 마련할 수도 있었겠지만 지금의 미류에게는 바른 길이 아니었다. 그런 일로 몸주를 팔 수 없었다.

"법사님… 복채가 적다면 제가 얼마든지……."

"아닙니다. 진심입니다."

"솔직히 말씀드리면 여기 오기 전에 다른 무당도 두 분이나 만났습니다. 그분들은 한결같이 저희 부군께서 대권운이 있어 이번에 광영을 맞을 거라 했습니다. 다만 법사님께서 워낙 무력(巫力)이 높으시다니 확인 차 온 것인데……."

"죄송합니다. 보시다시피 제가 아직 애동 처사라 기가 센 대수님들의 점사는 나오지 않을 때가 많습니다. 저라고 돈이 싫겠습니까? 능력만 닿는다면 어떻게든 해보겠지만……."

"그럼 언제 오면?"

"그보다는 공덕을 쌓으시는 게 좋겠지요. 얼핏 보니 그간 정사에 바빠 베푸심이 넉넉하지 않은 것처럼 보였습니다. 어차피 대권이라는 건 공덕 또한 그만치 높이라는 것이니……."

"공덕을 어떻게 쌓으라는 건지요?"

"소리 없이, 아픈 사람들에게, 진심으로… 그거면 족하지 않을까요?"

"그럼 부적이라도 한 장 부탁드려요."

사모님이 봉투 하나를 내놓았다. 복채는 봉평댁이 이미 접수했을 일. 미류는 그녀에게 부적을 한 장 내주었다. 추가된 복채는 바른 일에 쓰면 될 일이었다.

〈健康守護符〉

"소문하고는 영 다르군요."

부적을 받아 든 사모님의 목소리가 살짝 뒤틀렸다. 원하는 걸 얻지 못하자 빈정거림이 섞여 나온 것이다.

"송구합니다."

미류가 답하자 사모님은 찬바람을 일으키며 일어섰다.

'그게 당신 진짜 모습이었군.'

미류가 혼자 웃었다. 성병재가 왜 낙선하게 되는지의 한 단서였다. 저런 여자가 퍼스트레이디가 된다면 청와대 꼴이 어떻게 될까? 자기에게 아부 떠는 사람은 높여주고 바른말을 하는 사람은 눌러 버릴 게 뻔했다. 저런 여자의 남편은 어떨까? 어차피 끼리끼리 만났을 판이었다.

쉬는 시간에 정대협의 비서실장이 전화를 걸어왔다. 정대협이 공식 방문을 원한다는 말이었다.

"제 신당으로요?"

우려가 앞섰지만 비서실장이 씻어주었다.

—지금 후보님께서 모든 종교를 망라해 지도자들을 만나 국익과 국민 화합을 위한 고견을 듣고 있습니다. 무속 대표로는 법사님을 지정하셨으니 덕망 있는 분들이 계시면 함께 만나셔도 좋다고 합니다.

"예… 그러시다면야……."

미류가 수락했다. 정대협에게 부담을 주고 싶지 않았다. 그러나 모든 종교를 망라해서 만날 생각이라니 부담이 한결 덜했다.

'어쩐다?'

표승을 불러야 했지만 시간이 넉넉지 않았다.

—나 같은 늙은이가 무슨… 게다가 이미 신밥에서 숟가락을 놓았거늘…….

전화를 받은 표승은 예상대로 나왔다.

"그럼 다른 분이라도 추천해 주세요. 두어 분이면 좋을 것 같습니다."

—협회 회장하고 우담 만신, 그리고… 신몽 만신이면 어떠신가?

"협회 회장이오?"

—우리 미류 법사께서 언젠가 그런 말을 하지 않았나? 무속은 무교가 될 수 없냐고? 무속인은 왜 다른 종교 지도자들처럼 대통령께 국가를 위한 조언을 하지 못하냐고?

"그랬죠."

—지금 미류 법사는 물론 무속인의 대표임에 분명하네. 능력이나

행실로 봐서 말일세. 하지만 그런 꿈들이 이루어지려면 무속인들이 한목소리를 내고 한마음으로 뭉치는 것도 중요하지. 그렇다면 협회의 참여 또한 필수불가결한 일이네.

"예⋯⋯."

─그렇잖아도 내가 회장과 통화를 했다네. 미류 법사가 사심이 없고 오직 무속의 중흥만을 원하니 많이 도와주시라고⋯⋯.

"⋯⋯."

─그 양반이 더러 욕도 들어먹지만 그래도 근자의 회장치고는 가장 무난한 사람이네. 이럴 때 대우해 주면 미류 법사도 얼굴이 좀 날 걸세.

"알겠습니다."

통화를 끝낸 미류는 협회에 전화를 걸었다. 공식적인 통화는 처음이었다. 회장은 사발 만신. 안양 지방에서 사발점으로 명성을 떨치던 사람이었다. 표승 덕분인지 그는 미류를 반겨주었다. 미류의 제의도 흔쾌히 받아주었다.

─참석하겠네.

그의 수락이 떨어졌다. 나머지 우담 만신과 신몽 만신 역시 미류의 청을 거절하지 않았다.

공식 만남!

명칭이 다르니 살짝 긴장도 되었다. 정대협을 만난 건 한두 번이 아닌 일. 하지만 이제는 무속계의 대표자로서 만나는 자리였다.

마음을 달래기 위해 다시 신단으로 돌아갔다. 미류의 마음과 상관없이 예약 손님들이 기다리는 까닭이었다.

새로 들어온 사람은 젊은 남자였다. 나이는 미류보다 조금 더 먹었을까? 반듯한 외모에 바른 시선이 눈길을 끌었다.

"아내 문제로 왔습니다."

남자가 입을 열었다.

"예, 계속 말씀하세요."

"이 사람이 제 와이프인데……."

남자가 사진을 내놓았다. 갸름하고 해사한 여인이 보였다. 어쩌면 코스모스처럼도 보였다. 미류는 그 사진을 영시했다. 여자는 코스모스의 가냘픈 줄기처럼 위태로웠다. 명이 경각에 달린 것이다.

"위독하군요?"

미류가 말했다.

"그렇습니다."

대답하는 남자의 눈에서 툭, 눈물이 떨어졌다.

"뭘 도와드릴까요?"

"저희는 결혼한 지 고작 3년 차입니다. 어떻게 보면 아직 신혼이지요."

"예……."

"저는 의사인데… 혈액 알레르기와 공포증이 있었습니다. 그걸 감추기 위해 폭음도 했고 아내에게도 폭행까지 일삼으며 모질게 굴었지요. 아내의 집안이 변변치 못하다는 걸 핑계로 말입니다. 한마디로 개망나니에 다르지 않았습니다. 아내에게는 말입니다."

"……."

"하지만 아내는 묵묵히 참으며 내조를 했습니다. 몸에 좋다는 건 백방으로 나서 찾아왔고 때로는 지리산까지 들어가 약초꾼들을 따라다니며 자연산 귀한 약재를 가져오기도 했습니다."

"……."

"아내가 구해온 약 덕분에 핸디캡을 극복했습니다. 그것만 먹으면 혈액 알레르기나 공포증이 느껴지지 않거든요. 그러니 그녀는 오직 저를 위해 살았다고 봐도 과언이 아니었습니다."

"예……."

"그녀는 아주 씩씩했습니다. 가냘프지만 감기 한 번 걸리지 않았거든요."

"……."

"아내의 헌신적인 내조 덕분에 저는 성격도, 건강도 좋아졌습니다. 뼈만 앙상하던 제가 이제 표준체중을 유지하고 있으니까요. 그렇게 전문의 과정을 끝냈으니 이제 고생도 끝난 셈이지요."

"……."

"그런데 아내가 갑자기 쓰러졌습니다. 아무런 이유도 없이……."

"……."

"제 병원에서도 병명이 나오지 않는데 아내는 지금 사경을 헤매고 있습니다."

목이 멘 남자가 고개를 떨어뜨렸다. 위태롭게 떠는 어깨가 안쓰러워 보였다. 남자는 고개를 숙인 채 남은 말을 이어놓았다.

"아내가 그런 말을 합니다. 이제 자기는 떠나야 한다고."

"할 일을 다했기 때문에!"

"예?"

놀란 남자가 고개를 들었다. 자기 아내가 한 말과 똑같은 말이 미류 입에서 나온 까닭이었다.

쩔겅!

미류가 신방울을 흔들어 주의를 환기시켰다. 남자는 고개를 든 채 석고상처럼 굳어 있었다.

"당신의 전생을 보았습니다."

"제 전생?"

"당신 아내와의 인과……."

"……."

"아내를 살리고 싶나요?"

"그야 물론이죠. 제 목숨을 주어서라도 살릴 수만 있다면……."

"하지만, 어려울 겁니다."

"아닙니다. 말씀만 해주세요. 제 눈 하나를 주라면 줄 것이며 간의 반을 떼어주라고 해도 할 겁니다."

"그렇겠죠. 그렇기에 할 수 없다는 겁니다. 당신은 이제 아내를 진심으로 사랑하고 있으니까요."

진심. 미류가 그 단어에 힘을 주었다.

"그렇습니다. 처음에는 아니었지만 이제 저는 아내 없이 살 수 없습니다."

"허헛!"

미류 입에서 장탄식이 흘러나왔다.

"제발 방법을 알려주십시오. 뭐든지 하겠습니다. 진짜 뭐든지……."

"당신께서……."

미류는 겨우 숨을 고른 후에 남은 말을 이어주었다.

"아내를 살리고 싶다면 다시 병에 걸리고 아내를 학대해야 합니다."

"……!"

미류 말을 들은 남자의 얼굴이 벼락처럼 치솟았다.

"할 수 있겠습니까?"

미류가 다시 물었다. 남자의 동공에 지진이 이는 것이 보였다. 처음에는 아내를 모질게 학대했던 남자. 아내의 진심으로 고난을 극복하자 그녀의 참사랑에 감동하게 되었다. 이제는 아내 없는 삶을 생각할 수도 없게 된 일. 그런데 그런 아내를 다시 학대하리라니? 다시 병에 걸리라니? 그 길이 아내의 목숨을 살리는 일이라고?

"죄송하지만 이유를 알고 싶습니다!"

남자의 눈이 창날처럼 따갑게 미류를 겨누었다.

음양(陰陽)!

이제는 하도 들어 다 아는 것 같지만 그래도 짚어보면 여전히 심오하다. 대표적인 것으로 천지(天地), 명암(明暗), 남녀(男女) 등을 들 수 있다. 인간은 원하던 원하지 않던 간에 이 영향을 받는다.

한 여자가 있다. 한 남자가 있다.

음과 양이 서로 만난다. 그런데 한쪽에서 마음이 없다. 이루어질 수 없기에 헤어지게 된다. 흔히 하는 말에 여자가 더 좋아하면 그 사랑은 이루어지지 않는다는 속설이 있다. 행복하고 싶으면 자기가 좋아하는 사람이 아니라, 자기를 좋아하는 사람과 결혼하라는 말도 있다.

미류는 궁합으로 돌아갔다. 한 남자가 있었다. 처음에는 여자를 좋아하지 않았다. 하지만 그 여자의 지고지순한 희생에 반했다. 마음을 고쳐먹고 보니 그런 여자가 없었다. 이제는 그 여자 없이 살 수 없는 지경이 되었다. 처음에는 맞지 않던 음양의 조화가 시간의 흐름에 따라 완벽하게 들어맞은 것이다.

그런데 여기서 여자가 빠이빠이를 외친다. 남자의 입장에서는 이제 막 사랑에 눈을 뜨고 여자의 참된 가치를 알아본 상황⋯⋯.

인생은 조금 늦거나 조금 빠른 것. 남자의 생이 그런 것일까?

"눈을 잠깐 감으세요."

미류가 두 손을 들었다. 남자는 무릎 위에서 주먹을 그러쥔 채 눈을 감았다. 미류는 천천히 전생령을 감응시켰다. 남자의 의식이 하늘로 날았다. 미류도 함께 날았다.

인도가 나왔다. 남자의 전생은 하층계급인 수드라였다. 청년은 가난했다. 이웃 마을의 여자와 결혼을 했다. 그 여자 역시 가난했다. 그 생에서 남자는 위가 좋지 않았다. 어릴 때 굶주림에 겨워 독버섯을 잘못 먹는 통에 상해 버린 것이다. 결혼한 후에는 위가 더 나빠졌다. 그럼에도 불구하고 다행히, 신혼 초에는 자상한 남편이었다.

남자는 새벽부터 열심히 일했다. 그래도 먹을 것조차 넉넉하게 살수 없었다. 때로는 배가 아파 굶었고 때로는 먹을 것이 없어 굶었다.

"내가 의사라면……."

아내는 늘 남자 걱정뿐이었다. 그녀가 현생의 아내였다. 아내는 그때도 남편을 위한 방편을 찾아다녔다. 스님을 찾고 현자를 찾고, 심지어는 순례자로 온 이방인들에게도 도움을 청했다.

"이걸 먹여보시오."

순례자 중의 하나가 약을 나눠주었다. 그게 문제였다. 마약이었던 것이다. 약을 먹은 남편은 잠깐 고통에서 벗어났지만 이후로 더 큰 통증을 앓게 되었다. 이때부터 변했다. 남자는 아내를 폭행하기 시작했다. 인정사정도 없었다.

"잘못했어요. 어떻게든 내가 약을 찾아볼게요."

아내는 남자를 탓하지 않았다. 잠도 자지 않고 갠지스 강에 나가 기도를 했다.

"그이를 낫게 해주세요. 그럼 제 모든 것을 드리겠나이다."

그러나 아내의 소원은 이루어지지 않았다. 결국 남자는 통증에 겨워 죽음을 맞이하고 말았다. 아내는 남자를 갠지스 강에 띄웠다.

─다음 생에는 의사로 태어나세요.

─다음 생에 다시 당신을 만나, 그래도 아프다면 그때는 어떻게든 병을 고쳐 드릴게요.

아내의 기도는 두 가지뿐이었다. 기도는 남편의 시신이 보이지 않아도 계속되었다. 아내는 기도 속에 생을 마감했다. 남편을 따라간 것이다. 그리고 마침내 남편을 따라 이 생에 온 것이다.

쩔겅!

신방울 소리와 함께 현실로 돌아왔다.

"법사님?"

남자가 발딱 고개를 들었다.

"그게 당신의 전생입니다. 지금, 당신의 아내… 그때의 아내이고요. 그때 당신에게 다하지 못한 사랑과 의무를 마치기 위해 이 생까지 따라온 모양입니다."

"맙소사!"

"그런데 이제 당신의 몸이 나았지 않습니까? 그러니까 그녀는 애절하던 임무를 완수한 겁니다."

"임무 완수, 그래서 귀대?"

"군대용어로 하면 그렇겠군요. 애당초 그녀의 염원이었습니다. 그 염원에 감동한 신께서 이 생의 동반을 허락해 준 거고요."

"그래서 아내가 카레를 좋아했군요. 갠지스 강도 그렇게 가보고 싶어 하고……."

"그럴 수도 있지요."

"신혼여행도 그리 가자는 걸… 제가 스페인으로 틀었거든요. 아아, 그때 그걸 알았더라면……."

남자는 자괴감에 겨워 고개를 저었다.

"그래서 목숨이 다한 겁니다. 이번 생에 온 목숨의 조건이 당신을 고치는 것이었으므로……."

"그럼 그 말은 무슨 뜻입니까? 아내를 살리려면 아내를 버려야 한다는 것."

"은유적이죠. 당신이 다시 폭군 남편으로… 혈액 공포증과 알레르기가 있다고 했나요?"

"예……."

"약을 먹으면 괜찮다고요?"

"예……."

"말씀드리기조차 마음 아픈 일이지만… 당신이 다시 그 길을 간다면 아내는 죽지 않을 겁니다. 대신, 당신도 아내도 괴로운 삶을 살게 되겠죠. 당신은… 이제 사랑하는 그녀를 일부러 괴롭혀야 할 테니까요."

"그건 안 됩니다. 천사 같은 사람을 어떻게… 차라리 내가 목을 매고 죽으면 몰라도……."

"……."

"다른 방법은 없습니까? 이렇게 애원합니다."

다른 방법?

한 가지가 있기는 했다. 그건 바로 그녀의 전생을 지우는 것. 그렇게 되면 전생 과업을 망각하게 되니 임무 완수 후 귀천(歸天)을 잊을 수 있었다. 하지만, 두 가지 문제가 걸렸다. 첫째는 그녀의 목숨이 이렇게 맞춤형으로 세팅되어 왔을 수 있다는 것. 그러니까 그녀의 자아 완성에 있어 아주 중요한 생일 가능성이 높았다.

또 하나는 그 애절한 전생을 망각하면 목숨은 부지하되 지금처럼 애틋한 사랑을 하지 못할지도 모른다는 것. 둘 다 남자가 바라는 결과는 아닐 터였다.

"아내는 지금 어디에 있나요?"

"집에 있습니다. 그리 멀지 않습니다."

"그럼 연락처 남기고 가 계십시오. 제가 예약 손님 마치고 방문하겠습니다."

"그래주시겠습니까?"

"방법이 있을지 한번 살펴나 보려는 겁니다. 너무 기대는 말아주십시오."

"알겠습니다. 고맙습니다, 고맙습니다!"

남자는 거푸 인사를 남기고서야 신당을 나갔다.

"이모, 신당 정리 좀 부탁해요. 손님 오시는 거 알죠?"

점사를 마친 미류가 거실로 나왔다.

"어디 가시게?"

"마무리 점사가 남아서요."

"걱정 말고 다녀오셔. 신당은 내가 파리가 미끄러지도록 닦아놓을 테니까."

"그럼 부탁해요."

미류는 대문을 나섰다. 그 발길이 랜드로버로 향할 때 뒤에서 남자 목소리가 들렸다.

"법사님!"

"아직 안 갔어요?"

"법사님 모시고 가려고요."

"……"

"죄송합니다. 그게 도리인 거 같아서……."

남자가 차 문을 열었다. 별수 없이 그 차를 타는 수밖에 없었다.

"고맙습니다."

핸들을 잡은 남자가 한 번 더 인사를 건넸다.

"내가 더 고맙죠."

"어째서요?"

남자가 돌아보았다.

"선생님 직업이 의사잖아요? 원래 의사들은 무속에 가깝지 않죠. 아니, 일반적으로는 무속을 금기시한다고 해야 하나요?"

"그런 분위기가 없는 건 아니죠. 저도 한 번이었지만 어떤 무속인이 귀신을 쫓는다고 환자를 가둬서 병을 악화시킨 경우를 봤거든요."

"진짜 귀신에 씐 경우도 있답니다."

"……."

"아무튼 그래요. 직업이 의사인데 의학적으로 판단하지 않고 저를 찾아오셨으니……."

"제겐 지푸라기라도 필요하거든요. 그리고 솔직히 말해서 무속을 다 믿지는 않지만 아주 믿지 않는 것도 아니지요. 저희도 징크스 같은 게 있으니까요."

"징크스?"

"우리 부원장님은 안경 낀 간호사와는 수술을 안 하십니다. 고양이를 본 날도 그렇고요. 그러면 꼭 사고가 난다나요? 그런 것도 따지고 보면 다 미신이잖습니까?"

"그렇죠."

"게다가 제 아내는 딱히 병명이 있는 것도 아니고… 그러다 보니 법사님을 생각하게 되었습니다."

"기대에 부응해야 할 텐데 사안이 사안인지라 걱정이군요."

"괜찮습니다. 사실 아내와의 전생을 본 것만 해도 어딘데요? 어쩌면 절반은 이해가 되는 것 같습니다."

"……."

"우리 아내… 자기 전생을 알고 있을까요?"

"카르마를 본능적으로 느끼고는 있을 겁니다."

"정 안 되면 아내에게도 제 전생을 보여주시면 고맙겠습니다. 그생의 일까지 사과하고 고맙다는 말을 전하고 싶네요."

"그러죠."

이야기를 나누는 사이에 차가 멈췄다. 집에 들어서자 침대 위에 누워 있는 아내가 보였다. 흰옷을 입은 아내는 흡사 잠자는 미녀처럼도 보였다.

"며칠 전부터 늘 이렇게 잠을 잡니다. 식사도, 말도 없이……."

남자가 말끝을 흐렸다. 미류는 가방을 내려놓고 전생룡부터 불러냈다. 그녀의 전생령은 딱 두 개였다. 두 생이 반대의 삶이었다. 한 번은 남자로 태어나 여자에게서 아낌없는 챙김을 받았다. 물론 그때 아내를 챙겨준 사람이 현재의 남편은 아니었다.

그러나 평안하고 아낌없는 지지를 받은 삶. 그 인과를 지고 다음 전생에 태어났다. 이번에는 그걸 갚는 삶이었다. 그 생에서 그걸 이루지 못해 생의 굴레가 한 번 더 이어졌다. 그리하여 마침내 이번 생에서 목표를 이룬 아내……. 그래서 그런 걸까? 꺼져가는 목숨 앞에서도 아내의 표정은 평안하기만 했다.

"맞습니다. 아내분의 운명은 제가 말씀드린 대로 타고났습니다."

전생을 확인한 미류가 말했다.

"그럼?"

"잠깐만요."

미류가 부적을 꺼내 들었다. 여자의 두 번째 전생을 지울 수 있는지 살펴볼 생각이었다. 그렇게 되면 여자는 미션을 잊는다. 그렇게되면 깨어날 확률이 있었다. 옵션을 지고 온 목숨이므로 다섯 장의부적을 꺼냈다. 그걸 인체의 동서남북에 붙였다. 동은 간장으로 자리를 잡았고, 서는 폐, 남은 심장, 북은 신장에 놓았다. 마지막 한 장은 그녀의 이마에 올려놓았다.

미류는 정좌한 채 신방울을 울리며 축원을 빌었다. 그런 다음 부적을 모아 가지런히 태웠다. 검은 재가 생수 잔 위에 떨어졌다. 그걸 여자에게 먹였다. 남자는 숨도 쉬지 않고 바라보고 있었다.

미류의 시선은 여자의 전생륜에 있었다. 아직은 변화가 없었다. 그러다 얼마가 지났을까? 여의 가슴팍이 꿀럭 반응을 했다.

"여보!"

남자가 뛰어왔다. 여자의 감았던 눈이 떠졌다. 그 눈에 남자의 모습이 들어왔다. 그녀의 망막은 그렇게 정지가 되었다. 그녀가 본 세상의 마지막 모습이었다. 온다간다 말 한마디 없이 세상을 뜬 것이다.

"법사님!"

"미안합니다. 아내분은 맞춤형 운명을 가지고 왔군요. 자기 할 일을 마쳐서 떠나는 것이니 막을 수 없을 것 같습니다."

"하지만 이렇게… 곧 죽을 것은 알았지만……."

남자가 울먹거렸다.

"손을 잡으세요."

"예?"

"아직 그녀의 영혼이 당신 앞에 있습니다. 할 말이 있다면 하게 해 드리죠."

"……."

"디지털 카메라가 있으면 부탁합니다."

미류가 청했다. 남자가 사진기를 가져오자 미류는 바로 비난수를 날렸다. 비난수는 무당이 귀신에게 전하는 말…….

"남편이 당신의 한마디를 원합니다."

미류가 전하자 여자의 몸에서 빛이 솟구치다가 꺼져 내렸다.

"······!"

남자는 차마 믿을 수가 없었다. 아내가 둘이었나. 하나는 누워 있고 또 하나는 그 앞에 희미한 안개처럼 서 있었다.

"여보······."

남자가 손을 내밀었다.

"당신······."

여자의 목소리가 나왔다. 그 또한 남자의 목에서 나온 소리였다.

"안타까워 마세요. 당신이 전문의 과정을 마쳤듯 저 또한 제 과정을 마친 거예요. 쉽지 않은 일이었으니 울지 말고 축하해 주세요."

"여보······."

"당신의 흉살은 다 사라졌으니 행복하게 살다 오세요. 누군가 다시 만나면 내게 미안해하지 말고 마음을 다해 사랑해 주시고요."

"여보······."

"그럴 수 있죠? 당신은 이제 좋은 사람이 되었으니까."

"여보······."

"약속하세요. 내가 편안히 떠날 수 있게. 나는 다른 생을 위해 가야만 해요."

"약속해. 당신이 편할 수 있다면."

"그럼 안녕!"

혼자 1인 2역의 목소리를 쏟아내던 남자. 마지막 말을 끝으로 입을 닫아버렸다. 남자는 한 손을 든 채 일어섰다. 그리고 무엇에 홀린 듯 창을 향해 걸었다. 테이블에 걸리고 소파에 걸려 넘어져도 일어나 걸었다. 그는 창문 앞에서야 걸음을 멈췄다.

"안녕!"

이제 그의 목소리는 온전히 자신의 것이었다. 허공을 향해 손을 흔든 남자가 그 자리에 주저앉았다.

"이거……."

곁으로 다가선 미류가 카메라를 내밀었다. 동영상이 시작되었다. 남자는 보고 들었다. 그 자신이 허공을 향해 대화하는 모습. 그 자신의 입에서 두 가지 목소리가 나오는 것. 그중 하나는 분명 생전 아내의 것이었다.

"아아, 여보!"

남자는 카메라를 끌어안았다. 미류는 문을 열고 나왔다. 하늘에 별이 많았다. 전생도 별처럼 종류가 많은 걸까? 여자는 전생신의 신차로도 지워지지 않는 전생령이었다. 그저 자기 할 일을 하고 미련 없이 떠난 자아였다. 인연으로 생각하지 않는다면 여자의 선택이 옳았다. 이 생의 미션이 끝났으니 다음 생에서 자아의 완성을 위해 나가는 것.

'하지만……'

미류의 시선이 남자의 창으로 옮겨 갔다. 3년이면 짧지 않은 결혼 생활이다. 그 기간 내내 불협화음으로 궁합이 맞지 않다가 이제야 맞게 되었다. 그러나 바로 이별… 어찌 기가 막히지 않을까?

'떠난 아내도, 남은 남편도 강건하기를……'

미류가 할 말은 그것뿐이었다. 사람은 누구나 자기 길을 간다. 영혼도 마찬가지로 자기 길을 간다. 그게 우리의 삶이고 자아를 위해 가는 과정이다. 미류는 천천히 자기 갈 길을 갔다.

뿔난 묘지식

풍상을 헤치며 나아간다.
눈이 내려 마음에 쌓인다.
희로애락이 그 위에 올라앉는다.
때로는 깃털이고 때로는 돌덩이다.
종착 지역에 이르러 돌아보면 아무것도 없다.
매 순간 열광하고 좌절하던 삶의 편린들
그걸 보면서 비로소 깨닫는다.
내 삶.
와야 할 길을 제대로 왔구나.
아니, 엉뚱한 길을 왔구나.
순간 지상은 안녕을 고한다.
이제 다음을 기약할 뿐이다.

장자의 대몽(大夢)을 읽으며 생각했다. 꿈속에 있을 때는 그게 꿈인 줄 모른다. 꿈에서 깨고서야 꿈이었음을 안다. 그러나 꿈에서도 암시를 얻는다. 현명한 사람은 꿈도 허투루 넘기지 않는다. 하루하루가 꿈이라고 해도 그 모든 것이 합쳐져 자아의 퍼즐이 되기 때문이다.

곤과 붕, 대몽과 대각을 생각한 건 정대협 때문이었다. 그는 이제 곤에서 붕이 되었다. 거대한 물고기에서 날개 달린 붕새가 되어 비상한 것이다. 그러나 날아올랐다고 모든 게 해결되는 건 아니었다. 붕새가 하늘 못으로 가려면 과정이 필요하다. 무려 3천 리에 결을 일으켜 회오리바람을 타고 9만 리를 치솟아 6개월을 날아야 하는 것이다.

정대협은 이제 절반쯤 날았다. 여론조사로 보아 그랬다. 그러나 대선에는 변수가 있었으니 안심할 수는 없었다. 미류가 알기로 그는 분명 대권을 휘어잡지만, 환생 이후에 변한 일들이 많았다. 그러니 그 또한 변수가 될 수 있었다.

정대협의 방문이 가까웠을 때 무속 회장 사발 만신이 먼저 도착했다. 뒤를 이어 우담 만신, 물레보살, 신봉대감과 천둥할미까지 속속 들어섰다.

"이거 경천동지할 일이로군. 유력한 대선 후보가 우리 무속인 대표들을 만나시겠다니……."

회장인 사발 만신은 잔뜩 고무되어 있었다. 그도 그럴 것이 무속은 매번 찬밥 중의 찬밥이었다. 대권 후보는커녕 하다못해 지역 국회의원조차 이런 제의가 없었던 것이다.

무속!

참으로 멀고도 가까운 것이었다. 많은 사람들이 무속인을 찾지만 대개는 쉬쉬하며 방문 사실을 숨겼다. 특히 고관대작이라면 더욱 그랬다. 아직도 일부 고관대작들이 무속인의 도움을 받지만 그 역시 은밀했다. 광명천지에 밝히고 하는 일은 아닌 것이다.

"이게 다 미류 법사 때문 아니겠습니까? 달리 말하면 우리 모두가 반성할 일이고요."

신몽이 의견을 피력했다.

"맞아. 무속이 너무 신묘함과 오묘함 속에 있었지. 모두가 제각각이니 일반인들과의 접촉에서 거리가 생긴 것도 사실이고… 과거에는 온 마을 사람들이 축제처럼 참여하던 일들이었는데……."

우담 만신의 입에서 탄식이 나왔다. 무속의 성격상 어쩔 수 없는 일이기도 했지만 종국에는 자충수가 되고 만 것이다.

"아무튼 미류 법사 덕분에 무속에 대한 이미지가 많이 개선되었으니 이번 기회에 우리 무속인들도 대오각성해서 생활 종교로 거듭나고 정부의 지원도 받게 되었으면 좋겠어. 뭐 무슨 작가들이 끼니 때우기도 어렵다고 방송에 나던데 요즘 우리 애동들도 생활이 말이 아닌 경우가 너무 많거든."

천둥할미 역시 사태의 심각성을 잘 파악하고 있었다.

"도착하셨습니다."

잠시 후에 봉평댁이 들어왔다. 정대협은 비서실장만을 대동하고 들어섰다. 놀랍게도 종교 지도자를 만나는 첫걸음이라고 했다.

"우리가 처음이라고요?"

회장이 놀라 고개를 들었다. 무속이라면 여타 쟁쟁한 종교에 눌려 찬밥 취급을 받는 마당. 그런데 그런 종교 지도자들에 앞서 찾아왔다니…….

회장이 먼저 무속인의 현실에 대해 의견을 피력했다. 핵심은 역시 권익신장과 지원제도였다. 정대협은 전향적으로 검토하겠다고 약속을 했다.

다음으로 쟁쟁한 만신들의 고견이 쏟아졌다. 그건 무속인들의 이

기적인 권리 챙기기가 아니라 신당을 찾아온 사람들의 애로사항의 대변이었으니 정부가 귀담아들을 만한 이야기들이었다.

─사람들은 왜 무속인을 찾는가?

─그것은 무속만의 역할이 있는 까닭.

그렇기에 무속의 필요성을 역설하는 자리가 되기도 했다.

"우리 미류 법사님은?"

의견을 경청한 정대협이 미류를 바라보았다.

"요즘은 전통 기술도 법으로 보호하고 장려하는 정책이 많더군요. 무속인들도 일부 전통문화재 등으로 지원을 받고 있지만 점쟁이니 뭐니 하는 비하와 편견의 방지를 위해 정부 정책으로써 위상을 강화해 주시면 좋겠습니다. 반면 저희도 스스로 위상을 높이는 노력을 경주하겠습니다."

미류도 평소의 생각을 쏟아놓았다.

"참작하겠소."

정대협의 대답은 흔쾌했다. 정대협과의 회동은 그렇게 마감이 되었다. 당장 가시적인 성과나 약속은 없었지만 나름 고무적이었다. 이 회동 자체로도 무속인들에게는 큰 자부심이 될 일이기 때문이었다.

"그럼 오늘 회동은 이것으로……."

비서실장이 파장을 알렸다. 미류의 손님들은 하나둘 신당을 나갔다. 하지만 정대협은 그 자리에 있었다. 아마도 미류에게 할 말이 남은 모양이었다.

"앉으시게나."

배웅을 마친 미류가 돌아오자 정대협이 빈자리를 가리켰다.

"따로 하실 말씀이라도?"

"마 의원!"

정대협이 눈짓을 하자 비서실장이 신문 스크랩을 몇 장 꺼내놓았다. 북한 핵에 관련된 기사들이었다.

"우리 법사님도 대한민국 국민이시니 알고 계시겠지?"

"예."

미류가 대답했다. 대한민국 국민치고 북한 핵에 대해 모르는 사람이 누가 있을까?

"이게 제대로 제재와 협상이 이루어지려면 중국 수뇌부의 의지가 중요한 일이라네."

"예……."

"바꿔 말하면 북한 핵에 대한 돌파구를 마련하다면 이번 대선의 승리는 따놓은 당상이라고도 할 수 있고."

"……."

"실은 곧 불미스러운 일이 발표가 될 걸세."

'불미스러운 일?'

"전에 처음으로 철강사업에 뛰어들었을 때 기준 미달의 제품을 납품한 협력사들을 정리한 적이 있었네. 그런데 그들이 여당에게 매수되어 흠잡기에 나섰다네. 당시 실무과 부장 선에서 일어난 일인데 마치 내가 개입하여 갑질을 한 것으로 말일세."

"……."

"게다가 우리 집사람… 턱이 자주 빠지는 경향이 있어 그걸 겸해 양악교정과 성형을 좀 받았는데 1억짜리 귀족 성형수술을 했다는 모함도 나올 것 같고……."

"그거야 해명을 하시면……."

"소용없네. 선거판이라는 게 한 번 '카더라' 통신이 돌면 저쪽을 지지하는 사람들은 무조건 믿게 되어 있다네. 관망층들도 상당수 동조

하게 되어 있고… 게다가 지금 우리나라 사람들 감정이 갑질하고 귀족 성형에 질색을 하는 정서가 아니겠나?"

"……."

미류는 계속 경청했다. 북한 핵 뒤에 왜 돌연 갑질과 귀족 성형이 나오는 건지 감을 잡지 못한 것이다.

"여기서 주춤거리면 대세에 영향이 있을 수도 있어 쐐기가 필요하다네."

"……."

"그래서 말인데… 듣자니 법사께서 마삼바바를 만나고 왔다던데 사실인가?"

"예… 얼마 전에……."

"우리가 알아본 바에 의하면 마삼바바라는 스님이 중국 주석의 존경을 한 몸에 받고 있다고 들었네."

"……."

"미안하지만 마삼바바를 통해 중국 주석 쪽에 다리를 좀 놔줄 수 있겠나? 우리가 곧 대선 공약을 공식으로 발표할 텐데 북핵에 관한 해법도 들어 있다네. 중국 쪽에서 조금이라도 우호적으로 평가해 주면 큰 힘이 될 수 있네."

"……."

"미류 법사, 이 일은 딱히 대선이 아니더라도 우리나라에 중요한 일이라네. 누구든 북핵에 대한 묘법을 찾지 않고는 항구적인 안정이나 경제발전의 일대 변혁을 이루기 어렵다네."

"제가 정확히 무엇을 해야 하는 겁니까?"

미류가 물었다.

"방금 말한 그대로네. 현재 우리는 야당 신분이라 정부의 공식 시스템을 이용하는 데 한계가 있다네. 당연히 대표성도 떨어지고… 실은 얼마 전에 중국 주석궁에 밀사 파견을 타진했는데 거절당했다네."

"……."

"일단은 주석이나 그쪽 실권자들을 만나면 더 좋고, 정 안 되면 북핵 공약에 대한 중국 외교 담당의 논평 정도만 나와도 나쁘지 않다네. 예를 들면 우리 공약이 전향적이라던가, 그간의 핵문제에 비해 진일보되었다든가……."

"실은 이번 마삼바바 방문 때 중국 주석을 만나뵈었습니다."

"뭐라?"

미류의 말에 정대협과 비서실장이 소스라쳤다.

"그냥 우연이었습니다. 중국 복건성 쪽에 산불이 좀 심각하여 마삼바바의 도움을 요청하러 왔더군요. 그래서 인사 정도……."

"오… 그 또한 기연이로군."

"솔직히 제가 정치는 잘 모르니 따로 드릴 말씀은 없고, 마삼바바님께 말씀은 드려보겠습니다. 너무 기대는 하지 마십시오."

"고맙네. 잘 부탁하네."

정대협이 미류의 손을 잡았다.

그날 밤, 미류는 분주했다. 비서실장이 중국어에 정통한 의원을 호출한 것이다.

마삼바바에의 청탁(?).

굉장히 껄끄러운 일이었다. 더구나 정치적인 일이 아닌가? 하지만 미류는 마음을 굳혔다. 국가적으로 보면 이 또한 흑모파 소법주의 성혼을 확인하는 일만큼이나 중요한 일이었다. 게다가 누굴 모함하는 것도 아니고 조국의 미래를 챙기는 일이기에 나서게 된 것이다. 북핵 해법에 중국의 지지를 얻는다면 그 또한 영빨 휘날려 곤란에 처한 사람을 구하는 일과 다르지 않다고 판단한 미류였다.

마삼바바와의 통화가 이루어졌다. 의원은 미류가 하는 말을 받아 즉석 통역을 보탰다. 화상통화를 고려했지만 마삼바바 측에 그런 장치가 없었던 것이다.

"기다려 달랍니다."

의원이 마지막 통역을 하자 정대협과 비서실장 입에서 한숨이 나왔다. 한 시간 후쯤 마삼바바 측에서 연락이 왔다. 모두의 귀가 전화로 쏠렸다. 다행히 낭보였다. 중국 쪽에서 정대협이 보내는 특사를 만나주겠다는 뜻을 전해온 것이다.

"으아아!"

비서실장은 주먹을 불끈 쥐며 감격을 감추지 못했다. 정대협 역시 미류를 끌어안고 몇 번이고 고마움을 전해왔다.

정대협 일행이 돌아가자 봉평댁이 차를 내왔다.

"미류 법사가 이거야."

그녀가 엄지를 세워 보였다.

"또 왜 그러세요?"

"뭐가 왜 그러세요야? 생각해 봐. 대통령 후보도 우리 미류 법사 도움을 받고 있잖아?"

"그거야……."

"이건 표승 만신님도 못한 일이라고."

"저분은 깨인 분이니까요."

"깨어야지. 무속이 미신입네 어쩝네 하지만 그거 다 우리 일상에서 싹 치우고 살 수 있어? 무속이 할 수 있는 일이 얼마나 많은데……."

"반대로 부작용도 있어요. 무속이 무교로 거듭나려면 그런 것부터 조심해야 합니다."

"그러게 깜도 안 되는 무당들이 제멋대로 내림굿을 하니까 그렇지. 그저 돈에 눈이 멀어 붕어빵 찍듯이 내림굿만 해주고 돈 챙기는 무당도 있으니……"

"무속 이미지가 조금씩 나아지고 있으니 그분들도 책임감 느낄 겁니다. 점차 나아지겠지요."

"그래야지. 아, 지금 무속 이미지가 누구 때문에 좋아진 건데? 다 우리 법사님 때문이잖아?"

"그렇지도 않습니다. 지금 우담 만신님과 신몽 만신님, 그리고 천둥 할미하고 궁천도인도 큰 흉사들 많이 막았거든요."

"그래야지. 다들 우리 법사님 행적에 숟가락 들고 달려들면 안 되지. 그나저나 우리 법사님, 이러다 정 후보 찬조 연설자로 나서는 거 아니야?"

"별말씀을… 거기까지는 가지 않습니다."

미류는 단칼에 잘라 버렸다. 조언은 가능하지만 직접 노출은 마음에 없었다.

그때 미류의 핸드폰이 울렸다. 박혜선의 전화였다.

─법사님, 파리 발표회 날짜 잡혔는데요.

"그래요?"

─열흘 후예요. 시차도 있으니 한 3일 전에 떠나고 싶은데 괜찮으시겠어요?

3일 전…….

날짜를 따져보니 괜찮았다. 요양원 준공식 다음 날인 까닭이었다.

"그렇게 하지요."

─고맙습니다. 제반 준비는 제가 하고 있으니 법사님은 몸만 나오세요.

"그러죠."

전화가 끊겼다. 잠시 잊고 있던 박혜선의 패션 발표회. 그걸 생각하니 늙은 모델 이손하가 떠올랐다. 그곳의 큰손인 아만시오 회장… 그는 과연 전생 인과의 의식을 가지고 있을까? 지구 반대편에 사는 사람이니 살짝 우려가 되는 건 어쩔 수 없었다. 특허권자도 인간이기에.

잠시 여유를 가질 때였다. 누군가 요란하게 대문을 두드렸다.

"내가 나가볼게요."

봉평댁이 손을 닦으며 나섰다. 미류는 경면주사를 고르고 있었다. 붓과 괴황지도 골랐다. 새롭게 부적 공부를 시작한 현서와 숙정을 위한 준비물이었다. 부적에 관한 서적과 미류의 경험을 적은 메모도 한 부씩 준비했다. 그때 대문에서 실랑이가 들려왔다.

'누가 또 생뚱맞은 시비라도 거는 것인가?'

미류가 마당에 내려섰다.

"법사님!"

미류가 나오자 봉평댁이 돌아보았다.

"옳거니. 이 양반이 미류 법사시네."

늙수그레한 두 남자가 미류를 가리켰다.

"무슨 일이신지?"

"글쎄 오늘 점사는 끝났다고, 예약을 해야 한다고 해도 막무가내시라……."

봉평댁이 울상의 지었다.

"여보쇼. 지금 우리는 한날한시가 급하오. 그런데 무슨 예약? 게다가 예약자가 한 달도 더 밀려 있다면서?"

모자 쓴 남자가 목청을 높였다.

"무슨 일로 한날한시가 급하신지요?"

미류가 물었다. 점사가 끝나긴 했지만 응급 상황이란 게 있을 수 있기 때문이었다.

"제발 우리 집안 좀 도와주시오. 지금 집안에 귀신이 들어 줄초상이 나게 생겼소."

'줄초상?'

표정으로 보아 과장은 아니었다. 미류는 둘을 일단 신당으로 들였다.

"이제 천천히 말씀해 보시지요."

"아이고, 여기서 이럴 때가 아닌데… 지금 당장 손을 쓰지 않으면 오늘 밤에라도 초상이 날지 모른다오."

"그러니까 일단 어떤 일인지 말씀을……."

"이거 이야기가 좀 복잡한데… 간단히 말하면 귀신의 저주가 내린 것 같습니다. 우리 6대 독자 아들 부부가 다 죽어가고 있어요."

"병원에 있다는 겁니까?"

"병원으로 안 되니 여기 달려온 거 아닙니까? 병원에서는 큰 이상이 없다고 하는데 아들은 가슴팍이 썩어 들어가는 것 같다고 하고 며느리는 밤마다 누군가가 욕을 보인다고 합니다. 의사들 말로는 정신병 증세 같다는데 낮에는 멀쩡하고 밤만 되면 귀신에 홀리는 지경이니……."

"언제부터 그랬는지요?"

"한 보름 되었습니다."

"왜 그런지도 아십니까?"

"그게……."

모자 쓴 남자가 말끝을 흐렸다.

"아따, 형님, 기왕에 유명한 무당 찾아왔는데 속 시원히 까발리시오."

옆에 있던 남자가 모자 쓴 남자를 재촉했다.

"글쎄 그게 명당 묏자리 때문에……."

모자 쓴 남자는 한숨을 쉬며 입을 열었다.

"계속해 보세요."

"그게 우리 아들이 대학에서 풍수학을 강의하는데 이쪽으로 새로 이사 온 전직 국회의원이 명이 경각에 달린 부친을 위해 명당을 골라달라고 한 모양입니다. 누구에게 들었는데 아버지 묏자리를 잘 쓰면 다시 정계 복귀가 가능하다는 말이 있다고… 그런데 마침 관리가 부실한 음택(陰宅)이 있는데 거기가 그 전직 의원하고 딱 맞는 명당이 아니겠습니까? 그래 거기를 추천했더니 전직 의원이 주인을 수소문해서 두 개의 묘를 이장하고 자기 선친을 묻었지요."

"그럼 문제가 없는 것 아닙니까?"

"그런데 그 묘의 직계자손이 나이는 고작 초등학생이지만 완강하게 싫다고 하는 걸 주정뱅이 삼촌을 찾아 몇 푼 찔러주고 계약서에 지장을 찍게 한 모양입니다. 거의 뺏은 꼴인데 마침 묘를 옮기는 날에 비까지 내려 관 수습이 어려운지라 유해를 엎어버리기도 하고 비석도 마구 내돌리며 대충했다는 소문이……."

"허어!"

"그리고 얼마 후부터 우리 아들 꿈에 웬 백발성성한 노인이 나타나 네 풍수학자라 자처하는 자가 어찌 미리 자리를 잡은 음택을 다른 사람에게 권했냐며 뭔가로 가슴팍을 내리쳤다는데, 겉보기에 아무 흉도 없건만 밤만 되면 갈비뼈가 무너지고 폐가 찢어지는 통증을 느낀다고……."

"며느님은요?"

"그 또한 밤만 되면 망측하게도 돌더미 같은 불한당이 찾아와 차마 말할 수 없이 난폭하게 성폭행을 하는 꿈을 꾸는데 아침에 일어나면 그곳이 아파 움직일 수도 없다고……."

"……!"

모자 쓴 남자의 말이 다 끝나기도 전에 니류가 신방울을 들었다. 가방도 챙겼다. 거짓말이 아니라면, 심각한 일이다. 병원으로 치면 초응급 사태. 비상 출동을 해야 할 상황이었다.

쩔겅쩔겅!

신방울이 먼저 울었다. 어둠이 내려 도착한 의뢰자의 집. 대문 앞부터 난폭한 영가가 느껴졌다. 어둠에 휩싸인 집 뒤로는 야산이 펼쳐졌다. 서울에서 가까운 경기도 용인이지만 시내를 벗어난 곳. 밤이 되니 깊은 산중과 다를 바가 없었다.

용인!

묏자리 명당이 많기로 소문이 난 곳이다. 전직 의원도 그 말을 주워들었을 것이다. 그렇기에 영달을 위해 그 자리를 탐했다. 하지만 애당초 남의 시신이 영면하고 있던 곳. 돈을 줬다지만 직계후손이 원치 않은 데다 취한 사람을 꼬드겨 지장을 받았으니 강탈이라고 해도 무방할 일이었다.

"우어어어어어!"

마당에 들어서자 낮은 신음이 들렸다.

"벌써 시작이네요. 날만 어두워지면 저렇게……."

의뢰자가 방 하나를 가리켰다. 아마 아들의 목소리 같았다.

"아아, 아하!"

그 뒤를 이어 야릇한 소리도 들려왔다. 모자 쓴 남자는 얼굴을 붉히며 외면했다. 며느리의 목소리인 모양이었다. 둘의 방은 달랐다. 하긴 괴이한 신병(神病)에 걸린 사람을 한 방에 두는 것도 마땅치 않을 일이었다.

쩔겅쩔겅!

그사이에도 신방울은 몸살을 앓았다.

"제가 환자를 좀 보겠습니다."

미류가 말했다.

"그러시지요."

모자 쓴 남자가 앞장을 섰다. 그는 아들의 방문을 먼저 열었다.

'윽!'

한 발을 딛던 미류는 방 안에서 밀려 나오는 따가운 영가의 힘에 고개를 돌렸다. 영가의 분노가 방 안에 가득 차 있었다.

쩔겅!

방울을 울리며 안으로 들어섰다. 40대의 아들은 가슴을 싸안은 채 핏물이 섞인 침을 흘리고 있었다. 눈은 절반가량 뒤집혔다. 응급 조치로 부적을 꺼내 이마에 붙였다. 방 입구와 창에도 붙였다. 남자의 버둥거림은 조금 약하게 변했다.

"귀신입니까?"

"영가가 있는 건 확실합니다. 그것도 상당한 적개심을 가진……."

"어이쿠!"

미류 말을 들은 할아버지가 엉덩방아를 찧었다. 혹시나가 역시나로 변하자 맥이 풀린 것이다.

"방에서 나가십시오. 아드님만으로 성이 차지 않으면 어르신께도 해코지를 할 것 같습니다."

"아이구, 이걸 어쩌나."

"며느님 방은요?"

미류가 물었다.

"며느리는……."

모자 쓴 남자의 안색이 창백하게 변했다. 보여주기 곤란하다는 표정이었다.

"저는 무속인입니다. 귀신과 맞서면 바로 귀신병을 고치는 의사, 즉 귀의(鬼醫)가 되는 것이죠. 그러니 개의치 마시고……."

"그렇기야 하지만……."

"그럼 그냥 돌아갈까요?"

"아, 아닙니다."

"어떤 일이 있더라도 입 밖에 내지 않을 테니 안내하세요."

"그럼 꼭 약속하셔야 합니다. 절대 말하지 않는다고."

"그건 신제자로서 마땅히 지켜야 할 도리이자 의무입니다. 약속이 필요하지도 않습니다."

"어휴, 이것 참……."

모자 쓴 남자는 거푸 한숨을 쉬고서야 아들 방을 나섰다.

"여깁니다."

모자 쓴 남자의 걸음이 멈춘 곳은 구석방이었다. 안에서는 여전히 요상 야릇한 신음이 밀려 나오고 있었다.

"아아아아, 하아아아!"

신음은 높았다 낮았다를 반복하며 절정을 향해 달려갔다. 누가 들어도 딱 교접할 때 나는 여자의 교태였다.

딸각!

미류가 방문을 열었다. 이번에는 놀라지 않았다. 방 안에서는 교태에 걸맞은 광경이 펼쳐지고 있었다. 하지만 영가의 난폭도는 아들 방과 달랐다. 그저 음란하고 망측한 분위기였다. 여자는 마치 섹스신이라도 연습하는 듯 야릇하게 몸을 꼬고 있었다.

쩔겅!

방울을 흔들자 여자가 미류를 돌아보았다. 여자의 치마 사이로 속살이 다 비쳐보였다. 미친 듯이 상하운동을 하던 움직임도 멈춰 있었다.

"히이!"

여자는 가슴까지 훤히 드러난 채 미류에게 달려들었다. 미류는 그 이마에 부적을 붙이고는 벽까지 밀어냈다. 벽에 닿은 여자가 주르륵 무너졌다. 멋대로 무너진 여자는 가슴팍과 음부가 고스란히 드러나 있었다. 미류는 아무 옷이나 집어 여자의 주요 부위를 덮어주었다.

"법사님!"

모자 쓴 남자가 다가왔다.

"이 방에도 영가가 있습니다."

"그럼 귀신이 아들하고 며느리에게 왔다 갔다 하면서?"

"하나가 아니고 둘입니다."

"예? 하나도 아니고 둘이라고요?"

모자 쓴 남자는 또 한 번 비틀거렸다.

'후우!'

미류는 한숨부터 쉬었다. 여자에게 영시를 날려야 했기 때문이었다. 그러나 부위가 부위다 보니 마음이 편치 않았다. 하지만 어쩔 것인가? 미류는 여자의 음부와 가슴을 향해 영시를 날렸다.

'응?'

미류의 미간이 일그러졌다. 색귀인가? 아니면 잡귀인가? 그게 무엇이건 성기가 어마어마한 것 같았다. 영시로 확인한 영가의 색욕 흔적이 너무 컸던 것이다.

'변강쇠의 영가는 아닐 테고……'

미류는 이 방에도 응급조치로 부적을 붙였다. 그런 다음 다시 아들 방으로 건너갔다. 아들은 꿀럭거리며 몸부림을 치지만 부적의 힘을 뚫지는 못했다. 가슴팍에 영시를 쪼여보니 그에게도 영혼(靈痕)이 보였다. 그 또한 난해한 자국이었다. 신창(神槍)도 아니도 신검(神劍)도 아니었다. 그저 투박하고 넓적한 것으로 찍힌 듯한 흔적. 이것들의 정체는 대체 뭐란 말인가?

"어떻게 된 겁니까?"

모자 쓴 남자가 물었다.

"혹시 그 묘를 차지한 전직 의원은 어떤지 아십니까?"

"그 사람은 아무 일도 없습니다. 귀신도 돈 많은 놈은 못 건드리는 것인지……."

'의원 나리는 안전하다?'

미류는 잠시 생각을 정리했다. 신병에 걸린 사람은 풍수학자 부부. 일반적으로 생각하면 전직 의원이 저주를 받아야 하겠지만 이 일은 달랐다. 원인을 제공한 게 풍수학자였던 것이다. 학자가 양심을 팔지 않았다면 일어나지 않았을 일. 그러니까 귀신은 지금 원인 제공자를 '먼저' 단죄하고 있는 중이었다.

"혹시 이장한 묘가 이 근처에 있습니까?"

미류가 물었다.

"그리 멀지는 않습니다만……."

"그 후손인 아이는요?"

"그 또한 건너편 동네에……."

"이장한 묘로 가시죠."

"지, 지금 말입니까?"

"아니면요? 아드님 죽일 겁니까? 며느님은요?"

"……."

미류의 추상같은 다그침에 모자 쓴 남자는 고개를 떨구고 말았다.

"가시죠."

모자 쓴 남자가 앞장을 섰다. 풀벌레 소리에 섞여오는 밤새 소리가 처량했다. 어둠은 명부의 시간. 인간은 밤이 내리면 원초적인 공포를 의식하게 된다.

"이힉!"

랜턴을 들고 앞서가던 남자가 몸서리를 치며 물러섰다. 코앞에서 산새가 날아오른 것이다. 때까치라도 되는 건지 크지도 않았다. 대낮 같으면 신경도 쓰지 않았을 일. 그러나 어둠 속에서 일어난 일은 달 랐다.

한참을 올라가 묘지에 닿았다.

"여깁니다."

모자 쓴 남자가 두 개의 묘지를 가리켰다. 대충 형태를 갖췄지만 무성의함을 느낄 수 있었다. 미류는 무덤을 향해 영시를 날렸다. 영 가는 느껴지지 않았다. 이장이 되는 통에 영가의 흔적이 없는 걸까? 아니면 해코지하려는 대상자의 곁에 머물러 있는 걸까?

미류는 무덤을 돌았다. 그러다 낡은 묘지석 앞에서 걸음을 멈췄 다. 묘지석에는 흙이 다 떨어지지 않았다. 비 오는 날 이장했다니 대 충 뽑아 들고 왔을 일. 그때 낀 때를 다 닦아내지도 않은 것이다. 그 럼에도 불구하고 묘지석에서는 어떤 신성이 엿보였다. 크지 않지만 틈이 없는 묘지석. 명인이 혼을 다해 쪼아낸 것이 분명했다.

"그 아이 할아버지가 당대 최고의 석공이었어요. 워낙 검소한 사람 이라 묘지석을 크게 세우지 않았지만 나름 명품석이라고 하더이다."

명품 묘지석!

그 말은 틀리지 않았다. 허장성세라고 커야만 좋은가? 이 묘지석은 작지만 오묘한 지기(地氣)로 똘똘 뭉쳐 있었다.

"……!"

묘지석 형태를 살피던 미류의 미간이 파르르 떨었다. 신성이 담긴 돌이었다. 더불어 영가의 느낌도 엿보였다.

"이거 잠깐 뽑아보세요."

미류가 모자 쓴 남자에게 말했다.

"묘지석을요?"

모자 쓴 남자가 놀라 진저리를 쳤다.

"잠깐이면 됩니다."

"그, 그래도 우리 묘지도 아닌데……."

"아드님, 며느님!"

죽일 겁니까?

미류는 호칭만으로 모자 쓴 남자를 다그쳤다.

"거참……."

모자 쓴 남자는 마른침을 넘기며 다가왔다. 그는 남자를 불러 함께 묘지석을 들어냈다. 깊이 묻히지 않아 그리 어렵지도 않았다.

"허, 참… 설렁설렁도 했네. 이거야 토끼가 뒷발로 건드려도 넘어가지 않겠어?"

묘지석을 뽑아낸 모자 쓴 남자가 혀를 찼다. 미류는 묘지석의 바닥을 보았다. 거기 영가의 흔적이 있었다.

'젠장!'

낭패감이 달려들었다. 짐작이 들어맞은 것이다.

"뭔가 찾은 겁니까?"

모자 쓴 남자가 물었다.

"이거 보세요."

미류의 손이 묘지석의 끝을 가리켰다. 땅 속에 묻혀 있던 묘지석. 왼쪽 모퉁이가 조금 깨져나간 그 묘지석……

"이게 왜?"

모자 쓴 남자는 감을 잡지 못하고 미류를 바라보았다.

"그 형태를 보시라고요. 아드님 가슴팍의 영혼이 있는데… 그걸로 내리찍은 겁니다."

"이걸로 우리 아들을? 죽은 사람이?"

"영력이죠."

"억!"

미류의 해설이 있고서야 모자 쓴 남자는 그대로 주저앉아 버렸다.

모자 쓴 남자의 공포를 뒤로하고 주변을 살폈다. 아버지와 아들. 둘 중 하나의 영가가 있을 일이었다. 그렇지 않고서야 묘지석으로 풍수학자를 찍을 수 없을 일.

'역시 집 근처?'

상황 판단을 끝낸 미류, 묘지석을 제자리에 세우도록 당부했다. 이번에는 정성껏 세웠다. 그런 다음 근처 계곡의 물을 떠다 정성껏 닦았다. 그건 미류가 손수 했다. 모자 쓴 남자와 남자는 영가의 원한을 산 사람들. 영가들은 그런 사람들의 축원은 바라지 않는다.

"앞서세요."

합장 기도를 마친 미류가 모자 쓴 남자를 앞세웠다.

"이번에는 어디로?"

"이 무덤의 주인에게로 갑니다."

"주인?"

모자 쓴 남자가 돌아보았다.

"아이가 있다면서요?"

"……."

"시간 없습니다. 빨리 앞장서세요."

미류는 단호하게 말했다. 모자 쓴 남자는 식은땀을 뻘뻘 흘리며 앞서 걸었다. 더러 불안한 기색으로 미류를 돌아보며.

부릉!

시동이 걸렸다. 아이의 집은 차로 10여 분 거리였다. 산길을 넘느라 속도를 내지 못했다. 남자와 모자 쓴 남자는 온몸이 젖어 있었다. 미류가 느끼는 긴장감을 고스란히 함께하는 것이다.

"으어!"

언덕을 넘어가던 남자가 비명과 함께 급정거를 했다.

퉁!

충격이 느껴졌다.

"사람을 친 거야?"

모자 쓴 남자가 물었다. 미류가 먼저 내렸다. 다행히 사람은 아니었다.

"새끼 고라니잖아?"

저만치 나뒹군 것은 고라니였다. 다리가 부러진 건지 버둥버둥 몸부림을 치고 있었다.

"아, 진짜 십 년 감수했네."

모자 쓴 남자가 가슴을 쓸어내리는 동안 미류가 고라니를 안아들었다.

"먹으시게요?"

모자 쓴 남자가 물었다.

"아이 집!"

미류는 긴말하지 않았다. 뒷좌석에 오른 미류는 일단 응급처치부터 해주었다. 고라니는 가엾은 눈을 깜빡일 뿐 요동은 치지 않았다. 저를 해치지 않을 것으로 생각한 모양이었다.

차가 멈춘 곳은 대추나무 앞이었다. 엉기고 성긴 두 가닥의 나뭇가지 위로 엿보이는 달빛조차 음산하기 그지없었다.

"들어가 보소. 애가 우리 얼굴을 알아서 우리를 싫어한다오."

모자 쓴 남자가 고개를 저었다.

—하긴, 그럴 만도 하지.

"애는 누구랑 삽니까?"

"누구겠소? 그 술주정뱅이 삼촌이랑 살지. 아마 오늘도 퍼마시느라 집에 없을 거요."

"알겠습니다."

미류는 혼자 대문을 두드렸다. 안에서 기척은 없는데 대문이 저절로 밀렸다. 잠그지 않은 모양이었다. 어쩔까 싶을 때 마당 끝 쪽에서 촛불이 아른거렸다. 그 앞에 작은 그림자도 보였다. 체구로 보아 아이 같았다. 미류는 안으로 들어섰다.

"정심신주왈 태상태성 웅변무정 구사박매 보명호신 지혜명정 심신안영… 급급여율령 사바하."

기도하는 아이 옆에서 육계주를 읊었다. 놀란 아이가 파뜩 고개를 들었다.

"아저씨 누구세요?"

"미류 법사라고 해!"

"미류 법사?"

"무속인이란다."

"그런데 왜 남의 집에 함부로 들어온 거죠? 나가주세요."

아이가 대문을 가리켰다.

"너를 도와주려고 온 거야."

"아저씨가 뭘요?"

"네 할아버지와 아버지의 묘… 다른 사람이 뺏어갔지?"

"그, 그걸 어떻게?"

"그래서 네가 지금 이렇게 비는 거 아니냐? 그 사람들에게 천벌을 내려달라고."

"……."

미류는 보았다. 아이에게는 약간의 신기가 있었다. 그의 할아버지는 석공의 명인. 장인 계열의 혼을 타고났으니 그럴 수도 있었다.

"아저씨 무당이죠? 방송에서 본 거 같아요."

"그러니?"

"아저씨, 저 좀 도와주세요. 나쁜 아저씨들이 우리 할아버지하고 아버지 묏자리를 뺏어갔어요."

"도와주마. 그러니 이제 그만 저 한을 내려놓으렴."

"싫어요. 그 나쁜 아저씨들이 죽을 때까지 계속할 거예요."

"죽는다고?"

"꿈에 할아버지가 나타나서 말해줬어요. 내가 여기다 촛불을 켜고 기도하면 할아버지가 그들을 차례차례 혼내주겠다고."

그랬군.

미류의 머리에 불이 번쩍 들어왔다. 할아버지의 명인 혼을 받고 태어난 아이. 이번 사건을 계기로 할아버지와 통하게 된 모양이었다.

"이름이 뭐지?"

"윤태요. 이윤태!"

"그래, 윤태… 한 가지만 묻자. 너 정말 그 사람들이 죽기를 바라는 거니? 묫자리를 권한 사람과 묫자리를 산 사람이 전부?"

"죽는 거까지는⋯⋯."

"그럼 어서 촛불을 끄렴. 벌써 두 사람이 죽기 직전까지 가 있어."

"정말요?"

"그래. 조금 더 계속되면 진짜 죽어버릴 거야. 네가 원하는 게 사람 죽이는 건 아니지?"

"죽는 거까지는 아니지만 혼내주고 싶어서요."

아이 눈에 눈물이 비쳤다. 억울한 마음에 소원을 빌고 있지만 아직 어린아이. 살인을 마음에 담을 정도는 절대 아니었다.

"촛불을 끄렴. 그 사람들은 이미 충분히 혼났어. 내 말을 못 믿겠으면 나와 같이 가봐도 좋아. 밖에 풍수학자의 아버지께서 와 있거든."

"그 사람들을 어떻게 믿고 따라가요?"

아이가 고개를 저었다. 공감이 가는 말이었다.

"그럼 이렇게 하자. 혹시 근처에 네 친구들이 있니? 한두 명 불러서 보라고 하렴. 한 시간 안에 네가 안 돌아오면 경찰에 신고하라고 하고. 그러면 되지 않을까?"

"⋯⋯."

"나는 너를 돕고 싶어서 그래. 방송에서 봤으면 나 알지? 나 나쁜 짓 하고 다니는 사람 아니야."

"그건 알아요. 친구 데려올게요."

아이는 비로소 미류 뜻을 받아들였다.

아이가 나간 사이에 미류는 뜰을 바라보았다. 아기자기한 석물 조각 작품이 많았다. 미류는 그것들을 향해 영시를 뿜었다. 작은 화분과, 작은 분수, 작은 탑을 지나 돌절구에 영시가 닿았다.

"⋯⋯!"

미류의 눈자위가 구겨졌다. 돌절구에 담긴 커다란 공이 때문이었다. 그 공이에 영가의 흔적이 진했다.

"됐어요. 친구들 나왔으니까 이제 가요."

"미안하지만 이걸 좀 빌려주면 안 될까?"

미류가 절구 공이를 가리켰다.

"좋아요. 하지만 빌려가는 거예요."

아이가 못을 박았다. 주지는 않겠다는 의지였다.

"으어으어!"

"아아, 아하아!"

다시 풍수학자의 집으로 돌아오자 낮은 신음과 교태가 들렸다. 미류는 아이만 데리고 학자의 방문을 열었다.

"으어으어!"

아이를 본 학자는 사시나무처럼 떨었다. 다만 부적의 힘 덕분에 더는 발광하지 않았다.

"어떠냐?"

"쌤통이에요."

아이 입에서 매정한 소리가 나왔다. 부적 때문에 제압된 고통. 그렇기에 아이의 성에 차지 않는 모양이었다.

"성에 차지 않으면 이마의 부적을 떼어보렴."

미류가 등을 밀었다. 아이는 담담하게 다가가 부적을 떼었다.

"우어어억!"

그러자 학자가 몸을 비틀며 기괴한 신음을 쏟아냈다. 그건 처절함으로도 형언할 수 없는 고통이었다. 그동안 눌렸던 고통이 한꺼번에 표출된 것이다.

"이제는 어때?"

"……."

"부적을 붙여주지 않으면 오늘 안에 죽을지 몰라."

"……."

잠시 학자의 고통을 바라보던 아이, 그 앞으로 다가가 부적을 제자리에 붙여주었다.

"우어……."

학자는 다시 늘어져 버렸다.

"이리 와보렴."

미류가 아이를 불렀다.

"내 손을 잡고……."

미류는 학자의 가슴팍을 까고 영시를 집중했다. 그러자 영흔(靈痕)이 드러났다. 돌비석을 거꾸로 잡고 찍은 듯한 상흔…….

"네 할아버지 비석 알지? 그 비석에 맞은 거란다. 말하자면, 네 할아버지께서 네 기도를 듣고 달려와 밤마다 이 사람의 가슴팍을 찍고 있는 거야."

"정말요?"

"보렴. 내가 네 손을 놓으면… 어때? 안 보이지?"

"……."

"하지만 다시 손을 잡으면… 또 보이지?"

"우와!"

"이게 영시라는 거란다. 일종의 신통력인데 귀신을 보거나 귀신들의 흔적 같은 것을 볼 때 유용하지."

"그럼 아저씨는 우리 할아버지하고 아버지도 볼 수 있나요?"

"어쩌면……."

"우와!"

"지금 저쪽 다른 방에서는 이 학자의 아내도 이런 고통을 받고 있단다. 그 사람 역시 그대로 두면 수삼 일 안에 죽을지도 몰라."

"……."

"따라오렴."

미류는 아이를 데리고 학자방에서 나왔다.

"아아아, 아아!"

상처 난 고양이 소리를 들으며 방문을 열었다. 미성년자 아이를 우려할 필요는 없었다. 미류가 모자 쓴 남자를 시켜 며느리에게 조치를 한 까닭이었다.

며느리는 얼굴만 드러내고 있었다. 몸은 두터운 이불로 겹겹이 눌렀다. 미류의 조치가 그것이었다. 그럼에도 며느리는 허리 반동을 멈추지 않았다. 그냥 보면 요사스럽고 망측하겠지만 이불 덕분에 그냥 요동처럼 보였다.

"어때?"

미류가 아이에게 물었다. 거의 사색으로 변한 며느리의 얼굴. 아이도 마음이 편치 않은 모양이었다. 아이를 먼저 내보내고 영시로 며느리의 사타구니를 살폈다. 아이 집에서 가져온 절구공이와 상흔이 일치했다. 미류는 이제 원인과 결과를 다 꿰게 되었다.

일단 모자 쓴 남자를 입장시켰다. 며느리의 상흔을 영시로 보여주었다. 상처가 일치하는 것을 본 모자 쓴 남자는 또 한 번 까무러쳤다. 미류의 말에 한 치의 틀림도 없었던 것이다. 다음으로 아들에게 건너갔다.

"아까 본 돌비석의 끝을 잘 떠올리세요."

미류는 주의를 환기시킨 후에 풍수학자에게 영시를 날렸다.

"어으으!"

영혼을 본 모자 쓴 남자가 한 번 더 넘어갔다. 이번에는 한참 후에야 정신을 차렸다.

"어떻게 해야 하는 겁니까? 우리 아들과 며느리는 이대로 죽는 겁니까?"

정신이 돌아온 모자 쓴 남자가 울먹이며 물었다.

"날 밝는 대로 이장된 묘지로 가서 정화수를 바치고 정성을 다해 비세요. 그런 다음에 이 부적을 비석 앞에 묻으시면 아드님은 나아지실 겁니다."

"그럼 며느리는?"

"그 길로 아이의 집으로 찾아가 이 공이의 절구에 이 부적을 넣어야 합니다. 그 안에서 불을 붙이고 타는 동안 잘못을 빌면 역시 차도가 있을 겁니다. 다만, 부정 타는 짓을 하시거나 대충대충 하시면 오히려 화가 될 테니 명심하십시오."

"알겠습니다. 그런데 묘지를 산 사람은 멀쩡하고 소개한 우리 아들 부부만……?"

"이건 시작입니다. 영가가 보이지 않는 걸 보니 거기도 노리고 있다는 증거죠. 곧 그 사람에게도 징조가 일어날 것 같습니다."

"어이쿠……."

노인의 한숨을 들으며 미류는 밖으로 나왔다. 아이를 데려다주어야 할 차례였다. 모자 쓴 남자가 하겠다고 했지만 미류가 말렸다. 이건 미류가 한 약속이었던 것이다.

그런데 가는 내내 아이가 가슴을 졸이는 게 보였다.

"윤태야!"

미류가 아이 이름을 불렀다.

"네?"

"뭔가 마음에 들지 않는 게 있니?"

"우리 삼촌요."

"삼촌이 왜?"

"집에 먼저 왔으면 저를 때릴 거예요. 밤에는 못 나가게 하거든요."

"술을 좋아한다고?"

"완전 주정뱅이에요. 사실… 삼촌도 저 아저씨들 못지않게 미워요."

"……."

차는 아이의 집 앞에 멈췄다. 그러자 아이의 친구가 뛰어왔다. 친구가 귀엣말을 전하자 아이의 얼굴이 사색으로 변했다. 삼촌이 돌아온 모양이었다.

"그렇다네요."

미류가 묻자 아이가 한숨 섞인 소리로 대답했다. 순간 문을 박차는 소리가 들렸다.

"이윤태, 너 거기 있지?"

삼촌의 목소리는 이미 맛탱이가 가 있었다.

"어휴……."

아이가 움츠리는 게 보였다. 미류도 난감했다. 삼촌과 소년. 이 일은 미류가 끼어들기 곤란한 일이었다.

"이 새끼… 너 어딜 쏘다니다 온 거야?"

주저하는 사이에 삼촌이 아이의 멱살을 우악스럽게 거머쥐었다.

"친, 친구 집에 잠깐……."

"이 새끼가 누구 앞에서 거짓부렁이야? 너 한번 뒈져볼래?"

삼촌이 손을 휘두르려 할 때였다. 미류의 눈에 싸아한 무엇이 들어왔다. 영가였다. 삼촌의 여기저기에 자리 잡은 빙의였다.

―손에 하나!

―입에 하나!

―눈에 하나!

―그리고 위장에 하나!

도합 네 빙의가 삼촌의 몸을 장악하고 있는 것이다.

'빙고!'

미류는 쾌재를 불렀다. 빙의가 반갑기는 처음이었다. 윤태를 위해 개입할 수 있게 된 것이다.

"저기요!"

삼촌의 손이 아이를 후려치기 전에 미류가 나섰다.

"당신 뭐야?"

삼촌은 게슴츠레한 눈으로 미류를 쏘아보았다. 꽐라의 극치에 이른 멍멍이 일보 직전의 눈빛이었다.

쩔겅!

미류는 대답 대신 신방울을 울렸다. 그러자 삼촌의 눈에 붉은 실핏줄이 무한 확장되었다.

"윤태야, 잠깐 물러나 있을래? 내가 보니까 네 삼촌 술 귀신이 씌었거든."

"술 귀신요?"

"한 3년 된 거 같은데… 그렇지?"

"맞아요. 3년 전에 다른 초상집에 거푸 세 번을 다녀온 후부터 변했어요."

아이의 확인을 들은 미류가 한 발 더 다가섰다.

"쉐액!"

미류의 등장으로 질겁을 한 빙의들이 발악을 시작했다. 마치 미류를 뜯어먹을 듯이 악다구니를 쓰는 것이다.

"옴소마니 소마니 훔……."

일단 항마진언부디 시작했다. 삼촌이 꿈틀거리는 게 보였다. 정도를 살짝 높였다. 이번에는 옥추경이었다.

"천지정명 예기분산… 팔방위신 사아자연……."

두려움으로 몸을 사리는 삼촌을 본 미류, 거기서 보검수진언을 작렬시켰다. 바야흐로 귀신의 항복을 받을 순간이 온 것이다.

"옴 데세 데야 도미니 도데……."

단숨에 보검수진언을 외운 미류가 마하라수진언을 덧붙였다. 그건 마치 퇴마에 가속기를 붙인 것과도 같았다.

"끼에엑!"

삼촌은 몸을 뒤틀며 신음을 쏟아냈다. 그사이에 눈과 입, 손에 붙은 빙의가 떨어져 나갔다. 이제 남은 건 위장의 빙의. 신체 깊숙한 곳에 자리 잡은 탓인지 빙의는 눈알을 뒤집고 미류에게 저주를 퍼부었다.

"정 그렇다면……."

미류가 부적 한 장을 뽑아 들었다. 뒤이어 주문을 외우자 삼촌의 입에서 검은 연기가 쏟아져 나왔다. 미류는 그 연기에 부적을 들이 댔다.

"끼에에!"

빙의는 하늘을 찢는 절규와 함께 낱낱이 흩어져 버렸다.

'후우!'

영가의 흔적이 다 사라진 것을 보고서야 미류는 숨결을 골랐다.

"아저씨……."

아이가 다가왔다.

"끝났다. 네 삼촌, 이제 다시 술주정 부리지 않을 거야. 어디선가 술 귀신을 넷이나 달고 왔거든. 그것들이 손과 입, 눈에 붙었으니 보면 마시고, 닿으면 마시고 한 거야. 가서 물 좀 떠다가 삼촌에게 부어주련?"

"그래도 돼요?"

"빙의가 나갔으니 정신을 차려야지. 너를 위해서라도."

"알았어요."

아이는 이내 물그릇을 들고 돌아왔다. 그리고 그걸 삼촌 머리에 부었다.

"푸하!"

삼촌은 몸서리를 치며 정신이 돌아왔다.

"윤태야!"

그의 입에서 나온 목소리, 조금 전의 난폭한 것과 달랐다. 어쩐지 애정이 배어 있는 것이다.

"삼촌……."

"밤에 왜 나온 거야? 이 사람은 누구고?"

"삼촌……."

아이가 삼촌 품을 파고들었다.

"이제 술 안 마실 거지? 나 안 때릴 거지?"

"내가 술? 내가 너를 때렸어?"

"하아앙! 몰라, 몰라!"

아이는 삼촌 품에서 한참을 울었다.

울음은 그친 아이는 삼촌을 위해 많은 걸 설명했다. 빙의에 걸린 삼촌. 술 몇 잔에 맛이 가서 묏자리를 팔아치운 것, 그리하여 풍수학자가 저주에 걸리고 미류가 내려온 것까지.

"맙소사, 내가?"

이야기를 들은 삼촌은 울먹이며 고개를 저었다. 본심은 아니었다지만 이제 들어도 기가 막힌 것이다.

"내가 미쳤구나. 아버지와 형의 묏자리를 팔아먹다니……."

삼촌은 자신을 자책하더니 안으로 뛰었다. 그는 서랍을 열어 통장과 현금을 확인했다.

"다행히 많이 쓰지는 않았어. 네 아버지가 너한테 남긴 보험이 있으니 그거 해약해서 원상 복구하자. 네 보험금은 삼촌이 벌어서 갚아줄게."

"삼촌……."

"기다리렴. 내가 당장 의원님에게 가서 해약해 달라고 할 테니……."

"하지만… 묘는 다 이장했는걸?"

"그래도 하는 데까지는 해봐야지."

삼촌이 겉옷을 집었다.

"같이 가시죠. 저도 확인할 게 있어서……."

미류도 삼촌을 따라나섰다.

"그러고 보니 혹시 무속하시는 미류 법사님?"

조수석에서 삼촌이 물었다. 그에게도 차가 있지만 아직 술 냄새가 나는 상황. 미류 차가 출동하는 수밖에 없었다.

"예……."

"행운이군요. 법사님 같은 사람을 만나다니……."

"……."

"제가 미쳐도 단단히 미쳤었나 봅니다."

"빙의였어요. 본심이 아니었으니 자책은 그만하셔도 됩니다."

"빙의……."

"초상집을 자주 다녔다면서요? 아마 거기 어디서 빙의가 된 것 같습니다."

"그러고 보니 그러네요. 두 번째 상가였어요. 아버님하고 인연이 깊은 사람이 죽어서 촌구석 상가를 찾아가는데 길을 잘못 들어 산을 넘은 적이 있어요. 그때 뭔가 바퀴에 걸려서 잠깐 내렸는데 나무토막 같은 게 있었어요. 그걸 치우는데 기분이 섬뜩하더라고요. 그날따라 술도 많이 먹게 되었고… 그 후부터 자꾸 술에 손이……."

"첫 빙의로군요. 아마 그게 사람의 뼈가 아니었을까 싶습니다. 아까 보니 빙의는 모두 넷이었습니다."

"넷이나요?"

"더 많이 되는 경우도 있지요."

"우워어……."

"아무튼 윤태를 위해서도 다행입니다."

"그렇긴 한데… 집안에 대역죄를 지었군요. 멀쩡한 묘를 팔고 이장을 하다니……."

"너무 자책 마세요. 제가 풍수는 잘 모르지만 선친의 묘를 가보니 묘지석이 귀석이더군요. 정 안 되면 그 묘지석만 잘 관리해도 큰 문제는 없을 겁니다. 다만 묘지석 끝이 살짝 깨진 것 같던데 그 조각을 찾아야 할 것 같습니다."

"알겠습니다. 다 왔네요."

삼촌이 말한 곳에 차를 세웠다. 정원부터 으리번쩍한 별장형 집이었다.

"컹컹컹!"

차가 서자 사나운 개 소리가 들려왔다. 셰퍼드가 두 마리나 있었다. 그 안쪽 정원의 차에 전직 의원이 보였다. 폼을 보니 어디론가 행차를 하려던 참인 것 같았다.

"당신들 뭐야?"

목소리부터 시건방이 줄줄 흘러나왔다.

"안녕하세요? 저 기억하시죠?"

삼촌이 인사를 했다.

"……?"

전직 의원이 미간이 일그러졌다. 귀찮은 사람이 왔다는 표정이었다.

"뭐야?"

"저희 묏자리 말입니다. 그거 죄송하지만 돌려주십시오. 그때 제가 술에 취해 판단을 잘못했습니다."

"묏자리를 돌려줘?"

"예……."

"허, 이 인간이 또 술 처먹었나? 사달라고 애걸할 때는 언제고 이제 와서 뭘 물러? 매장이 애들 장난인 줄 알아?"

전직 의원이 눈을 부라렸다.

"죄송합니다. 돈은 돌려 드릴 테니……."

"닥쳐. 이미 끝난 일이니까 법대로 해."

"선생님!"

"보아하니 그 돈 술 다 처먹고 돈 생각이 난 모양인데 사람 잘못 봤어. 너 같은 쓰레기는 내 말 한마디면 작살이야, 알아?"

전직 의원은 삼촌을 버러지쯤으로 취급했다.

"넌 또 뭐야? 브로커야?"

이번에는 미류를 보며 시비를 거는 전직 의원. 워낙 안하무인이다 보니 미류가 누군지도 모르는 것 같았다.

"브로커가 아니라 유명하신 무속인입니다. 미류 법사라고……."

"무속인? 아주 제대로 몰려다니는구나? 왜? 귀신이 노했으니 돈으로 메워라 굿해라 하고 협박하시려고?"

"……!"

"좋은 말할 때 꺼져. 다시 한 번만 그 일 거론하면 바로 교도소 직행표 끊어줄 테니까."

전직 의원이 기염을 뿜을 때였다. 순간, 그에게서 보인 운명창 하나가 미류 시선을 흔들었다.

'이것?'

"개 풀어서 잘근잘근 씹어주기 전에 꺼지라고. 알았어?"

그는 미류를 거칠게 밀고 차를 향해 돌아섰다.

"이봐요!"

미류가 그를 불러 세웠다.

"아니, 그런데 이런 쓰레기 같은 놈들이 누구한테 감히!"

그가 인상을 구기며 미류를 돌아보았다.

"당신… 운이 좋지 않아요. 진심으로 하는 말인데 저 사람의 말을 들어주세요. 아니, 그걸로도 부족합니다. 공덕을 쌓아야 합니다."

"야, 이 새끼야. 너 지금 나 협박하는 거야? 내가 무당 따위의 말에 쫄 거 같냐? 나 국회의원 출신이야. 너 같은 것들은 지금도 전화 한 통으로 아작 낼 수 있어."

"그전에 당신의 삶이 먼저 매장될 것 같아서 그럽니다."

"뭐야?"

전직 의원이 목청을 높이자 안에서 사람들이 몰려 나왔다. 그들역시 그 밥에 그 나물이었다. 미류와 삼촌의 말은 들을 생각도 없이우격다짐으로 밀어붙였다. 게다가 아들인지, 청년 하나가 개까지 끌고 나왔다. 셰퍼드 두 마리가 날뛰니 미류는 돌아설 수밖에 없었다.

[액운기]

사실 미류가 본 창은 그것이었다. 영기의 감으로 보아 액운은 전직 의원의 코앞에 있었다. 하지만 상대는 오만불손에 독불장군. 구원의 손을 내밀어도 잡지 않으니 별수 없는 일이었다.

전직 의원은 삿대질을 하며 미류 차를 지나갔다. 어디론가 유세를 떨러가는 모양이었다.

"어쩌죠? 재판이라도 걸어야 할까요?"

조수석에서 삼촌이 물었다.

"죄송하지만 제 생각은 다릅니다."

"……?"

"선친께서 묻힌 자리… 명당이었겠지요. 사람 옷으로 치면 명품이라고 할까요?"

"……."

"그런데 이제 부정이 탔습니다. 쫓겨난 당신 선친의 노여움이 서렸고, 임자의 자격도 없는 불한당의 핏줄이 묻힘으로써 땅의 혈을 더럽힌 거죠."

"아……."

"아까 말씀드렸지만 당신 선친의 묘지석이 귀석입니다. 떨어져 나간 모퉁이를 찾아 붙이면 현재의 자리가 더 나을 수도 있습니다."

"그렇군요. 그런데 그 조각을 어떻게 찾는다죠?"

"이장한 길을 역순으로 가보세요. 혹은 전의 묏자리 근처에 있을 수도 있습니다. 깨진 게 귀찮아서 숲에 던져 버렸다면 말입니다."

"아……."

"그건 저도 도와드리죠."

그 말과 함께 시동을 걸었다. 컹컹, 개의 위협을 뒤로하고 도로로 나왔다. 얼마나 달렸을까? 어디선가 사이렌 소리가 들려왔다. 속도를 늦추자 119 구급대와 경찰차가 미류 차를 추월해 갔다.

"사고가 났나 본데요?"

'사고?'

이상한 예감과 함께 영시를 했다. 그랬더니 전직 의원이 보였다. 그의 몸은 산산조각이 나 있었다.

"젠장, 전직 의원이 크게 다쳤나 봅니다."

"예?"

미류는 속도를 높였다. 예감은 빗나가지 않았다. 사고 현장이 보인 것이다. 거기 가드레일을 들이박고 추락한 차는 전직 의원의 차였다. 119 구조대들이 수습한 전직 의원은 겨우 숨통만 붙어 있었다. 그리고… 미류는 보았다. 사고 차량 주변에 서 있는 희미한 영가… 콧수염이 덥수룩한 그는 삼촌을 바라보더니 바람결을 따라 사라져 버렸다.

"혹시 선친께서 콧수염을 많이 기르셨나요?"

미류가 삼촌에게 물었다.

"그런데요?"

'하아!'

미류 입에서 소리 없는 한숨이 나왔다. 미류의 호의를 받아들이지 않은 전직 의원. 결국 격노한 귀신에게 횡액을 당하고 만 것이다.

역천자(逆天者)… 하늘의 뜻을 거스른 사람. 미류도 어쩔 수 없는 일이었다.

새벽이 왔다.

차에서 한잠 존 미류가 눈을 떴다. 삼촌과 아이 때문이었다. 그들이 집을 나선 것이다. 빙의에서 깨어난 삼촌은 조카를 알뜰하게 챙겼다.

지난 밤, 사고 현장에 전직 의원의 가족들이 달려왔다. 삼촌은 그들에게 묘지의 반환을 요청했다. 그들 또한 피가 다르지 않았다. 일언지하에 거절을 한 것이다. 비록 빙의 상태에서 술에 취했다고 해도 계약은 계약. 삼촌은 이제 묘지를 포기했나. 하지만 포기하지 못할 게 있었다. 미류가 말한 비석의 한 조각이었다.

"……!"

선친에게 잘못을 빌고 수색(?)을 하려고 찾아온 묘지. 거기서 삼촌은 놀라고 말았다. 두 사람 때문이었다. 그 둘은 풍수학자와, 그의 아버지였다. 일찌감치 산에 올라온 둘은 비석 앞에 부적을 묻고 죄를 빌고 있었다. 혹시라도 불상사가 날까 우려했지만 큰일은 벌어지지 않았다. 풍수학자는 삼촌과 윤태에게 진심 어린 사죄를 올렸다. 삼촌은 말없이 돌아섰다. 말은 없지만 용서한다는 의미였다.

그 고마움에 두 부자도 비석 조각 수색에 동참했다. 미류까지 다섯은 묘가 이장된 길을 따라 걸었다. 미류는 영시를 동원했다. 그래도 조각은 나오지 않았다.

그렇게 원래의 묘지에 도착했다. 숨을 돌린 미류는 다시 영시를 작동시켰다. 무덤과 주변 숲을 꿰뚫고 또 꿰뚫었다. 그러다 영가의 흔적을 포착하고야 말았다. 미류는 그곳으로 달려갔다.

"……!"

비석 조각이 아니었다. 관 조각이었다. 썩다가 만 관과 관 위에 올렸던 부장품을 아무렇게나 버린 것이다. 혹여 삼촌과 윤태의 마음이 상할까 봐 모른 척 치웠다. 그때였다. 풍수학자 쪽에서 외침이 나왔다.

"법사님!"

미류가 뛰었다. 삼촌과 윤태도 따라 뛰었다.

"이것 보세요."

풍수학자 손에 돌 조각이 들려 있었다. 미류가 보니 영가의 흔적이 또렷했다.

"할아버지 비석 조각이 맞아요."

윤태가 소리쳤다. 이 아이, 어떻게 확신하는 걸까?

"저희 마당의 돌 조각들요. 그거하고 똑같아요. 제가 매일 만지고 닦아서 잘 알아요."

'아아!'

미류는 윤태의 어깨를 두드려 주었다. 할아버지에게 각별한 마음을 가지고 있던 아이였다. 그렇기에 그 기도가 통했고, 그렇기에 단숨에 할아버지의 비석 조각을 알아본 것이다.

"고맙습니다."

삼촌은 풍수학자에게 인사를 건넸다. 자신도 모르게 나온 행동이었다. 그길로 돌아가 묘지석과 맞춰보았다. 날이 살짝 저무는 시간, 조각은 퍼즐처럼 완전하게 들어맞았다. 순간, 땅거미 내린 묘지 뒤에 두 영가가 모습을 드러냈다.

"윤태야!"

미류가 영가를 가리켰다. 할아버지와 유난한 아이. 그렇다면 할아버지를 볼 수도 있었다.

"할아버지, 아빠!"

미류의 짐작은 맞았다. 윤태는 영가를 향해 정확하게 다가갔다. 두 영가는 번갈아 아이를 안아주더니 각자의 무덤 속으로 사라졌다. 한을 내려놓고 영면으로 돌아간 것이다.

"할아버지… 아빠……."

윤태의 눈에서 눈물이 흘렀다.

"할아버지하고 아빠 봤어?"

삼촌이 어깨를 짚으며 물었다.

"응!"

"뭐라서?"

"저들이 진신으로 회개하니 그만 돌아간다고… 나보고 잘 살나가 오라고."

"그래……."

삼촌 눈에도 회한의 눈물이 고였다. 풍수학자와 모자 쓴 남자도 다르지 않았다. 그들 넷은 물에 젖은 눈동자로 산을 내려왔다. 마음 이 풀린 삼촌과 윤태, 미류가 풍수학자 쪽에 내린 마지막 처방도 허락해 주었다. 풍수학자와 모자 쓴 남자는 절구통 위에 부적을 놓고 죄를 빌었다.

그런데… 웬일일까? 부적에 불이 붙지 않았다.

'응?'

미류는 다시 시도했다. 그래도 마찬가지였다. 괴항지에 불이 붙지 않는 것이다.

'뭔가 잘못됐다?'

등골이 오싹해질 때 풍수학자의 핸드폰이 미친 듯이 울렸다.

"뭐야?"

전화를 받은 풍수학자가 파랗게 질렸다.

"무슨 일이죠?"

미류가 물었다.

"우리 집사람이… 숨이 넘어가고 있답니다."

'아뿔싸!'

미류가 탄식을 했다. 영가는 떠났지만 그녀의 신환(神患)이 너무 깊었던 것.

"댁으로 가요."

미류가 풍수학자의 등을 밀었다. 미류는 미친 듯이 페달을 밟았다. 동시다발로 일어난 일. 그래서 잠시 잊었던 게 문제였다. 게다가 며느리는 원래 풍수학자보다 몸이 약한 모양이었다.

끼익!

차가 멈추기 무섭게 뛰어내렸다. 왈칵, 방문이 열리자 싸아한 공기가 미류를 맞았다. 며느리가 죽은 것이다.

"방금 전에……."

며느리를 돌보던 아줌마와 친척 하나가 고개를 떨구었다.

"여보!"

풍수학자가 무너졌다. 미류는 그를 지나 며느리 앞에 앉았다. 손을 잡아보았다. 아직 체온이 남아 있었다. 그녀를 징벌하려던 영가도 떠난 상황. 그러니 이렇게 보낼 수는 없는 일이었다.

'이럴 때 쓸 방법은 단 하나…….'

미류의 뇌리에 귀소(鬼甦)라는 단어가 스쳐 갔다. 이는 패관잡기라는 책에 나오는 비법이었다. 비법의 핵심은 약지와 혈액, 그리고 귀(鬼)라는 글자였다. 사람이 돌연사했을 경우 그 사람의 약지를 베어 피를 짜내고 그 피로 이마에 鬼라고 쓰면 되살아날 수 있다는 묘법.

다시 한 번 확인했다. 며느리의 숨은 완전히 끊어진 후였다.

'부디……'

미류는 탁자 위의 커터날을 집어 들었다. 그런 다음 며느리의 약지를 거침없이 베었다.

"법사님!"

놀란 풍수학자가 소리쳤지만 개의치 않았다. 그 피를 부적 쓰는 붓에 묻혔다. 그런 다음 며느리의 이마에 정성을 다해 한 글자를 그렸다.

鬼!

미류도 전해만 들은 비방. 아직 한 번도 써먹지 않은 일. 그렇기에 획을 마무리하는 손이 와들거릴 지경이었다. 풍수학자의 시선은 귀자에 머물러 있었다. 다른 사람도 아니고 미류가 한 일. 속내를 모르기에 설명을 기다릴 뿐이었다.

"이건 무슨……."

한참 후에 풍수학자의 입이 열렸다.

"……."

미류는 대꾸하지 않았다. 천기와 신기를 담아 정성을 다한 글자. 그러나 며느리의 숨통은 터지지 않았다.

'그저 하나의 전설이었나?'

허탈감에 고개를 저을 때였다. 며느리의 가슴에 얼굴을 대고 흐느끼던 늙은 친척이 돌연 고개를 들었다.

"며늘 아가가 숨을 쉬어요!"

그 말은 벼락과도 같았다. 방 안의 모든 사람이 감전되어 고개를 든 것이다.

"후우!"

며느리의 입에서 입김이 나왔다. 숨결이었다. 믿기지 않게도 숨이 돌아온 것이다.

"법사님!"

"다행이군요. 아는 게 그것밖에 없어 시도해 본 것이었는데……."

"으아악, 법사님!"

풍수학자는 미류를 안고 넘어갔다. 그사이에도 며느리의 숨결은 조금씩 튼실해지고 있었다.

"다행히 잘된 것 같군요. 저는 피곤해서 그만 가봐야겠습니다."

할 일을 마친 미류가 자리를 털고 일어섰다.

"잠깐만요."

뒤따라 나온 풍수학자가 미류를 잡았다.

"이 은혜를 어떻게……."

"……."

"아무튼 정말 고맙습니다. 게다가 제 신중하지 못한 언사로 일어 난 일이니 윤태가 대학을 졸업할 때까지 학비는 제가 댈 생각입니다. 보아하니 아이도 영특한 것 같고… 그리고… 법사님 복채는 얼마나 드리면 될까요."

풍수학자가 미류를 바라보았다.

"복채는 받을 수 없습니다."

"예?"

"제가 여기 하루 이틀만 늦게 왔어도 선생님과 사모님은 이 세상 사람이 아닐 겁니다."

"아마……."

"그렇다면 두 사람의 목숨값으로 얼마를 받아야 할까요?"

"……!"

"그건 저 스스로도 정할 수 없으니 받지 않는 겁니다. 대신 아이를 후원한다는 선생님 제안이 좋은 것 같으니 그 약속을 지키시면 될 것 같습니다."

"그러시면……."

"그 묘지… 명당이라면 윤태의 아버지도 광영을 입었어야 옳았겠 지요. 그런데 보아하니 부부가 사고로 요절한 모양이니 그 광영이 윤 태에게 이어져야 하는 거 아닙니까?"

"사실 그 터가 명당이긴 하지만… 성인무전능(聖人無全能), 호지무전 미(好地無全美)라는 말이 있듯이 명당이라고 해서 다 완벽한 것은 아닙니다."

"그래도 제가 보기엔 그 터가 명당인 건 맞는 것 같습니다."

"예?"

"선생님처럼 학식 높은 분이 아이의 후견을 자처해 주시니 그 또한 명당의 기 때문이 아닐는지요?"

"말씀은 고맙지만 저야 제 발 저린 짓 때문에……."

"제 생각에는 그 또한 명당의 덕으로 보입니다."

"좋게 생각해 주시니 더 부끄러워지는군요."

"아무튼 그만한 복채도 드문 것이니 저는 이만……."

미류는 그 길로 차에 올랐다.

"법사님, 안녕히 가세요!"

언제 온 건지 윤태 목소리가 들렸다. 풍수학자의 아내가 죽었다는 말에 따라온 모양이었다. 어린 윤태가 쫓아오며 인사를 했다. 삼촌도 쉬지 않고 팔을 흔들었다. 풍수학자와 그의 아버지 모자 쓴 남자도 다르지 않았다. 어쩌면 네 명이 죽을 수도 있었던 이번 일. 풍수학자 와 그의 아내, 그리고 빙의가 된 윤태의 삼촌… 다행히 운때가 맞아 셋은 구했다. 다만 한 사람, 전직 의원은 그러지 못했다. 그건 그의 과욕이 불러온 무리수였다. 말하자면 제명을 재촉한 것이다.

멀찌감치 달려온 미류가 뒤를 돌아보았다.

"법사니임! 고마워요!"

어린 윤태의 목소리는 아직도 차를 따라오고 있었다.

요양 병원 준공식

마음!

사람의 마음은 무엇으로 표시할 수 있을까?

―나는 당신을 진심으로 사랑합니다.

―나는 당신이 진심으로 필요합니다.

삼국지에서 유비를 공명을 얻기 위해 삼고초려를 했다.

한 번 제의가 온다.

―음, 그래? 내가 필요하니 이용해 먹으시려고?

두 번 제의가 온다.

―흠, 급한 모양이지?

세 번 제의가 온다.

―성의가 꽤씸하네. 받아들여?

공명은 그렇게 생각한 걸까?

삼고초려는 한국에서도 정서가 통한다. 삼세판이 바로 그것이다. 한두 판은 몰라도 세 판이라면 확실하다. 승패를 다툰다 해도 승복

해야 한다. 받아들여야 하는 것이다.

미류는 삼고초려에 대한 고사를 덮었다. 미류에게도 삼고초려의 순간이 온 것이다. 그 대상은 진순애와 채나연이었다. 이제 목전에 다가온 요양원의 준공식. 믿을 만한 사람을 원장으로 앉히는 일을 미룰 수 없었다.

언질은 이미 던졌던 미류였다. 그녀들, 대놓고 거절하지는 않았지만 그렇다고 적극적으로 콜에 응한 상황도 아니었다. 다른 사람들보다 전생에 대한 이해도가 높은 사람들. 그렇기에 내생에 대한 이해도 빠른 사람들. 그녀들이라면 미류와 함께 가기에 딱 맞춤한 사람들이었다.

'블루 델피늄……'

미류는 자색이 살짝 깃든 푸른 꽃을 떠올렸다. 어쩌면 나비가 옹기종기 모여 앉은 듯한 꽃이었다. 나비는 자유롭다. 때로는 행운을 불러주기도 하니 태극나비의 경우가 그렇다. 블루 델피늄의 꽃말은 '내 마음을 알아주세요', 혹은 '당신은 나의 영웅'……

미류는 두 여자에게 이 꽃을 두 번씩 보냈다. 물론 발신인은 밝히지 않았다. 그녀들이 미류와 소통하는 영혼이라면 알아줄 것으로 생각한 것이다.

"법사님!"

심부름을 갔던 봉평댁이 돌아왔다. 그녀는 길고 큰 상자 두 개를 안고 있었다.

"가져왔어요."

그녀가 상자를 내려놓았다.

"수고했어요."

오후 점사를 마친 미류는 약속 장소로 향했다. 카페의 테라스였다. 테이블이 두 개였지만 미류가 전세를 내버렸다. 차 한 잔을 마시며 오가는 사람들을 바라보았다. 대한민국 서울 사람들은 다 바쁘다. 티베트에서 본 사람들과는 아주 달랐다. 공평한 시간을 가지고 살아가는 하루. 그런데 왜 한국 사람들은 이다지 여유가 없는 걸까?

몇몇 사람들의 운명창을 체크했다.

[女]

[男]

[錢]

[健康]

[就業]

[昇進]

운명창 안의 고민과 기쁨은 대동소이했다. 참 신기했다. 저렇게 많은 사람들이 저렇게 비슷한 꿈을 가지고 살아가다니… 상상이 끝날 무렵 두 여자가 도착했다. 진순애와 채나연이었다.

"법사님!"

둘은 미류를 반겨주었다. 미류 역시 기꺼운 얼굴로 둘을 맞이했다.

"웬일이세요? 우리 만날 시간 같은 거 없으실 텐데……."

채나연이 먼저 물었다.

"왜요? 두 분이 나한테 얼마나 중요한 사람인데요?"

미류도 작업 멘트를 깔아두었다.

"에이, 농담도… 이제는 대한민국도 좁아서 세계적으로 활동하시는 분이… 곧 프랑스 가신다면서요?"

진순애도 그냥 있지 않았다. 미류의 스케줄은 아마 타로를 통해 공유된 모양이었다.

"파리가 별건가요? 요즘이야 아무나 다 가는 유럽인데……."

"그렇긴 하지만 법사님은 '놀자 먹자 여행'이 아니잖아요? 전생의 진수를 보여주러 가는 숭고한 순례자의 길!"

진순애는 좀 세게 나왔다.

"아, 참, 법사님. 요양원 준공식도 이번 주죠?"

채나연이 물었다.

"맞아요. 이제 이틀 남았습니다."

"우와, 법사님 꿈이 차곡차곡 이루어지네요. 거기 들어가려는 사람들이 줄을 섰다는 말도 있던데……."

"그건 일단 남창수 사장님이 맡고 계셔서……."

미류는 말끝을 흐렸다. 요양원 건은 방송 덕을 많이 보았다. 채 피디도 그렇고 양 피디도 그랬다. 그들이 아는 선후배 피디들을 동원해 간간이 심층 취재가 나갔던 것이다.

"어우, 이러다 진짜 법사님 얼굴도 못 보게 되는 거 아닌가 모르겠어요."

채나연은 아쉬운 눈빛을 보였다.

"실은 그래서 말인데……."

이제 뜸을 들였다고 생각한 미류가 본론을 꺼내기 시작했다.

"혹시 두 분 삼국지 읽어보셨나요?"

"읽지는 못하고 영화로……."

"저는 만화로 읽었어요."

두 여자가 대답했다.

"그래도 제갈공명은 아시죠?"

"그럼요."

동시에 나오는 두 여자의 합창.

"그럼 오늘만은 저를 미류로 보지 마시고 유비로 봐주시기 바랍니다."

"유비요?"

"그리고… 두 분은 제갈공명이 되는 겁니다."

"법사님?"

두 여자의 눈이 동그랗게 변했다. 미류가 왜 이러는지 감을 잡지 못한 것이다. 하지만 그 표정은 이내 변해 버렸다. 미류가 옆 테이블에서 가져온 두 상자 때문이었다. 미류는 진순애와 채나연에게 정성껏 상자를 건네주었다. 여자들이 상자를 열자 우아하고 아름다운 델피늄 꽃다발이 나왔다.

"어머!"

놀라는 소리도 둘이 똑같았다.

"이거 그동안 법사님이 보내셨던 거예요?"

진순애가 고개를 들었다. 채나연도 그 말을 하려던 건지 미류에게 고정된 시선을 놓지 못했다.

"예, 제가 보냈습니다."

"법사님!"

"두 분 선생님!"

미류는 자리에서 일어나 두 여자 앞에 무릎을 꿇었다.

"법사님, 왜 이러세요!"

놀란 여자들이 미류를 잡아세웠다.

"죄송하지만 저를 좀 도와주십시오. 제가 세운 요양 병원은 껍데기뿐입니다. 그 요양 병원에 생기가 돌려면 두 분이 필요합니다."

"법사님!"

"대우는 지금 계신 곳만큼 해드리겠습니다. 요양 병원 운영에도 두 분의 의견을 고이 반영하겠습니다. 그러니……."

"법사님……."

"제가 무속으로 이름을 떨친다지만 요양원이나 요양 병원에 대해서는 문외한에 불과합니다. 두 분 도움이 없으면 아무것도……."

"……."

"그러니 허락하지 않으시면 이 자리에서 망부석이 되든지 요양 병원을 다른 용도로 쓰는 수밖에 없습니다."

미류의 태도는 진솔하면서도 숙연했다. 그 굳은 의지에 두 여자는 서로를 바라볼 뿐이었다.

채나연!

좋은 병원에 다니고 있다. 연봉도 쏠쏠할 테고 이제 고참이라 험한 병실 일은 열외가 되었을 것이다.

진순애!

그녀는 전문의다. 굳이 요양 병원 같은 곳이 아니더라도 고액의 연봉을 받을 수 있는 병원은 널리고 널려 있었다. 그런 둘에게 오퍼가 왔다. 요양원을 겸한 요양 병원이었다. 어쩌면, 그리 매력적인 오퍼는 아니었다.

"법사님!"

한참의 침묵 후에 진순애가 말문을 열었다.

"예!"

"왜 우리죠?"

"……."

"법사님이라면 다른 좋은 의사와 간호사를 찾을 수도 있었을 겁니다. 전생령의 인과를 이용하면 거절하지 못할 사람이 많을 테니까요. 그런데 왜 우리를……."

"초록은 동색이기 때문이죠."

미류는 한마디로 대답했다.

"초록은 동색?"

"제가 꿈꾸는 요양원은 이 생을 아름답게 마감하고 다음 생의 희망을 꿈꾸는 곳입니다. 전생을 알뜰하게 마감하고 내생으로 가는 거죠. 선생님 말씀처럼 누군가 의술이 뛰어난 분을 찾아 그분 전생 인과를 해결해 주거나 문제를 부각시켜 부탁을 할 수도 있습니다. 하지만 그것보다는 전생을 이해하는 두 분… 그게 요양 병원의 목적과 부합한다고 생각했습니다."

"저희를 법사님과 같은 반열에서 본다는 건가요?"

"당연하죠. 조금 더 뛰어나고 조금 부족한 건 아무 문제가 아닙니다. 두 분도 아시다시피 생이란 그런 것이니까요. 그건 단지 그 사람의 자아를 향해 가는 과정에 불과합니다."

"채 선생!"

진순애가 채나연을 돌아보았다.

"전 너무 놀라서… 뭐라고 말씀드려야 할지… 이 꽃을 보낸 분이 법사님인 줄 상상도 못 했어요."

"나도 긴가민가하긴 마찬가지였어요. 그런데… 또 왜 하필 이 꽃이었죠?"

진순애가 다시 물었다.

"그 꽃이 나비를 닮았잖습니까? 나비는 사람의 혼을 저승으로 인도한다는 말이 있지요. 그리고 그 꽃의 꽃말 때문에……."

"꽃말이 뭔데요?"

"내 마음을 알아주세요. 그리고… 당신은 나의 영웅……."

"우리가 법사님의 영웅요?"

이번에는 두 여자가 함께 물었다.

"그렇고말고요!"

미류의 대답에는 주저가 없었다.

"아, 법사님은 진짜… 나 코 꿰이네……."

채나연이 먼저 무너졌다.

"채 선생님, 그건 내가 할 말이에요."

진순애도 수락의 뜻을 밝혔다.

"그럼 두 분, 요양 병원을 맡아주시는 겁니까?"

"아니면 어쩌겠어요? 법사님 같은 분의 부탁을 거절했다가는 싸가지 없는 인간으로 찍힐 텐데… 그러니 얼른 일어나시기나 하세요. 남들이 보면……."

채나연과 진순애가 손을 내밀었다. 미류는 그 두 손을 잡고서야 접은 무릎을 세웠다.

"고맙습니다."

다시 한 번 진심 어린 감사를 전했다. 이제 요양 병원 운영은 한시름을 놓게 된 미류였다.

덩더덩궁 둥당당궁!

북소리 높았다. 장구 소리도 높았다. 신명 나는 가락을 이끄는 사람은 황 선생과 선모였다. 그들 말고도 20여 명의 풍물패들이 질펀한 가락으로 분위기를 띄웠다. 이들 대다수는 굿당에서 이름 좀 날려본 사람들이었다. 미류의 요양 병원 준공식, 그걸 축하하기 위해 황 선생이 난다 긴다 하는 재비들을 데려온 것이다.

황 선생은 젊은 날처럼 신명을 냈다. 보는 사람 모두가 그 가락에 취했다. 그야말로 가는 신도 잡아 세우던 황 선생의 가락. 미류를 위해 유감없이 발휘되고 있는 것이다.

"장하다, 우리 아들!"

오랜만에 보게 된 어머니는 눈시울부터 훔쳤다. 신열로 가슴을 끓이던 아들이었다. 사람 구실 할까 걱정하던 아들이었다. 그런데 그 아들 덕분에 병을 고치고, 그 아들 덕분에 주변의 존경까지 받게 된 어머니. 그래도 행여나 아들에게 민폐가 될까 내색도 않고 있던 사람이었다. 그럼에도 오늘만은 감정을 억누를 수 없었다. 이렇게 푸근한 요양원, 저렇게 많은 유명 인사들… 보고 또 봐도 가슴이 부푸는 어머니였다. 미류는 어머니 손을 꼭 잡았다. 말 따위는 필요 없었다.

"축하해요!"

초청자 중에 맨 먼저 도착한 건 정대협의 사모님이었다. 남편의 바쁜 유세 일정에도 불구하고 들러준 것이다. 하지만 그녀만 온 것은 아니었다. 유력한 경쟁자인 여당 대표 성병재도 비서실장을 보냈고 3위권으로 불리는 양동국 후보는 직접 얼굴을 내밀었다. 다른 정치인도 많았다. 선일주 장관도 오고 염 의원 역시 동료 국회의원 너덧을 거느리고 등장했다.

미류는 무속인!

그러나 여느 무속인이 아니었다. 그는 이미 명망을 얻었고 많은 사람들이 가지고 있던 무속에 대한 거리감을 좁혀놓은 인물. 게다가 훈훈한 행보들이 알음알음 알려지면서 국민의 신망도 높아가고 있었다. 그렇기에 무속이라는 선입견조차도 벽이 되지 않은 것이다.

"미류 법사님!"

다음으로는 기업인들이었다. 그동안 미류에게 크고 작은 도움을 입은 사업가들이 대거 참여를 했다. 어디 그뿐일까? 미류를 비난하던 그 종교 지도자도 동료 몇을 이끌고 와주었고 논산 아줌마 아들 국재경 변호사도 동료들과 참석했다.

송송탁구방 사모님들은 아예 단체로 일일 자원봉사자로 나섰다. 화요가 데려온 동료 연예인들도 수나의 지휘 아래 안내자를 자처하고 있었다. 거기에 연주와 현서 등이 가세하니 미녀들 또한 지천이었다.

"법사님!"

미류, 고개만 돌리면 여기저기서 아는 얼굴들이 악수를 청하거나 손을 흔들었다. 어떤 사람들은 미류와 포옹을 청하기도 했다. 그야말로 구름 하객이었다. 여러 전문가의 고견을 종합해 재단으로 출범한 요양 병원. 그 아름다운 뜻을 축하해 주기 위해 달려온 사람들. 미류 덕분에 취업을 한 백수들과 현생의 고민에서 벗어난 사람들… 그 하나하나를 헤아리기조차 어려울 지경이었다.

"미류 법사님……."

봉평댁은 기어이 울음을 터뜨렸다. 눈앞에 떡하니 펼쳐진 요양 병원. 그게 누구 힘으로 이루어졌는가? 봉평댁이 모신 미류가 맨손으로 이룬 기적이었다.

―무속은 미신!

―하찮은 전통!

―배척해야 할 허무맹랑!

적어도 이 자리에서만은 그 선입견은 없었다.

"고생 많았다."

격려하는 표승의 눈에도 이슬이 서렸다. 그 역시 상상하지 못한 일이었다. 그저 자신의 신아들로서, 무당으로서 제구실만 하기를 바랐던 표승도 눈앞에 펼쳐진 기적에 할 말을 잃은 것이다.

"청출어람이라더니……."

숭덕 역시 흐뭇한 표정이다. 그 옆에 장막처럼 둘러선 많은 무속인들도 그랬다. 협회의 공재명 회장도 목에 힘이 들어갔고 꽃신과 신몽, 궁천과 우담할망, 칠갑보살과 천둥할미 등도 다르지 않았다. 미류 덕분에 편견 없이 다루어진 무속 다큐멘터리. 그곳에 출연하면서 인지도를 높인 그들. 그러면서도 생색 한 번 내지 않은 미류의 인품에 반한 그들이기 때문이었다.

"지금부터 '도솔 요양 병원' 겸 요양원의 준공식을 거행하겠습니다."

일일 사회자로 나선 사람 역시 유명 아나운서였다. 그녀를 픽업해 온 건 화요였다. 미류와 진순애, 황금실, 한택근, 남창수 등이 나란히 섰다. 요양 병원이 있게 한 일등 공신들이었다. 옆으로는 정대협의 사모님과 비서실장 등의 정치인들, 나아가 굵직한 기업인 등이 자리를 잡았다.

"커팅하겠습니다!"

사회자의 외침과 함께 가위가 움직였다.

싹둑!

가위가 경쾌하게 허공을 잘랐다.

"와아아!"

수나와 연예인들이 꽃술을 뿌리며 달렸다. 그 뒤를 황 선생의 풍물패들이 가락을 울리며 이었다. 분위기는 그야말로 최상으로 치달렸다.

전체 안내는 한택근과 진순애가 맡았다.

"축하합니다!"

"축하합니다!"

어디에서, 누굴 마주쳐도 인사가 건너왔다. 미류 덕에 갓 입사한 회사에서 연차를 내고 달려왔다는 사회 새내기의 인사도 정중히 받았다. 미류는 알고 있었다. 건설 비용은 황 이사장이 대주었지만 그 뿌리와 바탕은 저들 모두에게 있다는 것. 그렇기에 찾아준 사람들이 고마운 미류였다.

"고맙습니다."

미류는 황금실 이사장에게 인사를 전했다.

"고맙습니다."

건축설계를 맡아준 한택근에게도 그랬다.

"고맙습니다."

공사를 맡은 기도환 또한 빼먹지 않았다. 마지막으로 표승 앞에 큰절을 올렸다.

"이, 이 사람이······."

놀란 표승이 말렸지만 미류는 그치지 않았다. 어쩌면 이제 본격적인 시작. 그 각오를 새롭게 다지는 인사였던 것이다.

이날 즉석에서 모금한 기부 금액만 무려 20억여 원에 가까웠다. 찾아준 모두가 지갑을 털고 간 것이다. 미류의 꿈 하나는 그렇게 뿌리를 내렸다.

'몸주님 덕분에······.'

전생신을 생각했다.

나는 꿀을 빨고 있습니다. 지상에서 가장 달콤한 꿀··· 그건 바로 나눔이군요.

미류는 시큰해지는 눈을 감추기 위해 하늘로 시선을 돌렸다.

이사장실!

미류는 그 문을 열었다. 한택근의 안내였다. 이사장실은 두 평도 되지 않았다. 특별하게 무속적 분위기를 내지도 않았다. 뒤따라 들어온 송송탁구방 사모님들은 비명을 질렀다.

"세상에!"

가장 민감한 건 탁정자와 구영미였다. 작은 책상 하나와 꼬마 소파로 이루어진 방. 그건 이사장실이 아니라 말단 직원들의 임시 대기소만도 못해 보였다.

"말도 안 돼요."

그녀들은 이구동성이지만 미류는 아무렇지도 않았다.

"이 병원은 생을 마감하는 사람들을 위한 곳이지 제 체면이나 세우자는 곳이 아닙니다."

"그래도 그렇지. 이건 너무한 거 아니에요?"

탁정자가 한택근을 바라보았다. 한택근이 병원 설계를 맡은 것을 알고 항의성 발언을 날린 것이다. 물론 그녀는 그럴 자격이 있었다. 병원 공사비는 황금실 이사장이 냈지만 기타 비용의 기부금에 기여를 했기 때문이었다.

"죄송합니다. 저도 최소한 여덟 평 정도로는 가자고 했지만……."

한택근은 잠시 주저하다 뒷말을 이어놓았다.

"그거 쪼개서 환자들 쉼터 늘리라고 하시는 바람에……."

"아이고, 우리 법사님, 어쩌면 좋아."

탁정자는 결국 한숨을 내쉬고 말았다.

잠시 후에 어머니가 들어왔다.

"어머니!"

미류는 이사장 의자를 당겨주었다.

"내가 왜?"

놀란 어머니가 몸을 뺐다.

"어머니께서 제게 생을 주셨기에 오늘이 온 거지요. 당연히 앉으실 자격이 있습니다."

"아유, 아니야. 이 자리는 우리 법사님이 앉으셔야지."

"그러지 말고 앉아보세요. 우리 아들 초심 잃지 말고 요양원 운영

잘하거라 축원하시면서 말입니다."

"그러세요."

재촉하는 목소리는 화요였다. 그녀 역시 수나와 장두리, 유세성 능과 함께 문 앞에서 지켜보고 있었다.

"그럼 잠깐만… 아유, 내가 무슨 자격으로……"

어머니는 주저주저 의자에 앉았다. 미류는 그 뒤에 섰다. 사람들의 디지털 카메라가 펑펑 그 장면을 담고 있었다.

다음으로 구경한 곳은 원장실이었다. 그 문이 열리는 순간, 진순애는 숨이 덜컥 막히고 말았다. 원장실은 이사장실과 정반대였다. 20여 평 널찍한 방을 고풍스럽게 꾸몄다. 보기만 해도 자연의 일부처럼 마음이 놓이는 공간 배치였다.

"법사님!"

진순애가 미류를 돌아보았다. 이 요양원의 주인은 미류. 그런데 그 이사장실보다 열 배는 더 편안하고 좋아 보이는 원장실이었다.

"원장실은 이 요양 병원의 사령부이자 두 번째 얼굴입니다. 여기서 많은 사람을 상담하고 위로하셔야 할 것 같아서 상담실, 산책 정원 등과 함께 특별히 신경을 쓰라고 부탁했습니다."

"말도 안 돼요. 어떻게 이사장님실보다……"

"저는 가끔 오지만 원장님은 여기서 사실 분이니까요."

미류가 자리를 권했다. 진순애는 주저했지만 사람들의 박수가 그녀의 등을 밀었다. 결국 진순애는 원장 의자에 앉고 말았다.

〈도솔 요양 병원 원장 진순애〉

소박한 나무 명패 위에 쓰인 이름이 임자를 만나는 순간이었다.

이후로 상담실과 병실 등을 돌았다. 뛰어난 채광과 통풍이 돋보이는 구조였다. 그 또한 미류의 부탁이었다. 어머니의 요양원과, 벤치마

킹을 위해 돌아본 요양 시설들… 한결같은 취약점은 우중충한 분위기와 냄새였다. 그 퀴퀴한 냄새들… 사람이 시들고 생기가 말라가며 나온 냄새는 인간의 존엄을 무차별적으로 오염시키는 것 같았다.

한택근은 그걸 완벽하게 해결해 주었다. 농도 단위로 공기가 자동으로 교체되고 인간에게 최적의 향을 뿜어 늘 숲을 거니는 듯한 공기를 공급토록 만든 것이다.

마지막 하이라이트는 정원이었다. 그건 한국과 영국, 중국의 정원 문화를 참조한 역작이었다. 정원수들은 아담해서 사람을 위축시키지 않았고 길은 부드러운 곡선으로 보행자의 마음을 편안하게 만들었다.

짝짝짝!

정원의 중앙에서 미류는 한택근에게 박수를 보냈다. 그건 마음에서 우러난 찬사였다. 미류가 꿈꾸던 것을 현실로 만들어준 한택근… 그는 그 공을 기도환 사장에게 오롯이 돌렸다.

"설계는 그림일 뿐입니다. 저도 좀 우려를 했는데 중소 건설사 기술이 이렇게 좋을 줄은 생각지도 못했습니다."

"하핫, 내 하나뿐인 아들놈 마음 잡아준 분인데 뭔들 못 하겠습니까? 능력은 모자라지만 천년 명작 한번 만들어보자는 결심으로 임했습니다."

기도환은 아들 등짝을 치며 웃었다. 그 아들 동길이 미류에게 고개를 숙였다. 원하는 길을 가게 된 그의 얼굴 역시 행복이 가득해 보였다.

"아, 저 이 요양원 원장 괜히 맡은 거 같아요."

환호 끝에 진순애가 한숨을 쉬었다.

"왜요?"

미류가 물었다.

"저기 기자님들 보세요. 기사 구경하니까 대한민국 최고의 요양 병

원으로 기사 내보내시고 있더라고요. 지금까지 들어온 입원 신청자
만 해도 어마어마하던데 입원자 선택하는 일이 장난 아닐 거 아니에
요? 제기 재명에 못 죽죠."

진순애가 행복한 엄살을 떨자 일동은 또 한 번 웃음바다를 이루
었다.

"여러분, 간단한 식사 나왔습니다. 식당으로 모여주세요!"

현서와 숙정이 나와 손나팔을 하며 소리쳤다.

식사는 봉평댁의 장국수였다. 그녀가 사람 몇을 이끌고 수고를 아
끼지 않은 것이다. 식당 역시 편안한 구조였다. 미류는 서빙 줄에 서
서 직접 식사를 챙겨주었다.

"많이 드세요."

인사도 빼먹지 않았다. 여기 모인 사람들이 아니었다면 요양 병원
의 오늘은 없었기 때문이었다.

"우와!"

장국수 맛을 본 사람들은 그 기막힌 솜씨에 몸서리를 쳤다. 그야
말로 입에 착착 감기는 맛이었다.

"요양 병원도 작은 천국 같은데 국수 맛 역시 천국의 맛이로군요."

기자들도 칭찬을 아끼지 않았다.

"법사님!"

국수를 받아 든 진순애가 미류를 돌아보았다.

"네, 원장님!"

"법사님 이모 말이에요, 저희 병원 주방장으로 파견하셔야 하는 거
아닌가요? 이 손맛이 이 병원에 딱인 거 같은데……."

"어이쿠, 우리 이모님, 몸을 둘로 나눠야 할 판이로군요."

미류가 웃었다. 진순애와 채나연도 따라 웃었다.

한택근은 박혜선과 나란히 앉아 국수를 먹고 있었다. 표정도 자연스럽다. 한택근이 쌓은 공덕… 그게 좋은 향이 되어 박혜선에게 스며드는 것 같았다. 하긴 저만한 남자가 있을까? 미류는 소망했다. 이생에서는 둘의 사랑이 결실을 맺기를…….

행사를 끝내고 돌아온 미류는 신당에서 송송탁구방 멤버들과 자리를 함께했다.

"법사님!"

송미선이 먼저 운을 떼었다.

"말씀하시죠."

"죄송하지만 신당 말입니다."

송미선의 목소리는 아주 조심스러웠다. 뭘 말하려고 이러는 걸까?

"저희가 허락도 없이 다른 자리를 하나 알아보았는데……."

송미선이 사진 몇 장을 내놓았다.

압구정 터.

작은 표지석이 보였다. 압구정 터라면 조선조 세조 때부터 성종 때까지 영의정을 지낸 권신 한명회가 그의 호를 따서 지은 압구정이라는 정자가 있던 명소. 소위 명당으로 꼽히는 곳이었다.

사진 속의 집은 표지석에서 조금 떨어진 곳에 있었다. 아담하면서도 고풍이 서렸다. 아주 대로도 아니고 아주 구석도 아닌 곳. 그러면서 주변에 공원과 강이 넘겨다보여 좋은 입지로 보였다.

"이제 재단도 만드셨고 요양 병원도 지으셨으니 법사님 신당도 격에 맞게 평안한 곳으로 옮기시면……."

송미선이 본론을 꺼내놓았다.

미류의 신당!

자그마한 집이다. 마당이라야 손바닥보다 조금 넓은 집. 현재의 미류 명성에 비추어 보면 그런 말이 나오는 것도 백번 마땅한 일이었다. 게다가 송미선이 알아본 집, 좋아 보였다. 무속인이라면 누구는 탐을 낼 만한 자리. 하긴, 송송탁구방 멤버들이 누구인가? 아무 집이나 하나 주워 들고 올 수준들이 아니었다.

"송 여사 말대로 하세요. 여긴 법사님이 머물기에 좁고 어울리지 않아요."

"맞아요. 좀 더 넓은 곳으로 가서 손님들도 여유롭게 맞으시고……."

멤버들이 입을 모았다.

"멋지네요!"

미류가 사진을 보며 웃었다.

"우리가 백방으로 알아본 곳이거든요. 무속 하는 집으로 쓰기에는 나름 명당이라고 들었어요."

송미선이 화답했다.

"그런데 과분해요."

"……?"

미류의 한마디에 송송탁구방이 조용해졌다.

"성의는 고맙지만 신당은 절이 아니잖아요? 저는 여기가 아늑하고 좋습니다. 여러 사모님들을 만나게 된 것도 이곳이라서 어쩌면 제 첫사랑과도 같은……."

그 말은 진심이었다. 일대 반전을 이룬 두 번의 기막힌 삶. 그건 무엇과도 바꿀 수 없는 공부였던 것이다.

"법사님!"

송송탁구방 멤버들이 목청을 높였다.

"마음만 받겠습니다. 진심으로 고맙습니다."

"아, 몰라요. 우리가 법사님 좋아하지만 이건 못 물러요. 이미 잔금까지 다 치렀으니 알아서 하세요."

송미선이 볼멘소리를 냈다. 어쩌면 작심하고 미류를 위해 마련한 새 신당. 그걸 거절하니 마음이 상한 모양이었다.

"여사님……."

"아무튼 접수해 주세요. 그리고 우린 이만 가요. 며칠 후에 프랑스 가신다고 그랬죠? 이건 장도비 몇 푼씩 모았어요."

송미선은 또 다른 봉투를 내놓고 일어섰다.

"여사님!"

미류가 일어섰지만 멤버들은 다투어 신당을 빠져나갔다.

"……!"

미류는 대문 앞에서 황망했다. 그 마음을 어찌 모를까? 하지만 아직은 이 신당을 떠나고 싶지 않았다. 조금 작아도 아담했고 정까지 들었기에 그런 것이다.

"여사님!"

미류는 송미선의 전화번호를 눌렀다.

"새 신당 집은 고맙게 접수하겠습니다. 다만 이사는 좀 미루어두었다가… 나중에 가게 되면 꼭 그리로 가겠습니다."

─어머, 정말요?

송미선은 아이처럼 좋아했다. 옆에 있던 멤버들의 환성도 들려왔다.

'고마우신 분들…….'

전화를 끊으며 미류는 행복했다. 자기 것을 내주면서도 저런 마음이라니……

"법사님……."

거실로 돌아오자 봉평댁이 걱정스러운 표정을 지었다.

"잘 말씀드렸어요. 걱정 안 하셔도 됩니다."

"정말?"

"그럼요. 원래 좋은 분들이잖아요."

"좋기만 한가? 우리 법사님을 보물로 아는 분들인데……."

"밀린 예약은 어떻죠?"

"며칠 후에 프랑스 가신다며? 준공식으로 초대장이다 인사다 해서 정신도 없었을 텐데 아예 다녀와서 시작하는 게 어때?"

"이틀 동안 놀라고요?"

"노는 게 아니고 쉬라는 거지. 프랑스 가는 비행시간 장난 아니야. 미국하고 비슷하다던데?"

"됐으니까 예약 보류해 둔 손님들 중에서 사연 딱한 분들로 골라서 부르세요."

"법사님……."

"프랑스는 제가 가는 거지 손님들이 가는 게 아니잖아요."

"알았어……."

"그리고 뭐 따로 준비하지 마시고 무복이나 두 벌 정도 챙겨주세요."

"김치하고 고추장, 김은 가져가는 게 좋을걸? 남의 나라 음식 느끼해서 먹기 안 좋아."

"저는 괜찮아요. 그러니 무복만. 아셨죠?"

"몸주께서 그렇대?"

"예, 그렇답니다."

미류가 쐐기를 박았다. 모시는 몸주가 괜찮다면 모든 것이 오케이인 곳이 무속판이었다. 봉평댁 또한 그걸 모르지 않았다.

안으로 들어오니 송미선이 두고 간 봉투가 보였다.

〈장도(壯途)〉

봉투에 쓰인 글자가 보였다. 장도는 원래 중대한 사명이나 장한 뜻을 품고 떠나는 걸 말한다. 미류보다는 박혜선이 그랬다. 그녀는 무속을 모티브로 한 패션 신작을 들고 패션의 본고장 프랑스를 겨누고 있었다. 그러니 그만한 장도도 드물 일이었다.

"……!"

봉투를 열어본 미류, 입을 쩌억 벌리고 말았다. 안에 담긴 돈은 무려 1만 불이었다. 송송탁구방 멤버들이 각자 2천 불씩 희사한 모양이었다.

'고마운 분들……'

미류는 마음으로 감사를 전하고 봉평댁을 불렀다.

"예, 법사님!"

"이거 아까 오신 사모님들이 놓고 가신 돈입니다. 다섯 사모님들 앞으로 재단에다 2천 불씩 접수하시고 감사장 발송해 드리세요."

"법사님, 그 돈은……."

봉평댁이 고개를 들었다. 거실에 있었기에 모든 걸 들었던 봉평댁이었다.

"제 비용은 박 선생님이 다 낼 거거든요. 그러니 괜히 가져가서 뭐 해요? 게다가 유럽에는 소매치기도 많다던데……."

미류는 엉뚱한 핑계로 일을 마무리했다. 주머니에 넣어 가져가는 것보다 기분이 더 좋았다.

인생에는 반전이 있다

"이게 경면주사라는 거야."

미류가 경면주사를 들어 보였다. 이른 아침 부적 수업에 임한 현서와 숙정의 눈이 별처럼 반짝거리기 시작했다. 프랑스 방문으로 시간이 없기에 밤 수업을 아침으로 돌린 미류였다.

"이건 괴황지."

이번에는 황색의 종이를 보였다. 두 여자의 시선은 쉴 새 없이 따라왔다.

"공부는 좀 하고 왔겠지?"

미류가 묻자 두 여자가 고개를 끄덕였다. 그 진지함은 연주에 못지않았다. 이제는 마땅히 정통 부적을 배울 곳도 많지 않은 상황. 그렇기에 그녀들은 필사적이었다. 그 이유 또한 연주에게 있었다. 연주의 신당에 제법 손님이 끓는 것이다. 미류의 부적 제자라는 소문도 한몫을 보았지만 그녀의 부적은 실제로 효험이 좋았다. 연주의 주특기는 재물부와 부동산계약부 등이었지만 시류를 접목한 여뙈부, 남뙈

부도 히트를 치는 모양이었다. 여뗴부 남뗴부는 바람난 아내나 남편의 내연자들을 뗴어내는 부적에 속했다.

"부적에는 뭐가 있다고?"

미류가 두 여자를 바라보았다.

"문자부적과 도형부적이 있습니다."

둘은 거의 동시에 대답했다.

"신라 고승 혜통이 왕의 병졸을 쫓았다던데 그때 쓴 것이 무엇이었을까?"

미류는 짐짓 어려운 화두 하나를 던졌다. 부적을 공부하다 보면 비형랑이나 처용, 밀본 법사에 이어 나오는 일화. 역사까지 거슬러 올라가야 하니 쉬운 대답이 아니었다.

"주필(朱筆) 일선(一線)입니다."

대답은 현서의 입에서 나왔다.

"그게 뭐지?"

"병목에 붉은 선을 그으니 신묘하게도 수많은 병사들 목에도 같은 선이 그어졌다고 합니다. 그때 혜통께서 내가 병목을 깨면 너희 목도 떨어지리라 하니 기겁을 하고 달아났다고 합니다."

"그 이야기는 궁천도인에게 들은 거야?"

"예, 법사님의 부적 재주는 무궁무진하니 허튼 마음으로 설렁설렁 배우려 하다가는 첫날부터 쫓겨날 것이라고……."

"하핫, 그래?"

"죽기로 외웠는데 다행히 물어봐 주셨습니다."

"그래, 그 붉은 한 줄 또한 부적이 아니면 무엇일까?"

"……."

미류의 해설에 두 여자가 침묵했다.

"숙정 씨도 긴장 풀고……."

"네……."

그제야 숙정의 입에서 안도의 숨이 나왔다. 현서가 줄줄이 대답하니 기가 죽었던 것이다.

"부적은 어떻게 사용한다고?"

"주로 악귀를 방지하거나 병귀를 물리치는 데 쓰입니다. 다만 꼭 붙이는 방법만 있는 것은 아니고 잘근잘근 씹어 먹거나 태워서 마시고, 더러는 인체에 직접 부적을 쓰기도 합니다."

이번 답은 두 입에서 합창으로 나왔다. 그쯤에서 미류가 붓을 들었다. 가장 간단한 부적을 그렸다. 붕어 세 마리가 삼각으로 물린 형태였다. 머리는 하나요, 몸은 세 개로 보였다.

"어떨 때 쓰는 부적이지?"

미류가 물었다.

"삼미일두(三尾一頭)의 부적이니 옛날 사람들이 눈병에 걸리면 집 안의 동쪽 벽에 붙인 다음 붕어 눈에 바늘을 찔러놓아 눈병을 치료하던 용도입니다."

이번 답도 합창으로 나왔다. 나름 열심히 공부했다는 증거였다. 미류는 붕어 그림 아래에 원방의 글자를 써넣었다. 현대 의학 덕분에 이제 이런 부적은 거의 쓸모가 없었다. 하지만 아직도 눈병에 유효한 비법은 있었다. 그건 바로 눈 다래끼에 쓰이는 손톱에 바늘로 열십자 그리기였다. 게다가 과거를 모르면 현대를 이해할 수 없는 법.

적당히 부적의 유래를 상기시킨 미류가 본격 교육에 들어갔다. 자일(子日)에 쓰는 진악몽부가 그 시작이었다.

두어 시간 동안 신당 안에서는 숨소리조차 제대로 들리지 않았다. 그만큼 두 여자는 경건하고 또 경건했다. 교육이 끝날 때가 되자 둘은 온몸이 휘청거릴 지경이었다.

"부적은 단지 그림이나 표식이 아니라 하늘과 통하고 땅과 닿는 신묘함이 깃들어야 해. 그러니 늘 숭고한 마음 잊지 말도록."

당부를 끝으로 오늘의 교육을 끝냈다.

"그런데 선생님!"

숙정이 미류를 바라보았다.

"질문 있어?"

"외숙모께서 제가 부적을 배운다 하니 비방을 좀 물어 오라고……."

"무슨 비방?"

"외숙부께서 바람이 난 것 같다고……."

"여떼부를 알고 싶은 거야?"

"예……."

여떼부는 바람난 남자의 여자를 떼어버리는 부적을 이른다. 연주가 히트를 치고 있다는 그것이었다.

"숙정 씨는 어떻게 알고 있는데?"

"제가 들은 건… 쥐를 잡아 그 꼬리를 잘라 남자 팬티 고무줄 부분에 넣거나 고양이 꼬리 세 개와 여우 꼬리 세 개를 부적과 함께 싸서 남편 옷 속에 넣어두면……."

"또?"

"혹은 남자 팬티에 생년월일과 이름, 여자 팬티에 이름을 쓰고… 아, 이름을 모르면 그냥 남편의 상간녀라고 써서 태우면……."

"아는 대로 가르쳐 드리지 그랬어?"

"……."

"옛날에는 그런 방법도 쓴 모양이지. 그런데 남편 옷에 고양이 꼬리와 여우 꼬리를 넣어두었다가 남편에게 들키면 어떻게 될까? 여떼부가 아니라 정 떼는 정떼부가 될 것 같은데?"

"그렇죠?"

"잠깐 기다려 봐."

미류는 그 자리에서 여떼부를 써 내려갔다.

"이걸 가져가서 연습한 후에 가지고 와봐. 효험이 깃들었다 싶으면 말을 해줄 테니 그걸 가져다주면 될 거야. 단 내가 준 이걸 건네면 안 돼. 이건 형태만 잡은 거지 효험은 깃들지 않았으니까."

"앗, 선생님, 그럼 저도 하나 써주세요."

보고 있던 현서가 나섰다.

"현서 씨도 외숙모 부군이 바람났어?"

"저는 남떼부가 필요해요. 귀찮은 인간이 자꾸 치근덕거리거든요."

"설마 둘이 짠 거 아니지?"

"아니에요. 어려워서 말씀 못 드렸는데 숙정이가 부탁하길래……."

현서가 볼을 붉혔다. 결국 남떼부까지 쓰게 되었다.

"고맙습니다."

두 제자는 흐뭇한 마음으로 신당을 나갔다.

"이모!"

신당을 정리한 미류가 거실에 대고 외쳤다.

"네, 손님 모시겠습니다."

봉평댁이 대답했다.

몸에 물기가 축축한 50대 중반의 남자가 들어왔다. 잠바 차림으로 허름했다. 그래도 얼굴은 허튼 사람이 아니었다. 운명창을 보자 텅 빈 재물창이 눈에 들어왔다.

[재물운 下下 06%]

대한민국 서울. 돈 없는 중년 남자의 다른 운명창은 열어볼 것도 없었다. 그래서 일단 사연이나 좀 들어볼까 싶을 때 명예창이 저절로 열려 버렸다.

[명예운 上中 78%]

'응?'

미류가 고개를 들었다. 돈 한 푼 붙지 않는 사람에게 명예라? 그렇다면 이 사람은 선교사거나 사회사업가일까? 미류가 골몰할 때 남자의 한숨이 신당의 바닥을 흔들어댔다.

"휴우!"

그의 한숨은 깊고도 길었다. 무슨 고민일까? 별수 없이 가정창과 건강창까지 열어버렸다.

[가정운 中中 46%]

[건강운 上下 68%]

아주 나쁘지 않았다. 본시 돈 없는 남자라면 가정운이 박할 수도 있는 법. 그런데 가정운까지 보통은 되는 걸 보면 이 남자의 직업은 사회봉사자 쪽이 확실한 것 같았다.

그런데 미류의 후각이 그 생각을 막아섰다. 남자의 몸에서 찌든 기름 냄새가 풍겨 나온 것이다. 이 기름은 음식점의 기름. 그렇다면 직업은 먹는 쪽이 옳았다.

'어디 보자⋯⋯.'

약간 난해해진 미류, 남자의 운명창에 영시를 쏟아부었다.

[錢]

그 안에 가득 찬 건 돈 전(錢) 자였다. 그런데 이게 또 가관이었다. 마치 상한 죽처럼 흐물거리며 맥없이 반짝거리는 것이다. 재물운이 없을 수밖에 없는 상황이었다.

"돈 문제로 오셨군요?"

미류가 일단 운을 떼었다.

"휴우!"

남자는 거듭 한숨만 쉬었다.

"천천히 말씀하세요. 물이라도 드릴까요?"

"아니, 괜찮습니다. 방금 물 많이 먹고 온걸요."

"……?"

"월미도에서 바다에 뛰어들었는데 죽을 운도 없는 건지 해경이 구조를……"

남자가 나지막이 말했다. 물기의 원인은 거기에 있었다. 오면서 물기가 말랐지만 다 마른 건 아니었던 것이다.

"돈 때문에 죽으시려고요?"

미류가 조심스레 물었다.

"많이 버텼다 아닙니까? 마누라 몰래 진 빚도 많고 해서……"

"……"

"게다가 애들이 쌍둥이인데 내년에 대학에 갑니다. 서울 중위권 대학에 나란히 합격을 했는데 애비 된 주제에 등록금 마련할 돈도 없으니……"

"……"

"제 팔자가 왜 이런지 모르겠습니다. 솔직히 뼈 빠지게 열심히 살았는데 허구한 날 사기나 당하고……"

"……"

"전생에 무슨 대죄를 지었나, 여쭤보려고 예약을 했는데 예약도 쉽지 않고… 그래서 월미도에다 몸을 던졌는데 죽지도 못하고 살아요. 어디 다른 데 가서 빠질까 생각 중에 오늘 점 봐주신다는 전화를 받았습니다. 그래서 죽더라도 내 팔자가 왜 이런가 알아나 보려고……."

"재물운이 조금 늦게 트이는 것 같은데 사연이나 말씀해 보세요."

"제가 원래 좀 박복하지요. 부모님이 알부자셨다는데 보증을 잘못 서서 알거지가 되고 연탄불 피워서 자살을 하셨습니다. 그때 제 나이 여섯 살이라 기절한 탓에 혼자 살아났습니다. 그 뒤로 고생고생 말도 못하지요. 고아원 부원장이 하도 못되게 굴기에 도망쳐 나와서 학교도 못 다녔습니다. 그래도 음식점에서 일하며 혼자 공부해서 초 중고에 방송 대학까지 독학으로 마쳤지요."

"……."

"그리고 결혼을 했는데… 왜 그렇게 손 벌리는 사람이 많은지… 그걸 거절 못 하고 퍼 주고 보증 서고… 제가 손재주는 좋아 작은 식당으로 돈은 제법 긁었는데 느는 건 빚밖에 없었습니다."

"……."

"다시는 보증 안 선다고 애들 앞에 맹세하고 마누라 앞에 각서를 써도 또 누군가 찾아와서 울며불며 매달리면 돈을 내주고 보증을 서고… 정말 내가 미쳤지……."

"……."

"그나마 소형 아파트는 마누라 앞으로 해놓긴 했는데 가게도 넘어갈 판이고 빚도 6억이 넘으니… 마누라나 애들이 알면 심장마비로 죽을까 봐 차라리 내가 먼저 알아서 저세상으로 가려고 했는데……."

"……."

"법사님, 제가 전생에 그렇게 죽을죄를 지었을까요? 대체 왜 이러는 걸까요? 아무리 고치려고 해도 고쳐지지를 않으니……."

"전생에 죽을죄를 지으셨네요!"

듣고 있던 미류가 주저 없이 대답했다.

"······!"

남자의 시선이 얼어붙는 게 보였다. 그래도 뭔가 희망을 가지고 왔을 남자. 설마 하던 일이 사실이라고 하니 숨통이 막혀 버린 것이다.

"사장님은 잘하신 겁니다."

"예?"

"그 죽을죄를 이 생에서 한 올 한 올 씻어내고 있지 않습니까?"

"그럼 역시 저는 죽을 때까지 남들에게 퍼 주고 내주고 사기나 당하다 죽을 팔자?"

"지금까지는 그런 것 같네요."

"예?"

"유시유종(有始有終)이라는 말 아시죠? 무엇이든 시작이 있으면 끝이 있는 법이니 그간의 노력으로 전생 죄는 씻겨 나간 것 같습니다."

"그럼 이제라도 제 생이 핀다는 겁니까?"

"우선 전생을 보여 드리죠. 그걸 알고 싶어서 오신 거 아닌가요?"

"물론 그렇죠."

"눈 감으시고······."

미류가 두 손을 들었다. 남자는 미류 손끝에서 피어오르는 푸른빛을 보며 질끈 눈을 감았다. 황금 들녘이 보였다. 벼가 풍년을 이루고 있었다. 하지만 바지저고리를 입은 농민들은 눈물을 자아낼 뿐이었다. 황금 들판에 서리는 한숨. 그것은 그때가 바로 삼정의 문란이 극에 달한 시기였던 탓이었다.

한 섬 쌀을 바치려면 두 섬 쌀로도 부족하구나.
농사 약간 지은들 무엇을 먹어야 하리.

농민들 입에서 피눈물 밴 노래가 하늘을 덮었다.

덜커덩!

움머어!

노래 끝에 우마차가 등장했다. 군졸을 앞세운 아전이 보였다. 그 호방이 바로 남자의 전생이었다. 호방을 본 농민들은 사지를 떨었다. 저승사자의 등장이었다.

당시 군정, 전정, 환곡의 문란으로 대표되는 삼정의 폐단은 상상 이상이었다. 제멋대로 곡식을 수탈해 가는 것은 보통이었고 수령이 매긴 벌금을 갚지 못하면 소까지 끌어가 버렸다. 소를 가져간다는 건 농민들의 손발을 자르는 일에 다름 아니었다.

호방은 그 인근에서도 특별히 악명이 높았다. 비장 때문이었다. 장부 정리와 공문서 작성 등을 맡은 비장과 아삼류이었던 것이다.

빌려주지도 않은 환곡에 이자를 더해 강탈하는 건 물론이요, 한 섬을 주면 세 섬을 주었다고 문서를 고쳐 농민들의 피를 빨았다. 그로 인해 많은 백성들이 야반도주를 하거나 목을 매달아 죽었다. 이때 호방이 특별히 고통을 준 건 열두 명의 농민이었다. 그야말로 털도 안 뽑고 닭을 잡은 것이다.

오죽하면 정약용이 곡식 장부의 정리를 책임진 비장의 도덕성을 강조했을까? 그 혼란의 시기에도 일부 양심적인 비장도 있었으나 많은 아전들은 백성 수탈의 선봉에 서 있었다.

―첫 노인은 추수한 곡식을 다 뺏기고 선친의 묘지 앞 소나무에 목을 매달아 자살.

―두 번째 농민은 호방이 보는 앞에서 섬돌에 머리를 찧어 사망.

―세 번째는 낫으로 호방을 찍으려다 군졸들의 창에 찔려 하직.

―네 번째는 분통이 터져 못 살겠다는 글을 관아의 담장에 붙이고

자살.

　―다섯 번째는 곡식을 빼앗기기 하루 전, 광에 불을 지르고 그 안에서 쌀과 함께 산화…….

　호방에게 가혹 행위를 당한 열두 사람의 행적은 차마 눈 뜨고 볼 사안이 아니었다. 열둘은 죽거나 야반도주를 하기 전에 똑같은 행동을 했다.

　"찢어죽일 호방 놈!"

　피와 한이 맺힌 저주… 그 저주의 인과가 이 생까지 고스란히 따라온 것이다.

　"여기까지입니다!"

　쩔렁!

　신방울과 함께 감응이 끝났다. 남자는 벼락이라도 맞은 듯 눈을 번쩍 떴다. 말라가던 그의 몸은 다시 젖어버렸다. 흥건히 흘러내린 식은땀 때문이었다. 미류가 티슈를 내밀었지만 남자는 제 소매 깃으로 이마의 땀을 닦아냈다.

　"이제 이해가 되십니까?"

　미류가 물었다.

　"……."

　"이해가 되지 않으면 잊으셔도 됩니다."

　미류가 덧붙였다. 더러는 인과에 얽매이지 않는 생도 있고 혹은 죽기 직전에야 인과를 아는 삶도 있었다. 그러니 본인이 받아들이지 않으면, 전생 감응은 하나의 꿈이 될 뿐이었다.

　"그게 아니라……."

　감응 뒤에 열린 남자의 목소리는 떨리고 있었다. 자책감 때문인지, 그는 오줌까지 지렸다.

"화장실은 거실에……."

미류가 문을 가리키자 남자는 엉거주춤 일어나 신당을 나갔다. 미류는 잠시 기다렸다.

딸깍!

다시 들어선 남자는 미류 앞에 성큼 무릎을 꿇었다. 순간, 미류는 보았다. 그의 운명창에 열리는 희망의 창. 자그마한 흔적에서 조금씩 선명해지는 그것… 바로 행운창이었다.

'맙소사!'

미류 입가에 미소가 스쳐 갔다. 전생신에게 드리는 고마움의 미소였다. 죽을 사람 하나를 살리게 된 것이다.

"법사님!"

남자 입에서 애끓는 소리가 밀려 나왔다.

"……."

"전생 죄가 무섭다더니 저를 두고 한 말이었군요. 아까 전생에서 제가 모질게 수탈한 사람들… 이제 보니 지금까지 제게 사기를 쳐먹거나 돈을 떼어먹은 사람들과 닮았습니다."

"……."

"게다가… 우리 마누라… 왜 그런 나에게 이혼을 요구하지 않나 했더니… 전생의 비장과 너무 닮았습니다. 우리 마누라가 그 비장 맞겠지요?"

"아마 그럴 겁니다."

"그때의 사람들이 저를 쫓아온 겁니까? 그 원수를 갚기 위해서?"

"그보다는… 사장님과 사모님께서 그 생에 진 빚을 갚기 위해 그분들을 다시 만났다고 보시는 게 좋습니다."

미류는 부정적인 것보다 긍정적인 것을 앞세웠다.

"우리 빚을 갚기 위해서?"

"이미 많이 갚았지 않습니까?"

"그, 그런……."

"그 외에도 크고 작은 손실이 많으셨겠지요? 더러는 그냥 내준 것도 많고……".

"예……."

"그 또한 전생 빚을 열심히 갚으신 겁니다."

"그럼 저는 역시 죽을 때까지 이런 삶을?"

"아닙니다. 전생의 인과는 현생의 공덕으로 상쇄할 수도 있는 것이니 그동안 열심히 베푼 것으로 전생의 빚을 갚은 것으로 보입니다."

"위로하지 않으셔도 됩니다. 제 전생이 사실이라면… 저는 열 번 죽어도 모자랄 놈입니다. 세상에 인두겁을 쓰고 그렇게 살았다니……."

"큰 자아를 이루기 위해 선악의 극단을 달리는 삶이 있습니다. 지나간 생의 일이니 지금 반성하면 충분합니다."

"아아… 세상에……."

"제가 보건대 사장님의 시련은 이제 마무리에 들었습니다. 그 공으로 희망이 열릴 것이니 허튼 생각은 버리시고 새 목숨이라 생각하며 가족 품으로 돌아가세요."

"그건 안 됩니다. 제 빚이 얼마인데요? 가족들에게 가면 가족들까지 시달릴 텐데……."

"희망이 열릴 거라고 하지 않았습니까? 제 말을 믿으시고……."

"정말 그럴까요?"

"예, 긴 세월 쌓은 공덕은 결코 사람을 배신하지 않습니다."

"하지만 빚이……."

그때였다. 남자의 품에서 핸드폰이 울렸다. 남자는 서둘러 꺼내 들었다. 진동으로 바꾸려는 그의 얼굴에 경련이 흘렀다. 가족인 모양이었다. 바로 그때, 남자의 행운창이 환하게 빛을 발했다.

"좋은 소식 같군요. 받아보세요."

미류가 말했다.

"예?"

"좋은 소식이라고요. 받으세요."

"……?"

남자는 잠시 주저하더니 고개를 돌려 전화를 받았다.

"여보세요? 응? 뭐라고?"

응답하는 남자의 목소리 끝이 살짝 올라갔다.

"그, 그게 정말이야? 제대로 확인한 거야?"

남자는 아예 자리에서 일어섰다. 그러더니…….

"법사님!"

미류를 향해 버럭 소리를 질렀다.

"예!"

"법사님이 귀신이시네요. 제가 마지막 희망으로 로또 열 장을 사서 마누라에게 주고 왔는데 오늘 혹시나 해서 맞춰봤는데…….'"

남자는 울컥하는 마음에 목을 매다가 겨우 뒷말을 붙여놓았다.

"1등에 당첨되었답니다. 1등이 아홉 명인데 당첨금이 무려 12억이래요!"

"……!"

"으아악, 이게 다 법사님 덕분입니다. 고맙습니다. 고맙습니다!"

남자는 말릴 사이도 없이 미류를 안고 넘어갔다.

로또 복권 당첨금 12억.

알고 보니 남는 건 없었다. 남자의 부채는 큰 덩어리만 6억이었고

제2금융권의 부채도 있었던 것이다. 기묘한 것은 12억의 세금을 제하고 나니 딱 부채하고 맞아떨어졌다. 행운이 왔지만 공돈은 없었다. 그래도 남자는 싱글벙글이었다.

애당초 이 남자는 행운이나 공것을 바라지 않았다. 그저 자신을 짓누르는 부채만 사라지기를 바랐던 것. 그랬기에 일확천금의 행운에 남는 돈이 없다고 해도 그 초심은 변하지 않았다.

이 세상 최고의 행운!

남자는 자신의 로또를 그렇게 받아들였다. 모든 부채가 사라졌으니 내일에 자신이 있었다. 사랑하는 가족들과 헤어지지 않아도 되었다. 그가 신당을 나설 무렵, 가족들이 대문 앞에 도착해 있었다.

"아빠!"

"여보!"

아내와 아이들은 아버지를 얼싸안았다.

"이제 다 정리하고 당신을 위해 사세요."

아내가 눈물 섞인 요청을 해왔다.

"그렇게. 남을 돕더라도 분수에 맞게… 그거 다 내 전생 악업에 대한 빚이었는데 다 청산된 거래. 나 이제 마음이 전 같지 않아. 중심이 꽉 잡힌 것 같다고."

"여보……."

"다들 법사님께 인사해. 내 인과를 정리해 주신 분이셔."

남자가 말하자 가족들은 일제히 미류에게 고개를 숙였다.

"인과는 사장님 스스로 정리하신 겁니다. 저는 그저 해설자에 지나지 않았어요."

미류는 겸허하게 말했다.

"으아, 아무튼 이제 제2의 인생 출발이야. 나 이제 정말 잘할 거야."

남자가 아내의 등을 두드렸다. 아내는 눈물범벅이 된 채 남자 품에 안겼다. 남편이 돌아왔다. 제멋대로 보증을 서고 퍼주기만 해대던 남편. 그 정도가 심해 정신병이 아닐까 생각하던 아내. 그녀도 남편의 눈을 보고 알았다. 나사 풀린 듯하던 표정에 신념이 차 있지 않은가? 그렇기에 그녀 남편이 더욱 든든하게 느껴졌다.

바다에 투신해 죽으려던 남편과 헐렁한 삶을 살던 남편. 두 남편이 동시에 돌아와 그녀 곁에 서 있었다. 저 설악산의 울산바위처럼 듬직하게.

"보기 좋네요."

남자와 가족들이 떠나자 봉평댁도 눈시울을 붉혔다.

"이모 울어요?"

미류가 괜히 염장을 질렀다.

"울기는 누가 운다고……."

"그럼 다음 손님이나 들이세요."

미류는 웃음을 감춘 채 말했다. 정작은 미류 자신도 콧등이 시큰했던 것이다.

두 번째 손님은 여자였다. 30대 초반의 해사한 여자. 보호 본능이 저절로 드는 미녀였다. 그러나 수척했다. 마치 깊은 고민 속에서 허우적거리는 허상처럼…….

[건강창 中下 38%]

[애정창 下中 12%]

대표로 튀어나온 두 창은 좋지 않았다.

[心臟] [腦]

[夫]

영기로 본 운명창 안의 문제들이었다. 그녀는 질환이 있었고 남편 문제가 있었다. 세 가지 전부 약간의 사기(邪氣)가 어려 보였다. 여자에게는 무거운 일들이었다.

"남편 문제로 오셨네요?"

미류가 먼저 운을 떼어주었다.

"네……."

"몸도 좋지 않군요. 머리가 아프고 가슴도……."

"다 아시네요."

대답하는 여자의 눈에서 주룩 눈물이 흘러나왔다. 여자는 어깨를 들썩이며 울었다. 사연을 시작하기도 전에 눈물바다를 이루는 이 여자. 대체 무슨 기구한 사연을 가지고 있는 것인가?

남편 문제를 디테일하게 주시했다. 바람은 아니었다. 기타, 재산의 궁핍함도 없었다. 게다가 여자의 몸에는 상처 같은 것도 없는 상태. 가정 폭력도 아니라는 얘기였다.

"실컷 우세요. 때로는 눈물도 치유가 된답니다."

짤강!

미류는 조용하게 방울을 울려주었다.

"……!"

적막이 바글거리는 침묵 속에서 여자는 겨우 눈물을 그쳤다. 고개를 돌려 콧물을 닦아낸 여자가 겨우 미류와 눈을 맞추었다.

"남편 때문에 온 거 맞아요."

"……."

"남편은 저를 사랑해요."

"……?"

사랑한다고? 미류는 잠시 귀를 의심했다. 부부다. 사랑하기에 결혼을 했다. 그렇다면 사랑하는 건 당연한 일. 그게 문제가 된다는 건가?

그런데…….

이 여자의 경우에는 문제가 되었다. 그것도 심각하게.

"우리 남편… 스토커예요. 그것도 아니면 광적인 의처증!"

단어 하나를 어렵게 밀어낸 여자가 입술을 깨물었다.

'스토커?'

미류는 조용히 반응했다. 세상에는 오만 가지의 사연이 있다. 그 사연은 본인만 알고 있는 경우가 많았다. 남에게 보이는 나와 실상의 내가 다른 것이다.

"처음에는 몰랐어요. 그 사람이 그렇게 지독한 스토커인 줄……."

여자의 사연이 이어지기 시작했다. 그 발단은 첫 직장이었다. 여대를 졸업한 여자는 어렵지 않게 직장을 잡았다. 환경부 산하 공공기관이었다. 최상은 아니었지만 친구들의 부러움을 사는 취업이었다. 거기서 남편 될 사람을 만났다. 입사 선배였다. 여자에게 너무나 친절했다. 그는 여자의 모든 것을 챙겨주는 자상함의 완전판이었다.

어쩌다 소나기라도 오는 날에는 우산을 내주었고, 오후 4시가 되면 슬쩍 간식거리를 찔러주는가 하면, 이슬비 오거나 눈이라도 오는 날에는 테이크아웃 커피도 가져다주었다. 심지어는 탕비실의 개인용 치약이 떨어질 때쯤이면 치약까지도 구비해 주는 사람이었다.

―만난 지 투투 데이!

―만난 지 백 일!

―만난 지 1주년.

―여자의 생일!

남자는 정말이지 자상함의 화신이었다. 때로는 여자의 하품 횟수나 립스틱 가짓수까지 알고 있어 썰렁한 적도 있지만 그 마음이 고마워 결혼을 하게 되었다. 그러다 여자는 알게 되었다. 남자의 그것이 자상이 아니라 절정의 스토킹이었다는 걸. 그걸 알게 된 건 남편의 출장이었다.

"우리 여보 문 꼭 잠그고 조심해서 있어야 돼."

6박 7일 해외 출장을 떠난 남편의 인사였다.

그가 돌아오기 하루 전, 여자는 결혼사진을 보고 있었다. 출장지에서도 하루 세 번은 전화를 하는 남편이었다. 차를 마시던 여자는 머리를 짚었다. 결혼 이후 신경이 쇠약해지고 몽유병 비슷한 게 생긴 여자였다. 덕분에 집안일 같은 것도 상당수 남편이 맡아주고 있었고 남편은 여자의 회사 사직을 권하고 있었다.

'오늘은……'

여자는 가뜬하게 일어섰다. 남편이 없는 며칠 동안 기분이 나아졌다. 그동안 미안한 것도 있고 해서 집 안 정리에 나섰다. 당연히 남편 책상도 정리하게 되었다. 연필통을 정리할 때 안에서 열쇠가 나왔다.

호기심!

그건 정말 하나의 호기심일 뿐이었다. 이 자상한 남자는 서랍 정리를 어떻게 하고 있을까? 그 서랍 안에는 내 사진이 들어 있을까? 그런 소녀적인 바람으로 남편의 서랍을 열었다. 희망대로 사진이 있었다.

"……!"

그러나 여자는 엉덩방아를 찧고 말았다. 여자의 사진이되 희망하던 결과는 아니었다. 거기 연도별로 정리되어 고무줄이 감긴 사진… 그건 수백 장도 넘었던 것이다.

'세상에!'

여자는 사지를 떨었다. 그건 사진이 아니라 스토킹의 증거였다. 그녀가 입사한 직후부터 일어난 일이었다. 남자는 여자의 일거수일투족을 다 가지고 있었다. 심지어는 그녀의 팬티 서랍을 찍은 사진, 화장대를 찍은 사진, 잠자는 모습을 찍은 사진에서부터 엄마 아빠의 사진까지. 그러니까, 여자의 원룸을 제멋대로 드나들고 부모님의 집까지도 감시했다는 뜻이었다.

거기에… 또 다른 무엇이 있었다. 약이었다.

남편도 어디가 아픈가?

약을 살펴보았다.

"악!"

여자는 결국 비명 속에 쓰러지고 말았다. 그 약은 정신질환제로 쓰는 약이었다. 그 약의 부작용… 눈에 또렷이 들어왔다.

〈신경쇠약, 불면, 몽유병 등의 부작용이 있을 수 있음〉

지금 현재 여자가 고생하는 현상과 똑같았다.

"억!"

출장에서 돌아온 남자도 비명부터 내질렀다. 여자 때문이었다. 여자가 그때까지 쓰러져 있었던 것이다. 게다가 자신의 비밀이 열려 있었다. 판도라의 상자가 엉망이 되어 있었던 것이다. 여자는 병실로 옮겨 졌다. 그리고 겨우 정신이 들었을 때 또 한 번 비명을 질렀다.

"까악!"

남편 때문이었다. 그 얼굴을 보자 저절로 비명이 나왔다.

"여보……."

남편은 울상이었다.

"당신… 내 스토커였어요?"

여자가 물었다.

"오해야. 나는 그저 당신을 너무 사랑해서……."

"그럼 그 약은 뭐죠?"

"그건… 당신이 스트레스를 받아 힘들어하는 것 같아서……."

남자는 울기 직전이었다. 한 대 후려치고 싶었지만 여자는 그러지 못했다. 양팔에 주렁주렁 매달린 수액 줄 때문이었다.

"우리 남편… 저를 사랑하는 줄 알았더니 악마 같은 스토커였어요. 아마 어쩌면 여기도 쫓아올지도 몰라요."

여자는 눈물 속에 고개를 떨구었다.

"그랬군요."

긴 사연을 들은 미류가 여자를 위로해 주었다.

"이혼을 해야 하는데… 죽어도 그건 안 된다네요. 이혼하면 제 앞에서 할복을 하고 죽겠다고……."

"……."

"그 사람은 그러고도 남을 사람이에요. 하지만 저는 이제, 그 사람 발소리만 들어도 미칠 것만 같아요. 그 위선적인 미소와 이중적인 친절함… 모든 게 제게는 지옥일 뿐이라고요."

"……."

"법사님!"

"예."

"이런 것도 전생 인과일까요? 법사님 관련 기사를 보았는데… 어쩌면 그럴 것도 같아서……."

"같이 한번 전생을 감응해 볼까요?"

"그래주시면……."

"편안하게 눈을 감으세요. 오래 걸리지 않습니다."

"네."

"혹시 너무 힘들거나 괴로우면 손을 드시면 됩니다. 그럼 감응을 중단해 드리겠습니다."

"예."

대답과 함께 여자가 눈을 감았다. 미류는 여자의 전생륜을 보았다.

'응?'

미류의 미간이 돌연 찡그려졌다. 여자의 전생에는 현재의 상황을 엮어낼 만한 인과가 없었다.

'다시……'

모두 다섯 번의 전생을 산 여자. 그 전생의 하나하나를 유심하게 살펴보았다. 세 번의 전생에서 여자는 괄시를 받았다. 어려서도 그렇고 자라서도 그랬다. 그 마지막에서는 왕의 신하가 되었지만 그 또한 찬밥 신세를 면하지 못했다.

여자의 생이 핀 것은 네 번째부터였다. 세 번의 고달픈 전생 굴레가 끝난 건지 삶의 주인공이 되었다. 여자는 주변의 사랑을 한 몸에 받고 자라서도 그 사회의 주역이 되었다. 지난 생도 그랬다. 그녀는 오페라 가수로 일생을 마쳤다. 당시 그녀의 공연장 앞은 마차로 인산 인해를 이루었다. 귀족들과 지주들은 그녀와 악수하는 걸 생애의 영광으로 알 정도였다. 스쳐 지나간 사람이나 주변 사람에게 행한 악행이 있나 체크했지만 생을 건너와 복수할 정도의 인과는 없었다.

'뭐야?'

미류는 그중 두 개의 전생을 감응해 주고 현실로 나왔다. 여자도 뒤따라 눈을 떴다.

"제가 오페라 가수였군요?"

여자가 물었다.

"예……"

"남편과 전생의 관계가 있나요?"

"없습니다. 당신의 현실은 전생의 카르마 탓은 아닌 것 같습니다."

"그럼?"

"잠깐만요."

미류는 마음을 다스린 후에 영시를 뿜었다. 여자의 머리와 가슴에 엿보이던 흐린 사기(邪氣)가 마음에 걸렸다. 이 여자의 몸에 잡귀가 빙의라도 한 건 아닌지…….

'아니고…….'

여자는 문제가 없었다.

"혹시 남편분이 정신병 병력을 가지고 있나요?"

미류가 물었다.

"그건 잘 몰라요. 정신과에 가보자고 했지만 자기는 지극히 정상이라고… 그저 저를 사랑해서 그런 거라고 완강히 버텨서……."

"표정은 어때요? 특히 눈빛…….'

"처음에는 몰랐는데 이번 일이 있고부터는 쳐다보기 무서워요. 눈빛이 정상은 아닌 거 같아요."

'눈빛이라?'

미류가 골똘할 때였다. 갑자기 마당에 소란이 일었다.

"이봐요, 법사님은 지금…….'

봉평댁의 다급한 소리가 뒤를 이었다. 무슨 일인지 짐작도 하기 전에 신당 문이 거칠게 열렸다.

"여보!"

여자가 질린 눈으로 고개를 들었다. 여자의 남편, 신당까지 쫓아온 것이다.

"당신, 왜 여기에 있어?"

"다가오지 말아요."

공포에 질린 여자가 미류 쪽으로 물러섰다.

"당신은 혼자 다니면 안 돼. 내가 얼마나 걱정한 줄 알아?"

"다가오지 말라고요."

"가자. 내가 당신 새 옷 주문해 놨어. 엊그제 속옷 홈쇼핑 보고 있었지? 당신이 보던 레이스 달린 4종 세트로 신청했어. 가서 입어봐."

"이거 봐요."

남자가 다가서자 여자가 뿌리쳤다. 미류의 손이 움직인 것은 그때였다. 재빨리 부적을 뽑아 든 미류가 남자의 이마에 부적을 붙인 것이다.

"옵!"

남자가 주춤거렸다. 이유를 모르는 여자가 미류를 돌아보았다.

"당신 남편의 병적 스토커 원인을 찾았습니다."

"예?"

"혹시 남편과 교제할 즈음에 남편의 친구가 죽지 않았습니까? 아니면 친척이라든가?"

"친구나 친척……?"

여자가 잠시 생각에 잠겼다.

"아, 생각나요. 친척 중에 중년의 노총각이 뇌출혈로 죽었다고 들었어요. 저와 사귀고 반년쯤 후에……."

"다른 건요?"

"그러고 보니… 거기 다녀온 후에 이상한 말을 했어요. 물건 정리하는데 여자 물건하고 속옷, 사진이 엄청나게 많았다고… 자기들 모르게 사귀는 여자가 있었나 하고요."

"그 남자가 스토커였습니다."

"예?"

"그 사람이 죽어 당신 남편에게 빙의가 된 겁니다. 그래서 당신 남편을 조종해 대리 만족을 느끼고 있었던 거지요."

"그, 그런?"

"잘 보세요."

미류의 시선이 남편에게 돌아갔다.

쩔겅쩔겅쩔겅겅!

신방울이 벼락처럼 흔들렸다.

"네 이놈!"

미류의 호통도 벽력처럼 뒤를 이었다.

"끄어어……."

남편은 가슴을 쥐어뜯으며 주저앉았다. 그 가슴팍에 검은 연기가 보이더니 이내 머리로 올라갔다.

"여기는 전생신의 신당, 내 몸주의 위세를 빠져나가지 못한다. 그러니 포기하고 네 모습을 보이렷다."

"끄어……."

"이놈, 대초열지옥(大蕉熱地獄)에 처박아야 말을 들을 테냐?"

미류의 호통이 이어지자 남편의 눈이 홀딱 뒤집히기 시작했다.

"끄에에어!"

완전히 흰자로 변한 남편의 눈, 그 백태에 누런 기운이 서리더니 뜨거운 물에 살짝 들어갔다 나온 동태 눈알처럼 변했다. 이어 괴이하게 꼬인 목소리가 목을 타고 흘러나왔다.

"내에어어다야."

"닥치거라. 아직도 네가 뉘 앞인 줄 모르는구나?"

"그애도 내에어어다야. 저여어다느은 내어어다야."

"네 이놈!"

미류의 신방울이 다시 울었다. 거기에 더해 몸주의 공수가 튀어나오자 남편 몸은 꽈배기처럼 뒤틀렸다.

"법사님!"

놀란 여자가 와들거렸다.

"거기서 움직이지 마세요. 남편 안에 든 잡귀를 사멸시켜야 합니다."

"그런데 지금 대체 뭐라는 거죠?"

"잠깐만 기다리세요."

쩔겅!

다시 신방울 소리와 함께 미류가 신을 청해 내렸다. 그 신은 오롯이 남편의 몸으로 들어갔다. 그러자 남편의 목소리가 또렷하게 나오기 시작했다.

"내 여자……."

"저 여자는 내 여자야."

낯선 목소리지만 또렷한 음성. 집착과 광기가 묻어나는 목소리에 여자는 몸서리를 쳤다.

"네 어찌 그 남자의 몸을 빌렸느냐?"

미류가 벽력처럼 물었다.

"편했거든… 마음이 약했어. 여자에게 친절하고 자상 나긋… 나에겐 딱이지."

"뭐라?"

"게다가 저 여자… 내가 좋아하던 여자와 닮았어. 처음에는 환생인 줄 알았지."

"……."

"그래서 이놈 몸에 자리를 잡았지. 다른 것들이 치근댔지만 내가 다 해치웠어. 이놈 몸을 빌려 저 여자를 소유했어. 저 여자는 내 거야."

"요망한!"

"그래… 이 빌어먹을 세상… 귀신이 되어서도 내 마음대로 안 돼. 처음 그 여자도 그랬어. 내가 좋아한다고 고백했더니 무슨 벌레 보 듯 해. 나는 그 여자가 좋은데 내 사랑이 징그럽다는 거야. 그게 말 이 돼? 죽도록 사랑하는 마음이 징그럽다니?"

"스토킹과 집착은 사랑이 아니야!"

"그걸 누가 정하는데? 나는 24시간 그 여자를 사랑했어. 저 여자 도 그랬고. 그것보다 더 사랑하는 놈이 있으면 나와보라고 해."

"무엇이든 지나치면 독이 되는 법. 사랑도 과하면 독에 불과하다."

"미친… 그게 왜 죄야? 사랑받지 못하는 것들은 사랑을 원하면서 조금 지나친 게 무슨 죄냐고?"

"그걸 정하는 건 네가 아니다!"

"그럼 누구?"

"상대방, 받는 사람이 아니라면 아닌 거야."

"그래서 나는 슬퍼. 왜 이 세상은 내 사랑을 몰라줄까? 왜 이 세상 의 여자들은……."

"네 죽어 명부로 가야 했으나 그 허튼 집착과 광기가 미련으로 남 아 이런 비극을 재현했구나. 이제 내가 몸주의 이름으로 명부로 보 낼 터이니 그곳에서 네 잘못을 돌아보고 반성하거라."

"안 돼. 난 저 여자의 주인이야. 내 여자를 두고 갈 수 없어."

남편이 벌떡 일어섰다. 어찌나 급작스러운 일인지 무릎에서 우드 득 얼음 깨지는 소리까지 들렸다.

"까악!"

남편이 손을 내밀자 여자는 몸을 움츠린 채 비명을 질렀다. 미류 는 다가오는 남편에게 부적을 한 장 더 붙여주었다.

"끼에!"

남편은 허리라도 꺾인 듯 몸이 돌아갔다.

"그만하면 되었다. 여기까지도 용서 못 할 작태였으니 명부에서 네 죄의 심판을 받으라!"

미류는 나중에 붙인 부적을 떼어 불을 당겼다.

"안 돼!"

남편의 목에서 나온 목소리는 그게 마지막이었다. 그는 미친 듯이 꿀럭거렸지만 전생신의 권능에 치여 발을 떼지 못했다. 미류는 불덩이가 된 부적을 허공에 던졌다. 마지막 불꽃이 꺼지면서 부적은 재가 되어 흩어졌다.

"우우웁!"

동시에 남편의 몸이 삶은 파처럼 늘어지며 무너졌다.

"법사님!"

"빙의는 사라졌습니다. 이제 걱정하지 않으셔도 됩니다. 이모!"

미류가 소리치자 봉평댁이 들어왔다. 봉평댁은 물수건으로 여자의 남편 얼굴을 닦아주었다. 이어 손과 발까지 닦아 내리자 남편의 의식이 돌아왔다.

"으……."

"법사님……."

여자는 다시 움츠렸다. 보기만 해도 소름이 끼치는 남편이었다. 그러니 괴이한 일이 벌어졌다고 해도 안심이 되지 않는 것이다.

"다시 말씀드리지만 남편은 이제 문제없습니다. 모든 것은 남편의 의지가 아니라 스토커로 죽은 자의 빙의 때문이었으니까요."

"으으……."

남편은 신음을 내며 눈을 떴다.

"여긴?"

"신당입니다."

미류가 대답했다.

"제가 왜 여길? 응? 여보?"

남편의 눈이 여자를 발견했다. 하지만 여자는 아직 움츠린 채 남편을 반기지 않았다. 미류는 심신안정부를 꺼내 남편의 주머니에 꽂아 주었다.

"어떠세요?"

"마음이… 조금 편해집니다."

"차분히 생각해 보세요. 여기 왜 왔죠?"

"그게… 내 마음속의 뭔가가 등을 밀어서……."

"뭐라고요?"

"저 사람을 감시하라고요. 어디로 가버릴지 모른다고……."

"또 생각나는 거 없나요?"

"다… 늘 그랬던 거 같습니다. 아내의 일거수일투족… 24시간을 감시해야 한다고… 어디로 갈지 모르니 약을 먹여서라도 잡아두라고……."

"향정신성 약품 말이죠? 그건 어떻게 구했나요?"

"인터넷으로……."

"그걸 먹고 당신 아내가 극심한 스트레스와 몽유병에 걸렸습니다."

"예?"

"그 뭔가라는 것, 빙의였습니다. 노총각으로 죽은 당신의 친척……."

"맞아요. 그런 느낌이 있었어요. 내가 아닌 나……."

"지금은 어떤가요?"

"개운해요. 뭔가에 잡혀서 조종당하는 것만 같았는데……."

"그동안 당신은 빙의로 인해 아내에게 씻을 수 없는 상처를 남겼습니다. 이제 그녀는 이혼을 원하고 있고요."

"이혼?"

"24시간 스토킹에 감시, 그것으로도 모자라 먹여서는 안 될 약까지 먹여 치명적인 부작용까지 만들었습니다. 누구라서 그런 사람을 좋아할까요?"

"여보……."

남편의 시선이 여자에게 향했다. 여자는 애써 눈길을 외면했다.

"미안해. 나도 어렴풋이 짐작이 가. 하지만… 어쩔 수가 없었어. 내 의식이 거절하면 그 뭔가가 나를 그냥 두지 않았거든."

"……."

"아무튼 다 내 잘못… 당신이 원하면 이혼해 줄게."

"……."

"재산도 당신이 다 가져. 그걸로 죄를 씻을 수 없겠지만……."

남편의 눈에서 눈물이 그렁거렸다. 목소리도 진솔했다. 느끼하거나 위선이 섞인 소리가 아니었다.

"죄송하게 되었습니다. 법사님!"

미류에게까지 인사를 한 남편이 비틀 일어섰다. 그는 늘어진 어깨를 하고 신당을 나갔다. 그때까지도 여자는 말이 없었다. 상상만 해도 끔찍한 남편과의 결혼 생활. 그것이 빙의라고 해도 여자의 충격은 쉽게 가시지 않은 모양이었다.

"어떻습니까?"

미류가 조심스레 여자의 마음을 물었다.

"저는……."

여자는 고개를 저었다.

"그동안 받은 충격 때문에 마음이 내키지 않으시면 정리하시는 것도 좋을 것 같습니다."

"……."

"다만 한 가지는 말씀드려야겠습니다. 남편 말입니다. 그 친척과의 빙의가 우연은 아니었습니다."

"예?"

"남편의 전생에 그 친척과의 인과가 있네요. 저 빙의는 남편 전생의 상전으로, 남편을 모질게 대하던 나쁜 사람인데 그때의 악업으로도 모자랐는지 이 생에서 또 악업을 이었습니다. 제가 신의 힘을 빌려 징치를 했으니 다시 이어질 악연은 아니지만 남편분도 딱한 업보였습니다."

"그 빙의가 남편의 전생에도 남편을 괴롭혔다고요?"

"예… 그것도 아주 가혹하게……."

"그러고 보니 생각이 나네요. 그날, 저이가 그랬어요. 친척이 죽었는데 워낙 귀찮게 굴던 사람이라 별로 가고 싶지 않다고……."

"본능이었을 겁니다. 하지만 슬프게도 남은 악업이 이어지느라……."

"그이도 가련하군요. 두 번씩이나……."

"……."

"그럼 이제 남편은 원래의 성품으로 돌아온 건가요?"

"그건 제가 보증합니다."

"다시 스토킹 같은 거 안 하나요?"

"당연하죠."

"어이~!!"

그때 타로의 목소리가 들렸다.

"무슨 일이죠?"

미류가 신당 문을 열었다.

"문 앞에 남자가 쓰러져 있어. 아무래도 여기서 나온 사람 같아서 말이지."

"그럼 남편분이?"

미류는 여자를 돌아보고 신당을 나왔다. 남자는 남편이 맞았다. 애써 신당을 나왔지만 빙의에 시달렸던 몸. 긴장이 한꺼번에 풀리며 의식을 잃어버린 것이다.

"119 불러야겠지?"

타로가 물었다.

"그래야겠네요. 빙의가 나가고 나니 기가 다 빠진 거 같습니다."

띠뽀띠뽀!

구급차는 금세 도착했다.

"보호자분 계십니까?"

남편을 수습한 구급대원이 물었다. 여자는 대답하지 않았다. 하지만 구급대원이 남편의 주머니를 뒤져 핸드폰을 찾으려 하자 그를 막아섰다.

"뒤지지 마세요. 제가 이 사람 아내예요!"

아내!

그 단어는 또렷했다. 완전하게 정이 떨어졌던 여자의 마음이 열린 것이다. 여자는 남편과 함께 구급차에 올랐다. 신당에서 멀어지는 동안 그녀는 내내 미류를 돌아보았다.

"뭔지 모르지만 잘된 거 같은데?"

타로가 웃었다.

"형님 덕분입니다."

"내가 뭘?"

"그냥 그렇다고요."

미류는 구급차가 멀어진 도로를 바라보았다. 사랑이라는 미명하에 시달린 여자. 빙의를 떨쳐낸 남편과 함께 새 연애를 시작하듯 행복하길 빌었다.

이날의 마지막 손님은 여자였다. 하지만 미류는 알았다. 그가 남자라는 걸. 립스틱을 바르고 치마를 입었지만 운명창은 속일 수 없었다.

"몸에 맞지 않는 옷을 입으셨군요."

조용한 미소로 물었다. 남다른 사연이 있을 게 틀림없는 사람이었다.

"법사님은 제 속이 보이시나요?"

남자가 물었다. 미소도 예뻤다. 최소한 그는, 겉보기에는 여자라고 해도 통할 것 같았다.

"죄송하게도 그러네요."

"그럼 잘됐네요. 긴 얘기 안 해도 되고……."

"……."

"말씀대로 저 고추 달린 남자 맞아요."

"……."

"그런데 저는 여자로 있는 게 좋아요. 여자로 태어날 걸 남자로 잘못 난 거 같아요."

"예……."

"성전환 수술을 하고 싶은데 부모님 반대가 심해서 찾아왔어요. 법사님께서는 제 고민에 답을 주실 거 같아서……."

"뭘 도와드릴까요?"

"방금 말했지만 저는 어릴 때부터 여장이 좋았어요. 이웃집 또래 여자의 치마를 훔쳐다 입은 적도 많고요."

"……."

"속옷도 여자 것만 사 입었어요. 엄마에게 걸려 뒈지게 맞은 적도 있지만요."

"……."

"저 전생이 여자였을까요? 그래서 이렇게 여자가 끌리는 걸까요?"

"이성은 어떤가요?"

"이성은 별생각 없어요. 여자가 싫은 건 아니지만……."

"그럼 지금도 여자처럼 살고 있는 건가요?"

"예… 절대 비밀이에요. 알바하는 데도… 여자라고 했거든요. 화장실도 여자 화장실로 가고……."

"전생이 좀 특이하긴 하네요."

슬쩍 전생을 살펴본 미류가 입을 열었다.

"저 여자였어요?"

"아뇨, 남자였습니다."

"그래요?"

남자의 얼굴에서 실망감이 폭발을 했다.

"하지만 역시 특이한 남자였네요."

"그 말씀은……?"

"그게 없는 남자요."

"예? 그럼 내시?"

"그건 아니고요."

"그럼?"

"혹시 클래식 좋아해요? 소프라노나 테너, 알토 같은……."

"어머, 저 자다가 깰 정도로 좋아해요."

남자는 마치 여자인 양 반색을 했다.

"그렇군요."

"그런데 그게 왜요?"

"전생에 여자였냐고 물었죠? 전생 한번 같이 보실까요?"

"우와, 그거 진짜 가능하군요?"

"예?"

"전생 보는 거 말이에요. 사실 법사님이 전생점의 대가라는 소문은 들었지만 진짜 전생을 본다는 말에는 긴가민가했거든요."

"그럼 더욱 잘 보여 드려야겠군요. 눈 감으세요."

미류는 부드러운 분위기로 남자를 이끌었다. 그가 눈을 감자 박수 소리가 허공을 채웠다.

짝짝짝!

무대에 그가 나왔다. 그는 이탈리아의 가수였다. 그냥 가수가 아니라 천상의 목소리를 내는 카스트라토였다. 당대 최고는 아니었지만 많은 사람들의 사랑을 받았다. 그가 노래하면 까무러치는 귀부인들도 한둘이 아니었다.

까무러치는 것!

사실 그도 그 까무러침 속에서 가수로 거듭나게 되었다. 카스트라토였기 때문이었다. 그것은 곧 거세된 남자라는 뜻이기도 했던 것이다.

카스트라토!

우아한 가성과 소년의 최고 음역이 갖는 순수, 거기에 어우러진 건장한 여자의 목소리가 기묘하게 조화를 이루는 중성적인 매력. 이른바 천상의 목소리가 거기 있었다.

그러나 그 과정은 까무러침 그 자체였다. 17, 18세기 카스트라토들의 전성기 때, 이탈리아에서는 수많은 소년들이 거세를 당했다. 뜨거운 물에 몸을 담가 고환을 뭉개 버리고 고환으로 이어지는 정관을 싹둑하는 거세 수술로 목숨을 잃은 소년도 한둘이 아니었다. 이때 사용된 가위는 마치 이발소의 이발 기구와 비슷했으니 보는 것만으로도 몸서리 쳐지는 도구였던 것이다.

남자도 그 과정을 거쳤다. 다만 다른 소년들과 조금 달랐다. 대개는 빈민 부모를 둔 소년들은 강제로 등을 밀려 나왔지만 소년은 자청한 일이었다. 원래 노래에 소질이 있던 소년, 부모가 반대했지만 강행하고 말았다. 그 길이 아니고는 돈을 벌 수가 없다고 판단했던 것이다.

처음에는 부모님과 어린 여동생 둘을 보살피기 위해 결심한 소년. 가수가 되자 서서히 변하기 시작했다. 카스트라토의 부작용 때문이었다. 이 부작용 중의 하나가 허리와 엉덩이, 가슴 등에 지방이 몰리는 것이지만 변덕과 자만심 또한 만만치 않았던 것이다.

소년은 어느 정도 성공했지만 가족은 돌보지 않았다. 원래의 초심을 잃어버리고 그 자신만 아는 이기적인 인간이 되어버린 것.

짝짝짝!

박수 소리와 함께 변덕스러운 가수의 모습이 부각되는 순간에서 감응은 끝났다. 눈을 뜬 남자는 자신의 사타구니부터 바라보았다. 덕분에 치마 사이로 민망한 여자 팬티가 보여 미류는 시선을 돌렸다.

"그러고 보니 제가 전생에도 이걸 싹둑?"

남자가 미류를 바라보았다.

"예……"

"아, 이건 아닌데……."

남자의 얼굴에 심경의 변화가 엿보였다. 생생한 거세 장면과 자신의 변모 등을 감응하면서 마음이 움직인 모양이었다.

"성전환 수술… 포기해야겠네요. 지난 생에서 한 일을 이 생에서 또 답습하기는……."

"잠깐만요."

거기서 미류의 미래안이 작렬했다. 남자의 미래 모습이 희미하게 투영되기 시작했다. 남자의 미래는 평범한 가장이었다. 평범한 여자와 결혼도 했다.

"잘 생각하셨네요. 이번 생에서는 다른 삶을 살기 위해 온 것 같습니다. 그러니 이번에는 주어진 대로 사시는 게 좋겠습니다."

"네, 고맙습니다. 전생을 보여주셔서……."

남자는 조신하게 돌아섰다. 오랫동안 여자처럼 살아온 남자. 다시 남자의 길로 돌아오려면 시간이 걸릴 것이다. 하지만 오래는 아닐 것 같았다. 그의 바탕이 남자였고, 마음도 돌아섰기 때문이었다.

"법사님 식사해야죠?"

그새 시간이 이렇게 된 걸까? 봉평댁이 미류를 불렀다. 주방으로 오니 메밀면이 준비되어 있었다.

"좀 기니까 한 번 잘라 드릴게요."

봉평댁이 불쑥 가위를 내밀었다.

싹둑!

날 선 가위 소리에 비명을 지를 뻔했다. 미류의 뇌리에서 아직, 그 남자의 전생 감응이 떠나지 않았던 것. 가위가 멀어지자 미류는 안도의 숨을 쉬었다.

"휴우!"

구원자 미류 법사

대선은 네거티브의 극치로 치달았다. 상대의 강공이 이어진 것이다. 몇 가지 태클이 통하지 않자 이번에는 정대협의 서울시장 임기를 문제 삼았다. 시민이 뽑아준 임기를 채우지 않았다는 것. 다음으로 철강회사 시절의 하청업체 착취를 내세웠다. 실제로 당시 피해를 입었다는 하청업체 대표 몇이 나와 기자회견을 하기도 했다.

―하청업체의 피를 빨았다!

―당시 경영자였던 정대협이 책임을 져야 한다!

그들의 호소는 제법 먹혔다. 10% 가까이 앞서가던 정대협의 지지율이 주춤거리기 시작했다.

"끄세요."

아침 식사를 하던 미류가 봉평댁에게 말했다.

"왜? 정 후보님 소식인데?"

봉평댁이 미류를 빤히 바라보았다.

"잘하실 겁니다. 그만한 시련도 못 넘고 대권을 잡겠어요?"

"알았어."

"하라는요?"

그 말이 씨가 된 건지 탁지에 놓아둔 미류의 핸드폰이 요란스레 울었다. 하라였다.

—오빠, Ciao?

낯선 인사가 건너왔다. 봉평댁의 귀가 쫑긋 서는 게 보였다. 엄마의 본능이기에 딸이라는 걸 아는 것이다.

"지금 어디야?"

—나, 이탈리아 로마!

하라의 목소리가 높아졌다.

"거기도 아침이야?"

—아니, 나 지금 자려고.

"그럼 Ciao는 굳나잇?"

—아니, 굳모닝. 배 대표님께 물어봤더니 한국은 지금이 아침일 거라고 해서 말이야.

"아픈 데는 없고?"

—히히, 하나도 없어. 오빠 보고 싶은 거밖에는.

"엄마 보고 싶다고 해야지."

—엄마는 No. 잔소리 안 들으니까 키가 팍팍 크는 거 같아. 오빠, 나 이제 화장도 잘한다.

"응?"

—오빠도 보면 놀랄걸? 하라 이제 엄청 예쁘게 보이니까 화요 언니 잊어버려.

"……"

—엄마가 그러는데 오빠 프랑스로 온다며?

"응. 내일 출발……."

―그럼 내 공연에도 와. 배 대표님이 그러는데 프랑스와 이탈리아
는 그냥 이웃이래.

"그래?"

―대표님 바꿔줄게. 오빠, 사랑해. 쪽쪽!

하라의 귀요미는 폭풍 연타로 작렬하고서야 겨우 멈췄다.

―법사님!

핸드폰에서 배은균 목소리가 나왔다.

"바쁘시죠?"

미류가 물었다.

―좀 그렇긴 하지만 기분 최고입니다. 우리 하라, 유럽 순회공연 초
대박입니다, 초대박. 매번 매진이고 팬들 선물도 한 트럭씩 답지하고
있어요!

"저도 간간이 듣고 보고 있습니다."

미류가 화답했다. 더러는 홍 팀장이 동영상 파일을 보내주기도 했
고 또 더러는 유튜브에서 확인하기도 했던 것이다. 하라는 어느덧 세
계 가요의 아이콘으로 부각되고 있었다.

―요양 병원 준공식 하셨다면서요? 참석 못 해서 죄송합니다.

"그건 괜찮지만 웬 기부를 그렇게 많이 하셨어요?"

―어? 제가 두리 씨에게 익명으로 하라고 했는데…….

"두리 씨가 깜박했나 보네요. 아무튼 고맙습니다."

―아닙니다. 저 버는 돈 2%는 무조건 법사님 재단에 기부할 겁니
다. 아, 막말로 제가 누구 때문에 성공했는데요? 법사님 아니었으면
저 지금도 연예인 윤짱입니다.

"별말씀을… 배 대표님은 필 때가 되어 핀 것뿐입니다."

―뭐라고 하셔도 소용없습니다. 아, 그건 그렇고 파리에 오신다고요?

"예… 아는 분 패션쇼에 초대를 받아서……."

―파리와 이탈리아가 멀지 않거든요. 하라가 세 도시에서 공연할 건데 시간 되시면 그때는 밀라노 차례인데 그리 멀지 않으니 들러주세요. 법사님이 오시면 하라가 신나서 더 날아다닐 겁니다.

"노력해 보죠."

―언제든 통보만 하세요. 제가 전세기에 가이드도 준비해 드리겠습니다.

"비행기 표는 패션쇼 하시는 분이 이미……."

―그럼 가이드라도 섭외할까요?

"그것도 그쪽에서……."

―에이, 제가 보내 드리는 가이드랑은 다르지요. 완전 기쁨조로 한 번 수배해 보겠습니다.

배 대표의 호의는 끝이 없었다. 기쁨조라니… 농담으로 알고 전화를 끊었다. 그러다 봉평댁 얼굴과 딱 마주쳐 버렸다.

'아차!'

실수였다. 배 대표의 호의를 비키느라 하라를 바꿔주지 못한 것이다.

"이모, 미안해요. 내가 배 대표와 얘기하다가 그만……."

"괜찮아. 나는 어제도 통화했는걸, 뭐."

봉평댁이 웃었다. 어쩐지 서운함이 살짝 깃든 미소였다. 어린 딸을 먼 곳에 보내둔 엄마의 마음. 어찌 그렇지 않을 것인가?

살짝 어색할 때 또 전화가 들어왔다. 이번에는 화요였다.

―법사님, 선택하세요!

그녀는 다짜고짜 미류를 압박했다.

"뭘요?"

─내일 파리 가시잖아요?

"네……."

─제가 지금 쳐들어갈까요, 아니면 저녁에 법사님이 시간 내주실 래요?

"화요 씨……."

─아니면 저 지금 파리 티켓 끊어요.

"저녁에 뵙죠."

미류, 바로 두 손을 들었다.

─알았어요. 점사 끝나면 바로 전화 주세요.

"네!"

통화는 오래가지 않았다. 화요의 배려 덕분이었다. 이제 화요는 미 류의 스케줄을 줄줄이 꿰고 있었다. 오늘까지 손님을 받는다고 했으 니 점사를 시작할 시간이었다.

"법사님!"

차를 마시고 일어설 때 봉평댁의 입이 조심스레 열렸다.

"예?"

"송화요 씨 말이에요."

"예, 화요가 왜요?"

"법사님 무척 따르고 좋아하는 것 같던데……."

"……?"

"뭣도 모르는 내 생각인데 두 분이 결혼하시면?"

"이모!"

"제가 보기엔 전생신님도 반대하는 것 같지 않아서……."

"……."

미류의 말문이 막혔다. 이미 화요와 여러 차례 밤을 새웠던 미류였다. 만약 전생신이 막았다면 그때마다 살을 맞았을 미류였다. 하지만 아무 일도 없었다. 그렇기에 봉평댁도 조언을 던진 것이다.

"10분 후에 손님 들여주세요!"

대답을 미루고 신당 문을 열었다.

―저 왔습니다.

―오늘도 당신의 뜻에 따라 점사를 시작하려고 합니다.

―우매한 저를 깨우고 다그쳐 번뇌와 시름에 겨운 사람들에게 도움이 되게 해주십시오.

마음을 단정히 하고 지화를 바꿔 꽂았다. 향도 새로 피웠다. 푸른 연기로 변하는 향 속에 화요가 맺혀왔다.

화요!

좋은 여자였다. 외모와 몸매야 두말할 것도 없지만 마음도 그랬다. 미류의 도움으로 기사회생한 그녀. 그 고마움을 넘어 미류의 지지자이자 위로자로 자리 잡았다. 따지고 보면 그녀를 위로한 적도 많았지만 미류 역시 그녀에게 많은 위로를 받았다.

물론, 이제 미류 주위에는 여자가 많았다. 그들 중 몇은 미류가 손을 내밀면 결혼을 허락할 사람도 있었다. 하지만 이것저것 맞춰보면 역시 화요가 좋았다.

화요와 나?

거기까지 생각하고 웃어버렸다.

'우리 이모… 괜히 사람 마음 싱숭생숭하게 만드시네……'

쩔겅!

신방울을 흔든 미류가 오늘의 점사 시작을 알렸다.

"손님 모시세요!"

"네!"

봉평댁의 대답과 함께 문이 열렸다. 30대의 남자가 들어섰다.

"저기……."

남자는 앉지도 않고 울상을 지었다.

"왜 그러시죠?"

"어머니가 아직 안 오셔서요."

"어머니라고요?"

"제가 아니고 어머니 좀 봐드리려고요."

"오시기는 하는 건가요?"

"잠깐만 기다려 주시면……."

남자는 시계를 보면서 문을 나갔다.

'뭐야?'

미류는 어깨를 으쓱해 보였다. 워낙 신청자가 많아 다 예약을 받지도 못하는 상황. 그중에서 사연이 딱한 사람들을 특별히 챙기는 마당인데 저렇게 준비성이 없다니…….

20분이 지나갔다. 그래도 남자는 돌아오지 않았다.

"다른 사람 모실까요? 가까운 곳에 예비자가 또 있는데……."

"아뇨. 1시간은 기다려 보죠."

그게 옳았다. 기본은 지키려는 미류였다. 남자는 조금 더 지나서야 돌아왔다. 1시간 가까이 흘렀지만 이번에도 혼자였다.

"어머니는요?"

"오셨는데… 안 들어오려고 하셔서……."

어디까지 뛰어갔다 온 건지 남자는 가쁜 숨을 쉬었다. 그의 어머니는 봉평댁에게 이끌려 신당에 들어섰다. 주저하는 걸 보고 아들 대신 끌어온 것이다. 어머니는 미류에게 건성으로 인사를 했다. 시선조차 마주치지 않았다.

'응?'

아들이 어머니를 앉히자 미류가 고개를 들었다. 영시 때문이었다. 어머니의 운명창에 특별한 단어가 엿보인 것이다.

[犬] [猫]

개 견 자와 고양이 묘 자였다. 그러고 보니 누린내 같은 것도 끼쳐왔다. 이 여자, 개라도 사육하고 있는 걸까?

"늦어서 죄송합니다. 저희 어머니십니다."

아들이 미류에게 말했다.

"괜찮습니다. 사연이나 말씀해 보시죠."

"아이고, 사연은 무슨… 나는 갈랍니다."

미류의 말이 떨어지기도 전에 어머니가 엉덩이를 들었다. 물론, 아들은 그걸 허락하지 않았다.

"제가 웬만하면 이러지 않습니다. 우리 어머니 고양이, 개 귀신 씌었습니다. 그거 좀 고쳐주세요."

아들은 절박해 보였다.

"얘가 왜 이래? 뭐가 귀신이라는 거야? 다 내 새끼인데……."

"어머니!"

모자는 미류를 앞에 두고 신경전을 펼쳤다.

"어허!"

쩔겅!

묵직한 방울 소리로 둘의 주의를 환기시켰다. 모자는 똑같이 시선을 떨구었다.

"집 안에 온통 개와 고양이 천지로군요. 사람 사는 곳에 개와 고양이가 사는 건지 개와 고양이가 사는 곳에 사람이 끼어 사는 건지……."

미류 입에서 공수가 나왔다. 영시로 본 개와 고양이들은 어머니의 공간에 빼곡하게 들어차 야옹야옹, 멍멍거렸다.

"남이사……."

어머니는 미류를 매몰차게 외면했다.

"그 개와 고양이 때문에 남편과 딸을 앞세우고도 그런 말이 나온단 말인가요!"

미류의 목소리가 싸아 하게 올라갔다. 애써 외면하던 어머니가 찔끔 고개를 숙였다. 이미 60줄에 접어든 초로의 여자. 젊은이보다야 주위들은 무속 이야기가 많을 터이니 미류를 아주 무시하지는 못하는 것이다.

"아니란 말입니까?"

미류가 재차 물었다.

"그거야… 보나 마나 우리 아들놈이 다 얘기했겠지……."

"어머니, 저 어머니가 안 오는 바람에 법사님께 인사도 못 드렸습니다. 얘기는 무슨 얘기를 했다고 그래요?"

여자의 심통에 아들이 항변을 했다.

"그래서 뭐? 나 좋다는데 누가 뭐랄 거야? 무당이고 나발이고 하느님이 와도 상관없어!"

여자의 입에서 고성이 터져 나왔다.

"당신 남편과 딸의 원성이 심장과 손발에 맺혔는데도 그런 말이 나옵니까?"

미류가 다시 공수를 뿜었다.

"뭐라고요?"

"당신 마음, 늘 불안하고 오락가락이지? 손발도 잠시라도 움직이지 않으면 바늘로 찌르는 듯이 아프고!"

"……!"

미류의 말에 여자가 주춤거렸다. 틀린 데가 없는 까닭이었다. 미류는 보았다. 그녀의 심장과 손발에 맺힌 영가의 한. 그건 놀랍게도 그녀의 남편과 딸이 남긴 일종의 저주였다.

―평생 개, 고양이나 생각하고 살거라.

―엄마는 평생 개, 고양이 밥이나 주면서 살아.

미류 입에서 그 공수가 나왔다. 하나는 남편의 목소리였고 또 하나는 딸의 목소리였다.

"으헉!"

남자는 벌린 입을 다물지 못했다. 기세등등하던 어머니 역시 이마에서 식은땀이 흘러내렸다.

"용하시네……."

어머니의 목소리가 비로소 흔들렸다. 생전에 제대로 돌보지 않은 남편과 딸. 그 둘이 죽기 전에 저주처럼 뱉고 간 말. 그건 차마 잊을 수 없는 일이었다. 그런데 그 말을, 미류가 그대로 재현한 것이다.

"그래. 이제 하나 남은 아들마저 잡아먹으시려고?"

쩔겅!

신방울과 함께 미류가 물었다.

"……."

"가엾은지고. 당신 눈에는 오직 개하고 고양이뿐이군."

"법사님!"

아들이 미류를 바라보았다.

"전생의 업이로다!"

미류가 고개를 저었다. 주춤거리는 어머니의 전생령을 읽어낸 미류였다.

"전생이라고요?"

"맞습니다. 전생… 당신의 어머니… 전생에 개와 고양이의 피를 너무 많이 보았습니다."

"……?"

"당신… 개와 고양이를 돌보기 시작한 거… 19년 전이지?"

"……!"

어머니가 다시 한 번 흔들렸다. 귀신같은 적중력 때문이었다.

"피가 보이는군. 고양이의 피… 그게 당신이 잊고 있던 전생 인과를 불러들였어."

"맞아요. 그럴 겁니다. 제가 초등학교 4학년 때… 어머니가 차에 치인 고양이를 안고 왔어요. 머리가 터지고 배도 터져서 죽은 고양이였는데 그걸 살려야 한다고……."

"시끄러워. 고양이는 숨이 붙어 있었어. 네 아버지가 오토바이에 태워 동물 병원까지 데려다만 줬어도 살았을 거야."

아들의 말에 어머니가 역정을 냈다.

"어허!"

절경!

다시 미류의 신방울이 둘의 다툼을 막아섰다.

"그때부터 개며 고양이며 다 데려다 돌보기 시작했지요?"

미류의 눈이 남자의 어머니를 겨누었다. 그 눈에는 전생신의 신차가 고스란히 배었으니 여자가 감당할 수준이 아니었다.

"예……."

"그 후로 남편과 딸이 병이 났군요? 하지만 당신은 그 둘을 별로 돌보지 않았어요."

"그건… 남편하고 딸이 개와 고양이를 워낙 싫어하기에 미워서……."

"그래서 죽어가는 마당에도 마음을 두지 않았습니까?"

"남편과 딸이 죽인 개와 고양이도 한두 마리가 아닙니다."

"어머니, 말은 똑바로 하세요. 아버지와 향미가 언제 그랬어요?"

아들이 항변했다.

"꼭 죽여야 죽인 거야? 밀어내고 던지고… 그래서 죽은 게 여럿이야. 왜?"

어머니는 기죽은 상태에서도 할 말은 다 쏟아놓았다. 그야말로 개와 고양이 중독이었다. 상태로만 보자면 마약중독보다 더 심해 보였다. 가족보다도 개와 고양이가 우선?

"법사님, 저희 어머니가 이렇습니다. 솔직히 아버지와 동생이 아플 때도 어머니는 개하고 고양이를 치우지 않았습니다. 수백 마리 개와 고양이는 환자인 아버지와 동생 방에서 우글거렸죠. 아픈 사람 옆에서 똥 싸고 오줌 싸고… 저희들끼리 물어뜯고 싸우기도 하고 털 날리고… 어쩌면 아버지와 동생은 살 수도 있었지만 개와 고양이 때문에 더 일찍 죽은 건지도 모릅니다."

아들의 목소리는 침통했다. 이해가 가는 일이었다.

"결국 견디다 못한 제가 최후통첩을 했습니다. 저냐 개, 고양이냐 선택을 하라고요. 그랬더니 어머니 하는 말이 네가 나가라더군요."

"……."

"그래서 나와 살다 결혼을 했는데 어머니의 증세는 점점 심해지고 있습니다. 이웃에서 항의하고 경찰이 와도 끄떡도 하지 않습니다. 오죽하면 제가 두 살 난 손자를 데리고 가도 애보다도 개, 고양이가 우선인 사람입니다. 그러니 귀신이 씌지 않고서야……."

"귀신이 아니라 전생 업보 때문이라고 했습니다."

듣고 있던 미류가 답했다.

"전생 업보?"

아들이 고개를 들었다.

"업보는 무슨… 갈 곳 없는 개 고양이 돌봐주는 게 전생하고 무슨 상관이라고……."

어머니가 다시 궁시렁거렸다. 남의 말은 도무지 들으려 하지 않는 여자. 전생의 카르마가 좀 세게 쌓인 까닭이었다. 그 이유와 원인을 알려주려면 역시 전생 감응이 우선이었다. 하지만 그것도 쉽지는 않았다. 어머니가 완강하게 거부를 한 것.

"멀쩡한 사람 붙잡고 왜 이러신대? 전생이고 나발이고 난 우리 애들 밥 줄 시간이라 가봐야 해요."

어머니가 일어서자 아들이 그 손을 잡았다.

"진짜 왜 이러신대요? 이분이 누군지 알고나 이러세요? 대한민국 최고의 무속인이시라고요."

아들이 소리쳤다.

"너 말 잘했다. 그럼 복채도 많이 냈겠구나? 그 돈 나를 주렴. 우리 애들 사료값 모자라는 판에."

"어머니!"

모자의 대립. 끝 간 데가 없었다. 지켜보던 미류, 별수 없이 극약 처방을 들고 나왔다. 어머니의 가슴팍에 서린 영기를 자극해 잠시 정신 줄을 놓게 한 것.

"아아!"

어머니는 결국 가슴을 잡고 늘어졌다.

"내가 잠깐 얌전하게 만들었습니다. 그러니 놀라지 않아도 됩니다."

미류는 아들을 안심시켰다. 그런 다음 서둘러 3자 감응을 준비했다.

"전생을 볼 겁니다. 아시겠지요?"

모자의 가운데 자리 잡은 미류가 어머니를 보며 말했다. 어머니는 마지못해 고개를 끄덕였다. 반항하고 싶겠지만 신력에 눌려 어쩔 수가 없는 것이다.

"눈 감으세요!"

미류가 말했다. 어머니는 미류 눈치를 보고서야 눈을 감았다. 아들도 감았다.

우우우!

안개 사이로 통곡과 절규가 들려왔다. 안개는 짙었다. 절망을 담은 통곡도 짙었다. 절규 역시 사방에서 들끓었다. 메케한 연기도 있고 사람 썩는 냄새도 있었다.

츄릿!

날카로운 소리와 함께 안개가 흩어졌다. 그사이로 피가 튀었다. 안개를 물들이는 혈흔. 그 도시는 모든 게 죽어가고 있었다.

츄릿!

또 한 번의 파열음이 허공을 가르자 개와 고양이의 비명이 들렸다.

캐앵! 캬웅!

안개를 가르고 한 남자가 등장했다. 긴 집게와 채찍을 든 개 도살자. 그가 바로 남자 어머니의 전생 모습이었다. 그는 길이가 1미터는 됨 직한 집게로 죽은 개와 고양이를 집어 드럼통에 넣었다. 드럼통 안에는 수백 마리의 개와 고양이가 담겨 있었다. 남자의 직업은 개 도살자. 그는 지금 흑사병이 창궐한 런던에서 흑사병을 퍼뜨린다고 소문난 개와 고양이들에게 지옥형을 집행하는 중이었다.

"1페니 벌었고."

멜빵바지의 남자 눈이 마스크 위에서 웃었다. 흑사병 시대에 개와 고양이를 없애는 일은 런던 시의회의 공인까지 받은 일이었다. 이 당시의 사람들은 야생 개와 고양이가 흑사병을 옮긴다는 생각을 갖고 있었다. 이들의 털이 페스트균을 매개한다고 본 것이다. 그러나 이는 절대 과오였다. 고양이들이 죽자 페스트의 주범인 쥐 떼들의 천적이 사라진 꼴이었다.

개 도살자는 새벽부터 부지런을 떨었다. 여기저기 오라는 곳도 많았다. 예컨대 귀족들이 그랬다. 가족의 누군가가 페스트에 걸리면 그 집안의 애완동물 박멸은 개 도살자에게 맡겨졌다. 마리당 1페니의 공인 수고비 외에 웃돈을 얹어주는 건 물론이었다.

떠돌이 개와 고양이 또한 공포의 대상이었다. 사람들은 그런 개와 고양이를 보기 무섭게 개 도살자를 불렀다. 이래저래 개 도살자의 채찍은 쉴 시간이 없었다.

츄릿!

"1페니!"

촤랏!

"또 1페니……."

통 안에 개와 고양이의 시체가 쌓일수록 남자의 지갑은 두툼하게 변했다. 그 숭고(?)한 임무 앞에 자비는 없었다. 갓 낳은 새끼 고양이들도 죽였고, 아직 눈을 뜨지 못한 강아지들도 예외는 없었다. 어미 개와 어미 고양이는 새끼들 때문에 도망도 치지 못하고 남자를 바라보았다. 원한이 가득 밴 눈이었다. 저주를 담은 시선이었다.

남자는 죽이고 또 죽였다. 심지어는 꿈에서도 개와 고양이를 죽였다. 그렇게 죽인 개와 고양이가 날마다 마차에 수북이 쌓였다. 그의 살육은 런던 대화재 때까지 계속되었다. 당시 페스트에서 인간을 구한 건 의사도 개 도살자도 아니었다. 우습게도 대화재였다. 빵 가게 주인의 실수로 일어난 화재가 런던을 휩쓸어 버린 것이다. 화재는 쥐 떼까지도 몰아내 버렸다. 런던 페스트의 공포는 그렇게 멈췄다.

짜라락!

화재가 진압된 날 남자는 집에서 페니를 세었다. 흡족했다. 잘그락 잘그락 서로 부딪치는 소리도 좋았다. 하지만 더러는 '야옹'이라든가 '웡웡' 소리로 들렸다. 이후 폭음으로 시간을 보내던 남자는, 만취한 밤에 고양이 소리에 놀라 하천에 추락해 죽었다.

그날 런던 경찰은 남자의 시신을 수습하는 시간보다 몰려든 개와 고양이를 쫓는 데 더 많은 시간을 허비했다. 고양이와 개들은 시체 안치소까지 따라왔다. 하천 양옆으로 몰려든 개와 고양이의 눈에서 빛나는 지옥, 그리고 저주. 남자가 본 세상의 마지막 풍경이었다.

"으어어!"

감응이 끝나자 아들이 먼저 몸서리를 쳤다. 어머니의 잔혹한 전생 직업. 그건 차마 상상조차 하지 못한 일이었다. 하지만 어머니의 시선은 한곳에 고정되어 움직이지 않았다. 자신의 손이었다.

"내가… 내가 개와 고양이 도살자?"

그녀는 믿기지 않는 듯 와들거렸다. 동시에 벌겋게 핏발이 곤두선 눈. 심상치 않음을 느낀 미류, 그녀의 개 도살자 전생령을 단숨에 뽑아냈다.

"……."

여자의 경련이 잠시 줄어들었다. 그녀에게 붙은 영가의 흔적을 자극하자 어머니는 기우뚱 넘어가 버렸다.

"엇!"

미류가 남자를 제지했다.

"어머니의 병을 고쳐달라고 했죠?"

미류가 물었다.

"예……."

"그렇다면 어머니에게서 전생 의식을 지우는 수밖에 없습니다. 하지만 아무래도 순순히 따를 것 같지 않아 잠시 휴식을 취하게끔……."

"전생 의식을 지운다고요?"

"어머니는 지금 전생의 업보를 상쇄하기 위해 개와 고양이에 올인하고 있는 것 같습니다. 하지만 공덕은 꼭 그런 방향으로 쌓지 않아도 되고, 더구나 지금까지 해온 것으로도 충분할 것 같아서……."

"그게 가능한가요?"

"해드릴까요?"

"그럼 우리 어머니가 개와 고양이를 멀리할까요?"

"최소한 지금처럼 사람보다 우선하지는 않을 테고… 집 안에도 그렇게 와글바글 키우지는 않을 겁니다."

"그럼 부탁드립니다. 아무리 전생에 개와 고양이 도살을 했다고 해도 지금 상황은……."

"그럼……."

아들의 동의를 구한 미류, 부적을 꺼내 어머니의 개 도살자 전생령을 말았다. 그런 다음 촛불로 불을 당겼다. 부적이 다 타자 그걸 정화수에 섞어 어머니의 가슴과 손발에 부었다. 어머니는 잠시 후에 정신이 들었다.

"어머니!"

아들이 소리쳤다.

"여긴?"

"미류 법사님이라고 유명하신 분의 신당이에요. 기억 안 나요?"

"글쎄… 응?"

고개를 만지던 어머니가 자기 손목을 바라보았다.

"왜요?"

"손목이 안 아파."

"예?"

"그러고 보니 가슴도… 발목도 안 아프네? 저기 무덩 양반이 나한테 뭘 한 거야?"

"예, 법사님께서 부적으로 비방을 쓰셨어요. 어머니 가슴하고 손발… 보세요. 부적 태운 비방이 묻어 있잖아요?"

"정말 그러네?"

"어머니, 이제 개하고 고양이, 동물 보호 단체에 보내실 거죠?"

"개하고 고양이?"

"예……."

"그럴까?"

"예? 정말이죠?"

"하나뿐인 아들이 원하면 해야지. 한두 마리 정도만 남겨두고……."

"그거야 문제없죠. 그럼 저 지금 동물 보호 단체에 전화합니다."

"그래. 대신 네가 장길이하고 자주 와줄 거지?"

장길이는 그녀의 손자 이름이었다.

"으아악, 어머니!"

아들은 행복에 겨워 어머니를 끌어안았다. 그걸 보며 미류가 웃었다. 전생에서 수많은 개와 고양이를 가혹하게 죽였던 사람. 그 전생의 인과를 떼어내니 개와 고양이에 대한 집착이 사라진 것이다.

인사를 남기고 돌아간 남자는 오래지 않아 전화를 해왔다.

─법사님, 개하고 고양이는 동물 단체에 다 넘겼고요, 그런데… 개 한 마리하고 고양이 한 마리만 남겼는데 신기하게도 어머니가 전생에서 맨 처음 잡은 그놈들하고 비슷한 걸 골라놓았어요. 이거 문제 있는 거 아니죠?

"전생의 흔적 정도로 생각하세요. 한두 마리는 괜찮잖아요?"

─어휴, 다행이네요. 아무튼 정말 고맙습니다.

아들의 전화는 그렇게 끊겼다. 이날 동물 보호 단체가 데려간 개는 59마리였고 고양이는 121마리였다고 한다. 조그만 연립주택 안에 180여 마리의 개와 고양이가 바글거렸던 것이다.

"어휴, 난 애완동물 못 키워. 귀엽긴 하지만 그거 아프거나 늙으면 차마 볼 수가 없더라고."

사연을 들은 봉평댁이 고개를 저었다. 하긴 애완동물도 다 궁합이 있다. 귀엽든 영리하든 저 싫으면 그만인 것이다.

차 한 잔을 마시고 다음 손님을 받았다. 이번에도 남자였다. 사주를 보니 60이 내일모레인 사람. 그런데 풍채와 인상이 장난이 아니었다. 나이에 비해 우람한 몸에 얼굴 또한 성형을 했는지 40대 초반의 동안으로 보였다. 재력도 좋은 것인지 복채도 선불로 1천만 원을 내놓았다.

하지만!

"……!"

운명창 안에서 좋지 않은 것이 보인 것이다.

[명예운 下下 05%]

세상에!

미류는 자신의 선입견을 내려놓았다. 이렇게 기품 있게 생긴 사람의 명예운이 바닥이라니. 그 호기심으로 명예창 안을 살펴보았다.

[殺] [暴] [奸] [獄] [詐]…….

미류, 미간이 꿈틀거리는 걸 살짝 눌러놓았다. 이 남자의 명예창 안에는 온갖 오물이 바글거렸다. 마치 개와 고양이로 가득 찼던 조금 전 여자의 드럼통처럼.

영가도 보였다. 그가 죽인 건 남자. 그 남자의 한이 눈동자에 살포시 맺혀 있었다.

'조폭? 아니면 살인범?'

참았지만 미류의 미간이 꿈틀 반응을 했다. 그러고 보니 얼굴 안에도 [刀] 자가 보였다. 돈을 들여 성형으로 만든 얼굴이라는 의미였다.

"인사드립니다. 최웅관이라고 합니다."

남자의 목소리는 걸쭉하게 나왔다. 조금 더 솔직히 말하자면 위압적이었다.

[女]

뒤 이어 탐색한 재물창과 애정창에서 남자의 고민이 엿보였다. 글자가 새파랗게 청청한 걸 보니 젊은 여자였다. 그러나 딸은 아닌 상황.

"어떻게 오셨나요?"

모른 척 물었다. 여기는 전생신의 신당. 설사 범죄자가 왔다고 해도 이 안의 주인은 미류였다.

"이 나이에 이런 말씀 드리기 좀 그렇습니다만 애정 문제로 찾아뵈었습니다. 법사님 고명이 높다고 하기에."

"예……"

"제가 실은 요 근래에 늦장가를 들었습니다."

'늦장가?'

미류의 동공이 꿈틀거렸다. 애정창 안에 여자가 있지만 아내를 뜻하는 부(婦)는 아니었다. 그런데 늦장가라니?

"아내분이 아주 젊으시군요."

일단 장단을 맞춰보았다.

"어이쿠, 과연 소문이 사실이군요. 제가 어쩌다 보니 한국 땅에 인연이 없어 캄보디아에서 신붓감을 구해 왔습니다."

"아직 식은 안 올리셨죠?"

"어이쿠야!"

"계속하시죠."

슬쩍 맛보기를 보여준 미류가 최웅관을 바라보았다.

"진짜 족집게시군요. 그렇다면 혹시 제가 몇 번째 장가를 가는지도 알고 계십니까?"

'이놈 봐라?'

미류의 미간이 파르르 떨렸다. 은근슬쩍 미류를 시험하는 게 분명했다. 최웅관의 애정창 안에 보인 건 단 하나의 여자…….

"제 몸주께서 말씀하시길 법률적으로는 이번이 처음이라고 하시는군요."

"어익후!"

최웅관이 또 한 번 엄살을 떨었다. 진정성이 하나도 깃들지 않은 탄식. 이 인간은 여전히 미류를 깐보는 중이었다.

"맞습니다. 제가 아직 딱지도 못 뗀 숫총각이지요. 새 신부 나이가 21살이니 거의 마흔 살가량 차이가 나이만 요즘 나이야 뭐 숫자에 불과한 것이고…….

"뭘 원하시는 겁니까?"

최웅관이 능청을 부리자 미류가 정곡을 찔렀다.

"그게 솔직히 말하자면… 막상 어리고 예뻐서 데리고 오긴 했는데 덜컥 걱정이 되지 뭡니까? 요즘 캄보디아나 베트남, 중국 쪽 애들이 한국 사람하고 결혼만 하면 튄다는 말이 있어서…….

"……."

"부적을 하나 써주셨으면 합니다. 애정부 같은 거…….

"그러자면 신부를 보아야 합니다."

미류는 슬쩍 옆길로 새었다. 다른 사람 같으면 그냥 써줘도 상관없을 일. 하지만 이 인간은 뭔가 꿍심이 있는 것 같아 그럴 수가 없었다.

"하긴 직접 보시긴 보셔야 할 겁니다."

"……?"

"제가 원하는 애정부는 육부적이거든요. 그 여자와 제가 죽을 때까지 합궁하며 사는……."

"……."

"제 집이 그리 멀지 않으니 같이 가시죠. 출장비는 따로 넉넉하게 계산해 드리겠습니다."

"출장을 가자는 말씀입니까?"

"얘들아!"

최웅관, 미류 말에는 대꾸도 않고 거실을 향해 굵직한 소리를 쏟아놓았다. 그러자 밖에서 험악한 사내들의 목소리가 들려왔다.

"준비 끝났습니다, 회장님!"

소리와 함께 멋대로 신당 문이 열렸다. 그 정면으로 봉평댁이 보였다. 협박이라도 당한 것인지 봉평댁은 하얗게 질린 채 오들오들 떨고 있었다. 거실의 떡대들은 모두 세 명. 여차하면 폭력이라도 행사할 태세들이었다.

"우리 기사들이 얼굴만 저렇지 아주 순박합니다. 자기들 기분 거스르지만 않으면 말입니다."

최웅관이 웃었다.

"출장비를 얼마나 주시려기에?"

미류가 차분하게 물었다.

"천만 원 한 장 더 올려 드리면 되겠소?"

"천만 원이라……."

"그만하면 될 것 같은데……."

"일단 나가 계십시오. 부적 쓸 채비 해서 곧 나가죠."

미류가 대답했다.

"그럼 빨리 좀 부탁합니다. 우리 기사들이 인내심이 좀 부족하거든요."

최웅관은 냉소를 뿜은 채 신당을 나갔다.

협박. 모공이 서는 긴장과 함께 분노가 피어올랐다. 전생신의 특허를 윤허받은 미류였다. 그 신통방통 앞에서는 대권 후보들조차 경외감을 갖추는 상황. 그런데 늙은 무뢰배 따위가 복채를 앞세워 사람을 우습게 여기다니.

오냐! 한번 놀아주마.

미류에게 미묘한 오기가 생겼다. 가겠다고 말한 첫 번째 이유였다. 두 번째도 있었다. 그건 여자 때문이었다. 최웅관을 통해 느낀 여자의 상태는 불안의 극치였다. 더구나 외국 여자. 어쩌면 결혼이 아니라 강제일 것도 같아 수락을 한 것이다.

"다녀오겠습니다."

전생신의 무신도에 가벼운 인사를 하고 돌아섰다. 저승까지 다녀온 미류였다. 신의 신차를 받은 신제자는 무뢰배 따위에게 쫄지 않는 법.

"미류 법사, 출장?"

대문으로 나오자 타로와 마주쳤다. 그는 여자 손님 둘을 배웅하는 중이었다.

"예……."

"잘 다녀와!"

큰 소리로 말한 타로, 눈치의 제왕답게 슬쩍 낮은 소리로 속삭였다.

"분위기 이상한데? 경찰에 신고해 줘?"

"차 번호만 기억해 두세요."

미류도 낮게 대답했다.

"어이, 뭐 하냐? 법사님 내 차로 모셔!"

최웅관이 굵직하게 말했다. 딱 싸구려 조폭의 '가오'였다.

타로의 걱정을 뒤로하고 차가 출발했다. 검은 세단 두 대였다. 최웅관의 차는 뒤에서 달렸고 그는 뒷좌석에 미류와 함께 있었다.

"육부적 말이오."

그가 입을 열었다.

"예."

"쓸 때 아픕니까?"

"사람에 따라 다르죠."

"문신하고는 어떻습니까?"

"하늘의 힘을 옮기는 것이니 사람에 따라 더 아플 수도 있지요."

"아, 말 존나 돌리시네. 그러니까 우리 회장님이 한 의뢰는 어떠냐 이거잖아요?"

운전을 맡은 떡대가 짜증 섞인 충성을 보였다.

"야, 너 지금 법사님 협박하는 거냐? 이분이 무시무시한 신통력 가졌다는데 어디서 개겨?"

"죄송합니다."

"회사에 연락은 했냐?"

"예, 준비 끝났을 겁니다."

회사…….

미류는 최웅관의 단어를 곱씹었다. 집이 아니고 회사로 가는 건가? 생각을 마치기도 전에 차가 멈췄다. 정말 5층 빌딩 앞이었다. 다른 떡대 둘이 나와 경호를 펼치고 있었다. 노는 꼴들이 너무 저렴해서 좀 슬픈 생각까지 들었다.

"타시죠."

최웅관이 엘리베이터를 권했다. 그 안에서 화요 문자를 받았다.

―두 시간 정도면 끝날 것 같습니다

일단 대략의 스케줄을 알려주었다. 그사이에 엘리베이터가 5층에서 멈췄다.

"……!"

문이 열리자 미류가 고개를 들었다. 5층은 사무실이 아니라 집이었다. 문을 밀자 환한 거실이 눈에 들어온 것이다.

"문신사는?"

그가 대기 중인 한 남자에게 물었다. 낮은 소리였지만 미류 귀를 차고 들어왔다.

"아래층에 대기 중입니다."

"야, 다들 내려가 있어."

그 말을 들은 최웅관이 수하들에게 지시했다. 떡대들은 어깨가 부러져라 인사를 하고 물러섰다. 남은 수하는 한 명뿐이었다.

'문신사?'

그 단어가 마음에 걸렸다. 문신사가 왜 온 걸까? 하긴 떡대들 몸에 문신이 보이긴 했었다. 미류는 더는 생각하지 않았다.

"잠깐만요."

최웅관이 안방 문 앞에서 말했다. 거기 디지털 키가 붙어 있었다. 그는 번호를 눌러 잠금장치를 풀었다. 느낌이 좋지 않았다. 제 집 안방에 잠금장치라니…….

그 안에 여자가 있었다. 까무잡잡한 피부지만 샘물 같은 눈망울, 단정한 커트 머리에 군살 하나 없는 몸매. 이국적이기에 더욱 매력적인 여자였다.

"제 신붓감입니다."

최웅관이 여자를 가리켰다. 여자는 표정이 없었다.

"시작하죠?"

최웅관이 수표 봉투를 미류 가방에 찌르며 말했다.

"부적은 그렇게 막 쓰는 게 아닙니다."

"미안하지만 내가 다른 비즈니스로 바쁘거든요."

"……."

"게다가 이것저것 따지는 건 다 사이비들 아닙니까? 신통력이 있다면 때와 장소가 무슨 상관이겠습니까? 복채도 2천이나 찔러준 판에."

"잠깐만 기다리시죠. 여자분의 영체(靈體) 상태를 좀 보겠습니다."

"아, 거 뜸 꽤나 들이네."

최웅관이 투덜거리는 사이에 미류가 여자를 보았다. 영시를 쓸 필요도 없었다. 여자의 상태는 정상이 아니었고, 눈에 공포감이 가득한 것이다.

―도와줘요!

그녀의 눈에 담긴 호소… 미류는 그걸 읽었다. 이 여자는 한국 남자와 결혼하러 온 게 아니었다. 사연은 잘 모르지만 뭔가 강제성이 동반된 것만은 틀림이 없었다.

[父] [母] [妹]

그녀의 운명창 안에 위태로운 목숨들이 보였다. 부모와 여동생…….

[錢]

그리고 돈이 나왔다. 추론해 보니 이 여자는 돈 때문에 한국에 온 것으로 보였다.

"이 사람 한국말 하나요?"

미류가 최웅관에게 물었다.

"뭐, 띄엄띄엄……."

"영어는요?"

"예스 노 땡큐 정도? 그러니까 빨리 시작이나 합시다. 내가 통역 불러서 반야에게 다 설명해 줬습니다. 너하고 나하고 해피하게 살려면 같이 부적 그려야 한다. 한국 사람은 다 그런다."

반야…….

여자의 이름이 나왔다.

미류는 부적 도구를 꺼내놓았다. 그러자 최웅관이 여자에게 한마디를 날렸다.

"야, 옷 벗어!"

여자가 돌아보았다.

"옷, 옷! 옷 벗으라고."

최웅관은 제 옷을 벗는 시늉을 했다. 슬쩍 드러난 배에서 문신이 꿈틀거렸다. 그러고 보니 최웅관, 온몸이 문신투성이였다.

여자는 눈망울이 푹 꺼지더니 돌아서서 웃옷을 벗었다.

"밑에도 싹, 싹 벗으라고!"

"치마는 안 벗어도 됩니다."

미류가 최웅관을 제지했다. 정 육부적을 원하면 가슴에 써줄 생각이었다.

"뭔 소립니까? 기왕 부적을 쓰려면 제일 중요한 데다 써주서야지."

"예?"

"젖통하고 거시기에다 써주세요. 그 왜 서양 정조대처럼……."

"이봐요! 부적은……."

"아따, 돈 주면 되잖습니까? 거 손님이 원하는데 빡빡하게스리……."

실랑이를 벌이는 사이에 여자가 알몸이 되었다. 여자는 가슴을 감싼 채 몸을 웅크렸다.

"빨리 좀 부탁합니다, 법싸님!"

최웅관의 빈정거림이 작렬했다.

〈바람 방지 육부적!〉

어떼부 남떼부도 있는 판에 굳이 못 쓸 것도 없었다. 하지만 왜 이런 식의 육부적을 원하는 걸까? 그때 문득 '문신사'가 스쳐 갔다.

문신사…….

'아!'

미류 머리를 뭔가가 한 방 후려치고 지나갔다. 그 문신사… 만약… 미류가 그런 부적을 그대로 문신으로 새기기 위해 대기 중인 거라면?

'맙소사!'

현기증이 이어졌다. 미류의 추측이 맞다면 최웅관은 이 뭣 모르는 캄보디아 아가씨에게 성노예의 낙인을 찍으려는 게 분명했다.

붓을 든 미류, 반야를 바라보았다. 그녀의 초점은 백척간두 위에 놓인 새알처럼 불안하게 흔들리고 있었다.

도와줘?

미류는 자신의 손바닥에 쓴 글자를 슬쩍 보여주었다. 미류가 읽어낸 심정을 확인하려는 것이다. 여자는 글자를 보기만 할 뿐 반응하지 못했다.

HELP?

문자를 바꾸었다. 그러자 반야, 최웅관의 눈치를 보더니 슬쩍 고개를 끄덕였다.

HELP?

다시 손바닥을 들어 보였다. 반야의 고개가 거푸 끄덕여졌다.

'그렇군……'

미류는 비로소 확신하게 되었다. 이 여자는 지금 자신의 자유를 억압당하고 있다는 걸.

"뭐 하시오, 빨리 그리지 않고?"

최웅관이 재촉을 해왔다.

"부적은 문신하고 또 다른 겁니다. 그냥 막 쓰면 낙서에 지나지 않아요."

미류는 웅수와 함께 말을 이었다.

"그보다 먼저 이리 와서 앉아보세요. 두 분의 전생을 한번 봐야겠습니다. 그래야 거기에 맞춰 비방을 처방할 수 있습니다."

"아, 거 대충 하면 되지……"

"당신이 원하는 게 대충이 아니지 않습니까?"

"알았어, 알았다고요."

최웅관은 의자를 당겨 엉덩이를 걸쳤다.

두 사람… 다행히도 전생 인과는 없었다. 캄보디아 여자가 최웅관에게 전생의 빚이 있는 것도 아니었다. 그렇다면 최웅관이 원하는 대로 움직일 미류가 아니었다.

"벗으세요!"

전생을 리딩한 미류가 말했다.

"나?"

"예, 싹 다!"

"내가 왜?"

"두 분 전생을 보니 미리 막아야 할 액살이 있습니다. 게다가 그 액살, 사장님 쪽이 더 커서 부적도 함께 써야 할 것 같습니다."

"허얼!"

"싫으면 돌아가겠습니다. 어차피 여자분께만 해서는 부정만 탈 일이거든요."

"알았어. 알았으니까 제대로나 하라고."

최웅관은 그 자리에서 훌훌 옷을 벗어 던졌다. 그러자 목 아래에서 허벅지까지 이어지는 쌍룡이 드러났다. 쌍룡은 흡사 동아줄처럼 최웅관의 몸을 휘감고 있었다. 더욱 가관인 건 그의 성기였다. 용의 발톱이 거기까지 새겨진 것이다.

'눈 뜨고는 못 보겠군.'

미류는 차마 고개를 저었다.

"손을 씻고 올 테니까 그대로 눈 감고 계십시오. 이제부터 부적이 끝났다고 할 때까지 눈을 뜨면 절대 안 됩니다."

"알았으니까 빨리 하기나 하쇼."

최웅관의 대답을 들으며 안방의 화장실로 들어간 미류, 아이의 환생 일로 잘 알게 된 형사에게 SOS를 보냈다. 화장실에서 나온 미류, 여자에게 안심하라는 뜻으로 윙크를 보내고 옷을 가리켰다.

"시작합니다."

미류는 붓을 들었다. 이자가 범죄자라면 경면주사도 아까울 일. 그러나 만약을 위해 성심을 다해 부적을 그렸다. 최웅관의 소망을 위한 것은 아니었다. 그의 눈동자에 맺힌 영가에 대한 보험용 조치였다.

얼마나 지났을까?

쾅, 하는 소리와 함께 밖이 소란스러워졌다.

"뭐야?"

놀란 최웅관이 번쩍 눈을 떴다.

"어허, 눈 뜨지 말랬더니……."

미류는 최웅관의 가슴팍을 눌러 제지시켰다.

"회장님, 짭새 새끼들 떴습니다."

와당탕 소리와 함께 수하들의 목청이 들려왔다.

"짭새?"

최웅관이 상체를 드는 것과 동시에 형사들이 들이닥쳤다.

"에이, 씨발!"

최웅관은 미류를 밀어내고 벌떡 일어섰다.

"최웅관, 여기 숨어 계셨군. 살인 교사 및 부녀자 납치, 성매매 방지법 위반 및 마약 거래 혐의로 체포한다. 미란다원칙은 많이 들었을 테니 생략해도 되지?"

미류가 아는 형사가 앞으로 나왔다.

"닥쳐!"

몸을 날린 최웅관이 미류와 반야의 목을 양팔에 거머쥐었다. 육중한 체구임에도 놀라운 순발력이었다.

"법사님!"

형사가 소리쳤다.

"씨발 새끼들, 다 꺼져. 안 꺼지면 이 두 연놈들 모가지를 분질러 버릴 테니까."

"헤이, 그 여자 당신 아내 아니지?"

미류의 조여진 목에서 쉰 소리가 나왔다.

"아니다, 씨발 놈아. 내 여자 니 여자가 원래 정해졌냐?"

"가난한 아가씨, 부모님하고 여동생 병원비 대준다고 꼬여 데려온 건가?"

"오냐, 저년도 좋다고 했거든."

"약 먹였겠지?"

"씨발아, 인생에는 약도 필요한 거야."

"정신 나간 놈!"

"뭐야?"

"네 감히 천박한 욕심으로 무속을 욕보였으니 이제부터 제대로 정신 좀 나가보거라."

미류의 눈에서 번쩍 신기가 튀어나왔다.

"아니, 그런데 이 무당 새끼가 진짜 모가지 부러지고 싶… 억!"

미류 목을 감은 팔에 힘을 주던 최웅관, 미류의 손에 들린 붓이 마지막 일점을 찍자 몸서리를 치며 물러섰다. 그의 눈동자에 서린 영가의 사기. 사실은 그걸 폭발시키는 부적을 그리고 있던 중. 그러나 혹시나 미류의 오해일 수도 있기에 마지막 일점을 남겨두었던 것이다.

"법사님!"

돌연한 상황에 형사가 소리쳤다.

"체포하세요. 원래 저 눈에 망자의 한이 맺혔던 자인데 또 이렇게 나쁜 짓을 골라서 하니 살을 맞은 겁니다."

"그렇군요."

형사가 긍정하는 사이에 미류는 반야에게 옷을 던져주었다. 최웅관은 볼썽사납게 홀딱 벗은 채로 수갑을 받았다.

미류의 예상은 맞았다. 반야는 최웅관에게 속아서 온 여자였다. 최웅관은 여러 범죄를 저지르고 소나기를 피하기 위해 캄보디아로 도피를 했었다. 거기 호텔에서 하우스키퍼로 일하는 반야를 만났다. 최웅관의 정체를 모르는 반야는 친절하게 대했다.

미류가 읽어낸 대로 그녀의 집은 가난했다. 부모와 여동생 또한 병을 앓았다. 호텔 스태프를 통해 그 말을 들은 최웅관. 반야를 꼬드겨 한국으로 데려왔다. 자기와 함께 가면 큰돈을 벌게 해준다고 속인 것이다. 호텔에 있는 동안 친절했던 최웅관. 그러나 한국에 도착하자마자 색마로 변했다. 반야에게 마약을 먹여 저항 불가의 상태로 만들었다. 혼인신고 서류 등도 제멋대로 꾸몄다. 그것으로도 모자라 그는, 반야의 성 심볼에 자신의 낙인을 찍으려 했던 것. 다행히 혼인신고는 구청에 접수만 된 상태가 형사가 취소를 해주었다.

문제는 반야였다. 그녀의 심신이 몹시 피폐해져 있었던 것. 미류는 진순애에게 반야를 맡겼다. 동시에 최웅관에게 받은 복채 2천만 원을 반야에게 건네주었다. 한국에서는 그리 큰돈이 아니지만 캄보디아에서는 부모님과 동생의 병을 고치고도 남는 돈.

"고마쓰니다. 버싸님!"

반야는 어눌한 한국어 발음으로 몇 번이고 고개를 숙였다. 구원자를 만난 그녀. 흐릿한 눈이 조금씩 초점을 찾아가고 있었다. 미류는 그녀에게 〈만사형통부〉 한 장을 내주었다.

"캄보디아 가서 잘 살아요."

미류의 인사였다. 부적을 받아 든 반야의 눈에서 뚝, 진주알만 한 눈물이 방울져 흘렀다. 저 눈물이 최웅관이 저지른 악행을 씻어주기를. 미류는 소망은 단 하나였다.

가뜬하게 돌아설 때 문자가 하나 들어왔다.

'윽!'

문자를 본 미류, 정신 줄이 팽팽하게 당겨졌다. 화면에서 화요의 문자가 반짝이고 있었다.

―법사님, 두 시간이 열두 시간인 건 아니죠?

프랑스로의 진군

"……!"

화요 집에 도착한 미류는 할 말이 없었다. 식탁 때문이었다. 그 위에 정성껏 차려진 요리에서 시베리아의 찬바람이 불고 있었다.

휘이잉! 소리도 형체도 없는 바람은 차고 매웠다.

미류의 실수였다. 최웅관의 엘리베이터에서 보낸 문자를 깜박하고 있었던 것. 진중한 화요는 재촉도 하지 않았다. 그러다 밤이 너무 깊어가자 겨우 문자를 보낸 그녀였다.

"미안해요."

미류 입이 겨우 떨어졌다. 요리를 보니 더욱 면목이 없었다. 비록 수나가 해주고 갔다고 해도 마찬가지였다. 언젠가 신당을 찾아왔던 유명 요리사가 말했다. 요리는 타이밍이라고. 제아무리 맛난 요리도 타이밍을 놓치면 맛이 떨어진다. 그때 요리사는 절망한다고 했다. 화요의 심정이 딱 그랬을 것 같았다.

게다가 이런 류의 실수가 처음도 아니었다. 지난번에도 미류는 화요를 기다리게 했었다. 그녀가 누구인가? 대한민국 최고의 연예인으로 꼽히는 인기 스타. 바람에 스커트 자락만 살짝 날려도 대한민국 남자들 바지 앞섶에 대란을 일으키는 매력의 소유자가 아닌가?

"점사는 다 끝내고 오신 거예요?"

화요가 물었다. 그녀의 목소리는 낮았다. 식탁에 켜진 작은 등잔불처럼… 기름을 붓고 심지를 세워 밝힌 등잔불. 그 또한 그녀가 분위기를 위해 마련했을 일. 세세하게 깃든 정성이 미류를 더욱 죄인으로 몰아가고 있었다.

"미안해요."

똑같이 대답해 버렸다. 놀다 온 것은 물론 아니었다. 캄보디아에서 온 가련한 아가씨를 구한 것이다. 그렇다고 해도 화요가 기다렸다는 사실은 변하지 않았다.

"괜찮아요. 법사님 바쁘신데 제가 괜히 부담을 드렸나 싶었어요. 그래서 바쁘시면 오지 말라고 하려다가 꼭 드릴 말이 있기에……."

"그렇게 말하면 제가……."

"법사님이 일없이 저를 기다리게 할 분이 아니잖아요."

화요가 고개를 들었다. 하얀 목선이 오늘따라 애련하게 보였다.

그건 그렇죠.

미류는 마음으로 대답했다. 신제자이기에, 거기에 특허권자이기에 몸주의 뜻을 충실하게 받드느라 그러는 것이지, 만약 보통 남자였다면 화요의 침대에서 벗어나지 못할 일이었다. 그녀는 그러고도 남을 매력의 소유자기 때문이었다.

"요리가 다 식었어요. 다시 해야 하는데 재료를 다 써서… 수나 언니도 지금 홍콩 촬영 가느라 비행기에 있어서 연락도 안 될 테고……."

"수나 씨 홍콩 갔어요?"

"예. 오전에… 그렇게 꿈꾸던 화장품 CF가 들어왔대요."

'오전?'

미류의 눈이 다시 요리로 향했다.

'그럼 이 요리는 누가 한 거야? 화요 씨 당신?'

미류의 눈이 바삐 움직였다. 그러고 보니 접시에 세팅된 모습이 수나 작품보다는 조금 서툴러 보였다.

"이거 화요 씨가 직접?"

별수 없이 묻고 말았다.

"네… 어제까지 수나 언니한테 개인 지도 받았는데… 막상 하려니 쉽지는 않았어요."

화요 볼에 붉은 홍조가 떠올랐다.

"화요 씨……."

"아마 맛도 없을 거예요."

그녀가 얼굴을 붉혔다. 미류는 수저를 들고 맨 앞의 요리부터 공략을 했다.

'품!'

사실 그랬다. 일곱 접시의 요리를 다 맛보았지만 딱 하나만 제외하고는 밍밍했다. 니 맛도 내 맛도 아닌 상태였다.

"맛없죠?"

"식어서 그래요."

"아니에요. 아까 매니저 오빠가 시식했는데… 음식은 맛보다 정성이라고 위로를……."

"나 프랑스 간다고 환송 요리한 거로군요?"

"아뇨!"

미류의 물음에, 화요는 또렷하게 비껴갔다.

'아니라고?'

미류가 고개를 들었다.

"촬영 중에 어떤 팬이 책을 한 권 주셨어요."

"……."

"그 안에 빈자일등(貧者一燈)이라는 말이 있었는데 그걸 읽고 감동 먹고 말았어요."

빈자일등. 불경 좀 읽은 사람이라면 한번은 들어본 말이다. 미류 역시 숭덕에게서 그 가르침을 받았다. 원래는 가난한 사람의 등불 하나라는 뜻으로, 불경인의 빈녀난타품에서 나온 말. 물질의 많고 적음보다 마음이 더 중요하다는 뜻으로 쓰인다.

여기에는 한 일화가 전해진다. 부처께서 어느 나라에 머물 때 왕을 비롯한 많은 사람들이 신분에 알맞게 공양을 하였다. 그곳의 가난한 여인 역시 공양을 하고 싶었으니 돈이 없었다. 그녀는 온종일 품을 팔았지만 겨우 기름 몇 방울을 살 수 있었다. 그것으로 등잔불을 만들어 부처에게 바쳤다.

이 불은 부자들이 바친 비싼 등불이 다 타버린 후에도 혼자 세상을 밝혔다. 바람이 불어도 절대 꺼지지 않았다. 그 등잔에는 그녀의 참마음과 정성이 담겼으니 장자만등(長者萬燈), 즉 부귀한 귀족들이 바친 만 개의 등불보다 빛났던 것이다.

"그걸 읽고 반성 많이 했어요. 저는 늘 돈으로 법사님을 도왔으니 장자만등을 한 셈이잖아요?"

"별말씀을……."

"그래서 저도 빈자일등을 흉내 내봤어요. 법사님에게 마음을 다해 바칠 수 있는 무엇……."

"……."

"그런데 이 모양이네요. 저는 그런 좋은 단어를 흉내 낼 자격이 없나 봐요."

"화요 씨……."

"그래도 하고 싶은 말이 있는데… 들어주실래요?"

화요가 고개를 들었다. 그녀의 눈에 등잔불의 명암이 지자 숙연함이 느껴졌다. 화요, 대체 무슨 말을 하려는 건가?

"말씀하세요. 늦은 죄로 밤새워 천일야화를 말하더라도 졸지 않고 들어드리죠."

"법사님!"

화요의 목소리에 물기가 묻어났다.

"예."

덩달아 미류 눈빛도 진지하게 변했다.

"오늘의 빈자일등은 실패예요. 그렇죠?"

"늦게 온 제 잘못입니다."

"그건 아무래도 좋아요. 다만……."

"……."

"저 송화요, 다음에… 또 그다음에… 잘하지 못하지만 법사님을 위해 계속 빈자일등을 밝힐 수 있는 기회를 주셨으면 해요."

"……?"

미류의 온몸에 전류가 흘렀다. 이 말… 이 말에 담긴 뜻은… 고백?

"맞아요. 저 지금 법사님에게 고백하고 있는 거예요. 이 세상에서 최고의 청혼을 받기를 기대했던 송화요가 그 마음 다 버리고 법사님의 여자로 맞아달라고 고백하는 거라고요."

"화요 씨."

"당신의 여자가 되게 해주세요. 이 세상 누구 앞에서도 송화요가 당신의 여자라고 아무 때나 말할 수 있도록……."

"……."

"법사님!"

"……."

"자격 미달인가요?"

"……."

"역시 그런가요?"

"아뇨!"

화요 눈에 물기가 서릴 때 미류 입이 열렸다. 미류는 그녀에게 다가가 가만히 어깨를 당겼다.

"방금 그 마음, 후회하지 않을 자신 있나요?"

미류, 그녀를 안은 채 물었다.

"네! 당신에게는."

"나, 당신이 생각하는 것처럼 그렇게 대단한 사람 아닙니다. 그저 한 사람의 무속인에 불과해요."

"당신이 어떤 옷을 입었는가는 중요하지 않아요."

"그래도 빈자일등을 하시겠다?"

"당신이 허락해 주신다면."

"그럼 내 말도 하나 허락해 줘요."

"뭐죠?"

"그 마음 죽을 때까지 변치 마세요."

"허락하시는 건가요?"

"잠깐만요."

미류는 잠시 화요에게서 떨어졌다. 그러곤 가방을 열어 〈사랑부〉를 꺼내 들었다. 딱 하나뿐인 부적이었다. 누군가엔가 청혼을 할 때가 되면 쓰려고 정성을 다했던 부적. 이 자리가 바로 그 자리였다. 미류는 부적을 태워 물컵에 넣었다. 화요는 그 하나하나의 장면에서 시선을 떼지 않았다.

"누군가 결혼할 여자를 만나면 쓰려던 겁니다. 이 부적을 받을 사람은 당신 외에 없을 것 같군요."

"법사님!"

"청혼은 내가 해야죠. 최고의 스타이신 우리 화요 씨인데……."

"법사님……."

"나에게 가장 소중한 요리를 대접한 송화요, 당신에게 청혼합니다. 내 혼이 담긴 마음을 받아주세요."

미류는 물컵을 두 손으로 바쳤다.

"법사님……."

"반을 마시고 반은 내게 주면 됩니다. 그럼 당신이 나를 받아들이는 겁니다."

미류가 물컵을 조금 더 들어 올리자 화요는 거침없이 잔을 집어 들었다. 마시는 것도 단숨이었다.

"자요!"

남은 반 잔이 미류에게 돌아왔다. 미류 역시 그 반을 단숨에 마셔 버렸다.

"법사님!"

"화요 씨!"

미류가 팔을 벌렸다. 화요는 그 품으로 날아들었다.

"고마워요."

화요의 눈물에 미류 어깨가 젖기 시작했다.

"나도 고마워요."

"사랑해요, 너무 너무⋯⋯."

화요의 젖은 얼굴에 등잔불이 아른거렸다. 미류는 더 참지 못하고 그녀를 안아 들었다. 침대에 누운 둘은 그날 밤 서로의 몸 안에다 빈 자일등을 밝혀놓았다. 아쉬울 것 없는 위치에 있지만 마음은 가난하기를. 가난한 마음으로 서로를 의지하며 존중하기를. 그런 마음이 오래오래 꺼지지 않기를 열망하면서.

이른 아침, 미류는 화요의 침대에서 잠을 깼다. 그녀는 미류 품 안에서 새근거리고 있었다. 사랑에 빠진 화요는 화평해 보였다. 동시에 진솔해 보였다. 미류는 화요의 입술에 키스를 했다. 가만히 닿아오는 향과 촉감이 좋았다.

사랑!

지난번에는 모진 실패를 경험한 미류. 그러나 이번 결혼은 그렇지 않을 것을 확신했다. 그때는 그저 미색에 빠졌던 미류였다. 마음을 보지 못한 것이다. 그때 그녀는, 섹시했지만 허영기가 넘쳤고 미류에 대한 배려도 거의 없었다. 사랑으로 가려진 눈으로 여체의 탐닉과 욕망으로만 치달았기에 파국은 당연한 결과이기도 했다.

그래서 망설이던 화요와의 결합이었다. 이 여자는 윤희와 비교하면 더 예쁘고 더 매력적인 여자. 게다가 대중의 사랑을 한 몸에 받으며 재산까지도 엄청나게 이룬 몸이었다.

그러나 반전이 있었다. 그녀의 심연에는 따스함이 있었다. 미류에 대한 존경심도 갖추었다. 그 마음을 확인했기에 미류는 행복했다. 이 또한 전생신이 약속한 꿈이 틀림없었다. 단순히 달콤한 탐닉과 욕망이 아니라 서로 사랑하고 존경하는 마음으로 엮어진 연인. 그 또한 찬란한 꿈생(生)이 아닐 수 없었다.

'고맙습니다.'

잠든 그녀를 보며 속삭였다. 전생신에게 보내는 신제자의 기도였다. 순간, 소리라도 들었는지 화요가 번쩍 눈을 떴다.

"법사님! 꿈을 꿨어요."

"무슨 꿈요?"

"법사님과 함께 하늘을 훨훨 나는 꿈요."

"그랬어요?"

"나 부탁 하나 있어요."

"말해요."

"법사님 이름 한번 불러봐도 돼요?"

"당연하죠. 화요 씨!"

"상준 씨!"

"……."

"좀 어색한데요? 하지만 기분은 좋아요."

화요 볼에 복숭앗빛 홍조가 피었다. 웃는 그녀의 입술 위로 미류의 입술이 포개졌다. 사랑에 빠졌을 때는, 그 사랑을 확인했을 때는 말 따위는 필요 없었다. 몸짓 하나면 만사 해결. 미류는 또 한 번 화요의 안으로 돌진했다. 이번에는 서로의 몸 안으로 아침 해라도 밀어 넣을 듯이 보였다.

"법사님!"

샤워를 마치고 나오자 화요가 텔레비전을 가리켰다. 뉴스가 나오고 있었다.

"법사라는 호칭 불편하면 이름 불러도 돼요."

"법사님도 이제 저한테 존칭 안 써도 돼요."

"천천히 생각해 볼게요."

미류의 시선이 화면으로 옮겨 갔다. 대선 관련 뉴스였다. 이제 선거는 3파전에서 2파전으로 좁혀지고 있었다. 다행스러운 것은 정대협과 미류의 관계 자체가 네거티브로 이어지지는 않았다는 것. 그건 아마 일전에 방송된 무속 다큐멘터리에 이어 마삼바바의 이적, 미류의 여러 선행 때문으로 보였다.

대신 다른 네거티브가 이슈가 되었다. 지난번 정대협이 우려하던 그 일들이었다. 경쟁자 측에서 철강회사 시절의 갑질을 집요하게 부각시키는 까닭이었다.

그것은 정대협의 직접적인 과오는 아니었지만 국민 정서에 맞춰 뿌린 선동이라 제법 먹혀들었다. 덕분에 경쟁자의 지지율이 소폭으로 상승하던 중이었다.

화면에 중국 주석이 나왔다.

"어제 중국 외교부에서 정 후보님께 호의적인 논평이 나왔대요."

미리 보고 있던 화요가 설명했다.

(중국 주석, 정대협의 북한 핵 관련 입장에 관심 표명)

(기존의 방식에서 진일보한 것으로 북한 핵 폐기에 상당한 성과 올릴 것으로 기대)

논조의 기조는 두 가지였다.

덕분에 밤사이에 여론이 뒤집혔다. 미류가 캄보디아 여자를 구하는 동안 중국으로 날아간 정대협의 특사가 정대협을 구한 모양이었다.

뉴스 역시 중국 측 반응에 큰 비중을 보였다. 지금까지 소극적이던 중국의 반응에 고무된 것이다. 화면에 정대협이 나왔다.

"국가와 통일을 위해서라면 이 한 몸 바칠 뿐입니다."

정대협의 인터뷰는 간단했다. 명료해서 더욱 인상적인 그였다.

'마삼바바…….'

미류 뇌리에 한 사람이 스쳐 갔다. 이 쾌거의 이면에는 그가 있었다. 미류의 청을 빌고 중국 주석 쪽에 다리를 놔준 것이다. 하지만 한 가지는 분명했다. 정대협의 북한 핵 관련 공약이 똘망했다는 것. 그렇지 않고서야 허튼 논평을 낼 중국이 아니었다.

"법사님이 손썼죠?"

흐뭇해지는 미류를 보고 화요가 물었다. 그녀, 어느새 미류와 이심전심이 된 걸까?

"아니, 정 후보님의 능력이에요."

"피이, 얼굴에 다 쓰여 있어요."

"그분을 위해 기도는 좀 했지요."

"파리에서 오래 머물면 투표 못 해요."

"투표는 할 겁니다."

미류가 웃었다. 도착하는 비행기는 투표 전날이었다.

"잘 다녀와요. 프랑스 여자들은 공원 같은 데서도 비키니만 입고 일광욕하기도 하는데 한눈팔지 마시고요."

"당신도 한국 잘 지켜요."

미류의 두 손이 화요의 두 볼을 감싸 잡았다. 화요가 천천히 가까워졌다. 둘은 아침 햇살처럼 환한 키스를 나누고 짧은 작별에 들어갔다.

"이모!"

신당으로 돌아온 미류가 봉평댁을 바라보았다. 또 뭔가를 바리바리 싸놓은 까닭이었다.

"하라 만날 수 있다며?"

"……."

"그때 좀 전해줘. 그깟 햄버거하고 피자로 어떻게 살아? 내가 먹으라면 지랄 떨지만 법사님이 먹으라면 말 들을 거야."

봉평댁, 또다시 오이소박이며 장조림 같은 걸 준비한 것이다.

"알았어요."

딸 걱정하는 마음을 알기에 별수 없이 접수를 했다.

"이것도……."

이번에는 박카스 세 병을 내미는 봉평댁.

"박카스는 왜요?"

"내가 미국 갈 때 죽는 줄 알았잖아? 그런데 그거 한 병 마시니까 좀 낫더라고. 비행기에는 없다니까 경험자 말 들으세요."

"……."

"그리고 이거……."

봉평댁은 봉투까지 내밀었다.

"이모!"

"법사님도 나 챙겨줬잖아? 저번에 중국 갈 때 그냥 보냈더니 마음이 어찌나 안 좋은지… 그리고 내 것만이 아니고 정 후보님이 보낸 것도 있으니 받아."

"정 후보님요?"

"어제 늦은 밤에 비서를 보내셨어. 법사님 가는 길에 짜장면이라도 한 그릇하라고."

짜장면 얘기는 또 어디서 들은 걸까? 별수 없이 두 봉투를 접수하는 수밖에 없었다.

"다녀올게요. 그리고… 다녀오면 결혼하게 될지도 몰라요."

"결혼?"

"화요 씨와 정식으로 사귀기로 했어요."

"어머!"

봉평댁의 입이 쩌억 벌어졌다.

"당장은 이모님만 알고 계세요."

"아유, 잘됐네. 너무너무 잘됐어."

봉평댁은 자기 일처럼 기뻐하며 뒷말을 이었다.

"대신 하라 년 만나면 말하지 마. 그년 지가 얼른 커서 법사님이랑 결혼할 거라고 우기고 있거든. 대체 언제 철이 들는지……."

"알았어요."

그사이에 박혜선이 보낸 여직원이 도착했다. 그런데, 그녀 곁에 또 다른 미인이 보였다. 다름 아닌 장두리였다.

"법사님 파리 가시는데 너무 긴 시간이라 기쁨조로 있으라는 특명을 받았어요. 불만 없으시죠?"

미류를 본 장두리, 선글라스를 벗으며 환하게 웃었다. 알고 보니 그녀, 이탈리아의 배은균을 만나러 가는 길에 미류와 스케줄을 맞춘 모양이었다.

부룽!

여직원의 차가 막 시동을 걸었을 때였다. 뒷좌석에서 미류의 핸드폰이 울렸다. 정대협이었다.

―법사님!

"바쁘신 차에 웬일로 전화를?"

―뉴스 보셨지?

정대협의 목소리는 밝았다.

"그럼요. 낭보를 축하드립니다."

―다 법사님 덕분이야. 아무래도 인사를 챙겨야 할 것 같아서…….

"후보님이 정책으로 이끌어낸 성과입니다."

─천만에. 내 능력으로는 중국 주석과 닿을 수 없었다네.

"……"

─내 기억에는 오늘 아마 장도에 오른다고 들었는데?

"예, 프랑스에 일이 있어 잠깐 다녀오게 되었습니다."

─어허, 그럼 투표는 못 하시는 건가?

"그럴 리가요? 전날 돌아오니 걱정하지 않으셔도 됩니다."

─그럼 다행이고.

"격려금 고맙습니다."

─별말씀을… 그거 고작 300불밖에 안 되네. 그냥 공항에서 식사라도 하시라고…….

"TV 토론 나가시죠? 준비는 많이 하셨습니까?"

─그게 갑자기 되나? 살아온 신념으로 대처해야지.

"계속 기도할 테니 좋은 결과 얻으시기 바랍니다."

─그래. 잘 다녀오시게나.

정대협의 전화는 그렇게 끝이 났다.

"미류 법사!"

차 앞을 막은 건 타로였다. 옥수부인도 있고 철학원 원장도 보였다. 물론 쌍골선사와 꽃신선녀도 빠지지 않았다. 숙정이와 현서, 연주에 더불어 신몽과 궁천까지도 온 것이다.

"형님!"

미류가 타로를 바라보았다.

"어, 왜 이래? 이번에는 나 아니야!"

타로는 팔랑개비처럼 도리질을 했다. 소문을 내지 않았다는 말이었다.

"저희가 했어요."

타로의 누명을 벗겨준 건 현서와 숙정의 자수였다.

"법사님이 파리 갈 때 뭐 해드릴까 통화하다가 들켰거든요."

"섭섭해. 그렇게 먼 데 놀러가는 것도 아닐 테고… 우리한테 뭐 삐진 거 있어?"

꽃신이 나서서 짐짓 눈을 흘겼다.

"만신님도… 제가 무슨… 뭐 특별히 자랑할 일도 아니고……."

미류가 어깨를 으쓱해 보였다.

"이거 우리 점집 골목에서 십시일반 모은 격려금이야. 안 받으면 안 비킬 테니까 알아서 하라고."

꽃신이 봉투를 내밀었다.

"우리도 마찬가지."

신몽과 궁천도 거들고 나섰다.

"아, 진짜 왜들 이러세요?"

"그럼 얼른 받든지."

쌍골이 나서 엄포를 놓았다. 미류는 결국 봉투를 받아들이고 말았다.

"잘 다녀와!"

모두의 배웅을 받으며 도로에 올라섰다.

"법사님 인기는 참……."

옆 좌석의 장두리가 부러운 듯 혀를 찼다.

"인기 스타가 뭘 그래요?"

"연예인 인기야 거품 인기잖아요? 한순간이면 사막의 신기루처럼 사라질……."

"오래 인기를 누리는 스타도 많습니다."

"법사님, 저 그런 부적 하나 써주시면 안 돼요? 인기가 평생 가는 비법을 담은 대박 부적!"

"뭐, 기쁨조 하는 거 봐서 고려해 볼게요."

"에, 사실 제 주특기는 한 가지뿐인데?"

"뭔데요?"

"잠자는 것!"

"……!"

장두리의 말은 농담이 아니었다. 그녀는 촬영 에피소드를 이야기하다 하품을 했고, 이내 잠들고 말았다. 미류는 대충 챙겨 넣었던 봉투를 보았다. 돈은 상상 이상으로 많았다. 다들 미류에게 보내는 응원을 돈으로 담아버린 모양이었다.

공항에서 박혜선의 전화를 받았다. 미류가 잘 출발하는지 체크하는 그녀였다.

'고맙습니다.'

비행기 안에서 미류는 서울의 북쪽을 바라보며 중얼거렸다. 좌석은 고맙게도 1등석이었다. 미류는 사진 자료를 꺼내놓았다. 이손하와 아르노, 아만시오와 박혜선의 사진들이었다.

패션쇼. 어쩌다 한번 보았지만 프랑스는 패션의 본고장. 게다가 패션의 황제로 불리는 아르노와 아만시오를 겨루고 벌이는 동양의 신성 디자이너 박혜선의 옹골찬 퍼레이드…….

미류는 그녀의 승부수로 이손하를 추천했다. 전생에 아만시오와 인과를 가지고 있는 이손하. 실은 살짝 걱정이 되기도 했다. 그동안 알게 된 전생의 무궁무진함 때문이었다.

─첫 생으로 나온 사람.

─새로운 자아를 시작한 사람.

―전생 기억을 거부하는 사람.

―전생 인과가 일부 잘려 나간 사람.

―전생 인과를 안고 사는 사람.

―전생과 반대로 사는 사람.

전생에 관한 실전이 하나하나 쌓이면서 미류는 조심스러워지고 있었다. 특허를 받았다지만 심오한 경우가 많았던 것이다.

'매사를 공부로 생각하자.'

미류는 각오를 새롭게 다졌다. 전생륜을 보고 전생령을 불러내면 모든 게 해결된다는 사고는 이제 더 이상 미류의 것이 아니었다. 미류는 그렇게 익어가고 있었다.

"푸아아!"

옆 좌석의 소리에 미류가 고개를 돌렸다. 장두리였다. 그녀는 과연 잘도 잤다. 그 모습을 본 여직원이 풋 하고 웃었다. 미류도 웃었다. 미녀는 잠꾸러기. 그 말에 딱 맞는 장두리였다.

'화요도 잠꾸러기일까?'

문득 궁금해졌다. 여자에게는 남자가 모르는 내숭이 있게 마련. 미류와 함께 있을 때는 게으름을 부리지 않는 화요였지만 결혼을 하면 감추었던 본색이 나올 수도 있었다.

'그럼 일찍 일어나는 〈근면부〉라도 먹이는 수밖에.'

미류는 좌석에 딸린 잡지를 꺼내 들었다. 영문판 페이지와 한글판 페이지가 보였다. 주르륵 넘기다 한 면에서 눈이 멈췄다. 팔만대장경의 우수함을 소개하는 글이었다.

팔만대장경. 미류가 기억하는 건 해인사와 자작나무였다. 원래는 자작나무로 만든 줄 알았던 팔만대장경. 그러나 알고 보니 주종은 산벚나무였다. 자작나무가 좋기는 하지만 북방에 많았기에 북쪽에서 베어 운반하기기 쉽지 않았던 까닭이었다. 기타 돌배나무, 층층나무, 후박나무 종도 끼어 있다는 말이 보였다. 이 대장경의 총 판수는 8만 1,350매에 달한다. 새겨진 글자만 총 52,389,400자. 언젠가 강원도의 자작나무 숲에서 표승의 산제를 지켜본 적이 있었다. 그때 표승은 오로지 기도로써 산의 정기를 받았다.

"이 나무의 일부가 팔만대장경이 되었다."

산제를 끝낸 그가 나무를 쓰다듬었다. 참을 수 없는 흰빛을 가진 자작나무는 한마디로 우아함과 숭고함의 극치였다.

"네게 단 한 자를 새길 기회를 준다면 무엇을 새길 테냐?"

표승은 시선을 허공에 둔 채 물었다.

한 글자! 대답하지 못했다.

—신(神)!

—돈!

—대박!

—신통력!

—어머니 쾌유!

너무 많은 단어들이 스쳐 갔다. 미류는 대답하지 못하고 머릿속만 하얘지고 말았다. 바람에 속삭이는 자작나무 살결처럼.

"선생님은 무엇을 새기시겠습니까?"

미류가 되물었다.

"나는 이미 새겼다."

표승의 시선이 미류에게 옮겨 왔다. 그때의 표승 시선은 정말이지 하얀 눈부심이었다.

"……."

"내려가자!"

미류는 분위기에 압도되어 숨도 쉬지 못했지만 표승은 흰 자작나무와 하나가 되어 하르르하르르 산길을 밟고 있었다.

'그때 선생님이 새긴 단어 하나는……'

미류는 알았다. 표승의 시선이 왜 그렇게 시렸는지. 입가의 미소가 왜 불상의 하나를 닮아보였는지. 그는 미류를 축원하고 있었다. 겨우 첫걸음을 뗀 후로 한 걸음도 나가지 못하는 단 하나의 신아들. 그 신아들이 자작나무의 희고 숭고한 빛처럼 영험함을 얻기를…….

'그러셨군.'

미류가 혼자 웃었다. 아무것도 모르고 지나간 시간이 너무 많았다. 다시 그 자리로 돌아간다면 미류는 심(心) 자 한 자를 새기고 싶었다. 모든 것을 좌우하는 마음. 그 마음이 자작나무 순백의 흰빛으로 물들기를 바라며.

시간은 간다. 봉평댁의 말처럼 비행은 지긋지긋했지만 그래도 꾸역꾸역 파리에 가까워지고 있었다. 장두리는 감탄이 나올 정도로 잘도 잤다. 오죽하면 수면제를 먹고 온 거 아닌가 싶을 정도였다.

"어머!"

착륙을 앞두고 일어난 장두리의 눈이 휘둥그레졌다.

"저 이렇게 오래 잤어요?"

그 말에 여직원이 웃었다.

"어떡해? 법사님 재미나게 해드리려고 촬영 에피소드도 많이 준비해 왔는데?"

메모를 꺼내든 장두리가 울상을 지었다.

"하음, 괜찮아요. 나도 실컷 자고 방금 깼는걸요."

미류는 짐짓 장단을 맞춰주었다.

"정말요?"

"네, 요즘 심야 점사가 많아서 도통 잠을 못 잤더니……."

"어휴, 그럼 다행이다."

장두리가 가슴을 쓸어내렸다. 그걸 본 여직원은 또 한 번 웃음을 참아야 했다.

"법사님!"

파리 공항에 내리자 박혜선과 이손하가 보였다. 미류를 픽업하기 위해 직접 나온 모양이었다.

"두리 씨도 힘 안 들었어요?"

혜선은 장두리도 챙겼다. 장두리의 합류는 이미 알고 있었던 눈치였다. 하긴 둘은 이미 인연이 있는 사이였다. 장두리가 박혜선의 자선 패션쇼에 나간 적이 있었던 것이다.

"아, 네……."

장두리가 대답했다.

"미인이 함께해 줘서 고마워요. 법사님, 시간 가는 줄 몰랐겠어요?"

"아, 네……."

이번 대답은 미류의 몫이었다. 여직원은 또 웃었지만 장두리가 돌아보자 칼처럼 미소를 끊어버렸다.

"호텔로 갈까요? 아니면 패션쇼장으로 갈까요? 선택은 법사님 몫입니다. 가는 길에 패션쇼장이 있거든요."

밴에 오른 박혜선이 물었다.

"그럼 패션쇼장으로 가시죠."

미류의 박혜선의 기대에 부응했다. 묻는 말에서부터 가줬으면 하는 바람을 느낄 수 있었다.

"장두리 씨도 콜?"

"당연하죠. 저는 법사님 부록으로 왔거든요."

장두리는 미류 옆에 찰싹 붙은 채 대답했다. 비행기에서 못한 역할을 이제라도 발휘하려는 모양이었다. 리옹역을 지나 한 건물에 도착했다. 혜선은 기침없이 앞서 걸었다.

"리허설은 두 번 끝냈고요, 이제 디데이만 기다리고 있어요."

"모두 여섯 디자이너가 참가한다고 했었죠?"

"네, 다들 엄중 보안이라 자기 연습 시간에만 입장 가능하고요 발표 차례도 당일 추첨으로 정하게 될 겁니다. 즉, 서로 어떤 작품을 발표할지, 어떤 모델을 쓸지 아무도 몰라요."

그녀의 걸음이 멈췄다. 거기 패션쇼장이 있었다. 초대형은 아니지만 역동적인 장소였다. 조명의 일부만 밝힌 채 연습 중인 모델들도 보였다. 한국에서 보았던 그녀들이었다.

"여러분, 미류 법사님이 오셨어요!"

혜선이 외치자 모델과 기타 스태프들이 환호로 미류를 맞았다.

"어때요?"

혜선이 물었다. 첫 소감을 묻는 것이다.

"좋네요. 대운이 시원하게 터질 분위기입니다!"

"정말이죠?"

"그럼요. 잡귀나 사기(邪氣)의 느낌이 전혀 없는걸요."

"여러분 들으셨죠? 다들 힘내자고요."

"네에!"

혜선의 말에 스태프들이 화답을 했다.

미류는 의자에 앉았다. 장두리와 혜선도 앉았다. 그동안 연습한 걸 가볍게 보여주겠다는 말 때문이었다.

따악!

디렉터가 손가락을 허공에 튕기자 모델들이 걸어 나오기 시작했다.

달랐다. 한국의 그 무대에서 본 것과는 또 달라보였다. 모델 역시 천의 얼굴. 자신의 역할과 옷, 장소에 따라 변신하는 카멜레온들……

"보안 문제없죠?"

혜선이 디렉터에게 물었다.

"예!"

"그럼 내보내세요."

혜선의 신호를 받은 디렉터가 두 손을 번쩍 들었다. 그러자 무대 끝에 이손하가 모습을 드러냈다. 미류의 추천을 받은 비밀 병기. 대반전을 위한 병기였기에 비밀 연습만 시켜온 혜선이었다. 그걸 미류에게 보여주려는 것이다.

이손하의 자태는 시린 자작나무 같았다. 하르르하르르 다가온 그녀가 런웨이의 끝에서 포즈를 취했다. 순간, 미류의 머리카락이 쭈뼛 허공으로 치솟았다. 동시에 미류가 벌떡 일어섰다.

"법사님!"

놀란 혜선이 미류를 바라보았다.

미류 귀에는 들리지 않았다. 이손하의 운명창 때문이었다. 눈 시린 자태 위로 오염 물질처럼 떠오른 운명창… 미류는 질끈 눈을 감았다 다시 떴다.

'젠장!'

탄식이 나왔다.

[액운기]

그녀의 머리 위에 뜬 불운의 징조는 점점 선명해지고 있었다.

불가능은 없다

"뭐가 잘못되었나요?"

눈치 빠른 박혜선이 미류에게 물었다.

"아, 아닙니다."

미류는 고개를 저었지만 창백한 얼굴만은 감출 수 없었다.

"법사님!"

"제가 비행기에서 잠을 제대로 못 잤더니 좀 피곤해서……."

"안 되겠어요. 시차 때문에 그런 거 같은데 숙소로 가요."

"그보다 물을 좀……."

미류는 의자에 털썩 기대 버렸다. 물을 마셨다. 이손하는 여전히 런웨이 위에 있었다. 그녀의 머리 위에 '액운기'의 징조도 여전했다.

비밀 병기에게 닥친 액운기…….

이건 무엇을 뜻하는 것일까? 정신 줄을 수습한 미류, 이손하의 운명창 중에서 건강창을 열어젖혔다.

[건강운 上下 67%]

문제는 없었다. 영시의 힘을 높여 조금 더 깊이 들어갔다. 소소한 문제점들이 보이지만 그건 60줄을 코앞에 둔 여자들에게 보편적으로 생기는 노화 현상들. 딱히 심각한 질병조차 없는 이손하였다.

'대체……'

이번에는 빙의나 잡귀 잡신의 횡액, 액살까지 전부 체크했다. 그녀의 발목에 작은 액살이 보였지만 사실, 우려할 수준은 아니었다.

미류가 고개를 들자 이손하의 액운창은 더 보이지 않았다.

'시차 때문인가?'

"법사님!"

"아, 역시 비행기 피로 때문인가 보네요. 별문제 아닙니다."

"미안해요. 바로 숙소로 모셨어야 했는데 제 욕심에……"

혜선은 미안해서 어쩔 줄을 몰랐다.

"아닙니다. 워낙 장거리 비행이 처음이다 보니… 이제 괜찮습니다."

"그럼 다행이고요."

"……"

"비밀 병기까지 봤으니 그만 일어나요. 우리 연습은 다 끝났는데 법사님 보여 드리려고 남았던 거거든요."

"예……"

"자자, 마무리하고 숙소로들 돌아가세요. 최종 무대까지 몸 관리에 신경 쓰시고요."

혜선이 파장을 알렸다.

식사는 호텔 레스토랑에서 했다. 별 다섯의 호텔이라 그런지 레스토랑이 장난이 아니었다. 미류가 육식을 즐겨하지 못하므로 일동은 해산물 그릴 세트로 배를 채웠다. 그 유명하다는 달팽이 요리도 곁들였다. 잠시 후에 해산물 죽이라 할 수 있는 스프가 나왔다. 잘 나가다가 거기서 입맛을 버렸다. 그건 정말이지 미류 입맛에 맞지 않았다.

"푹 쉬시고 깨어나시면 전화하세요!"

혜선은 디렉터와 함께 돌아갔다. 남은 건 미류와 장두리뿐이었다.

"법사님!"

차를 마시던 장두리가 울상을 지었다.

"예?"

"비행기에서 저만 잤죠?"

"예?"

"아까 그러셨잖아요? 다 들었어요."

"……"

"아흥, 어떡해요? 배 대표가 법사님 제대로 모시랬는데 쿨쿨 잠만 퍼질러 잤으니……"

"아니, 그게 나도 두리 씨 잘 때마다 같이……"

"거짓말 말아요. 내가 법사님 몰래 여직원에게 다 물어봤거든요."

"……"

"난 몰라요. 배 대표가 성질 낼 텐데… 그 사람, 다른 건 몰라도 책임감 없는 행동엔 질색하거든요."

"걱정 말아요. 내가 비밀로 할 테니."

"그게 문제가 아니잖아요?"

"실은… 나는 좀 생각할 게 있어서요. 요즘 점사 밀린 게 너무 많아서 그거 정리하느라……"

"정말이죠?"

"그럼요."

"어휴, 그럼 다행이에요. 대신 오늘은 푹 자세요. 제가 법사님 방 앞에서 불침번 설게요."

"뭐 그럴 필요까지야……."

"아니면 뭐 필요한 거 있으면 제 방으로 콜하세요. 마음 같아서는 제가 법사님 침대 앞에서 보초라도 서고 싶지만 화요가 알면 당장 쫓아올 거 같아서……."

"……."

"그 기집애가 협박 꽉꽉 했거든요. 같이 가는 건 좋은데 일체의 스킨십은 절대 금지라고……."

"……."

"기집애, 저만 법사님 좋아하는 줄 알고……."

"올라가요. 진짜 좀 쉬어야겠네요."

"네에!"

미류가 일어서자 장두리도 얼른 히프를 들었다.

방으로 들어온 미류는 파리 시가지를 내다보았다. 파리 시내의 풍경에는 우아함이 깃들어 있었다. 하지만 그런 멜랑꼴리한 감상에 젖을 때는 아니었다.

'액운기…….'

분명히 선명하게 보였었다. 그러나 건강상의 문제는 아니었다. 미류는 부적을 꺼내놓았다. 패션쇼와 관련이 있는 액운이라면 어떻게든 막아야 했다. 미류가 추천한 모델이라는 이유만이 아니었다.

박혜선의 도전!

그건 미류와 뗄 수 없는 관계를 가지고 있었다. 게다가 그녀의 거침없는 도전은 아름답기 그지없었다. 재벌 2세면서도 스스로의 힘으로 세계 패션계를 관통하려는 여자. 무속을 떠나 한 사람의 한국인으로서 도움을 주고 싶었다.

이런저런 부적들을 바라보지만 매칭이 되지 않았다. 아까 본 그 오염 물질 같은 액운의 느낌이 사라지질 않는 것이다.

'정말 시차 때문인가?'

서울과 파리는 무려 여덟 시간의 시차. 그러고 보니 머리도 지근거리고 속도 그리 편치는 않았다.

'촌놈 따로 없네.'

일단 한잠 때리기로 했다. 개운하게 자고 나면 머리가 맑아질 것이다. 그럼 뜻밖의 해결책이 나올 수도 있었다. 샤워를 마친 미류는 침대 위에 몸을 날렸다.

꿈속에서 미류는 산제를 지내고 있었다. 손에는 대나무가 보였다. 대나무는 접신의 도구이자 무당의 상징이기도 했다. 미류의 위치는 북동쪽이었다. 북동쪽은 귀문(鬼門)으로 귀신이 들어오는 방위였다. 문을 타고 신들이 내려왔다. 산신도 오고, 용신도 오고, 칠성님도 왔다. 그 뒤를 이어 장군신과 삼불제석, 문간대감과 선관도사가 내려왔다.

'아차!'

넋을 놓고 신을 받아들이던 미류, 정신이 번쩍 들며 대나무를 내려놓았다. 미류는 오직 전생신만을 받들기로 맹세한 몸. 다른 신을 받으면 안 되는 몸이었다.

"......!"

놀란 마음에 눈을 떴다. 창밖은 훤한 그대로였다.

'잠을 자긴 한 건가?'

시계를 보니 정오에 가까웠다. 대체 얼마나 잤을까? 파리와 서울의 시차가 8시간이니 지금 서울은 새벽 4시를 넘을 시간이었다. 그러니까 미류는 시차고 뭐고 간에 자기가 일어나던 시간과 비슷하게 잠이 깬 것이다.

침대에서 내려오니 테이블에 펼쳐두었던 부적이 보였다. 의자를 당겨 앉았다. 머리는 좀 맑아졌다.

이손하!

미류의 머리에는 그녀의 액운창이 안개처럼 남아 있었다.

—개인적인 액운일까?

—아니면 아만시오와의 전생 인과에 관한 걸까?

피로는 많이 가셨지만 번민은 가시지 않았다.

'산책 삼아 주변이나 돌아볼까?'

샤워를 마치고 문을 열었다. 그런데…….

"법사님!"

그 복도에 장두리가 있었다.

"두리 씨……."

"지금 일어나신 거예요?"

"조금 전에… 그런데 정말 여기서 밤새우신 거예요?"

"밤까지는 아니고요. 잘 잤어요?"

"예… 덕분에……."

"다행이네요. 안 그래도 배 대표 엄명이 떨어졌어요. 법사님 잘 보좌하다가 이탈리아로 넘어오라고……."

"예……."

"식사하시게요?"

"식사는 별생각 없고… 주변 산책이나 좀 하려고요."

"그럼 말씀만 하세요. 제가 주변 정보 싹 모아두었거든요."

"여기도 시장이 있나요?"

"그럼요. 17구 Villier에 시장이 있어요."

"17구?"

"파리는 주소가 그런 식이에요. 대학도 1대학, 2대학……."

"그렇군요. 멀지 않으면 거기나 한번 돌아보면 좋겠어요."

"알겠습니다. 박혜선 선생님 오기 전에 얼른 나가요. 그분 오면 제 차례가 없어질지도 모르니."

장두리는 미류 팔짱을 끼고 나섰다.

17구의 시장은 소박했다. 파리도 사람 사는 모습은 한국과 그리 다르지 않았던 것이다. 미류는 그곳에서 바이올린을 켜는 집시를 보았다. 긴 천을 용의 비늘처럼 칭칭 감은 그는 벙거지를 눌러쓰고 연주에 몰입했다. 그 앞에는 젊은 남녀 몇이 바닥에 퍼질러 앉아 감상에 잠겼다.

"모스예요. 여기서는 아주 유명한 거리 연주가래요."

장두리가 속삭였다. 인터넷에서 찾은 정보인 것 같았다. 한국인들, 인터넷 개통 이후로 아주 친절해졌다. 어딜 다녀오면 손가락이 근질거리는지 그곳의 정보를 일기처럼 적어 올린다. 덕분에 안 가고도 그곳을 알 수 있지만 좀 지나치다는 생각도 들었다. 새로운 곳에 대한 호감과 두근거림이 사라지는 것이다.

미류도 모스의 음악을 들었다. 집시들에게도 무속 같은 신비감이 있기 때문이었다. 그건 그들의 이름이었다. 집시는 보통 세 개의 이름을 갖는다. 그중 첫 번째 것이 바로 악마로부터 보호받기 위한 것이다. 집시들은 태어나면 흐르는 물에서 세례를 받는데 그때 엄마가 아기의 귀에 대고 비밀 이름을 말해준다. 이름을 모르게 함으로써 악마가 아기를 꾀어가지 못하게 하려는 것이다. 이 이름은 평생, 부모와 그 자신만 알고 지낸다. 그러다 사랑하는 사람이 생기면 그 이름을 허락한다.

"우리 엄청 운 좋은 거예요. 모스는 자기가 원하는 날만 연주하기 때문에 보기 어렵대요. 대신 한 번 연주하면 때로는 이틀 밤을 새우기도 한대요."

장두리의 설명을 흘리며 바이올린을 보았다. 척 보아도 낡아보였다. 그러나 소리 하나는 혼을 흔들 듯 기가 막히게 흘러나왔다.

집시……

거기에 더해 독특한 연주 주기를 가진 남자. 대체 어떤 운명을 지녔기에? 호기심이 발동한 미류가 영시를 열었다.

'응?'

순간 미류 눈이 번쩍 뜨였다. 그의 오른쪽 어깨에 눌러앉은 여자의 영가 때문이었다. 죽은 지 꽤 된 영가였다. 집시의 연인이었을까?

쩔겅!

미류가 신방울을 꺼내 전생신의 등장을 알렸다. 놀란 영가가 남자의 어깨에서 떨어졌다. 그러자 집시가 연주를 멈추었다. 막 절정을 지나던 곡. 차량의 경적에도 이어지던 선율이 방울 소리에? 영가는 집시의 다리 뒤에 숨었다. 집시는 어깨가 허전한 듯 왼팔로 그곳을 주물렀다. 사람들은 돌연한 상황에 고개를 갸웃거렸다. 미류는 방울을 거두고 영가를 외면했다. 그러자 영가가 슬그머니 집시의 어깨로 올라갔다. 연주가 다시 시작되었다.

쩔겅!

방울을 한 번 더 울리자 같은 현상이 일어났다. 미류는 알았다. 집시의 연주, 그건 영가 때문이라는 것.

"두리 씨, 불어 좀 한다고 했죠?"

"뭐 대충요."

"통역 좀 부탁해요."

그 말과 함께 미류, 집시에게 다가섰다.

"큰 키에 가녀린 허리, 초록 눈에 들꽃 머리띠를 한 여자 아시죠?"

"……!"

장두리의 통역이 이어지자 집시의 눈이 휘둥그레졌다.

"당신, 메리언을 알아?"

"죽은 지 8년이 되었군요?"

"……!"

"지금 당신 뒤에 있습니다."

통역을 따라 집시가 고개를 돌렸다.

쩔겅쩔겅쩔겅겅!

신방울을 거듭 흔들자 집시의 눈에 영가가 들어왔다.

"메리언!"

이름을 부르자 영가는 파르르 떨다 안개가 되어 흩어졌다.

"떠났습니다."

"당신… 누구죠?"

집시가 물었다.

"동양의 무속인."

"오리엔탈?"

"저 영가는 당신을 못 잊어 근처를 떠돌며 당신 어깨에 올라앉아 삽니다. 그날이면 바이올린을 켜게 되는 것 같군요."

"……."

"아닙니까?"

"어깨가 아니라 꿈이오. 그녀의 꿈을 꾸면 바이올린을 켜야 하오. 아니면 어깨가 끊어질 것 같아서……."

"떼어드려요?"

"……!"

"없애주냐고 다시 물어주세요."

미류가 장두리를 돌아보았다.

"내 어깨에 그녀가 있다는 겁니까?"

"예."

"당신이 그녀의 혼을 없앨 수 있다는 거고요?"

집시가 물었다.

"물론!"

"……"

"시간이 없습니다. 결정하세요."

"그렇다면 그냥 가주세요!"

고뇌하던 집시가 무거운 목소리를 밀어냈다.

"그건 귀신입니다. 평생 그렇게 살아야 할지 몰라요. 결국 당신 어깨에 이상이 생겨 죽을 테고요."

"그래도 괜찮소. 내 어깨에 앉은 게 메리언이라면!"

"……"

"나의 선택이었소. 게다가 내 사랑은 아직 끝나지 않았으니까 끝까지 같이 갑니다."

집시가 쓸쓸히 웃었다. 신념이 가득 밴 미소였다. 영가를 보았지만 본인이 원하지 않는 일. 그는 죽은 연인의 혼을 접신으로 받아들인다. 그렇게라도 그녀와의 시간을 즐기고 싶은 남자. 미류로서도 어쩔 수 없는 일이었다.

발길을 돌렸다. 얼마 후에 다시 연주가 이어졌다. 영가가 어깨로 돌아온 모양이었다. 그런데, 집시의 연주는 아까보다도 더 애절하게 흘러나왔다. 걸음을 멈추고 돌아보았다. 집시는 더욱 행복해 보였다.

그는 자신에게 붙은 귀신을 불행이 아니라 행복으로 여기고 있었다. 그렇기에 더욱더, 자신을 불태우고 있는 것이다.

"귀신이 붙은 거예요?"

장두리가 물었다.

"예……."

"어머, 어쩐지 기행적인 연주가라고 소문이 났더니……."

"통역 고마웠어요."

"별말씀을… 이제야 겨우 법사님께 도움이 좀 된 것 같은걸요."

장두리가 웃을 때였다. 그녀 뒤로 생뚱맞은 가축이 보였다. 아기 돼지였다.

"어머!"

돌아선 장두리도 놀라고 말았다. 조그만 바구니를 실은 카터 안. 아기 돼지 네 마리가 꿀꿀거리고 있었다.

"Betagne에서 온 돼지입니다. 싸게 드려요."

소년을 데리고 나온 아줌마가 소리쳤다. 구경꾼들이 모여들었다. 주로 어린아이들이었다. 아이들은 돼지를 만져보며 깔깔거렸지만 판매에는 도움이 되지 않았다.

"어휴, 오늘도 안 팔리네?"

소년이 중얼거렸다. 그걸 끝으로 호텔로 돌아왔다. 머리는 맑아졌다. 하지만 이손하의 액운에 대한 묘수는 떠오르지 않았다. 미류의 표정은 아기 돼지를 못 팔아 잔뜩 구겨진 소년의 표정을 닮아가고 있었다.

'일단은……'

미류는 〈액운방지부〉를 꺼내 들었다. 이손하를 위해 당장 할 수 있는 일은 이것뿐이었다.

이른 아침, 박혜선과 이손하가 찾아왔다. 식사를 겸해 전의를 다지려는 자리였다. 눈치 빠른 장두리는 배 대표와의 통화를 핑계로 자리를 비켜주었다.

"꿈은 잘 꾸셨나요?"

미류가 박혜선을 바라보았다.

"그럼요. 법사님은요?"

"저도……."

"시차는 극복되셨나요?"

"이젠 거의 괜찮습니다."

"다행이네요."

박혜선이 웃었다.

"다만 패션쇼장으로 가기 전에 미리 조치할 일이 하나 있습니다."

"말씀만 하세요."

박혜선은 메모할 준비를 했다.

"선생님이 잠깐 나가주시는 겁니다."

"예?"

"그럴 일이 있어요."

미류는 진지했다. 미류를 잘 아는 혜선, 군말 없이 가방을 들고 일어섰다. 이제 호텔의 테라스에는 미류와 이손하만 남았다.

"나에게 조치를 하는 건가요?"

이손하가 웃었다.

"기분 나쁘게 생각지는 마십시오. 일종의 액막이가 필요해서……."

"기분 나쁠 리가요? 이 나이에 이런 자리에 선 게 누구 때문인데요?"

"그렇게 이해해 주시면 고맙고요."

"실은 조금 안 좋은 꿈을 꾸었어요."

"어떤?"

미류가 고개를 들었다. 그녀에게서 보았던 액운 때문이었다. 그렇기에 꿈 히니에도 반응하는 미류였다.

"저도 긴장을 한 건지… 꿈에서 제 차례를 잊어버린 거예요. 게다가 대기실에 들어갔더니… 그 안에 옷이 너무 많아 어떤 걸 입고 나가야 할지도……."

"……."

"그래서 익숙한 걸 걸치고 나갔는데 런웨이에 서보니 알몸이었어요. 사람들의 비웃음 소리를 들으며 잠에서 깼지요."

"……."

"법사님 뵈면 해몽을 부탁할까 생각 중이었어요."

"제 액막이도 그쪽입니다."

"그럼 제 꿈을 알고 계셨군요?"

"그 알몸… 지금 미리 되어볼까요?"

미류가 부적 붓을 들었다.

"법사님!"

"육부적을 쓰려는 겁니다. 꼭 필요해서요."

미류의 시선이 이손하에게 꽂혔다. 이손하는 그 의미를 받아들였고 그 자리에서 옷을 걷었다. 부적은 그녀의 양 눈썹과 종아리 뒤를 합쳐 다섯 곳에 그렸다. 눈썹은 눈을 미혹하는 잡귀 잡신의 범접을 막기 위한 것이고, 종아리는 런웨이에서의 사고를 방지하기 위한 조치였다. 마지막 하나는 눈썹과 종아리의 가운데 격인 배꼽 주위였다. 그곳에 부적을 하나 더 그려 완벽을 기했다.

"됐습니다."

미류가 돌아섰다. 이손하는 말없이 일어나 옷깃을 여미었다.

"다 끝났습니다."

미류가 복도 쪽 문을 열며 말했다. 대화 중이던 박혜선과 장두리가 안으로 들어왔다. 혜선은 이손하를 보았지만 특별한 변화는 느낄 수 없었다.

"그럼 이제 가보실까요? 파리 패션계를 접수하러!"

혜선이 밝게 말했다.

"파리가 아니라 세계를 접수해야죠."

장두리의 맞장구도 또렷하게 들렸다.

네 사람은 진격하는 거인처럼 당당하게 호텔방을 나섰다.

'아!'

패션쇼장이 가까워지자 감탄이 우러나왔다. 분위기 때문이었다. 패션쇼장은 철저하게 관련자와 VIP만 출입을 허락하고 있었다. 아르노의 말처럼 스페셜한 패션쇼가 틀림없는 것 같았다.

여기저기 화려한 스포츠카의 문이 열렸다. 유럽의 스타들이 그 안에서 나왔다. 여자들은 정말이지 비너스 조각상의 환생과 다름없었다. 금발을 휘날리는 그녀들이 내리자 시작도 하기 전에 분위기가 달아올랐다. 뒤를 이어 디자인계의 큰손 바이어들이 줄을 이었고 박혜선과 함께 겨룰 다섯 디자이너들도 속속 도착했다. 그들이 데려온 모델들은 정말, 몽환과 환상을 비벼놓은 듯 시선을 쪽쪽 빨아들였다.

"미국에서 초청받은 산드라예요!"

박혜선의 신경이 곤두서는 게 보였다. 샛노란 블라우스에 초록 핫팬츠를 입은 그녀는 모델 뺨치는 몸매를 지니고 있었다.

"아르노가 최고로 꼽는 사람이죠. 이미 파리, 도쿄, 런던 컬렉션에서도 콜을 받았다고 하더군요. 패션계에서는 산드라가 3년 안에 세계 패션 시장을 평정할 거라는 소문도 있어요."

"그래서 쫄았슶니까?"

미류가 웃으며 물었다.

"아뇨. 산드라는 산드라고 저는 저지요. 창작에서는 누굴 의식할
필요 따위는 없다고 생각해요."

"그럼 가시죠."

미류가 패션쇼장을 가리켰다.

"네, 법사님!"

그녀의 대답이 힘차게 떨어졌다. 그러나 확실히 박혜선에 대한 패
선계의 평가는 저조했다. 모든 취재진은 산드라에게 포커스를 맞췄
고 그녀 말고도 호주와 브라질 출신의 디자이너를 취재하느라 바빴
다. 박혜선은 한국에 취재를 나왔던 기자와 더불어 두어 명 기자의
질문을 받았을 뿐이었다.

"나올 때는 이 분위기를 반전시키고 말 거예요."

박혜선의 오기가 타오르는 게 보였다.

"이여, 혜선 박, 그리고 미류 법사님!"

아르노가 다른 관계자들과 함께 다가왔다. 옆에는 쟈클린도 있었다.

"오늘 기대가 큽니다."

아르노는 혜선을 챙겼다.

"열심히 하겠습니다."

"그래야죠. 혜선 박이 센세이션을 일으킬 거라고 광고해 두었거든요."

"고맙습니다."

"들어가시죠. 발표 순서 추첨이 있을 겁니다."

"예!"

"법사님도… 먼 곳까지 찾아주셔서 영광입니다."

아르노는 유럽인다운 매너로 행사장을 가리켰다. 쟈클린은 어깨가 나은 데 대한 고마움을 잊지 않고 전해왔다. 그 마음을 아직도 지니고 있다니… 미류 또한 뿌듯했다.

"우와, 무슨 아카데미 시상식 같아요."

발표장 안에 들어선 장두리가 입을 쩌억 벌렸다. 엊그제 보았던 장소가 맞나 싶을 정도로 웅장하게 변한 까닭이었다. 화려한 조명과 단장된 의자, 동선마다 깔린 붉고 푸른 카펫들은 마치 왕궁의 행사를 연상케 하고 있었다.

거기에 더한 관객들… 하나같이 일품 패션 감각에 거물임을 뽐내고 있으니 한국 최고 스타의 하나라는 장두리조차 티가 나지 않을 정도였다.

'아만시오는?'

미류는 귀빈석을 향해 고개를 돌렸다. 그는 아직 보이지 않았다.

"법사님!"

추첨을 끝낸 박혜선이 진행을 책임진 디렉터와 함께 다가왔다.

"저희가 스타트예요!"

"어머!"

장두리의 입이 바로 반응을 했다.

"분위기로 봐서 뒤쪽이 좋긴 한데… 처음도 나쁘지 않아요. 강력한 인상을 심을 수도 있으니까요."

어차피 벌어진 일, 그녀는 긍정적으로 받아들였다.

"그런데 아만시오 회장은?"

미류가 나지막이 물었다.

"안 온 모양이에요. 아르노와 관계자들도 기다리는 눈치던데……."

"안 올 수도 있다는 건가요?"

"뭐, 그건 제 소관이 아니라서······."

"그렇군요."

"그럼 앉아계세요. 서는 모델들 좀 최종 점검하고 돌아올게요. 곧 시작될 거예요."

박혜선은 디렉터와 함께 돌아섰다.

곧이어 안내 멘트가 나왔다.

"시작한다네요."

장두리의 통역에 이어 조명이 바뀌기 시작했다. 초대 가수가 나와 노래를 부르는 사이에 객석도 정리가 되었다. 이어 아르노가 인사말을 했다. 그때까지도 아만시오는 보이지 않았다.

이손하의 액운······.

나쁜 예감이 스쳐 갔다. 아만시오가 오지 않는다면 이손하의 투입으로 인한 득실이 달라질 수 있었다. 혹시 온다고 해도 박혜선 타임이 끝난 후라면······.

'젠장!'

둘 다 좋지 않은 예상이었다.

'이게 액운인가?'

미류가 골똘할 때 사회자가 첫 디자이너를 소개했다.

"오리엔탈 폭풍 혜선 팍!"

"와아아!"

박수를 받으며 박혜선이 런웨이를 걸어 나왔다. 그녀의 의상 역시 부적을 모티브로 한 하의와 상의. 붉은 상의에 황금빛 하의는 경면 주사와 괴황지를 상징하고 있었다. 그녀가 내빈을 향해 인사하자 조명이 천지창조처럼 변하기 시작했다.

"법사님!"

미류 옆 좌석으로 내려온 혜선이 미류에게 은밀한 대화를 건네왔다.

"예."

"야만시오… 아무래도 조금 늦을 모양이에요. 디렉터가 이손하 씨 문제를 묻는데 어쩌면 좋을까요?"

"교체하시려고요?"

"디렉터도 그게 고민인가 봐요. 다행히 예비 모델은 두 명 더 있어요. 이손하 씨는 법사님 말씀대로 야만시오 저격용이었기에……."

"……."

미류는 잠시 생각에 잠겼다. 이손하의 말은 백번 맞았다. 이손하는 오로지 야만시오의 마음을 사로잡기 위해 투입한 모델이었다. 그런데 어차피 야만시오가 오지 않는다면…….

미류 뇌리에 다른 디자이너들의 모델이 스쳐 갔다. 다들 팔팔하고 싱싱한 10대와 20대들이었다. 그사이에 이손하를 넣어보았다. 게다가 액운창까지 보고 만 상황…….

일반적으로 보면, 불리했다.

하지만!

미류의 대답은 다르게 나왔다.

"저라면 그냥 진행하겠습니다."

"예?"

"야만시오… 오늘 참석하지 않는다고 해도 이 영상을 보겠죠? 게다가 이손하 씨… 노련한 분이기에 그냥 진행하면 더욱더 자신의 진가를 보여줄 겁니다. 자신을 믿고 모험을 걸어주는 박 선생님에게 보답하기 위해 목숨을 걸 거라고 믿습니다. 어쩌면 진짜 군계일학이 될 수도 있지요. 거기 나오는 학이 꼭 젊은 학이어야 할 필요는 없습니다."

"……."

"제 대답은 그렇습니다."

미류는 말문을 맺었다. 이런 답을 내놓은 것은 집시 때문이었다. 그는 어깨에 붙은 귀신을 떼길 거부했다. 그것이 괴로움이자 고통이라 하더라고 함께 있길 바랐다. 그래서인지 그의 연주는 훨씬 더 행복하고 훨씬 더 아름답게 변했다.

그게 마음이다.

어차피 박혜선은 모든 게 불리한 상황. 그렇다면 탱탱한 젊은 모델들로 꽉 찬 런웨이에서 '파격'으로 승부하는 것도 나쁘지 않았다.

"법사님!"

"네!"

"조금 전 이손하 씨가 그랬습니다. 오늘 이 런웨이 위에서 죽을 거라고."

"……."

"자신을 믿어준 저와 법사님을 위해서요."

"……."

"제가 여기 온 것도 법사님 때문이죠. 그런 법사님이 그리 생각하신다면……."

혜선은 미류를 바라보며 마무리를 했다.

"저도 콜입니다!"

박혜선은 미류의 조언을 받아들였다. 그녀는 옆에 앉은 스태프를 대기실로 달려 보냈다.

―그대로 갑니다!

그 한마디를 전달하기 위해.

당궁당궁!

당다라라랑둥다다라랑!

장구와 북소리가 가미된 음악과 함께 박혜선의 무대가 열렸다. 첫 모델이 나왔다. 그 옆으로 또 다른 모델이 섰다. 모델은 모두 여섯이 었다. 그녀들은 문양은 독특하고도 자연스러웠다. 문자부적과 도형 부적의 특징을 살린 문양은 불행을 막고 행운을 불러준다는 의미라는 멘트가 나왔다. 그 멘트의 끝에서 모델들이 워킹을 시작했다.

첫 출발은 왼쪽 끝의 모델이었다. 그녀의 뒤는 오른쪽 끝 모델이었다. 그녀들은 마치 잡귀 잡신을 몰아치려는 듯이 거침없이 행군했다. 런웨이의 끝에 모델들이 다시 정렬했다. 마지막 모델이 자리를 잡자 모델들이 돌아섰다. 그러자 여섯 패턴은 하나의 부적이 되었다.

"와아아!"

짝짝짝!

환호와 박수가 쏟아져 나왔다. 여섯은 각자이자 하나였던 것이다. 들어갈 때는 나올 때의 역순이었다. 첫 무대 다음에는 색조를 바꾼 의상으로 교체되었다. 동양 무속의 신비를 가미한 색조에 부적의 기원이라 할 수 있는 부채와 신방울, 동경을 응용한 무늬들이었다.

딸랑!

신방울 무늬의 모델은 런웨이의 끝에서 진짜 신방울을 울렸다. 관객들은 도발적인 창의성에 환호로 보답했다. 박혜선의 패션은 절정에 달했다. 미류가 돌아보니 아르노와 쟈클린 역시 완전히 몰입되어 있었다. 나쁘지 않았다. 문제는 다만, 아만시오가 도착하지 않은 것뿐이었다.

마침내 마지막 순간이 왔다. 박혜선의 승부수, 이손하가 나올 차례였다.

"이손하 씨 차례예요."

무대에 시선을 고정시킨 박혜선이 말했다. 장두리의 침 넘어가는 소리와 함께 불이 꺼졌다. 그리고⋯ 다시 천상의 빛 한 줄기가 조명으로 내려왔을 때 거기 이손하가 서 있었다. 그녀의 야윈 등이 보였다. 탄탄한 몸매와 자세는 나이를 알 수 없게 만들었다. 미류조차도, 그녀가 과연 이손하일까 싶을 정도였다.

다당!

짧은 한 번의 장구 소리와 함께 그녀가 돌아섰다. 카리스마 폭발하는 장년의 모델. 그 원숙미를 알아차린 내빈들은 금세라도 질식할 것만 같았다.

다당, 다당, 다다당!

행군을 재촉하는 장구를 따라 이손하가 걸었다. 어깨부터 무릎 아래까지 흰 베일로 가린 그녀. 런웨이의 중간에서 베일을 벗어 던졌다. 그러자 금빛 찬란한 괴항지의 상의와, 생기발랄한 경면주사의 스커트가 드러났다. 그대로 진행한 이손하, 무대의 끝에 도착해 또 한 번의 허물을 벗었다. 상의와 하의를 벗어 던진 것이다. 이번에는 반대 배색의 작품이 드러났다.

붉은 조명과 황금빛 조명이 번갈아가며 그녀를 비추었다. 그녀의 분위기는 압권이었다. 대개 모델들은 워킹이나 이미지, 사진빨, 눈빛의 마력 등으로 평가를 받는다. 하지만 이손하는 그 몇 가지 마력을 동시에 뿜어냈다. 젊은 학만이 군계일학의 주인공이 되는 건 아니라는 걸 항변이라도 하듯이.

폭발적인 카리스마!

그러면서 따뜻한 엄마의 시선!

그 변화무쌍한 이미지에 내빈들은 몸서리를 쳤다.

그 누가 상상이나 했을까? 10대 20대들의 향연에 거침없이 끼어든

노(老)모델. 그러나 그녀의 분위기는 다른 어떤 모델보다 신비로운 카리스마를 폭발시키고 있었다.

짝짝짝짝!

박수!

말을 잃은 관중들은 오직 박수로 그녀를 맞았다. 절반 가까이는 기립해 있다. 미류와 장두리, 박혜선 역시 기립하여 박수를 보냈다. 그런데⋯ 가까운 곳의 아르노와 쟈클린이 보이지 않았다.

'뭐야? 이 하이라이트를 안 보다니?'

살짝 기분이 구겨질 때였다. 입구 쪽에 몰린 사람들이 보였다. 아르노는 거기 있었다. 그리고⋯ 그들이 인도해 오는 사람⋯ 그의 형체가 가까워지자 미류의 미간이 확 좁혀졌다.

'아만시오?'

미류의 생각은 박혜선이 확인시켜 주었다.

"왔네요!"

아만시오!

마침내 그의 등장이었다. 무대 위에는 아직 이손하가 있었다. 부적의 힘이었을까? 최악은 면한 것 같았다. 미류는 무대로 시선을 옮겼다. 혼신을 다한 모델 이손하. 그녀는 환호에 기대 조금 시간을 끌고 있었다. 관객들에게 키스를 날린 그녀, 아만시오를 향해 사뿐 인사를 던지고 돌아섰다. 저 긴장감 속에서도 그녀, 자신이 해야 할 일을 잊지 않고 있는 것이다.

짝짝짝!

박수와 함께 모든 모델들이 줄지어 나왔다. 박혜선도 그들과 나란히 걸었다. 피날레를 장식하는 것이다. 줄지어 손 잡은 모델들의 인사와 함께 박혜선의 무대가 끝났다.

"와아아!"

환성, 또 환성…….

'이손하를 봤을까?'

그러나 미류의 시선은 아만시오에게서 떨어지지 않았다.

아만시오는 아르노와 바짝 붙어 귀엣말을 나누고 있었다. 얼굴은 처음처럼 다소 구겨져 있다. 패션쇼가 마음에 들지 않는 것일까? 아쉽게도 그의 마음까지 꿰뚫어 볼 능력은 없는 미류. 그래도 그가, 이손하가 퇴장하기 전에 도착해 준 것을 위로로 삼았다.

그런데… 다음 차례가 바로 산드라였다. 그녀의 등장은 박수부터 달랐다. 박혜선에게 쏟아진 게 함성이었다면 그녀는 천둥이었다. 그녀는 퍼포먼스도 기가 막혔다. 그녀 스스로 던진 모자, 자기 지정석으로 걸어내려 오는 동안에 머리에 떨어진 것이다.

"역시 멋지죠?"

박혜선은 그녀를 인정하고 있었다. 이어진 패션 또한 감탄의 도가니였다. 첨단과 복고의 장점을 고스란히 녹여낸 그녀의 작품은 박혜선의 기억을 지워 버릴 듯이 강렬했다. 박혜선이 자연이라면 산드라는 찬란한 도시였다. 박혜선이 현재라면 산드라는 미래였다.

"브라보!"

쇼가 끝나고 산드라와 모델들의 인사가 있자 아만시오까지 일어나 기립 박수를 보냈다. 평가의 기준이 뭔지는 모르지만 환호만큼은 넘볼 수 없는 수준이 분명했다.

세 번째, 네 번째…….

마지막 차례의 디자이너까지 나오고 쇼가 끝났다. 관객들은 빠짐없이 일어나 기립 박수로 찬사를 보냈다. 남은 건 이제 큰손 바이어들의 관심이었다. 예상대로 주요 관심의 대상은 산드라였다. 그녀에게 대다수 바이어들이 몰려들었다. 다행히 박혜선에게도 일부가 관심을 보였다.

'아만시오……'

미류의 시선은 그에게 꽂혀 있었다. 그는 아직 누구에게도 관심을 보이지 않았다. 과연 세계 패션계의 황제답게 허투루 행동하지 않는 것이다. 그는 그저 패션 기자들, 패션 관계자들과 의견을 나누기에 바빴다. 어쩌면, 오늘의 디자이너들 중에는 마음에 드는 작품이 없는 것으로도 보였다.

미류는 박혜선을 떠나 아만시오 쪽으로 다가섰다. 그는 두 거물과 의견을 교환 중이었다. 다짜고짜, 미류는 그의 전생륜을 끌어냈다.

"……!"

전생령을 살피던 미류의 눈알에 핏발이 곤두섰다.

'젠장!'

무거운 탄식이 목젖을 치고 넘어갔다. 그의 전생령은 죄다 한 겹으로 엉겨 있었다. 말하자면 하나하나 떨어져 있어야 할 것이 뭉쳐 있는 것이다.

액운의 단초가 이거였나?

미류의 척추가 꼿꼿하게 반응했다. 이손하와 전생 인과가 있는 아만시오. 처음 입장할 때는 몰라도 이제는 이손하를 보았다. 모델들과 악수를 나눴기 때문이다. 미류는 이손하에게 특별한 주문을 해 놓았었다. 어떻게든 그의 눈을 오래 바라보라고 했었다.

전생 인과…….

평생 깨어나지 않고 현생을 살 수도 있었다. 그렇기에 그의 전생 기억을 깨워 데자뷔를 불러올 생각이었다. 하지만 아만시오는 반응하지 않았다.

"분명 두 번이나 눈이 마주쳤는데……."

이손하의 말이었다.

덩어리로 뭉쳐진 아만시오의 전생. 그게 원인일 수 있었다. 실타래로 치자면 엉켜 버린 것이다. 멋대로 엉켜 있으니 단박에 기억으로 떠오르지 않은 것이다.

일단 전생령을 분리해 보기로 했다. 그러자면 하나하나 불러내야 했다.

'젠장!'

먹히지 않았다. 하나하나 주무르고 자극해도 덩어리들의 반응은 미미하기만 했다. 똘똘 뭉쳐 미동도 없이 한데 붙어 있는 전생령들…….

'어쩐다?'

궁리를 시작했다. 미류가 쓸 수 있는 방법은 한 가지였다. 덩어리를 통째로 불러내 부적에 싸서 지워 버리는 것. 그러나 의미 없는 짓이었다. 그렇게 되면 영주로서, 자신의 충복 기사였던 이손하와의 전생 인과까지 소멸되어 버리는 것이다.

"죄송하지만……."

한 번 더 이손하의 등을 밀었다. 마지막 워킹 때 입었던 의상 그대로인 그녀가 아만시오 가까이 다가섰다. 그녀는 아만시오의 비서를 통해 인증샷 촬영을 부탁했다. 한 거물과의 대화가 끝난 아만시오. 비서의 이야기를 듣고 이손하를 바라보았다. 그는 별 감흥 없이 이손하의 청을 들어주었다.

찰칵!

무심한 셔터 소리와 함께 미류의 바람은 얌전하게 무너져 버렸다.

다른 방법, 즉 특단의 조치가 필요했다. 아만시오가 경천동지해서 전생령들이 분리될 일…….

'접신······.'

신방울을 꺼내 들었지만 울리지는 못했다. 서울에서 파리까지 날아온 미류. 전생신을 강신할 수는 있지만 다중의 행사장이기에 그럴 수 없었다. 자연스럽지 못한 것이다.

"죄송해요. 내가 돼지꿈이라도 꾸었어야 했는데······."

미류의 낭패감을 눈치챈 이손하가 고개를 떨구었다. 돼지··· 그 말이 포인트였다. 미류는 다짜고짜 장두리의 손목을 잡아끌었다.

"법사님!"

당황한 장두리가 소리쳤지만 개의치 않았다. 미류는 통역이 필요했다. 바로 택시를 잡아타고 17구의 시장으로 향했다.

"거기서 기다려요. 택시도 못 가게 하고!"

입구에서 내린 미류가 길을 따라 뛰었다.

'제발······.'

숨이 턱에 찰 동안 비원을 잊지 않았다. 얼마나 뛰었을까? 미류가 발을 멈췄다. 미류의 안색은 하얗게 질려 버렸다. 원하는 것이 보이지 않는 것이다.

'틀렸나?'

맥이 빠지며 다리가 후들거렸다. 숨을 고르며 돌아설 때였다. 저만치서 낯익은 소년과 아줌마가 다가오는 게 보였다. 그리고··· 그들의 카트에는 미류가 원하는 게 들어 있었다.

"······!"

돌아온 미류를 본 장두리는 차마 말을 잇지 못했다.

"서둘러 달라고 해요."

미류는 그 말과 함께 택시에 올랐다.

꽤액!

다시 돌아온 패션쇼장, 생뚱맞은 소리에 놀란 거물들이 벌떡 일어섰다. 가장 놀란 건 아만시오였다. 그의 발밑으로 느닷없이 새끼 돼지가 기어들어 온 것이다. 게다가 그 돼지는 커다란 붉은 리본을 맨 까닭에 우스꽝스럽기 그지없었다. 허둥거리는 아만시오를 미류가 잡아주었다. 새끼 돼지는⋯ 이손하가 잡았다. 돼지 목에 맨 줄을 그녀 손에 넘긴 미류였었다.

"놀라셨어요?"

돼지를 안은 이손하가 아만시오에게 물었다.

"⋯⋯!"

아만시오는 벌린 입을 다물지 못했다.

"죄송합니다. 대체 어디서 돼지가⋯⋯."

황급히 달려온 아르노와 행사 관계자들은 사과하느라 바빴다.

"⋯⋯."

"회장님, 괜찮으십니까?"

아르노가 다시 물었다. 그때까지도 아만시오의 눈에는 초점이 없었다.

"병원으로 모시겠습니다."

아르노가 손을 내밀자, 아만시오의 손이 움직였다. 그는 걱정하는 아르노의 어깨를 살며시 밀쳐냈다. 동시에 그는 풋 하고 웃음을 터뜨렸다. 새끼 돼지와 불협화음을 이룬 리본 때문이었다.

"당신⋯⋯."

놀랍게도 그의 시선이 향한 곳은 이손하였다.

"네⋯⋯."

"돼지 한번 안아볼 수 있겠소?"

"얼마든지!"

이손하가 새끼 돼지를 건네주었다. 젊은 날 파리에서도 활동한 그녀, 불어에 문제가 없었다.

꿀꿀!

아만시오가 새끼 돼지를 안았다. 돼지는 갑자기 얌전해졌다. 리본을 본 아만시오의 입가에 미소가 스쳐 갔다. 아르노와 쟈클린, 거물들의 시선이 일제히 그에게 쏠렸다.

"당신도 오늘 런웨이를 돌았소?"

돼지를 쓰다듬던 그가 물었다.

"그럼요, 저도 모델입니다."

이손하가 대답했다. 그녀, 분명 아만시오가 입장할 때 런웨이의 끝에 있었다. 그러나 보지 못한 모양이었다. 아르노와 거물들에 둘러싸여 인사를 받느라 그랬던 것이다.

"당신, 그 옷을 입고 걸었소?"

"예."

"미안하지만 몇 걸음만 걸어보겠소?"

아만시오가 말하자 이손하는 사뿐 고개를 숙여보이고는 십여 보를 걸어주었다. 그런 다음 나비처럼 사뿐히 몸을 돌려 옷의 장점을 최대로 보여줄 수 있는 각도에서 포즈를 취했다.

"젠장!"

아만시오가 탄식과 함께 돼지를 내려놓았다. 미류와 박혜선은 그의 일거수일투족을 주목하고 있었다.

"아르노!"

"예, 회장님!"

"내가 못 본 팀이 있었지요?"

"코리아의 혜선 박 디자이너입니다."

"미안하지만 잠깐만 볼 수 있겠소?"

아만시오가 말하자 아르노의 시선이 박혜선에게 향했다.

"실례라는 것은 알고 있소. 솔직히 오늘 아침, 회사에 문제가 있어서 신경이 날카롭다오. 그런데 느닷없이 등장한 돼지를 보니 그 긴장이 고스란히 풀렸지 않겠소? 게다가 오늘 발표작들이 전향적이고 창의적이긴 하지만 우리 회사의 방향성과는 온도 차이가 심해서 망설이던 차인데 마음에 여유가 생겼으니 빠뜨린 작품을 잠깐 보고 다시 생각해 보도록 하겠소."

아만시오는 다시 돼지를 끌어안았다. 그의 입은 또 한 번 실소를 터뜨렸다. 리본 맨 돼지가 마음에 든 모양이었다.

둥당다당당!

다시 장구와 북의 가락이 울렸다. 곳곳에서 대화를 나누던 디자이너와 모델, 바이어와 기자들이 고개를 돌렸다. 런웨이 위에 불이 들어왔다. 박혜선의 모델들이 걸어 나왔다. 그들은 처음처럼, 그러나 연습 때처럼 간결하게 작품을 선보였다. 그 라스트의 장식은 이번에도 물론 이손하였다. 그녀는 더욱 노련하게 더욱 원숙하게 자신의 의상을 돋보이게 만들었다. 그녀 몸에 밴 관록이었다. 젊은 모델과 달리 그녀는 자신이 아닌 의상을 위해 움직이고 있었다.

"원더풀!"

아만시오가 엄지를 세워주었다. 그 엄지는 이손하를 겨누고 있었다.

"아르노!"

아만시오의 입이 열렸다.

"예."

"저 옷을 만든 디자이너 이름이 뭐라고요?"

"코리아의 혜선 박이라고……."

"오늘 나의 선택은 그녀입니다."

"예?"

"산드라를 비롯해 다들 멋진 작품이었어요. 하지만 아시다시피 나는 예술과 대중성, 유행의 창조에 가장 높은 가치를 두고 있소. 가까운 장래에 통할 옷은 바로 저 디자인이오!"

아만시오의 한마디는 주변의 모든 것을 얼어붙게 만들었다. 말하자면 아만시오, 오늘 패션쇼의 주인공은 '박혜선'이라고 말하고 있는 것이다.

"하마터면 당신의 진가를 보지 못하고 갈 뻔했소. 만나서 반갑소."

아만시오가 박혜선에게 손을 내밀었다. 그녀가 그 손을 잡자 무대 위에 있던 모델들이 일제히 함성을 내질렀다.

"와아아!"

짝짝!

미류와 장두리도 박수를 아끼지 않았다.

"법사님!"

박혜선은 감격을 감추지 못했다. 그녀로서는 잃을 게 없던 게임. 대륙을 대표해 참가한 것만으로도 큰 이력이 될 일이었다. 그러나 그보다 큰 꿈을 일깨워 준 미류였다. 그리하여 결국 그녀는 주목받는 신성 디자이너뿐만 아니라 세계 최고의 패션 황제 아만시오의 파트너가 되는 영광을 거머쥐고 말았다.

"이 영광은 오롯이 법사님께 드립니다."

박혜선의 눈에 눈물이 번졌다.

"저도 그래요. 법사님 덕분에 최근 얼마 동안은 너무너무 행복했어요."

이손하도 감격에서 벗어나지 못했다. 하지만 그녀의 감격은 거기서 끝이 아니었다.

"당신 이름이?"

한 발 다가온 아만시오가 이손하의 이름을 물었다.

"손하 리입니다."

"역시 또 실례지만 우리 회사의 작품도 좀 입어주지 않겠소?"

"……!"

아만시오의 한마디는 이손하의 각막에 지진을 일게 만들었다. 그건 바로 아만시오의 모델이 되어달라는 요청이었던 것이다.

"제가 감히?"

"아니오. 솔직히 다른 모델들도 다 멋졌지만 당신이 최고였소. 이제야 알았소. 젊은 것만이 신선한 게 아니라는 것. 도쿄, 밀라노, 뉴욕 컬렉션 등 세계 모든 패션쇼를 가보았지만 최근 모델 중에는 당신이 가장 신선해 보였소."

"……."

"부탁합니다!"

아만시오는 정중했다. 이손하는 눈물만 그렁거릴 뿐 차마 입을 열지 못했다.

퇴물!

사실 미류의 추천으로 박혜선의 모델로 서게 되었을 때 상당수 사람들은 그런 말을 했었다.

─주제도 모르고!

─누구 쇼 망치려고 작정을 했나?

그 말들은 이손하를 흔들었다. 그러나 그녀는 내심 자신을 믿었다. 그래서 40여 년 전 첫 런웨이에 서던 날처럼 모진 각오로 연습했

던 그녀. 그리하여 오늘 이 런웨이에서 죽을 각오로 워킹을 했던 이
손하. 대물 아만시오는 그 도전 정신을 알아본 것이다.

"법사님!"

젖은 눈의 이손하가 미류를 바라보았다. 미류는 양손 엄지를 세워
주었다. 이 영광은 오롯이 박혜선과 이손하의 것이었다. 미류는 그저
조금 거들었을 뿐.

펑펑펑!

박혜선과 이손하를 좌우에 거느린 아만시오에게 카메라 세례가 쏟
아졌다. 다섯 디자이너들의 부러운 시선도 쏟아졌다. 그들 누구도
의식하지 않았던 코리아의 박혜선. 그러나 결국 이 스페셜 무대의
주인공으로 우뚝 선 것이다.

"법사님!"

괜히 홀쩍이던 장두리가 미류 옆구리를 툭 쳤다.

"예?"

"너무 멋져요."

"박 선생하고 이손하 씨요?"

"아뇨, 법사님 말이에요."

"예?"

"돼지 말이에요. 뭔지는 잘 모르지만 법사님의 비방이었죠? 그게
먹힌 거잖아요?"

"……."

대답 대신 아만시오의 전생령을 보았다. 이제는 보였다. 한데 뭉쳤
던 그의 전생령은 선명하게 분리되어 있었다. 매번 리더십을 향해 달
려가는 아만시오의 자아들. 이 생에서는 더욱 발전하여 패션 세계의
황제가 되었다.

미류의 생각과 함께 이손하의 전생도 반짝 빛을 더했다. 지난 생에 영주와 기사였던 두 사람. 기사의 지혜롭고 빛나는 충성심 때문에 난관을 넘어 최고의 영주가 되었던 아만시오였다. 그 특별한 인과의 후광이 이 생에서 다시 재현된다면…….

어쩌면…….

아만시오는 이 생에서 그의 자아를 완성할지도…….

그러고 보면 박혜선과 이손하만 이익 보는 장사가 아니었다. 아만시오에게도, 그의 전생(全生)에 있어 최상의 선택이 된 것이다.

미류는 발밑에서 꿀꿀거리는 새끼 돼지를 안아 들었다.

"메르시!"

미류는 한두 마디 기억하는 프랑스어로 고마움을 전했다. 새끼 돼지 덕분에 아만시오가 이손하를 알아본 것이다. 새끼 돼지로 하여 뭉쳤던 아만시오의 전생령들이 분리된 덕분이었다. 거대한 방죽도 개미구멍으로부터 허물어진다더니 그 말이 틀리지 않았다. 미류는 돼지를 번쩍 들어 배를 바라보았다. 거기 미류가 쓴 육부적이 보였다. 오늘의 성공을 기원하면서 쓴 육부적…….

—군계일학의 학이 꼭 젊고 탱탱한 학이어야 한다는 법은 없지.

박혜선에게 했던 말… 새끼 돼지를 안으며 조금 다르게 속삭였다.

'육부적이라고 꼭 사람 몸에다만 쓰라는 법은 없지.'

메르시!

"브라보!"

박혜선이 와인 잔을 들었다. 그러자 실내가 떠나가라 건배 제창이 이어졌다.

브라보!

미류도 거기 있었다. 미류는 앞자리의 이손하와 눈이 맞았다. 그녀가 소녀처럼 웃었다. 진심으로 브라보였다. 박혜선의 스페셜 무대는 대성공이었다. 산드라에게 쏠리던 관심, 아만시오가 박혜선을 택하자 바로 방향이 바뀐 것이다.

거기에 뉴 모델이 있었다. 바로 이손하였다. 아만시오는 오직 이손하에게만 러브 콜을 보냈다. 세계 패션계의 황제 아만시오. 그가 찍으면 무조건 톱클래스 모델이 되는 것이다. 그건 무조건적인 공식이었다. 기자들이 몰려들었다. 그제야 그들은 이손하의 마력을 알게 되었다. 중후함에 깃든 소녀적인 순수. 세월이 긁어놓은 얼굴이 아니라 세월이 향을 더한 얼굴이었다.

―눈빛!

―포즈!

―우아한 분위기!

―거기에 더한 동양 무속의 신비감!

첫 등장에는 너무 파격적인 모델 기용이라 그쪽으로만 촉이 쏠렸던 기자들의 감각이 깨어났다. 그들은 다시 한 번 아만시오의 안목에 감탄했다. 아만시오가 아니라면 결코 알아차릴 수 없는 다차원적 매력이었다. 그 감탄은 고스란히 박혜선에게 돌아왔다. 그녀를 발탁한 디자이너가 누구인가? 바로 동양에서 날아온 신성 디자이너였던 것이다.

"여러분!"

열광하는 분위기 속으로 아르노가 나섰다.

"오늘 여러분은 모델계의 관행을 깨는 파격적인 무대를 보았습니다. 우리의 관행과 매너리즘을 단숨에 박살 낸 디자이너 혜선 박… 그런데 그녀에게 이런 신적인 영감을 준 사람이 있습니다."

"······!"

패션 거물들과 기자들은 아르노의 입술에서 시선을 떼지 못했다.

"그녀의 디자인에 원초적 바탕을 제공하신 미류 법사님!"

아르노의 손이 미류를 가리켰다. 동시에 기자들이 그쪽으로 몰려들었다. 기자들은 그제야 박혜선이 창조한 패션 세계의 이면을 볼수 있었다. 하늘과 땅, 그리고 인간을 이어주는 무속. 박혜선의 작품에는 그 신비감이 하나하나 따로 깃들어 있었던 것이다.

소망성취부.

귀신불침부.

능피쟁송부.

선신수호부.

금은자래부귀부······.

기자들의 요청에 의해 부적을 선보여 준 미류. 그 또한 패션쇼 열기에 못지않는 관심을 받게 되었다.

"진짜 귀인은 여기 계셨군."

디자인의 영감과 이손하의 기용에 대한 이야기를 들은 아만시오역시 미류에게 존경심을 표했다. 대단원의 마지막 순간, 결국 포토라인에 선 사람은 다섯이었다.

미류, 아만시오, 아르노, 박혜선, 그리고 이손하······.

"다시 생각해도 꿈만 같아요."

이손하는 차마 믿기지 않는 듯 고개를 저었다.

"꿈이 아닙니다."

미류가 확인해 주었다.

"꿈이 아니긴요? 내가 팔팔하게 데뷔할 때도 아만시오 정도 되는패션 거물의 콜은 생각지 못했거든요."

"지금의 당신은 그때보다 더 무르익었으니까요."

"아무튼 이번 패션쇼… 정말 깨달은 게 많아요. 진짜 득도한 것 같아요."

박혜선의 목소리는 아직도 감격에서 헤어나지 못하고 있었다.

"다 여러분 덕분입니다. 여기 계신 분들이 하나하나 최선을 다한 까닭이지요. 오늘 이 기세를 몰아 앞으로 세계 패션의 주인공들이 되시길 바랍니다."

미류는 박혜선과 모델들에게 축원을 잊지 않았다.

"법사님은 이탈리아로 가신다고요?"

흥분을 가라앉힌 박혜선이 물었다.

"예, 거기서 우리 하라가 공연을 하거든요."

"하라… 이탈리아로 갔군요. 얼마 전에 여기서 한 공연도 대박 났다고 들었어요."

"아직 어린아이라서… 가까이 온 김에 만나보려고요."

"그러서야죠. 제 욕심 같아서는 며칠 파리 구경도 시켜 드리고 싶은데… 대신 옷 열심히 만들어서 로열티 많이 낼게요."

"그거 아주 실용적이로군요."

"고마워요, 법사님!"

"저도요!"

이손하가 끼어들었다.

"저희도 고맙습니다!"

모델들도 입을 모아 감사를 전해왔다. 파리의 밤은 달콤한 아이스 와인의 향과 함께 그윽하게 깊어갔다.

이른 아침, 미류는 늦잠을 자지 못하고 깨었다. 기자들 때문이었다. 어제 패션쇼장에서 만난 패션 담당 기자들에게 기삿거리를 들은 기자들이 몰려온 것이다.

"어쩌죠?"

옆방에서 넘어온 장두리, 화장도 못 한 민낯으로 허둥거렸다. 잠시 후에 박혜선도 달려왔다. 그녀의 초대로 날아온 미류. 그렇기에 책임감을 잊지 않는 박혜선이었다.

"귀찮으시면 비상구로 나갈 수 있도록 조치할게요."

박혜선이 대안을 제시했다.

"아닙니다. 도망갈 필요까지 있나요?"

미류가 고개를 저었다. 동양의 무속이 궁금해 찾아온 기자들. 그 또한 달리 보면 손님들이니 박대할 이유가 없었다.

'복채는 없겠지만 한국 무속을 알리는 일이니……'

미류는 대충 얼굴을 다듬고 기자들 앞으로 나섰다.

"어제 열린 신성 디자이너 발표회에서 이슈가 된 작품에 영감을 주었다고 들었습니다. 코리아의 무속이란 무엇입니까?"

"종교입니까? 초능력입니까?"

"코리아의 무속은 죽은 사람의 혼도 불러온다는데 사실입니까?"

"당신은 다른 사람의 운명을 맞추고 전생을 보여주는 능력이 있다고 합니다. 누구에게나 그렇습니까?"

몰려든 30여 명의 기자들은 앞다투어 질문을 퍼부었다.

"여러분!"

미류가 그 앞으로 나섰다. 기자들은 바짝 긴장한 채 청각을 곤두세웠다.

"무속은 오랫동안 코리아의 종교였으며 많은 사람들을 곤란에서 구해주었습니다. 그러나 그 세계가 심오하여 한마디로 말할 수 없는 데다 제가 이탈리아 스케줄이 있어 많은 질문을 받지 못합니다. 그러니 딱 세 분의 질문만 받겠습니다."

미류의 말은 혜선의 입을 통해 통역이 되어 나갔다. 기자들은 저희들끼리 모여 웅성거리더니 대표 셋을 선발해 내세웠다.

"르 피가로의 패트릭입니다. 저는 당신의 전생 감응 능력을 알고 싶습니다."

첫 번째 질문이 나왔다. 미류는 느긋하게 그의 전생령을 읽어냈다. 그의 직전 생은 수도원의 필경사였다. 그는 교회에서 전하는 책을 베끼는 일을 천직으로 삼다 죽었다. 현생의 기자와도 통할 수 있는 전생이었다.

"당신의 전생은 수도원의 필경사였습니다. 그래서 당신은 아마, 고서적이나 책상 등을 좋아할 겁니다. 하지만 그때 어깨가 여러 번 빠지는 통에 이 생에도 어깨 통증이 따라왔습니다. 평소에는 괜찮지만 뭔가 쓰거나 손작업을 하려면 통증이 느껴지는……."

"와우!"

그 길로 전생을 감응시켜 주었다. 필경사의 하루였다. 낡은 호두나무 책상에서 창을 넘어온 햇살을 받으며 필사를 하는 모습은 어쩌면 경건하게도 보였다.

"와우우!"

감응에서 깨어난 그는 그저 감탄사를 연발할 뿐이었다.

"저는 르 파리지엥 소속입니다. 당신은 다른 사람의 운명을 본다는데 제 운명도 볼 수 있습니까?"

두 번째 질문이 이어졌다. 이번 기자는 여자였다. 미류는 그녀의 말이 끝나기도 전에 그녀의 운명창 전부를 띄워놓았다.

[가정운 下上 25%]

[건강운 上下 66%]

[재물운 中中 48%]

[애정운 中中 42%]

[학벌운 上下 69%]

[명예운 中上 54%]

여섯 운명창 다음에 총운명지수를 보려는데 행운창이 반짝 빛을 발했다.

'행운기?'

미류의 영시가 작렬했다. 그녀의 애정창이었다. 그 안에 반짝이는 글자가 보였다.

[女]

'응?'

미류의 미간이 살짝 구겨졌다. 애정창 안에 반짝이는 글자는 여자. 당연히 남자로 생각했던 미류의 선입견이 주르륵 허물어지는 순간이었다. 하지만 그것도 잠시, 미류는 기자의 귀에 대고 몇 마디를 속삭여 주었다.

"……!"

여기자가 놀라 뒷걸음질을 쳤다. 그녀는 사실 레즈비언. 오랫동안 찜해둔 여자 친구에게 어젯밤 고백을 하고 사랑을 허락받았던 참이었다. 그리하여 그녀와 함께 달콤한 밤을 지내다 출동한 여기자. 아직 부모님도 모르는 일이었으니 벌린 입을 다물 길이 없었다.

"르 몽드의 레오입니다. 지는 지난번에 티베트에서 온 스님을 취재한 적이 있습니다. 그분은 많은 사람 앞에서 구름을 부르고 비를 내리는 초능력을 보여주었는데 법사님은 무엇을 보여줄 수 있습니까?"

상난 따위는 걷어치우고 모든 사람이 다 인정할 수 있는 걸 보여주시오!

기자가 돌직구를 날려 왔다.

"이봐요, 미류 법사님은……."

보다 못한 박혜선이 나섰다. 미류의 몸주는 전생신. 그 전생은 삼자까지 공유할 수 있다. 아니, 무리하면 다섯, 일곱까지는 흐릿하게나마 감응이 가능하다. 그러나 그것은 사적인 영역. 어떤 개인의 전생을 인과관계도 없는 사람들에게 보여줄 수는 없었다. 그래봤자 다섯이나 일곱이고, 미류의 중심에서 멀어질수록 감응은 흐릿할 수밖에 없었다.

"선생님, 이 일은 제 일입니다."

미류가 박혜선을 안심시켰다. 이미 던져진 주사위였다. 마삼바바가 보여준 강우의 이적. 기자들은 미류 역시 그 못지않은 이적을 보여주길 원하고 있었다.

'마삼바바…….'

미류는 그 얼굴을 떠올렸다. 생불에 가까운 위대한 종교인. 그의 법력은 놀랍지만 그렇다고 위명에 눌려 질식하고 싶지는 않았다. 티베트에 마삼바바가 있다면 코리아에는 미류가 있는 것이다.

'해보는 거야.'

미류의 눈에 반짝 불이 들어왔다.

세계 패션에 당돌한 도전장을 낸 박혜선처럼.

60줄에 신인의 패기로 돌아간 이손하처럼!

"들어가십시오!"

호텔 측의 협조를 얻어 컨벤션 룸을 빌린 미류, 완전하게 차광을 하고 검은 커튼까지 둘러 빛을 가린 후에 기자들을 입장시켰다.

"뭐 하자는 거야?"

텅 빈 룸에 들어선 기자들이 웅성거렸다. 그들은 가운데를 비워두고 둥그렇게 모였다.

"이걸 잠시 착용해 주시기 바랍니다."

미류가 들어 보인 건 안대였다. 그건 박혜선과 장두리, 그리고 호텔 종업원 둘이 나눠주었다.

딸깍!

소등이 이어졌다.

순간, 기자들은 살을 에이는 공포에 고스란히 노출되었다. 좌우상하 입체적으로 쏟아져 들어오는 기괴한 공포감… 그건 그들의 의식을 낱낱이 베어내는 두려움이었다.

"까악!"

"아아악!"

심장이 약한 기자 몇이 쓰러지고도 비명은 끝없이 이어졌다.

"불을 켜고 안대를 벗으세요."

미류의 말에 박혜선이 스위치를 넣었다.

"……!"

안대를 벗은 기자들은 공포에 쩐 얼굴들이었다. 마치 죽음과 키스라도 한 듯한 표정들… 그들은 영문을 모른 채 미류를 바라보았다. 미류의 손은 바닥에 깔린 부적을 가리키고 있었다. 초대형 부적이었다. 손은 창으로도 이어졌다. 거기 동서남북을 아우르는 방위에도 같은 부적이 걸려 있다. 컨벤션 룸이 준비되는 동안 쓴 부적으로 무속의 신공을 펼친 미류였다.

〈雜鬼雜神呼出符〉

부적은 다름 아닌 귀신 호출부였다. 미류가 근처에 떠도는 모든 잡귀와 잡신을 동시에 불러들인 것이다. 미류는 르 몽드의 레오에게 부적 한 장을 붙여주었다.

〈鬼神不侵符〉

귀신불침부… 그건 바로 효과를 나타냈으니 그에게서만 공포가 사라진 것이다.

"오 마이 갓!"

레오는 벽에 기댄 채 숨을 골랐다.

"부적들을 걷어오세요."

미류가 말하자 문 앞의 박혜선이 통역을 해주었다. 그녀의 얼굴에는 공포가 없었다. 미류가 사전 조치를 해주었던 것이다. 레오는 네 방위의 부적을 떼어왔다. 미류가 그에게 라이터를 건네주었다. 눈치를 알아챈 레오가 부적에 불을 붙였다. 바닥의 부적까지 다 타버리자 기자들은 하나둘 공포에서 풀려났다.

"우어어!"

"후아아!"

여기저기서 안도의 숨이 새어 나왔다.

"한 번 더!"

미류, 레오에게 준 부적을 회수하고 박혜선을 바라보았다.

딸깍!

그녀의 손이 움직이자 실내는 다시 암흑으로 변했다.

"아아!"

"오오오!"

이번에는 일대 반전이 일어났다. 아까와는 달리 행복에 겨운 찬사가 밀려 나온 것이다. 기자들은 가슴 벅참과 희열을 동시에 느끼고 있었다. 웃음소리도 함께 높아졌다.

딸깍!

다시 불이 들어왔다. 기자들은 보았다. 이번에도 부적이 있는 걸. 하지만 방금 전의 부적과는 또 다른 부적이었다.

〈幸福充滿符〉

미류가 집어 올린 부적은 행복을 부르는 부적이었다. 이번에는 직접, 사방위로 걸어가 부적을 회수해 라이터를 당겼다. 부적이 다 타자 기자들은 원래의 기분으로 돌아왔다.

"어떻습니까?"

미류의 시선이 레오를 겨누었다.

"……"

"처음에는 당신들에게 죽음보다 더한 공포를 선물했고 두 번째는 행복한 마음을 선물해 드렸습니다. 제가 존경하는 마삼바바 님의 강우는 자연현상이기에 나는 심리적 현상을 택했습니다. 자연은 위대하나 인간의 마음 또한 그 못지않게 위대한 것이니 이만하면 당신의 호기심에 대한 답이 되었을 것으로 봅니다. 레오 기자님!"

"……!"

레오를 정면으로 겨눈 미류의 시선이었다. 레오는 머리를 절레절레 저으며 한 걸음 물러섰다.

짝짝짝!

실내는 박수로 뒤덮였다. 기자들이 미류에게 보내는 찬사였다. 한 둘도 아니고 30여 명에 가까운 기자들. 그들은 극과 극으로 몰아친 미류의 능력에 몸서리를 쳤다.

동양 무속!

그들은 그 이적(異蹟)에 넋을 놓을 뿐이었다.

미류는 당당히 컨벤션 룸을 나왔다. 기자들은 멀어지는 미류를 그저 말없이 지켜보았다. 자연과 교감하는 마삼바바에 이어 마음을 다스리는 미류 법사. 그들에게는 둘 다 경외감이 아닐 수 없었다.

"밀라노까지는 내가 좀 자야겠어요."

혼을 다한 부적을 쓰느라 지친 미류는 밀라노 행 비행기에 몸을 싣자마자 장두리에게 선언했다. 그러자 장두리가 어깨를 으쓱해 보이며 대답했다.

"그건 자유인데 밀라노까지는 금방이에요. 서울에서 제주 가는 것보다 쬐금 멀까?"

"……!"

화이트 프린세스 하라

프랑스 기자들에게 보여준 부적의 위력.

그걸 택한 건 최고의 선택이었다. 미류는 사실, 레오에게 강신을 시킬까 생각했었다. 하지만 그건 아니라고 보았다. 유럽인들은 본인이 직접 겪어야 인정한다. 설령 레오에게 강신을 시켜 기행을 보여준다고 해도 그건 거기 모인 기자들의 공감까지는 살 수 없었다. 그러나 미류는 마삼바바처럼 비를 내리게 할 능력은 없는 상황. 그래서 택한 게 바로 '마음'이었다. 눈의 믿음이 출발하는 곳이 마음이기 때문이었다.

'달마……'

미류는 선종(禪宗) 관련 서적에서 읽은 글을 떠올렸다.

어느 날 혜가가 달마에게 청했다.

"제 마음이 불안하니 다스려 주십시오."

달마가 답했다.

"네 마음을 가져 오거라. 내가 다스려 주겠다."

마음……. 어디에 있을까? 혜가는 그걸 가져올 도리가 없었다.

"애써보았지만 찾을 수가 없습니다."

그 말을 들은 달마가 말했다.

"불안한 마음을 찾을 수 없다니 그럼 된 것이 아니냐?"

달마의 말은 시사하는 바가 많았다. 인간의 희로애락애오욕은 마음에서 출발한다. 프랑스 기자들 또한 다를 리 없었다. 미류는 그들의 마음 안에 한국 무속의 줄기를 각인시켜 버림으로써 비를 내리지 않고도 '인증'이라는 도장을 찍어버린 것이다.

쾅!

똑부러지게!

"법사님, 안 자는 거죠?"

옆 좌석의 장두리가 조심스레 입을 열었다.

"금방 도착한다니 잠이 안 오네요."

"저는 흥분이 가시지 않아서 잠이 안 와요."

"그랬어요?"

"법사님의 능력이 무궁무진한 건 알고 있었지만 이번에 진짜 절감했어요. 이손하 씨 일도 그렇고 프랑스 기자들도 그렇고……."

"운이 좋았을 뿐입니다."

"또 그 소리……."

"……."

"이손하 씨가 좋아하는 거 봤어요. 법사님이 자기 생에서 최고의 귀인이라고 하더라고요."

"……."

"그건 제게도 마찬가지예요. 허튼 환상에 사로잡혔던 눈을 뜨게 해주셨잖아요. 우리 은균 씨……."

"……."

"유럽 공연 마치고 한국으로 들어가면 우리 결혼 발표할지 몰라요. 어차피 언제까지 숨길 수도 없는 일이고……."

"잘됐네요."

"우리 결혼, 법사님이 주례 서시면 안 돼요?"

"예?"

"사실 아까 호텔에서 은균 씨랑 통화했는데… 법사님께 부탁 한번 해보라고 하더라고요."

"하핫, 제가 주례를 서면 온갖 방위의 신을 다 불러 내릴지도 모르는 데요? 천신을 시작으로 삼신할미… 나아가 부엌의 조왕신과 장독대의 철융신, 뚱간의 측신까지……."

"상관없어요. 법사님이 초청한 신이라면……."

"고려해 볼게요."

"와아, 정말이죠?"

장두리는 아이처럼 좋아했다.

파리에서 밀라노는 정말이지 인천에서 파리 가는 것에 비하면 엎어지면 코 닿을 거리였다. 대화 몇 번 나누는 사이에 비행기가 착륙해 버린 것이다.

입국장!

거기 금발, 백발의 백인들 사이에 두 사람이 보였다. 특히 키 작은 여자 아이. 주먹만 한 선글라스를 낀 꼬마. 이제 제법 연예인 티가 나는 그 아이는 하라가 분명했다.

"오빠!"

미류가 사정권에 들어서자 하라가 날아올랐다.

"하라!"

"아아앙, 보고 싶었어!"

하라는 미류 얼굴에 볼을 비비며 울었다.

"어이구, 인기 가수가 아무 데서나 이러면 쓰나? 이미지 관리해야지?"

"피, 누가 뭐랄 건데? 우리 오빤데……."

쪽쪽쪽!

하라의 뽀뽀가 전방위로 작렬했다.

"강하라다!"

짧은 외침과 함께 팬들이 모여들었다. 그러자 기자들도 득달처럼 등장했다. 그들은 하라에게 카메라 세례를 퍼부었다.

"허얼, 이러다 우리 하라 스캔들 나겠는데?"

"그러라지. 오빠랑 스캔들 나면 나는 더 좋아."

하라는 미류가 뭐라든 찰싹 달라붙어 떨어지지를 않았다.

"오빠, 나 어때?"

하라, 두 팔로 허리를 짚은 채 미류를 바라보았다. 그러고 보니, 하라의 얼굴에 화장기가 보였다.

"너 화장했어?"

"예뻐?"

"……."

"화요 언니보다 예쁘지?"

"그, 그래."

"헤헷, 기분 좋다."

하라의 애교가 또 한 번 작렬했다.

"법사님!"

배은균은 그제야 다가왔다.

"공연은 잘되고 있죠? 한국에서도 간간이 소식 들었습니다."

"다 법사님 덕분입니다. 우리 하라, 이미 유명 가수입니다. 포에버 베이비는 유럽에서도 각종 차트를 휩쓸고 있고요, 가는 데마다 공연 표도 매진 행렬입니다."

배은균이 웃었다. 그의 얼굴에는 자신감과 겸손함이 편안하게 어우러지고 있었다.

"아 참, 이번 공연에는 에릭도 함께 출연합니다."

"그래요?"

미류가 반색을 했다.

에릭!

숭고한 영매의 전생을 가진 사람이자 전설의 기타리스트로 불리는 사람. 동시에 하라를 단숨에 세계적인 가수로 발돋움시켜 준 사람이었다. 그렇기에 미류 역시 다시 보고 싶던 차였다.

"두리 씨 말 듣자니 부적으로 파리를 홀딱 뒤집고 오셨다고요?"

"뒤집은 건 좀 그렇고… 간은 좀 봐줬죠."

"직접 못 봐서 아쉽네요. 인터넷에 올라온 기사 보니까 기자들이 아주 뻑 간 것 같던데……."

"벌써 관련 기사가 올라왔습니까?"

"그럼요. 르 몽드를 비롯해서 프랑스 유력지에 일제히 떴더라고요."

"긍정적으로 나왔나요?"

"예. 지난번 티베트 스님의 이적에 이어 코리아 무속의 이적… 유럽인들이 동양 문화의 심오함에 대해 더 관심을 갖는 계기가 될 겁니다."

"다행이군요."

"가시죠. 먼 길 오셨으니 제가 모시겠습니다."

배은균이 차를 가리켰다.

"오빠!"

문은 하라가 열어주었다.

"이야, 인기 스타님이 열어주니까 기분이 확 업되는데?"

미류가 장단을 맞췄다.

"그렇지?"

그사이에도 하라의 재롱이 작렬을 했다. 그냥 보면 그저 귀여운 소녀. 하지만 무대에 올라가면 관객의 혼을 빼는 카리스마 작렬. 미류는 하라가 대견하기만 했다.

오빠! 오빠? 오빠…….

하라는 할 말이 너무너무 많았다. 스테이크를 먹으면서도 그랬고, 토마토 요리라는 가스파초를 먹으면서도 그랬다. 미류는 그 말을 빠짐없이 다 들어주었다. 아직 어린 하라… 성인도 힘들 해외 공연 중이 아닌가?

그러다 하라의 무용담에 이르렀을 때는 일동이 웃음바다를 터뜨렸다. 바지 때문이었다. 노래와 춤에 열중한 하라가 공중에 솟아 다리를 너무 찢은 탓에 바지 엉덩이 쪽이 터진 사건이었다. 다행히 잘 수습이 되었지만 숙녀의 엉덩이가 화면에 잡힐 뻔했던 것이다.

"말도 마세요. 그날 하라가 얼마나 울었는지… 그다음 공연에서는 춤이 얌전해졌다니까요."

배은균이 부연을 했다.

그때 레스토랑의 손님 몇이 하라에게 다가왔다.

"하이, 하라!"

그들은 하라에게 사인과 함께 기념 촬영을 부탁했다. 하라는 기분 좋게 응했다. 그녀가 꼬마 '하라'가 아니라 인기 스타라는 게 실감 나는 순간이었다.

"이탈리아 끝나면 다시 미국입니다. 뉴욕 카네기 홀에서 요청이 왔어요."

배은균이 말했다.

"카네기 홀?"

스파게티를 말던 장두리가 고개를 들었다.

"에릭이 힘을 좀 썼나 했는데 그게 아니라네. 그쪽에서 먼저 에릭에게 제안을 했다는 거야. 한마디로 우리 하라의 실력을 인정받은 거지."

"와아, 하라 대단하다."

장두리는 입을 다물지 못했다.

"뉴욕 공연 끝나면 바로 한국 들어가서 재정비하고 모스크바로 날아갈 생각입니다. 그쪽에서도 콜이 많이 오고 있거든요."

배은균의 설명이 이어졌다. 보기가 좋았다. 하라도 그렇고 배은균도 그랬다. 둘은 물 만난 고기였다. 게다가 기획자와 가수로서 궁합까지도 잘 맞고 있으니 금상첨화가 따로 없었다.

"대표님!"

배은균이 커피를 마실 때 하라가 손을 번쩍 들었다.

"응?"

"나 오늘 연습 빼주세요."

"응?"

"아침에 했잖아요? 오빠하고 있고 싶어요."

"법사님하고 뭘 할 건데?"

"그냥요. 아무것도 안 해도 돼요. 오빠만 옆에 있으면……."

하라는 진드기처럼 미류에게 달라붙었다.

"좋아. 에릭이 올 때까지는 자유!"

"와아!"

"어유, 우리 배 대표님이 하라 반만 따라가면 얼마나 좋아?"

듣고 있던 장두리가 괜한 시샘을 냈다.

"내가 어때서?"

"나 좀 챙기라고요. 그러고 보니 공항에서도 데면데면… 여기까지 법사님 모시고 온 게 누군데 그래요?"

"모시고 온 건 비행기 아닌가? 두리 씨는 한국에서 올 때도 잠만 잤다는 말이 있던데?"

"예? 누가 그래요? 설마 법사님?"

장두리에게서 날아온 의심의 창이 미류를 겨누었다.

"에이, 괜한 분 의심 마시고요, 두리 씨가 탔던 그 비행기 승무원 중에 내 후배가 있어요. 코까지 골았다면서?"

"코는 안 곤 거 같은데?"

핏대를 올리다 일격을 맞은 두리, 미류를 바라보는 눈이 애절하게 변했다.

편 좀 들어달라는 표정이었다.

"맞아요. 코는 안 골았습니다. 새근거리는 숨소리가 조금 컸을 뿐이지."

"흐음… 법사님 말은 안 믿습니다. 원래 사람 듣기 좋은 말씀만 하시니……."

배은균이 고개를 저었다.

"몰라요. 나 괜히 왔나 봐."

울상이 된 장두리가 자리를 박차고 일어섰다.

"가보세요. 안 그래도 배 대표님 생각 많이 하던데 그 마음 몰라주니 뿔대가 났나 보네요."

"알겠습니다. 그럼 이따가 봬요."

배은균은 장두리를 따라갔다.

"오빠, 내 방 보여줄게. 오빠도 거기서 같이 자는 거야."

하라가 미류 손을 끌었다.

"짜잔!"

호텔 방문을 연 하라가 귀엽게 폼을 잡았다.

"……!"

미류는 감전이라도 된 듯 움직이지 못했다. 호텔 방 안에는 온통 사진투성이었다. 그런데 그 사진이 전부… 미류였다.

"하라……."

"히힛, 내가 대표님에게 떼를 써서 뽑아다 붙였어. 오빠 얼굴을 봐야 마음이 놓이고 잠이 잘 오거든."

"……."

"나 잘했지?"

"응! 그래도 엄마 사진도 좀 끼워주지 그랬어?"

"엄마 사진도 있어."

"어디?"

"오빠 사진 뒤에!"

하라는 깡총거리며 다가가 브로마이드를 들어 보였다. 그러자 그 안에 숨은 봉평댁의 사진이 얼굴을 드러냈다.

"그리고 이건 선물… 꿍차!"

하라가 테이블 위의 바구니를 두 손으로 들었다. 뭘 그리 많이 준비했는지 끙끙거리는 하라…….

"공연 가는 데마다 기념품 다 샀어. 어떤 건 팬들이 주기도 했고… 오늘도 선물 많이 왔을걸?"

"우리 하라는 좋겠네?"

미류도 선물을 꺼내놓았다. 겹겹이 포장을 한 봉평댁의 반찬이었다. 다른 것은 괜찮지만 오이소박이는 열기 무섭게 신 냄새를 끼쳐왔다.

"악, 냄새. 이거 엄마가 보낸 거지?"

하라는 코를 막으며 몸서리를 쳤다.

"하나 먹어."

미류, 시치미를 뚝 떼고 소박이를 찢었다.

"싫어, 냄새나잖아?"

"엄마의 정성이야. 나머지는 내가 먹을 테니까."

"오빠……."

"엄마가 밤새워 만든 거야. 우리 하라… 그만한 마음도 없이 어떻게 아름다운 노래 부를래? 남의 예쁜 마음을 알 수 있어야 좋은 가수가 되는 거야."

"……."

"자!"

미류가 한 조각을 내밀었다. 하라는 마지못해 소박이를 받아먹었다. 하지만 그 표정은 천천히 바뀌어갔다.

"맛있는데?"

하라 얼굴에 웃음이 피었다. 한국을 떠나온 지 꽤 오랜 날. 맛은 시었지만 제 엄마의 손맛이 듬뿍 담겼으니 구미에 맞은 모양이었다. 결국 봉평댁 집념의 승리였다.

"오빠 내가 뭐 구경시켜 줄게."

물을 마신 하라가 미류 손을 당겼다. 하라는 옆방으로 이어지는 문을 열었다. 창가의 테이블에서 내일 공연을 체크하던 여직원 둘이 미류에게 인사를 해왔다.

"이모, 이게 오늘 온 거예요?"

하라가 산더미 같은 선물 앞에서 물었다.

"응, 아직 다 못 가지고 올라왔어."

여직원이 어깨를 으쓱해 보였다.

"……!"

미류는 말이 나오지 않았다. 인형부터 사탕, 손으로 만든 목각과 팔찌… 정말이지 셀 수도 없을 정도의 선물이 답지해 있었다. 그야말로 한 트럭 분량이었다.

"하라는 좋겠네? 이렇게 좋아해 주는 사람이 많아서……."

미류가 중얼거렸다. 인형 하나를 골라 든 하라가 미류를 향해 윙크를 작렬했다. 그 모습이 너무 대견해 미류는 하라를 꼭 안아주었다.

에릭은 그날 저녁에 입국을 했다. 한국에 왔을 때처럼 모자를 눌러쓴 집시풍이었다. 이번에도 수행원 하나 없었다. 그저 악기를 담은 가방이 그 자리를 대신할 뿐이었다.

"미류 법사님!"

그가 두 팔을 내밀었다. 전생 영매… 그러나 현생에서도 기타의 신으로 불리는 에릭… 그의 시선에는 정감이 가득 서려 있었다.

"고맙습니다."

미류는 정중한 인사를 전했다. 하라의 성공, 그 이면에는 에릭의 혜안과 힘이 오롯할 일이었다.

"그럼 부탁 하나 해도 될까요?"

에릭이 웃었다.

"얼마든지요."

"부적 하나 부탁합니다. 인터넷을 보니 부적으로 파리를 흔들어놓으셨더군요."

"그게 미국까지 소문이 났습니까?"

"인터넷에 국경이 있나요?"

"어떤 부적을 써드릴까요?"

"요즘 들어 마음이 욕심에 물들어갑니다. 티끌만큼 남은 순수라도 지킬 수 있도록 신묘함을 좀 나눠주셨으면……."

"노력해 보죠."

미류는 기꺼이 응했다. 에릭에게 도움이 되는 일은 미류에게도 기꺼운 일이었다.

그날 저녁, 에릭은 하라와 함께 공연 손발을 맞추었다. 에릭은 아끼던 카보시를 꺼내 들었다. 둘이 빚어낸 노래는 천상의 하모니를 이루었다.

팅!

카보시의 한 음이 높아지자 지난 생각이 스쳐 갔다. 그때… 에릭의 전생륜을 불러내다 속절없이 튕겨났던 미류…….

'나도 할 일이 있지?'

미류는 슬쩍 돌아섰다. 하라와 에릭에게 마무리 연습이 남아 있다면 미류에게도 새로운 숙제가 있었다. 하라의 방으로 돌아온 미류는 가방에서 부적 도구를 꺼내 들었다.

에릭의 빛나는 음악적 순수…….

그 순수의 버팀목이 될 수 있기를 축원하며 붓을 들었다. 괴항지에 명부의 힘이 녹아들기 시작했다.

"와아아!"

환호, 탄성, 열광, 그리고 생동…….

그 모든 것이 거기 있었다. 하라의 밀라노 공연장은 시작 4시간 전부터 발 디딜 틈이 없었다.

"하라, 하라!"

팬들은 하라 모양의 풍선이나 사진을 흔들며 연호했다. 그야말로 혼이 빠질 지경이었다.

"어떠세요? 직접 와보시니?"

앞줄의 특석에서 배은균이 물었다. 미류는 그 옆 좌석에 나란히 앉아 있었다.

"하라가 존경스러워 보이네요."

"요즘은 대중문화도 권력입니다. 저도 하라 공연 때마다 새삼 느끼게 되지요."

"그렇군요."

"시작하네요!"

배은균의 시선이 무대로 향했다. 일단 서막은 배은균 기획사 소속의 아이돌 그룹들이 열었다. 몇몇은 미류와 안면이 있는 가수들이었다. 일곱 명으로 이루어진 걸그룹이 두 곡을 부르고 물러났다. 그리고… 하라의 히트곡 중의 하나인 '스쿠르드 업'의 전주가 흘러나오자 장내는 열광의 도가니를 이루기 시작했다.

"하라!"

"하라!"

일부는 아예 울부짖고 있었다. 그 환호를 따라 하라가 등장했다. 백설처럼 하얀 하라였다.

"우리 하라, 팬들이 붙여준 닉네임이 화이트 프린세스예요. 늘 흰 옷만 좋아해서……."

배은균의 말은 귀에 잘 들리지 않았다.

"와아아아!"

박수, 박수, 또 박수…….

그 엄청난 소리를 뚫고 나온 하라의 목소리만이 또렷하게 들리기
시작했다.

하라…….

미류는 보았다. 완벽하게 가수로 변한 하라의 모습. 호이짜, 팔선채
를 돌리던 하라가 아니었다. 호이짜, 쌀점을 치던 하라가 아니었다.
그녀는 한 마리의 백조였다. 아니, 거친 송골매였다. 때로는 우아하
고, 또 때로는 거침없이 몰아치는 창법은 어린아이의 그것이라고 보
기 힘들 정도였다.

'아아!'

미류의 입에서도 감탄이 새어 나왔다. 참을 수 없는 감동이었다.

"땡큐!"

하라, 간주가 시작되기 전에 앞으로 나와 미류에게 윙크를 겸한 거
수경례를 바쳤다. 경례가 너무 서툴러 오히려 귀여운 하라였다. 그리
고… 하라가 무대 뒤를 가리키자…….

"와아아!"

다시 한 번 함성이 폭풍을 이루며 울려 퍼졌다. 에릭이었다. 그가
기타를 들고 등장한 것이다. 에릭은 하라의 마중을 받으며 무대 중
앙으로 나왔다. 그의 기타는 이미 간주를 튕겨내고 있는 중이었다.
팬들은 그 기타에 홀려 넋을 놓고 있었다. 영혼을 쥐락펴락하는 두
사람이 거기 있었다.

"와아아!"

환호를 따라 에릭의 기타 연주가 이어졌다. 이번에는 가슴이 녹아
내리는 것만 같았다. 그가 왜 기타의 신인지 미류는 알 것 같았다.
그건 그냥, 허울로 붙은 닉네임이 아니었다.

맑은 달 뜨면 베이비, 내 생각을 해주세요.
잠들 때도 베이비, 내 꿈을 꾸어주세요.
슬픈 날엔 베이비, 눈물 흘리지 마세요.
메모할 때 베이비, 내 이름도 써주세요.
내 작은 얼굴 베이비, 그 마음속에 있나요.
Now are you happy I belong to you forever.

정신 줄이 폭풍 연주의 기타 줄처럼 흔들릴 때 하라의 대표곡이 울려 퍼졌다.

"내 생각을 해주세요!"

"내 꿈을 꾸어주세요!"

팬들은 약속이나 한 듯 후렴구를 따라했다. 미류 또한 예외는 아니었다. 이미 입에 배어버린 가사여서가 아니었다. 의식도 하지 않았건만 저절로 목을 넘어오는 것이다.

"Now are you happy I belong to you forever."

하라는 후렴구를 세 번이나 반복했다. 그런 다음 어린 백조가 되어 우아하게 엔딩 인사를 올렸다.

"와아아아아!"

"앵콜, 앵콜!"

엄청난 반응에 미류는 귀가 멀어버렸다. 눈에 들어오는 건 하얀 하라뿐이었다. 그녀는 다시 백조로 돌아가 포에버 베이비를 열창했다. 어린 그녀가 날개를 펴고 날아오른다. 그 날개는 에릭의 선율이 단단하게 받쳐주고 있었다. 어느새 하라 곁으로 다가온 에릭, 폭풍 연주로 하라와 함께 치달았다. 둘은 그대로, 천상까지도 날아갈 기세였다.

훨훨!

훨훨!

비행기도 그렇게 날았다. 돌아오는 비행기에는 미류와 장두리 둘이었다. 장두리는 갈 때처럼 쿨쿨거리지 않았다. 그녀는 충실하게 미류를 돌봐주었다. 배은균의 진짜 특명이 떨어진 모양이었다.

"한잠 자요."

미류가 권하면…….

"안 돼요. 갈 때도 잠보가 되면 그이가 그냥 안 둔다고 했어요."

"내가 비밀 지켜 드릴게요."

"피잇, 잊으셨어요? 갈 때 정보도 승무원들에게서 새 나갔다는 거."

"내가 승무원들 살펴봤는데 이번 비행기에는 배 대표님과 통하는 사람 없어요."

"어머, 진짜요?"

"그러니까 졸리면 자세요."

"법사님, 진짜 약속 지켜주시는 거죠?"

"그럼요. 사람의 육체와 영혼에 공통으로 보약이 되는 게 있는데 그게 뭔지 아세요?"

"뭔데요?"

"잠!"

"……!"

"그러니까 보약 드세요. 한국 가면 또 스케줄 이어진다면서요?"

"그건 그래요. 오후에 촬영 있는데 잠 안 자면 화장이 뜨거든요. 그럼 코디가 짜증을…….."

미류는 장두리를 위해 안대를 내밀었다. 그걸 받아 든 장두리, 머쓱하게 웃더니 안대를 착용했다. 한 3분쯤 지났을까? 그녀는 벌써

꿈나라로 올라가 있었다.

'저러면서 어떻게 참았을까?'

풋!

웃음이 나왔다.

사랑!

미류는 그 위대한 단어를 생각했다. 눈꺼풀이 천근만근으로 눌려도 잠을 참은 장두리. 그건 배은균의 사랑 때문이었다. 그의 부탁이 있기에 참아내는 것이다.

미류도 가만히 눈을 감았다. 잠을 자야 했다. 팔자에도 없는 유럽행으로 오래 비운 신당. 손님이 더 밀렸을 건 말할 것도 없었다.

그런데 잠이 오지 않았다. 벅참 때문이었다. 단숨에 세계 가요계의 아이콘으로 떠오른 하라도 그랬고, 박혜선과 이손하도 그랬다. 누군가에게 도움이 된다는 일 역시 사랑 못지않게 가슴을 뛰게 만들었다. 그저 머릿속에 복채만 생각하던 과거에는 몰랐던 이 뿌듯함……

'고맙습니다.'

구름 속을 향해 속삭였다. 하늘은 전생신의 정원. 어쩌면 신당에서 말하는 것보다 이 높은 하늘에서 말하는 게 더 잘 전해진 것만 같았다.

비행기는 마침내 인천공항에 닿았다. 오랜 비행에 시달린 사람들은 서둘러 내렸다. 미류도 장두리와 함께 연결 통로를 걸었다.

"법사님!"

선글라스를 낀 그녀가 고개를 돌렸다.

"왜요?"

"우리 이러다 기자들에게 걸리면 딱 스캔들감인데요?"

"예?"

"스타 무속인 미류 법사, 연예인 장두리와 유럽 밀월여행, 어때요?"

"……"

"흐음, 긴장하시기는… 이 바닥에는 그런 류의 스캔들이 파다하기에 드리는 말씀이에요."

장두리가 웃는 사이에 미류는 출구 쪽을 바라보았다. 화요의 전화 때문이었다. 그녀가 마중을 나오기로 한 것이다. 그런데… 정작 미류와 장두리 앞에 등장한 건 화요가 아니라 기자들이었다. 장두리의 말이 씨가 된 것이다.

"장두리 씨죠?"

"미류 법사님?"

기자들은 점점 숫자가 늘어났다.

"두 분 어떤 관계이십니까?"

"혹시 열애 중이십니까?"

황당한 질문이 날아들었다. 팬들까지 모여들면서 미류와 장두리는 꼼짝없이 인의 장막에 갇히고 말았다.

"두 분 이탈리아에서 입국하신 거 맞죠? 밀월여행 맞죠?"

기자들의 질문은 점점 수위가 높아졌다.

"어쩜……"

"어머어머……"

팬들도 술렁이기 시작했다. 그들 너머로 화요가 보였다. 하지만 그녀라고 이 돌풍 속으로 뛰어들 수는 없는 일이었다.

'내친김에 화요와의 교제를 발표해?'

미류의 마음에서 갈등이 고개를 들었다. 그렇게 되면 공연한 추측성 기사로 인한 이미지 훼손을 막을 수 있기 때문이었다.

'그래, 어차피 닥칠 일……'

결단을 내린 미류가 고개를 들 때였다. 옆에 있던 장두리가 선글라스를 벗으며 앞으로 나섰다.

"맞습니다. 여러분, 저 열애 중이에요!"

장두리의 입에서 폭탄선언이 나왔다.

"……?"

느닷없는 선언은 미류를 당혹감 속으로 밀어 넣었다. 하지만 그다음 말이 반전이었다.

"저 볼라르 기획의 배은균 대표와 열애 중입니다. 지금 이탈리에서 공연 기획 중인 그분을 만나고 오는 길입니다. 저희들 가까운 시일 내에 공식 기자회견 열겠습니다."

"미류 법사님이 아니고요?"

기자들이 벌 떼처럼 반응을 했다.

"미류 법사님은 배 대표 기획사의 대표 가수인 강하라의 유럽 공연을 격려하러 가신 길에 조인이 된 겁니다. 제가 감히 넘볼 분이 아니죠."

"그럼 배은균 대표와 결혼하실 생각입니까?"

"교제는 언제부터 한 겁니까?"

기자들의 관심이 장두리에게 쏟아졌다. 장두리는 미류에게 윙크로 신호를 보냈다. 여기는 그녀에게 맡기고 가라는 뜻이었다. 혼란을 틈타 화요에게로 향했다. 게이트 앞에 있던 화요, 대기 중인 차로 미류를 이끌었다.

"어휴!"

차에 오른 화요가 한숨을 쉬었다.

"나도 어휴인데요. 기자들 굉장하네요."

"당연하죠. 톱스타가 뜨면 여기저기서 연예부 기자들에게 제보를 하거든요."

"몰랐습니다."

"그나저나 두리 언니하고 계속 붙어 다닌 거예요?"

"예… 배 대표가 부득 붙여주는 바람에……."

"설마 호텔도 한 방 쓴 건 아니죠?"

화요의 눈에서 레이저가 바글거렸다.

"그럴 리가요."

"믿어도 돼요?"

"하핫!"

"왜 웃어요? 남은 심각한데?"

"하라가 그랬거든요. 화요 언니 조심하라고. 그런데 화요 씨는 또 장두리 씨를 그렇게 말하니……."

"하라가요?"

"몰랐어요? 하라도 어느새 여자예요."

"어휴, 하여간 법사님 인기는……."

화요의 엄살과 함께 차는 시내를 향해 질주했다.

"법사님!"

미류 어깨에 기댄 화요, 나른하게 미류를 올려보며 입을 열었다.

"왜요?"

"피곤하죠?"

"참을 만합니다."

"나 아까 무슨 생각했는지 아세요?"

"무슨 생각했는데요?"

"두리 언니가 먼저 커밍아웃 안 했으면 내가 끼어들어서 커밍아웃 했을지도 몰라요. 나 송화요, 미류 법사님과 결혼할 거다. 미류 법사님은 내 거다!"

"그랬군요."

"그런데 법사님이 화내실까 봐……."

"내가 왜요? 그러기로 했잖아요?"

"오빠, 들었지?"

화요가 운전 중인 매니저에게 소리쳤다.

"어, 진짜네……."

매니저가 미간을 구겼다.

"저 봐요. 다들 내 말을 안 믿는다니까요."

"아니, 나는 그게 아니라……."

매니저가 허둥거렸다.

"화요 씨와 결혼을 약속했습니다. 잘 부탁드립니다."

미류가 나서 인증을 해주었다.

"그럼 저 이번 주말 프로그램에서 법사님 공개해도 돼요?"

"원하신다면."

"와아! 고마워요, 법사님!"

화요가 미류의 목을 끌어당겼다. 사랑에 빠지면 아이가 된다더니 천하의 톱스타 화요도 예외는 아니었다.

"으아, 인간 송화요에게 저런 면이 다 있었나? 그동안 완전 내숭만 떨더니……."

매니저 이영길이 반격을 해왔다.

"쳇, 내가 뭘? 오빠는 운전이나 잘해."

"예, 알아서 모시겠습니다."

매니저는 속도를 낮췄다. 시내가 가까워지자 대선 현수막과 포스터들이 눈에 들어왔다. 유세 차량도 눈에 띄게 많이 보였다.

"대통령 선거 판세는 어때?"

미류가 화요에게 물었다.

"정대협이 조금 우세한데 일부에서는 박빙이라고도 해요."

"그래?"

박빙!

반갑지 않은 말이었다. 하지만 어차피 2파전으로 좁혀진 상황. 부동표가 많은 한국의 대선에서는 종종 볼 수 있는 풍경이었다.

끼익!

차는 미류의 신당 앞에서 멈췄다. 차 소리를 들은 타로가 뛰어나왔다.

"미류 법사, 입국한 거야? 어, 송화요 씨?"

그는 화요까지 챙기느라 바빴다.

"별일 없으셨죠?"

미류가 물었다.

"별일 없기는… 아까지도 기자 몇이 미류 법사 신당 앞에서 죽치다 돌아갔어."

"왜요?"

"왜는? 프랑스에서 기자 수십 명에게 무속 한 방 날려줬다며?"

"형님도 그걸 알아요?"

"어허, 누굴 컴맹으로 아시나? 인터넷에 다 올라왔어요. 부적으로 천국과 지옥의 진수를 보여줬다며?"

"그건 좀 과장이고요."

"아무튼 진짜 대단해. 나도 미류 법사에게 신내림이나 좀 받을까 봐."

"타로는 어쩌고요."

"그러게. 이제 좀 뜨고 있는데 한길 파야겠지?"

"들어가세요. 손님 있는 거 같은데……."

"오케이, 이따 보자고."

타로는 손을 흔들며 돌아섰다.

"차라도 한잔하고 가요."

미류가 화요를 돌아보았다.

"됐어요. 마음이야 법사님하고 밤도 새고 싶지만 오랫동안 신당 비웠으니 할 일이 한둘이 아닐 거 아녜요? 저는 법사님이 무사히 돌아온 걸로 만족하니까 들어가서 일 보세요."

"미안해서 그렇지."

"그럼 여기……."

화요가 볼을 가리켰다. 슬쩍 주변을 돌아본 미류가 그녀의 볼에 키스를 작렬해 주었다.

"요긴 보너스로."

화요가 반대편 볼을 내밀었다. 그 볼에도 기꺼이 사랑의 표식을 남겨주었다.

"미류 법사님!"

안으로 들어서자 봉평댁이 반색을 했다. 그녀는 신김치로 칼칼한 찌개를 끓이고 있었다. 미류를 위한 특식이 분명했다.

"도착했으면 전화라도 하지."

"갑자기 쳐들어와야 재미있죠."

"하라는 잘 있어?"

"이거나 받으세요. 하라가 이모 드리래요."

"그년이 웬일이래?"

"웬일은… 오이소박이하고 반찬도 잘만 먹었어요. 엄마한테 고맙다고 전해달라던데요."

"그렇지? 미류 법사가 주니까 먹지?"

"예……"

"그것 봐. 그렇다니까."

"선물 안 풀어봐요?"

"어머!"

포장을 뜯은 봉평댁이 자지러졌다. 그 안에 든 건 은은한 명품 향수였다.

"이거 정말 하라가 사준 거야?"

"네, 엄마가 이런 냄새를 좋아할 거라면서……"

"아유, 이거 무지 비쌀 텐데……"

"걱정 마세요. 하라가 요즘 돈을 얼마나 잘 버는지 아세요? 나보다도 낫다니까요."

"쳇, 그래봤자 어딜 법사님에게… 우리 법사님은 사람 팔자를 좌우하는 분인데……"

"지금은 팔자보다 김치찌개가 더 중요한 거 같은데, 다됐어요?"

"그렇지? 외국에 오래 있으니까 김치 생각이 굴뚝같지? 내가 팍 익혀놓았으니까 조금만 기다려. 김도 들기름 발라서 몇 장 구워 올게."

봉평댁은 하라처럼 팔랑팔랑 뛰었다. 향수는 사실 장두리의 추천이었다. 조금 비싸긴 했지만 잘 산 것 같았다.

'저 돌아왔습니다.'

신당으로 들어가 전생신에게 문안 인사를 드렸다. 오랜만에 맡는 향내가 좋았다.

대망을 이루다

선거운동이 끝났다.

이제는 결과만 기다릴 차례였다. 그 마감 시간에 미류 전화가 울렸다. 정대협 후보였다.

─미류 법사!

지칠 법도 하건만 그의 목소리는 나름 활기차게 들렸다.

"고생 많으셨습니다."

신당에서 나온 미류가 답했다.

─별말씀을… 덕분에 잘 마무리했네.

"제가 무슨……."

─결과에 상관없이 후련하다네. 다시 출마해도 이번처럼 열심히 할 수는 없을 것 같아.

최선을 다했다는 말이 반갑게 들렸다. 자신의 모든 것을 쏟아낸 사람은 후회하지 않는다. 하늘 역시, 그런 사람의 길은 잘 막지 않는다.

─마음 같아서는 미류 법사 찾아가 약주라도 한잔하고 싶네만 챙

길 게 많아서 말이야.

"저는 신경 쓰지 않으셔도 됩니다. 대신 밤을 건너 기도는 해드리겠습니다."

—그거야말로 천군만마를 얻는 듯한 말씀이시군.

"정리하시고 쉬십시오. 깊은 잠 한번 자셔야죠."

—미류 법사도 너무 무리 마시게나. 먼 여정이셨을 텐데…….

"그럼 좋은 꿈 꾸시기 바랍니다."

인사를 마치고 전화를 끊었다.

대선!

투표를 앞둔 그의 마음은 어떨까? 그걸 생각하니 내림굿을 앞두었던 때가 떠올랐다. 표승이 날을 받아주자 미류는 두려웠다.

신(神)!

그걸 어떻게 품을 수 있을까? 사람 눈에 보이지도 않는 걸 어떻게 몸주로 받아들일 수 있을까? 그날 미류는 잠들지 못했었다. 비몽사몽 밤을 건넌 것이다.

초를 갈고 신당에 자리를 잡았다. 유럽에 있는 동안 챙기지 못한 손님들의 안위를 챙겼다. 지화로 남은 이름을 보며 그들의 꿈과 소망이 차곡차곡 이루어지기를 바랐다. 마지막은 정대협 차례였다. 그의 권세를 빌려 이득을 취할 생각은 없었다. 그의 권력에 기대 호가호위할 마음도 없었다.

어찌 보면 미류도 한 사람의 유권자였다. 그런 측면에서도 미류는 정대협의 국가관을 높이 사고 있었다.

새벽이 오도록 태을보신경과 육계주 등을 암송했다. 이 나라가 잘되려면 능력 있는 대통령이 필요했다. 국민의 입장에서는 어차피 출마자 중에서 선택을 하는 상황. 그런 조건이라면 정대협이 나라를 맡는 게 좋았다.

새벽이 오기에 독경을 멈췄다. 먼 비행 탓에 피로가 몰려온 것이다. 미류는 거실로 나와 잠시 눈을 감았다. 꿈을 꾸었다. 그 꿈에서 전생신을 만났다. 그때 그 자리였다. 맨 처음 목숨을 마감하고 건너간 저승의 검푸른 강…….

끼이끼이…….

안개를 따라 투명한 배가 건너왔다. 그 위에 전생신이 있었다. 그의 품에는 나뭇가지 같은 꼬리를 단 원숭이가 안겨 있었다. 그 꼬리가 살랑 흔들리더니 가지에서 꽃이 피었다. 꽃잎이 휘날려 왔다. 그때처럼 향기가 끝내줬다.

―무엇이 보이느냐?

전생신이 물었다. 소리는 공명이었고, 느낌으로 다가왔다.

"꽃이 보입니다."

―무슨 꽃이더냐?

"복숭아꽃……?"

…이라고 대답하려는 찰나, 볼에 닿은 꽃에 바스락 소리가 났다. 다시 보니 꽃은 지화였다.

"지화입니다."

대답을 수정했다.

―맞았다. 그간 네가 접은 지화가 꽃으로 변한 것이다.

"제가 접은……?"

―많이도 접었구나.

"……"

―강물을 보아라.

말씀에 따라 시선을 돌렸다. 강물은 완전하게 황금빛이었다. 그런데… 자세히 보니 그건 물결이 아니라 괴항지의 바다였다.

―무엇이 출렁거리느냐?

"부적……."

―누가 쓴 것이냐?

"제가……."

―많이도 썼구나.

"몸주님……."

―내 너의 고단함을 위로하러 온 것이니 걱정할 것 없다.

"……."

―인간의 전생륜과 전생령을 다스리며 무엇을 깨달았느냐?

"아직 깨닫지 못했습니다."

―그렇다면 많이도 깨달았구나.

"예?"

―삶이란 배우고 익힐수록 모르게 되는 법이다. 얕게 알고 조금 아는 자는 모든 걸 아는 듯 자신을 내세우지만 본래 큰 바람과 큰 물결은 흔적이 없는 법.

"……."

―받아라.

전생신의 말과 함께 붓 한 자루와 괴항지가 눈앞에 나타났다.

"……."

―네 지금 전생을 한 자로 쓰라면 무엇이라 적을 테냐.

"……."

―써보거라.

전생신의 눈에서 빛의 고리가 아른거렸다. 그 또한 그때처럼 검은 색, 흰색, 회색의 차례였다.

'시험인가?'

머리털이 곤두서고 척주에 힘이 들어갔다. 지난날 몸주는 미류에게 전생 특허를 내렸었다. 만약 이것이 중간 평가라면 자칫 오답으로 능력을 걷어갈 수도 있는 것.

그렇게 생각하니 오금마저 저려왔다.

전생······.

알고 보니 오묘하기만 한 그 세계.

그걸 한 글자로?

붓을 쥔 미류의 손끝이 떨렸다. 과연 어떤 글자를 써야 몸주를 만족시킬 수 있단 말인가? 허를 찌르는 〈錢〉를 쓸까? 인생은 어차피 돈이니까. 아니면 〈因緣〉? 인생은 사람과 사람의 관계니까… 생각이 엉클어지기 시작했다. 공간을 메우던 지화는 이제, 하나도 보이지 않았다. 어쩌면 스산한 바람이 오는 것도 같았다.

'나에게 내린 특허······.'

여기까지인가?

미류의 팔이 굳기 시작했다. 몸주란 평생 가는 것이 아니다. 무속인은 그 공부와 기도, 능력에 따라 처음 받은 몸주를 보내고 새로운 몸주를 받기도 한다. 미류가 받은 건 특허지만 그 또한 전생신이 거두어가면 그만이었다.

한 글자······.

미류의 시선이 괴항지에 꽂혔다. 이 세상의 온갖 희로애락애오욕은 딱 하나에서 출발하고 끝난다. 돈도 그렇고 인연도 그렇다. 그걸 좌우하는 한 글자… 미류는 괴항지에 네 획을 찍었다. 미류가 쓴 글자는 마음 심(心)이었다.

"······!"

고개를 들었지만 전생신이 보이지 않았다. 원숭이도, 안개도, 괴항지의 바다도 사라진 후였다.

'아아!'

짧은 절망이 새어 나오려 할 때, 하늘에서 오색의 꽃이 내려오기 시작했다. 지화였다. 오방색으로 접힌 지화들이었다.

—미류야!

꽃들 사이에서 몸주의 음성이 들렸다.

"예……."

—네 그동안 신심으로 나를 받들어 공부가 되었구나.

"……."

—하여 내 이제 네게 다음 능력을 허락할 것이다.

'다음 능력?'

—미래안을 얻은 것을 기억하느냐?

"어찌 잊겠습니까?"

—미래안은 현생의 일부이니 그다음은 내생이 될 것이다.

'내생?'

내생이라면 죽은 다음에 올 생이었다. 미류의 몸주는 본시 전생과 현생, 내생을 관장하는 삼생의 신. 그가 마침내 마지막 카드를 뽑은 모양이었다.

—정진하고 또 정진하거라. 신제자의 사명을 잊지 말고 공덕을 쌓고 또 쌓거라. 그리하면 네 마침내 한 인간의 내생을 볼 수 있는 내세안(來世眼)을 얻을 것이니.

'내세안…….'

—요즘 말로 특허의 업그레이드가 되겠구나.

"몸주님."

―그럼 나는 이만 쉬노라.

후웅!

삼색 바람이 이는가 싶더니 지화들이 제자리에 정지해 버렸다. 다만 맴도는 건 미류의 몸이었다. 처음에는 느렸다. 하지만 그 소용돌이는 미류를 원심 분리라도 시킬 듯이 맹렬하게 돌기 시작했다.

"법사님!"

미류는 누군가 흔드는 통에 잠이 깨었다. 봉평댁이었다.

"어디 안 좋아? 아니면 가위에 눌리셨나?"

"이모?"

"아휴… 이 땀 좀 봐. 피곤하면 안에 들어가서 좀 쉬지……"

"아닙니다. 저 물이나 한 잔……."

"알았어. 잠깐만!"

봉평댁은 서둘러 물을 가져왔다. 물을 마시며 보니 밖은 이미 밝아 있었다.

'기묘한 꿈이네… 내세안이라니?'

딸깍!

다시 신당 문을 열었다. 순간 미류는 눈을 의심했다. 신당 안에 깔린 안개 때문이었다. 향을 너무 피웠나 싶었지만 그건 아니었다. 더구나…….

"……!"

지화도 몽땅 허공에 떠 있었다. 미류가 한 발을 들이기 전까지는.

미류가 들어서자 지화들은 자기 자리로 돌아갔다. 무신도를 바라보았다. 전생신의 모습에 서린 삼색 광채가 다른 때보다 특별히 선명해 보였다.

'꿈이 아니라 강신을 하셨었구나.'

미류를 무릎을 꿇었다. 허튼 꿈이 아니라 또 다른 깨우침을 주기 위해 미류에게 강신했던 것이다.

'내세안……'

그건 또 어떻게 오는 걸까? 미류는 빙그레 웃었다. 신제자가 눈을 뜨는데 달리 무엇이 있을까? 그건 오직 기도와 산신제 용신제 등뿐이었다.

'까짓것!'

미류는 앉은 자리부터 기도를 시작했다. 산제가 필요하면 가면 될 일이었다.

君답게 臣답게 民답게.

안민가라는 향가에 그런 구절이 있었다.

무속인은 신제자답게!

미류는 긴 기도의 길을 기꺼이 뛰어들었다. 내세안을 얻지 못해도 상관없었다. 이제는 그저 치성, 즉 몸주를 향한 기도만으로도 마음이 정화되는 미류였다.

46% VS 39%!

대선 결과가 나왔다. 정대협의 신승이었다.

"으아아, 우리가 이겼어!"

타로는 자기 일처럼 기뻐했다. 점집 골목에서 정대협의 대권 예언을 맞춘 3인방의 한 사람이 된 것이다.

"거, 이상하네. 사주로 보면 정대협은 대권까지는 아니었는데……"

원장은 아쉬운 표정을 지었다. 해외여행 내기를 걸었다지만 돈 때문에 그런 건 아니었다. 비록 공표된 일은 아니었지만 자존심에 관한 문제였다.

"어, 나도 간판 내리고 미류 법사한테 신내림 좀 받아야겠는 걸."

쌍골선사도 엄살을 떨었다.

"아따, 왜 이러십니까? 미류 법사 신내림은 제가 일착입니다. 원하는 분들은 제 뒤로 줄을 서세요!"

타로는 의기양양 넉살을 떨었다.

미류는 정대협에게 전화를 걸었다. 다행히 그는 열 일을 제치고 미류 전화를 받았다.

―미류 법사!

그의 목소리가 높았다.

"진심으로 축하드립니다."

―하핫, 고맙네. 이 모든 영광을 법사님께 돌리네.

"별말씀을… 앞으로도 성심으로 나라를 이끌어주시기 바랍니다."

―이를 말씀이신가? 앞으로도 많이 도와주시게.

"제 도움이 필요하시다면……."

―아무튼 지금은 정신이 없고… 내가 근자에 곧 방문하겠네. 바쁘겠지만 시간을 좀 내주시길 부탁하네.

"예."

짧은 대화를 하고 통화를 끝냈다. 선거 진영은 물론 온갖 지인과 인친척으로부터 축하를 받은 정대협이었다. 그런데 근간 방문하겠다는 건 무슨 뜻일까? 몸이 열이라도 모자랄 사람이 아닌가?

'잊지 않고 인사라도 하시겠다는 건가?'

말이라도 고마운 미류였다.

그 토요일, 또 한 번의 빅 이벤트가 일어났다. 방송에 출연한 화요가 폭탄선언을 한 것이다.

〈당신의 첫사랑〉

진행자가 던진 단골 멘트. 다들 중고교의 일로 두루뭉술 넘어갈 때 화요가 경천동지의 발언을 날렸다.

"내 첫사랑은 무속인 미류 법사님이세요!"

쾅! 콰광!

진행자는 물론 모든 출연진들이 뒤집혀 버렸다. 보아하니 예정에 없던 발언. 미류를 연상케 하는 것도 아니고 이름까지 말해 버렸으니 대사건이 아닐 수 없었다.

게다가!

"우리 곧 결혼할 거예요."

아예 쐐기까지 박아버리는 송화요.

"우와아!"

"와아!"

출연자들은 벌린 입을 다물지 못했다. 진행자도 그리 다르지 않았다. 덕분에 그 프로그램의 시청률은 상종가를 쳤다.

미류는 쉬던 때였다. 방송을 보던 봉평댁이 미류 눈치를 봤다. 미류는 그냥 웃어버렸다. 그런데… 거기서 전화가 걸려왔다. 워낙 폭탄 선언이었으니 진행자가 진위를 알기 위해 즉석에서 미류와의 통화를 권한 것이다.

─법사님, 혹시 지금 방송 보고 계세요?

"예……"

─그럼 제가 한 말 들었어요?

"예……"

─그럼 확인 좀 해주세요. 저 잘못하면 애정 사칭에 사기죄로 구속되게 생겼어요.

"화요 씨와 제가 진지하게 만나고 있는 거 사실입니다."

미류는 기꺼이 화요 손을 들어주었다. 이미 마음을 정한 바, 화요와 미류의 지명도로 보아 숨긴다고 감춰질 이야기가 아니었다. 게다가, 처녀 총각의 사랑이 무슨 죄라도 된단 말인가?

"우와아!"

출연자들은 거품을 물고 넘어가 버렸다.

"우리 법사님, 이제 빼도 박도 못하게 생겼네."

통화가 끝나자 봉평댁이 웃었다. 그때 또다시 미류 전화가 울렸다.

"받아봐. 또 뭐 확인하려나 봐."

봉평댁이 재촉했다. 하지만 이번에는 화요가 아니었다.

"……?"

발신자를 본 미류는 말을 잇지 못했다. 전화를 건 사람은 정대협이었다.

―미안하지만 지금 좀 방문해도 되겠나?

"예……."

몇 마디 대답하고 전화를 끊었다. 미류는 완전히 얼이 빠져 있었다. 정대협이 온다니? 화요의 기습 고백에 이어 또 한 번의 넋이 나가는 순간이었다.

끼익!

오래지 않아 정대협의 차량이 신당 앞에 멈췄다. 전과 달랐다. 그는 이미 대통령 당선자 신분이었고, 그랬기에 경호원들이 따라 붙어 있었다.

"미류 법사!"

그가 손을 내밀었다. 그는 장관직을 사임하고 캠프를 맡았던 선일주를 대동하고 있었다. 미류는 그들의 손을 차례로 잡았다.

다과는 거실에서 먹었다. 오늘은 점사가 목적이 아니기에 미류도 서운하지 않았다.

"실은 부탁이 있어서 왔네만……."

차를 마신 정대협이 고개를 들었다.

부탁?

미류도 고개를 들었다.

"대통령직 인수위원장을 낙점해야 하는데 워낙 희망자가 많아 선택하기 어렵다네. 일단 국민적 신망을 받는 세 사람을 골라두었으니 내 국정 통치 방향과 한번 맞춰주시겠나?"

"제가 감히……."

"어허, 그 무슨 겸손의 말씀을… 이 사람이 이 자리에 온 게 다 누구 덕분인데?"

"……."

"그리고……."

정대협의 목소리가 묵직하게 이어졌다.

"미류 법사께서도 인수위에 공식적으로 참여해 주었으면 하네만!"

'대통령직 인수위 참여?'

"대통령님?"

대답하는 미류의 목소리가 흔들렸다. 짐작조차 못 한 일이기 때문이었다.

"놀랄 게 뭐 있나? 사실 미류 법사는 알음알음 내 정책에 참여하고 있으셨네."

"그렇긴 하지만……."

"나도 강추를 했어요."

침묵하던 선일주도 거들고 나섰다.

"내가 이끌 정부는 형식과 관행을 초월해 실질과 능률을 숭상하는 정부를 표방하고 있네. 사회가 노령화되고 있다지만 노장들은 정책 판단이 느리고 시류를 따라가지 못하지. 그래서 보다 젊은 인재들로 하여금 초기부터 틀을 제대로 잡을 생각이네. 그렇다면 현재 우리나라의 젊은 리더로 국민의 신망을 받고 있는 미류 법사의 참여가 마땅하지 않겠나?"

정대협의 생각은 단단해 보였다.

"하지만 저는 아는 게 무속뿐이라……."

"입만 번지르르한 인간들보다는 백배 낫지. 솔직히 우리나라 전문가들 별거 아니라네. 그들이 가진 건 별 도움도 안 되는 자격증과 스펙들이지. 자격증과 스펙이 밥 먹여주나? 그런 데 얽매여서는 21세기를 선도할 수 없네."

"……."

"게다가 미류 법사라면 전체적인 조율도 가능하지 않나? 벌써부터 이 사람을 도운 사람들이 논공행상으로 이전투구 조짐이 있다네. 내가 매사를 무속에 얽매여 판단하지는 않겠지만 나라의 미래를 위해 필요하다면 얼마든지 적용할 생각이네. 더구나 미류 법사의 무속은 세계 선도를 자처하는 중국과 유럽에서도 인정받은 바가 아닌가?"

"그렇다고 해도……."

"지금은 우리 모두가 합심해서 미래로 갈 시간이네. 세계정세가 날로 복잡해지기에 이거 따지고 저거 따질 여유가 없네. 도덕적인 면만 명쾌하다면 그 어떤 능력자라도 다 끌어들여 국민적인 힘으로 승화시켜야 하는 것, 그게 대통령의 책무가 아닐까 하네만."

"……."

"받아주시게나. 나도 여러 각도로 국민 정서를 수집하고 있는데 법사에 대한 국민들의 지지와 호응은 기존 종교 지도자들 이상이라네. 기존에 국민들이 가지고 있던 무속에 대한 편견을 깬 게 법사란 말일세."

"대통령님……."

"그래도 안 되겠나?"

"예!"

미류, 한마디로 대답했다.

"미류 법사!"

선일주까지 나섰다. 그래도 미류는 미동도 하지 않았다. 말은 고마웠다. 눈물이 날 것 같았다. 민족 종교에서 괄시받는 미신으로 추락한 무속. 그걸 양지로 가져온 미류였다. 언젠가 표승에게 말한 포부처럼 마침내 대통령에게 자문하는 위치가 되었다. 그러나 이걸 받으면 누리는 꼴이었다. 미류 한 사람의 영화로 끝날 일이었다. 그렇기에 미류의 마음속에는 다른 결론이 들어 있었다.

"대통령님!"

미류가 고개를 들었다.

"말씀하시게나!"

"이리 생각해 주시니 고맙기 이를 데 없습니다. 하지만 부득 고사하는 데는 다른 이유가 있습니다."

"다른 이유?"

"대한민국의 무속… 비록 위세가 추락하고 몇몇 돈에 눈먼 무속인들 때문에 사회적 평가가 부정적인 면이 많았지만 저보다 뛰어난 사람들이 많은 까닭입니다."

"법사보다 뛰어난 사람들?"

"허락하신다면 저 못지않은 분들을 추천해 드리겠습니다. 더 많은 능력자들을 발굴해 기용하는 것이 대통령의 할 일이라고 하지 않으셨습니까?"

"미류 법사의 추천이라……."

"표승 만신과 궁친도인을 추천합니다. 그 두 사람이라면 저 이상의 능력을 가지고 있으며 무속뿐만 아니라 전통문화에 대한 식견도 깊습니다. 나아가 저보다 관록까지 높으니 오히려 대통령님께 도움이 될 것입니다."

미류의 표정은 단단했다. 그 마음속에는 두 가지 생각이 있었다. 어느 분야의 뛰어난 한 사람. 그것만으로 부족했다. 하지만 그런 사람이 한둘이 아니라면 사람들의 생각을 쉽게 바꿀 수 있었다. 게다가 최고는 원래 극적으로 등장하는 법. 인수위는 미류가 올인할 자리가 아니었다.

"허어!"

정대협의 입에서 탄식이 나왔다. 반론의 여지조차 없는 것이다.

"대신 인수위원장과의 조화는 기꺼이 봐드리겠습니다."

미류가 웃었다. 허튼 욕심 한 톨 끼지 않은 미소는 정대협을 압도하고 있었다. 결국 정대협은 미류의 제안을 받아들이고 말았다. 미류 역시 정대협이 고심하는 인수위원장 결정에 도움을 주었다. 두 사람은 무난했고 한 사람은 가정생활이 복잡했다. 셋 다 정대협과 전생연은 있었으나 특별한 은원 관계는 아니었으니 전생 인과는 고려하지 않아도 될 것 같았다.

둘 중 하나!

그 결정은 대통령에게 넘겨주었다. 미류도 알고 대통령도 알고 있었다. 각자의 영역이 어디까지라는 것. 미류도 그 선은 넘지 않았고, 대통령도 그랬다.

"그럼 그 두 사람은 미류 법사께서 책임지고 합류하도록 해주시게.

그리고 인수위에 참여하지 않아도 계속 자문은 해주셔야 하네. 내각과 비서관 등도 정부 차원의 시스템에서 적임자를 고를 테지만 혹여 보이지 않는 하자 같은 것은 미류 법사께서 체크해서 사전에 방지할 수 있기를 희망하네. 그동안 인사청문회에서 홈으로 나온 도덕적인 하자가 얼마나 많은가? 내 정부에서는 그런 전철을 밟고 싶지 않다네."

"그렇게 하지요."

"그리고 곧 종교 지도자 연찬회를 가지게 될 걸세. 거긴 군소리 말고 참석해 주시게나."

"종교 지도자 연찬회요?"

"대한민국의 여러 종교 지도자들을 모실 걸세. 다행히 다른 종교 측에서도 미류 법사의 참석에 대해 뒷말이 없었다고 하네."

"대통령님께 누가 되지 않는다면……."

"누가 될 리 없지만 좀 된들 어떤가? 대통령이란 원래 욕먹는 자리이니 미류 법사 일이라면 욕을 먹어도 감수할 생각이네."

"……."

"그럼 그렇게 알고 가겠네."

대통령은 당부를 남기고 떠나갔다.

"법사님……."

봉평댁의 눈에 눈물이 그렁거렸다. 대통령의 말을 다 들은 것이다.

"또 왜요?"

"인수위인지 뭔지 가지 그랬어. 그거 아무나 가는 자리가 아니잖아?"

"거긴 표승 만신님과 궁천도인님이 제격입니다."

"그분들도 훌륭하지만 미류 법사가 펴놓은 멍석이잖아?"

"그분들이 제격입니다. 아마 똑소리 나게 일하고 자리로 돌아올 겁니다. 또 그래야만 하고요."

"아유… 나는 미류 법사가 갔으면 딱 좋겠는데……."

봉평댁의 아쉬움을 뒤로하고 핸드폰을 집어 들었다. 후회 따위는 없었다. 전생신도 말했다. 큰 바람과 물결은 흔적이 없다고. 대통령에게 큰사람으로 남으려면 매사를 넙죽넙죽 받아 챙길 일이 아니었다.

―미류 법사? 쿨럭!

용궁사에 머물고 있는 표승이 전화를 받았다.

"감기 걸리셨습니까?"

―아닐세, 수삼 일 새벽 기도를 좀 세게 했더니…….

"기도는 왜요? 이제 신밥도 안 드시는 분이……."

―우리 미류 법사 꿈이 있지 않았나? 그거 좀 이루어졌으면 해서 늙은이의 남는 시간 좀 보태놓았네.

"제 꿈을 이루려면 한 가지 과정이 필요합니다."

―과정?

"방금 대통령 당선자께서 제 신당에 다녀가셨습니다."

―……?

"나랏일에 대한 자문을 원한다면서 인수위에 전통문화에 대해 해박한 무속인 한두 명쯤 필요하다고 하니, 선생님께서 그중 한 자리를 맡아주서야겠습니다."

―내가 대통령 인수위에?

"아니면 제 꿈은 물 건너가는 겁니다."

―미류 법사, 이건…….

"선생님은 그럴 자격 있으십니다. 수락해 주십시오."

―자네가 나를 민 건가?

"제가 민다고 되는 일이 아닙니다. 당선자 캠프에서 선생님을 인정하기에 성사된 일입니다."

―허어!

"부탁드립니다."

―허어어, 이거야 원… 새벽 기도랍시고 한 게 내 욕심을 위한 꼴이 되어버렸구먼.

"고맙습니다."

미류는 쐐기를 박아버렸다. 워낙 간곡한 청이었기에 표승은 자의 반 타의 반으로 중임을 떠안고 말았다. 그 전략은 궁천에게도 통했다. 고사하려는 그에게 날린 미류의 결정타는 '신아들론'이었다.

"언제는 저를 신아버지로 생각한다더니 빈말이었습니까?"

돌직구의 위력은 어마무시했다. 미류 덕분에 무속의 전성을 이룬 또 한 사람 궁천도인. 그건 그의 마음에서 우러난 진심이었으니 할 말이 없었던 것이다.

다시 돌아온 경신일.

자시가 되기 전, 미류는 현서와 숙정의 방문을 받았다. 그동안 소홀했던 부적 교육을 위해서였다. 미류가 부재중일 때 연습한 부적들이 나왔다. 제법 신기가 서려 보였다. 일반인이라면 어림도 없을 일이지만 이들 역시 신밥을 먹는 애동들. 그렇기에 한 번 눈을 뜨니 발전 속도가 빨랐다.

"다 썼어?"

붓을 내려놓은 미류가 물었다. 오늘 공부는 행운부와 성공부였다. 먹고살기 팍팍한 세상이 되었다. 그러다 보니 많은 사람들이 자신의 운을 알고 싶어 했다. 불행을 막고 좋은 기운을 받고 싶어 했다. 부적은 그럴 때 유용했다. 마음에 위안이 되는 것이다. 그러나 괴항지에 경면주사를 묻혔다고 해서 부적은 아니었다.

"네!"

두 여자가 약간의 시차를 두고 대답했다. 그녀들 앞에는 두 장씩의 부적이 놓여 있었다.

"불 좀 꺼."

미류가 말했다. 현서는 일어나 스위치를 내렸고, 숙정은 신단의 촛불을 껐다. 두 여자의 눈은 부적으로 향했다. 바닥에 나란히 놓인 여섯 부적들…….

미류의 것에서는 숭고한 빛이 아른거렸고, 현서의 것은 그 빛이 보일 듯 말 듯 서렸다. 그나마 숙정보다는 나았으니 어둠 속에 침묵하는 부적을 본 숙정의 눈에 절망이 스쳐 갔다.

"숙정이 부적은 좋은 기운을 다 연결시키지 못해서 그래. 그것만 주의하면 효험이 깃들 거야."

미류는 숙정을 위로해 주었다. 무엇이든 처음부터 잘할 수는 없었다.

"조심해서 가고."

미류는 두 여자를 배웅했다. 고개를 드니 대문 옆에 신간대의 깃발이 휘날리고 있었다. 어느새 대나무에도 세월이 깃들었다.

'내 주제에 벌써 제자를 셋이나…….'

미류가 혼자 웃었다. 내림굿을 한 것도 아니고 고작 부적이나 가르치고 있다지만 그 또한 커다란 기쁨이었다.

'그러고 보니…….'

살에 닿는 바람이 차갑게 느껴지자, 한 사람이 생각났다.

어머니였다.

'한번 가봐야겠네.'

혼잣말을 하며 대문을 닫았다.

"됐어요!"

옷깃을 바로 세워준 사람은 화요였다. 종교 지도자 연찬회에 참석하는 날 아침, 해가 뜨기 전에 달려온 그녀였다. 그녀는 미류의 가벼운 화장을 도왔다.

"이렇게 하니까 진짜 도사님 강림 같은데요?"

화요가 웃었다.

"고마워."

"웬걸요. 편안하게 다녀오세요. 법사님 편 많은 거 아시죠?"

"그럼. 아, 근간 시간 좀 내줘요."

"걱정 말고 잘 다녀오기나 하세요."

화요는 대문 앞에서 손을 흔들었다. 바쁜 촬영에도 불구하고 달려와 준 화요. 덕분에 미류의 마음은 더 뿌듯하기만 했다.

끼익!

한참을 달리던 차가 멈추었다. 하지만 미류는 성큼 내릴 엄두를 내지 못했다. 기자들 때문이었다. 수십 명이 미류 쪽으로 몰려든 것이다. 주차장은 종교 지도자 연찬회장에 딸려 있었다.

딸깍!

미류는 운전석 문을 밀었다. 보아하니, 직접 운전해서 온 사람은 미류가 유일한 모양이었다.

펑펑펑!

몰려든 기자들이 카메라 세례를 퍼부었다. 몇몇 안내 직원이 달려와 길을 터주지만 역부족으로 보였다.

"무속인으로서 종교 지도자 연찬회에 참석하게 된 소감이 어떻습니까?"

"무속도 사실상 무교의 지위를 인정받은 겁니까?"

"앞으로 무속의 발전 방향에 대해 한 말씀 해주시죠."

기자들은 쉴 새 없는 질문을 퍼부었다. 그럴 만도 했다. 내로리히는 종교인 대표자 초청에 당당하게 낀 미류였다. 웬만한 경우라면 다른 종교 측에서 펄쩍 뛰며 반대 의사를 밝히거나 불참을 선언했을 일. 그렇기에 미류 이전이라면 꿈도 꿀 수 없는 일이었다.

정대협의 세심한 배려도 한몫을 했다. 국민통합과 대화합이라는 명분을 내세워 원래 초청하던 종교의 폭을 넓혀준 것이다.

"미류 법사!"

당선자가 나와 미류를 맞았다. 안쪽에는 이미 종교 지도자들이 상당수 착석하고 있었다.

"너무 늦은 건 아닌지……."

미류가 겸손히 답했다.

"무슨 말씀……. 들어가시게나. 나는 아직 오시지 않은 분들이 계셔서……."

당선자가 안쪽을 가리켰다. 미류는 인사를 하고 안으로 걸었다. 연회장은 소담하게 보였다. 미류는 안내원이 지정해 준 자리에 앉았다. 여러 종교의 지도자들이 한눈에 들어왔다.

미류 법사…….

오는 길에 통화한 표승의 말이 떠올랐다. 대통령직 인수위에서 활동하는 그는 미류의 스케줄을 알고 격려 전화를 했다.

─가슴 쭉 펴고 가시게. 무속은 전통 민간신앙이니, 통계에 없어서 그렇지 신도 숫자로 따져도 여느 종교에 밀리지 않을 거야.

"그럼요."

─하늘 아래 떳떳하면 무엇이 두려울까요?

미류는 혼자 웃었다.

"그럼 대통령 당선자님의 인사 말씀에 이어 내빈 소개가 있겠습니다."

사회자의 멘트와 함께 당선자가 일어섰다.

짝짝짝!

조용한 박수 속에 당선자의 인사말이 시작되었다. 그런 다음, 내빈 소개가 이어졌다.

"오늘 마지막으로 소개할 사람은……."

여러 내빈 소개를 마친 당선자가 미류를 바라보았다. 미류는 천천히 좌중을 향해 일어섰다.

"무속계를 대표하는 미류 법사님입니다!"

소개를 따라 미류가 여러 방향을 향해 인사를 했다.

짝짝짝!

종교 지도자들에게서 박수가 흘러나왔다. 한 사람의 빠짐도 없었다. 그 자리에서 미류는 이제 무속인이 아니었다. 적어도 이 자리에서만은 다른 종교와 어깨를 겨루는 '무교(巫敎)'가 된 것이다.

무교!

하마터면 눈물이 날 뻔했다.

참으로 역사적인 순간, 미류는 전생신의 강신을 보았다. 박수 소리를 따라 피어난 전생신은 조용히 다가와 미류 앞에 섰다. 그가 웃었다. 미소의 의미가 무엇인지, 미류는 잘 알 수 있었다.

'고맙습니다.'

미류는 하늘거리는 전생신을 향해 마음으로 감사를 전했다.

에필로그

맑은 달 뜨면 베이비, 내 생각을 해주세요.
잠들 때도 베이비, 내 꿈을 꾸어주세요.
Now are you happy I belong to you forever.

노래와 함께 미류가 입장했다. 미류의 손끝에는 화요의 손이 있었다. 노래는 하라의 빅 히트 곡 '포에버 베이비'였다. 그 또한 생음악이었다. 반대 방향에서 하라가 노래를 부르며 등장한 것이다.

"와아아!"

짝짝짝!

박수와 환호가 녹화장에 울려 퍼졌다. 어제 아침에 돌아온 하라, 미류의 고백을 듣더니 눈물을 그렁거렸다. 그리고 이런 말과 함께 화요와의 결혼을 허락해 주었다.

"다음에는 내가 화요 언니보다 더 일찍 태어날 거야. 그때는 나랑 결혼해야 해!"

노래하는 하라가 미류에게 꽃다발을 바쳤다. 미류는 그 꽃을 화요에게 건네주었다.

짝짝짝!

박수는 계속 이어졌다. 그 방청석에는 수많은 사람들이 있었다. 그들 대다수는 미류의 도움으로 위기를 넘겼거나, 인생 역전의 기회를 잡은 사람들이었다.

앞줄의 사람들이 미류 눈에 들어왔다. 표승과 황 선생, 신몽과 궁천에 꽃신선녀가 웃었다. 봉평댁과 선모는 물론이고 전생점연합회 회원들과 진순애 원장, 채나연 실장, 노찬숙 등도 보였다. 그들 옆으로는 박혜선와 송송탁구방 멤버들, 황금실 이사장, 나아가 논산 아줌마와 그녀의 자랑스러운 아들 국재경 변호사도 자리를 함께했다.

기도환 부자와 남창수 사장 등도 흐뭇한 표정이었다. 동자승 선강과 묘우는 아예 자리에서 일어나 두 손을 흔들었다. 그 좌우에는 장두리와 수나, 유세경을 비롯한 톱스타들이 진을 치고 있었다.

(법사님 감사합니다)

(당신은 우리의 희망입니다)

미류 덕분에 취업을 했거나 곤란에서 벗어난 젊은이들 수십 명도 종이 피켓을 들고 달려와 주었다. 300회 특집으로 꾸며지는 채 피디의 '은인' 프로그램은 초만원을 이루고 있었다.

"여러분 안녕하세요? 오늘 저희 은인 300회 방송의 주인공 미류 법사님과 송화요 씨를 소개합니다."

"와아아!"

환호와 함께 미류와 화요가 인사를 했다.

"더불어 이제는 세계적인 가수가 된 강하라 양입니다."

"와아아아!"

화요에게 날아오는 환호도 미류 커플 못지않았다.

"여러분도 기억하시겠지만 톱스타 송화요 씨 편에서 은인으로 나온 미류 법사님, 우리 프로그램 역사상 최고의 시청률을 올렸었습니다."

사회자의 멘트는 조금씩 속도를 더했다. 방청객들은 그 소리를 따라 귀를 쫑긋 세웠다.

"그런데 오늘은 아마 그때보다도 더 좋은 기록이 나오지 않을까 합니다. 왜냐하면 오늘 이 두 분이 폭탄선언을 할 거거든요."

"폭탄선언?"

방청객 뒤쪽이 술렁이기 시작했다. 그에 비해 앞줄은 좀 침착했다. 앞줄의 일부는 그 폭탄선언을 알고 있었기 때문이었다.

"법사님!"

사회자가 미류에게 다가갔다.

"제가 감히 천기누설을 해도 될까요?"

"천기누설까지는 아니지만 그 발표는 하라가 하고 싶다네요."

"예? 우리 꼬마 인기 스타 하라 양요?"

사회자의 시선이 하라에게 돌아갔다.

"여러분!"

하라가 기다렸다는 듯이 소리쳤다.

"남자 믿지 마세요. 세상에 믿을 남자 없어요."

"……!"

돌연한 말에 장내가 잠시 숙연해졌다.

"우리 미류 오빠, 제가 이 세상에서 가장 좋아하는 사람인데 저 배신하고 화요 언니랑 결혼식 올린대요!"

"우!"

마침내 공식 선언된 미류와 화요의 결혼식. 방청석에는 탄식과 함께 감탄이 해일을 이루고 있었다.

"아, 아쉽군요. 그럼 우리 하라 양의 첫사랑은 실패로 끝나는 건가요?"

"괜찮아요. 나는 마음 아프지만 제 팬들은 그게 더 좋다고 하네요."

"하하핫!"

하라의 능청에 웃음이 터져 나왔다.

"예, 맞습니다. 여러분. 방금 들으신 하라 양의 폭탄선언, 사실입니다. 여러분은 지금, 요즘 대한민국을 가장 핫하게 달구고 있는 감동의 무속 전도사 미류 법사님과 대한민국 남자들의 마음을 쥐락펴락하던 송화요 씨가 각각 품절남과 품절녀가 되는 순간을 목격하고 계십니다."

짝짝짝!

다시 박수가 홍수를 이루었다. 다들 마음을 다해 보내는 박수. 미류는 화요 손을 잡고 무대 끝까지 걸어 나가 허리를 조아렸다.

전생신의 도움이 컸다. 하지만 오늘의 이 행복은 여기 모인 많은 사람들의 기쁨이 빚어낸 작품이 틀림없었다. 슬픔은 나누면 줄어들고 행복은 나누면 커진다는 말. 그건 명백한 진리였던 것이다.

"이제 자리에 앉아주시죠. 지금부터 미류 법사님과 송화요 씨의 러브 스토리와 비하인드 스토리를 하나하나 파헤치며 검증해 보도록 하겠습니다."

사회자가 자리를 가리켰다. 미류와 화요가 자리에 앉았다.

하라의 두 번째 곡이 시작되었다. 하라가 미류와 화요에게 바치는 곡이었다. 노래를 마친 하라는 미류에게 다가와 뽀뽀를 하고 무대 아래로 내려가 묘우 옆에 자리를 잡았다.

시간은 잘도 흘렀다. 홀가분한 분위기라 그런지 실수도 하지 않았다. 마지막 장면은 미류의 부적 쓰기 신공이었다.

〈大韓民國 萬人萬事亨通幸運符!〉

미류가 초대형 부적으로 쓴 건 대한민국 행운부였다. 세계 일류 시민의 능력을 가진 대한민국 사람들. 그 뜻하는 바가 오롯이 이루어져 고루고루 행복하기를······.

"와아아!"

미류가 초대형 부적을 흔들자 방청석은 떠나갈 듯 환호했다.

이날, 시청률은 다시 기록을 경신했다. 신빨 휘날리는 무속인과 톱스타의 열애. 누구에게나 호기심을 갖게 하기에 충분했던 것이다. 미류와 화요는 출연료 전액을 소년소녀가장 돕기에 기부했다. 그건 처음부터 약속된 일이었다. 물론, 공개도 하지 않았다.

"축하합니다!"

녹화가 끝나자 채 피디가 다가왔다.

"피디님도요."

미류와 화요가 커플로 대답했다.

"결혼식에도 꼭 불러주시길······."

피디의 인사가 끝나기도 전에 많은 사람들이 무대로 올라왔다.

"축하하네!"

첫 격려는 표승의 몫이었다.

"축하해!"

신몽과 궁천의 인사도 이어졌다.

"축하합니다. 두 분 행복하게 사세요!"

방청석에서도 입을 모아 둘의 행복을 빌었다.

"고맙습니다. 여러분도 행복하세요!"

미류는 손을 흔들어 화답했다.

"아, 아쉽다. 그럼 이제 법사님에게 요리 만들어주려면 화요 허락을 받아야 하는 거야?"

곁으로 다가온 수나가 울상을 지었다.

"당연하지. 누구든지 법사님 노리면 확!"

화요가 주먹을 쥐어보이자 장내는 한 번 더 웃음의 도가니가 되었다.

하하핫!

하하핫!

웃음소리의 여운과 함께 녹화장의 불이 꺼졌다.

"들어오너라!"

맑은 소리의 주인공은 어머니였다. 옆에 선 새아버지는 산뜻한 차림이었다.

"어머!"

거실에 들어선 화요가 소스라쳤다. 식탁에 차려진 음식 때문이었다. 그야말로 산해진미가 한 상을 이룬 것이다.

"톱스타 며느릿감이 온다니 대충 할 수가 있어야지? 그래서 이것저것 준비해 봤는데 입맛에 맞을지 모르겠네."

어머니가 얼굴을 붉혔다.

"아유, 왜 그러셨어요? 저 아무 거나 잘 먹어요. 그냥 막 족발이나 보쌈 같은 거 시켜 먹으셔도 되는데……."

화요가 정색을 했다.

"아니에요. 나는 며느리 부려먹을 생각 없으니까 우리 미류 법사님이나 잘 챙겨주세요."

어머니 역시 손을 내저으며 겸손하게 말했다.

"좋다!"

어머니가 미류 손을 잡았다.

"그렇게 좋으세요?"

"그럼. 우리 미류 법사… 사람들 존경받는 무속인 되었지, 이렇게 예쁘고 똑똑한 며느릿감까지 데려왔지… 내가 뭘 더 바라겠어?"

"저한테 좀 과분하긴 하죠?"

미류가 웃으며 화요를 바라보았다.

"어머, 무슨 말이에요? 자기가 나한테 과하지."

"둘이 잘 맞는 걸 보니 걱정하지 않아도 되겠네. 아무튼 이제 우리 아들 주인은 화요 씨니까 잘 부탁해요."

어머니가 화요 손을 잡았다.

"걱정 마세요. 저 정말 잘할게요."

"아유, 말본새도 어찌 이렇게 예쁠까?"

어머니는 화요를 당겨 품에 안았다. 미류는 코가 시큰해 눈을 돌렸다.

"다 식겠다. 어여 앉아서 먹자."

눈물을 훔쳐낸 어머니가 미류를 끌었다. 음식도 좋지만 분위기가 끝내줬다. 넷이 한 테이블에 앉으니 구색이 딱 맞은 것이다.

"어휴!"

그때 음식 맛을 보던 화요가 한숨을 쉬었다.

"왜요? 입에 안 맞아요?"

놀란 어머니가 물었다.

"아뇨. 그 반대예요. 어머니 솜씨가 이렇게 좋으니 걱정이 되어서요. 이 사람 입맛도 이렇게 높을 거 아니에요."

화요가 울상을 지었다.

"아유, 그럼 고백해야겠네. 실은 출장 요리사 도움받은 거니까 걱정 말아요. 게다가 우리 미류는 육식만 아니면 반찬 투정 같은 건 잘 안 하니까. 그렇지?"

어머니가 미류의 공감을 구했다.

"앗, 어머니……. 그런 거 다 공개하시면 화요 씨가 음식 대충할지도 몰라요."

미류가 정색을 하자 식탁에는 웃음꽃이 피어올랐다.

건강해진 어머니.

그 어머니와 전생연분의 새아버지.

그리고 송화요…….

그 풍경은 미류의 마음에 들었다. 이따금 머리에 그리던 단란한 가정의 그림. 그 퍼즐과 딱 맞는 기분이었다.

'마지막 퍼즐 조각은……'

2세!

미류는 싱글벙글 김부각을 입에 넣었다.

바삭! 부서지는 소리까지도 경쾌했다.

"산제?"

집으로 돌아온 깊은 밤, 봉평댁의 눈이 휘둥그레졌다.

"예!"

"결혼식 앞두고?"

"예!"

"한 달이나?"

"전국 명산을 한 바퀴 휘돌고 돌아올게요. 결혼하면 당분간 못 갈 수도 있으니……."

"그렇게 오래 갈 거면 내가 따라가야지."

"이모는 신당 지키셔야죠. 촛불도 켜고 향도 태우시고… 예약도 받으시고……."

"아유, 그놈의 예약… 신당 잘되는 것도 좋은 것만은 아니네. 미류 법사님 수발을 제대로 못 하니……."

"한 사람 더 쓸까요?"

"그래야겠어. 웬만하면 선모 씨 데려와. 갈 데도 마땅찮은 모양이던데."

"이모님이 편하면 그렇게 하세요."

"진짜?"

봉평댁이 추임새를 넣을 때 미류의 핸드폰이 울었다.

"……!"

번호를 보기 무섭게 미류가 긴장에 휩싸였다. 정대협 당선자였다.

―신당에 계신가?

"그렇습니다만……."

―지금 잠깐 들러도 민폐가 되지 않으려나?

"별말씀을……. 어디든 제가 찾아뵙겠습니다."

―아닐세. 마침 그쪽으로 지나가는 길이라네.

"그러시면 기다리겠습니다."

"각하가 오신대?"

통화가 끝나자 봉평댁이 물었다.

"각하가 아니고 대통령님요. 잠깐 들르신다니 차 좀 부탁해요."

"알았어."

분주해진 봉평댁을 뒤로하고 대문으로 나갔다. 정대협은 곧 도착했다. 이번에도 혼자는 아니었다. 하지만 그는 비서들을 남겨두고 혼자만 마당으로 들어섰다.

"대통령이 되니 다 좋은데 한 가지가 걱정일세."

신당에 자리 잡은 정대협이 웃었다.

"무슨……?"

"사람을 마음대로 못 만나는 것 말일세. 대통령이라는 게 워낙 사생활이 없어서……."

"별말씀을……."

"오늘도 신세를 좀 지러 왔네."

"말씀하시죠."

"이 사람들……."

대통령이 서류 봉투를 내놓았다. 안에는 사진이 가득 담겨 있었다.

"새 내각과 청와대 비서진 후보들일세. 3차 검증까지 마친 3배수 후보들인데 일부 자리는 인물이 마땅치 않아 한두 명만 있는 곳도 있다네."

"예……."

"전에도 말했지만 시스템으로 거를 수 없는 도덕적 하자 같은 거 말일세, 청문회에서 문제가 되기 전에 체크가 되면 좋지 싶어서 말이야."

"예……."

"법사께서 추천한 표승 만신과 궁천 만신은 평판이 좋더군. 일부 인수위 멤버들은 무속인이라는 선입견이 있었던 모양인데 그걸 싹 날려 버렸다고 들었네."

"원래 식견이 있는 분들입니다."

"그러니까 법사께서 추천을 하셨겠지. 그래서 나도 무속을 지원하는 일에 큰 짐을 던 것 같네."

"고맙습니다."

"하지만 그냥은 아닐세. 새 정부의 인사… 내 당선만큼이나 중요한 일이니까 신명을 다해 문제가 있는 사람을 골라주길 바라네. 그게 전제 조건이야."

"알겠습니다."

"특히 마지막 봉투의 인사… 특별히 신경을 써주시기 바라네."

"예!"

"그럼 이만 가보겠네. 일이 끝나면 연락을 하시게."

"예!"

미류가 따라 일어섰다. 정대협은 차 안에서 손을 흔들어 보이고는 대로변으로 멀어졌다.

신당으로 들어온 미류는 봉투를 집어 들었다. 봉투는 여러 개였다. 내각 후보도 있고 청와대비서관, 주요 기관장 등의 후보들이 따로따로 담겨 있었다.

맨 처음 내각 봉투를 열었다. 그 안에서도 총리는 따로였다.

"……!"

첫 봉투부터 미류는 허를 찔렸다. 총리 후보는 방송에서 거론하던 사람들이 아니었다. 한 사람은 미국에서 행정 기반을 쌓은 전문가였고, 또 한 명은 재야 학자로 신망이 높은 대학 총장이었다. 정대협의 그릇을 알 것 같았다. 자기에게 딸랑거리는 사람이 아니라 일할 사람을 선택한 것이다.

장관들 역시 같은 맥락에 있었다. 언론에서 거론한 사람들이 일부 있긴 했지만 대개는 제3의 후보들이 많았다. 그들 역시 인맥이나 스펙보다는 현장통으로 채워져 있었다.

'방송사 한번 뒤집히겠네.'

진심으로 통쾌했다. 그간의 정부와는 완전하게 차별화된 인사였던 것이다.

'응?'

내각의 후보를 살피던 미류가 고개를 갸웃거렸다. 한 부처가 빠진 것이다.

'문화체육관광부 장관 후보가 없네.'

사진을 다시 살펴봤지만 역시 없었다. 아직 마음에 드는 후보자를 못 찾은 걸까?, 아니면 실수로 빠뜨린 걸까? 따로 사정이 있을 것 같아 넘겨 버렸다.

하나하나 살피다 보니 새벽까지 달려왔다. 이제 미류 앞에 남은 건 마지막 봉투였다.

─특별히 신경을 써주기 바라네.

정대협의 말이 스쳐 갔다. 미류는 그 말을 곱씹으며 천천히 봉투를 열었다. 그리고… 그 안에서 나온 사진을 본 미류, 완전하게 얼어붙고 말았다.

사진의 주인공은 미류였다. 그 사진 아래에는 두 가지 직책이 병기되어 있었다.

〈문화체육관광부 장관〉

〈대통령자문위 부위원장〉

둘 중 하나를 선택하라는 뜻… 자문위의 직함 따위는 문제가 될 게 아니었다. 어차피 정대협의 마음은 미류에게 있기 때문.

미류의 눈앞이 하얗게 변해 버렸다. 그 하얀 시선 안으로 전생신이 들어왔다. 봉투 위로 내린 전생신. 하늘하늘 두 직함 사이를 오가며 웃었다.

─애썼다.

그렇게 말하는 것 같았다.

둘 중 하나!

굉장한 보물이 아닐 수 없었다.

미류는 새벽을 끼고 '도솔 요양 병원'으로 달렸다. 병원은 이미 정상 가동 중이었다. 차를 세운 미류는 부적함을 들고 내렸다. 병원은 이제 막 잠을 깨고 있었나. 아침 이슬 머금은 정원에 서서 병원 건물을 바라보았다.

미류가 꾸던 두 개의 꿈. 그 꿈이 현실이 된 것이다. 두 개의 꿈은 미류의 가슴속에서 햇살처럼 파닥거렸다.

─대통령에게도 조언할 수 있는 입지.

─그리고 내생으로 가는 동안 평안히 쉴 수 있는 요양 병원과 튼실하게 성장하고 있는 재단…….

─거기에 보너스로 보태진 전생신의 내생 특허권 추가 약속.

더는 바랄 게 없는 아침 해가 미류의 얼굴 위로 떠올랐다. 참 좋은 아침. 미류는 그 허공을 향해 부적 한 뭉치를 날렸다.

〈大韓民國 萬人萬事亨通符〉

미류는 축원했다.

대한민국 국민 모두가 행복하기를.

전생 인과가 있다면 가볍게 극복하고 비상하기를.

햇살과 함께 나는 부적은 마치 황금빛 비둘기처럼 보였다.

『특허받은 무당왕』 완결

특허받은
무당왕 6

가프 장편소설

초판 1쇄 찍은 날 § 2017년 1월 12일
초판 1쇄 펴낸 날 § 2017년 1월 19일

지은이 § 가프
펴낸이 § 서경석

편집책임 § 조현우
편집 § 이창진, 이지연, 최지원, 배경근, 김슬기, 김경민
디자인 § 신현아
마케팅 § 서기원

펴낸곳 § 도서출판 청어람
등록번호 § 제387-1999-000006호
등록일자 § 1999. 5. 31
어람번호 § 제8-0083호

주소 § 경기도 부천시 부일로 483번길 40 서경B/D 3F (우) 14640
전화 § 032-656-4452 팩스 § 032-656-4453
http://www.chungeoram.com
E-mail § chungeorambook@daum.net

© 가프, 2016

ISBN 979-11-04-91133-0 04810
ISBN 979-11-04-91050-0 (세트)

※ 파본은 구입하신 서점에서 교환하여 드립니다.
※ 저자와 협의하여 인지를 붙이지 않습니다.
※ 이 책은 도서출판 청어람과 저작자의 계약에 의해 출판된 것이므로,
　무단 전재 및 유포·공유를 금합니다.